Dying Eye

DYING EYE by Keigo Higashino
Copyright ⓒ Keigo Higashino 2007.
All rights reserved.
Original Japanese edition published by Kobunsha Co., Ltd., Tokyo,
This Korean edition published by arrangement with Kobunsha Co., Ltd., Tokyo
in care of Tuttle-Mori Agency, Inc., Tokyo through EntersKorea Co., Ltd., Seoul.

이 책의 한국어판 저작권은 (주)엔터스코리아를 통해 저작권자와 독점 계약한
도서출판 재인에 있습니다.

다잉 아이

초판 펴낸 날 2010년 7월 30일 20쇄 펴낸 날 2024년 1월 10일
지은이 히가시노 게이고 **옮긴이** 김난주 **펴낸이** 박설림 **펴낸곳** 도서출판 재인 **디자인** 오필민디자인
등록 2003. 7. 2 제300-2003-119 **주소** 서울시 강남구 도곡동 467-6 대림아크로텔 1812호
전화 02-571-6858 **팩스** 02-571-6857

ISBN 978-89-90982-40-7 03830   Copyright ⓒ 재인, 2010 Printed in Korea.

Dying Eye
다잉 아이

히가시노 게이고 지음

김난주 옮김

재인

프롤로그

목덜미에 조그만 물방울 하나가 톡 떨어졌나 싶었는데 순식간에 비가 부슬부슬 내리기 시작했다.

기시나카 미나에는 페달을 밟는 발에 한껏 힘을 주었다. 집까지는 아직 1킬로미터 남짓한 거리를 가야 한다.

한밤의 3시에 가까운 시각. 설마 이렇게까지 늦을 줄, 집을 나설 때는 꿈에도 몰랐다.

후카미 씨 댁에서 평소대로 정각 10시에 피아노 레슨을 끝냈다. 그런데 후카미 부인이 차 한 잔 같이 마시자고 하는 바람에 11시가 되도록 거실의 호사스런 소파에 앉아 있었다. 거기서만 끝났어도 좋았을 텐데, 막 돌아오려고 할 때 제자인 외동딸이 갑자기 골치 아픈 소리를 해 댔다. 이번 발표회에서 연주할 곡을 바꾸고 싶다는 것이었다. 자신이 싫어하는 아이가 같은 곡을 연주한다는 걸 알게 된 모양이었다.

아이가 그런 투정을 부리면 나무라는 것이 부모로서 올바른 태도일 텐데, 후카미 부인은 그러기는커녕 덩달아 애원하기 시작했다. 미나에는 하는 수 없이 같이 선곡을 하고 레슨도 더 해 주기로 했다. 끝나고 나니 2시가 넘어 있었다. 방음 장치가 안 된 방 같았으면 이웃집에서 난리를 쳤을 것이다.

덕분에 미나에는 이렇게 늦은 밤에 자전거를 타고 달려야 하는 신세가 되고 말았다. 그러잖아도 조바심이 많은 레이지가 보나마나 시계를 노려보고 있을 것이다. 물론 전화를 걸어 상황은 설명했다.

"비 올지도 모르니까, 가능한 한 빨리 와."

전화를 받은 남편의 목소리에서 언짢아하는 기색이 역력하게 묻어났다. 레이지는 전부터 미나에가 밤에 나가는 것을 못마땅해하는 눈치였다. 집안일에 지장이 있기 때문이 아니었다. 피아노 레슨은 8시부터라서, 저녁을 먹고 때로는 설거지까지 다 하고 나가도 시간이 넉넉하다. 그보다 레이지는 여자혼자 자전거를 타고 밤길을 몇 킬로미터나 오간다는 점을 걱정했다. 미나에는 피식 웃고 말지만, 질투심이 많은 그는 세상 모든 남자가 자신의 스물아홉이나 된 아내에게 눈독을 들인다고 착각하는 듯했다. 또 세상 대부분의 남자들이 때와 장소만 허락되면 늑대가 된다고 믿고 있기도 했다.

그런데도 레이지가 미나에의 밤 외출을 용인한 것은 다소

나마 가계에 보탬이 되고 싶다는 아내의 뜻을 이해했기 때문이다.

하지만 레이지는 한 가지 조건을 달았다. 후카미 씨 집에 갈 때는 절대 치마를 입지 말라는 것이었다. 치마 입은 여자가 자전거 페달을 밟는 모습이 어떤 남자들에게는 아주 선정적으로 보인다는 것이다.

걱정도 팔자라고 생각했지만, 레이지의 말을 전혀 이해하지 못하는 것은 아니었다. 미나에의 집과 후카미 씨의 집을 잇는 최단거리 길은 사람들의 통행이 잦지 않다. 게다가 도중에 커다란 공원이 있어 공원을 잠자리 삼는 부랑자들이 길거리에서 어슬렁거리는 탓에 미나에도 공포를 느끼곤 했다.

오늘 밤도 그 공원 옆을 지날 때는 페달을 더욱 힘껏 밟았다. 다행히 길에는 인적이 없었다.

부슬부슬 내리던 비가 본격적으로 쏟아질 모양이었다. 목덜미에 떨어지는 물방울의 숫자가 점점 많아졌다. 평소에 미나에는 긴 머리를 풀어 놓지만, 자전거를 탈 때에는 뒤로 모아 핀을 꽂는다. 젖은 목덜미로 바람이 불어 온몸에 닭살이 돋았다. 벌써 12월이다.

등 뒤에서 엔진 소리와 함께 빛이 다가왔다. 미나에는 돌아보지 않은 채 자전거를 약간 길 바깥쪽으로 몰았다. 이 부근에는 가로등이 많으니까 뒤차의 운전자에게 자신의 모습이 보이지 않을 리 없다고 생각했다.

차는 그녀의 바로 뒤까지 다가와 일단 속도를 늦추더니 그녀의 자전거를 완전히 추월한 후에 다시 속도를 높였다. 검은색 승용차였다. 몇 미터 앞에 보이는 신호가 녹색이어서 신호가 바뀌기 전에 어떻게든 네거리를 지날 생각인 듯했다.

검은색 차는 녹색 신호에 무사히 네거리를 지나갔다. 잠시 후 신호가 노랑으로 바뀌었다가 다시 빨강이 되었다.

길은 완만한 내리막길로 접어들었다. 그리고 약간 오른쪽으로 굽어 있었다. 미나에는 페달을 밟지 않고 브레이크만 잡은 채 속도와 핸들 각도를 신중하게 조절했다.

네거리에 이르자 서서히 브레이크를 밟았다. 빗물에 프레임이 젖은 탓인지, 브레이크가 말을 잘 듣지 않았다.

뒤에서 또 차가 다가왔다. 불빛이 점점 밝아졌다. 미나에는 이번에도 돌아보지 않았다. 자전거를 길 바깥쪽으로 약간 붙였을 뿐이다.

이상하네, 그녀는 생각했다. 전방의 신호는 아직 빨강인데 다가오는 불빛의 속도가 너무 빠르다고 느낀 것이다.

다음 순간, 그녀는 자신이 자동차 불빛 속에 있다는 것을 알았다. 마침 자전거를 완전히 세우려던 참이었다.

돌아보려는 순간 미나에는 온몸에 큰 충격을 느꼈다. 몸이 갑자기 둥실 뜨는 것 같더니 또 다른 강한 충격이 그녀를 덮쳤다. 눈에 비치는 모든 것이 빙그르르 돌았다. 자신이 어떤 상태에 있는지 알 수 없었다.

잡다한 소리에 섞여 무언가가 뭉개지는 듯한 소리, 급브레이크를 밟는 소리가 그녀의 귀에 날아들었다. 그리고 그녀는 뒤로 묶은 머리가 와르르 풀리는 것을 느꼈다.

그때 그것은, 그녀 바로 앞에 있었다.

그것, 이란 자동차 범퍼였다. 범퍼가 그야말로 그녀의 몸을 파먹어 들어가고 있었다. 빨갛고 키가 낮은 차였다.

소리도 없이, 범퍼는 그녀의 몸을 짓뭉갰다. 늑골이 뚝뚝 부러지고, 위장과 심장이 찌부러졌다. 마치 슬로 모션 영상처럼, 느릿느릿.

미나에는 자신이 차에 짓눌리고 있다는 것을 알았다. 그녀의 등 뒤에는 벽이 있고, 그 벽과 차 사이에 끼여 샌드위치가 되어 가고 있었다.

그녀는 소리라도 지르고 싶었다. 그러나 소리가 나오지 않았다. 저항하려 했지만 그럴 수도 없었다. 등뼈와 허리뼈가 우두둑, 우두둑 차례차례 부러졌다.

죽는 거구나, 그녀는 깨달았다. 내가 지금, 죽어 가고 있어.

그녀의 뇌리에 무수한 영상이 스쳤다. 어렸을 때 엄마 손을 잡고 동네 신사에 갔던 기억이 떠올랐다. 그때 엄마는 젊고 머리카락도 까맸다. 미나에는 기모노를 곱게 차려입고 있었다. 도중에 나막신을 신은 발이 아파 엉엉 울었더니 아빠가 샌들을 사 주었다. 아빠도 젊었다. 아빠는 동네에서 조그맣게 가전제품 가게를 했는데, 양심적으로 장사하고 애프터서비스를 잘해 주는 덕에 손님들 사이에서 평판이 좋았다.

초등학교 시절 단짝 친구였던 낫짱은 지금쯤 뭘 하고 있을까. 낫짱과는 늘 함께였다. 피아노 학원에도 둘이 나란히 갔다. 발표회를 위해 둘이서 연탄곡에 도전한 적도 있다. 하지만 무엇보다도 가장 즐거웠던 것은 탤런트 놀이를 할 때였다. 그녀의 집에는 탤런트 화보가 실린 잡지가 잔뜩 있었고, 그중에서 마음에 드는 스타의 사진을 오려 내곤 했다. 둘이서 어느 아이돌에게 팬레터를 쓴 적도 있다.

차는 그녀의 몸을 완전히 짓뭉갰다. 내장이 터져 나가기 시작했다. 피와 체액, 그리고 소화되지 않은 음식물이 뒤섞인 오물이 간신히 이어져 있는 식도를 타고 역류해 미나에의 입술로 흘러나왔다.

사고 회로가 서서히 정지되었다. 미나에의 두뇌는 오직 그녀에게 마지막 영상을 보여 주기 위해 움직이는 것 같았다.

영상이 고등학교 시절로 바뀌었다. 줄곧 피아니스트가 되는 게 꿈이었는데, 재능의 한계를 느끼기 시작했다. 아니 그보다 그녀는 새로 하고 싶은 것을 발견했다. 그것은 연극이었다. 친구를 따라 어느 극단의 연습실에 구경 갔다가 운명적인 무언가를 느끼고 말았다. 게다가 그 극단에 소속된 한 청년에게 마음이 끌렸다. 그는 국립대학을 중퇴하고 아르바이트를 하면서 배우가 되기 위해 애쓰는 청년이었다.

크리스마스 날 밤, 난방 기구도 제대로 갖추지 못한 그의 자취방에서 미나에는 첫 섹스를 했다. 쾌감은 없었지만 감동적인 체험이었다. 남자에게서 '사랑한다'는 말을 들은 것도 태어나서 처음이었다.

하지만 그와의 사랑은 몇 달 만에 끝이 나고 말았다. 그가 갑자기 연극을 그만둔 것이다. 그는 미나에에게 의논 한마디 하지 않았다. 그가 미나에에게 마지막 한 말은 "세상이 그렇게 만만치 않더라고."였다. 그는 결국 미나에 앞에서 모습을 감추고 말았다.

그때는 정말 죽을 생각까지 했다. 죽을까 어쩔까, 죽는다면 어떤 방법이 좋을까. 날마다 그런 고민을 했다. 그러다 고뇌의 시간에서 서서히 다시 일어섰다.

그 후로는 자신의 죽음에 대해 진지하게 생각한 적이 없다. 당분간은 죽음과 인연이 없을 거라고 근거도 없이 단정 짓고 있었다.

그런데.

죽음이 그녀에게서 아주 멀어진 것이 아니었다. 죽음은 언제나 그녀 뒤에 있었고, 호시탐탐 달려들 기회를 엿보고 있었다.

내장까지 다 뭉개지고 배 근육이 등과 거의 달라붙었다. 토마토를 짓이긴 것처럼, 찢겨 나간 피부 사이로 살과 찢겨 나간 내장이 튀어나오고 피가 쏟아졌다.

미나에는 마침내 모든 것이 끝났다는 것을 자각했다. 이제 1초의 1억분의 1만 지나면 육체의 죽음과 함께 정신의 죽음이 찾아올 터였다. 예기치 않은 죽음. 환영할 수 없는 죽음. 무의미한 죽음.

실연의 충격에서 헤어난 미나에는 모 악기 회사가 운영하는 피아노 학원에 강사로 취직했다. 한 달에 몇 번은 이벤트에 동원되었다. 화려한 드레스를 입고 사람들 앞에서 연주하다 보면 나름 즐거웠다.

기시나카 레이지를 처음 만난 것도 그런 장소에서였다. 그는 마네킹을 제작하는 회사에서 마네킹 디자인을 담당하고 있었다. 그때 행사장에 있었던 것도 다음 행사에 대비한 사전 답사를 위해서였다.

몇 번 얼굴을 마주치다 보니 얘기를 나누게 되었고, 시간이 흐르면서 그렇게 얘기를 나누는 것이 즐거워졌다. 그러던 어느 날, 레이지 쪽에서 먼저 같이 식사하고 싶다고 했다.

딱히 말솜씨가 뛰어난 것도 아닌데 그의 얘기에는 각별한 매력이 있었다. 이렇다 할 것 없는 일상적인 사건이라도 그가 어린 소년이 중얼거리듯 주절주절 얘기하면 미나에의 귀에는 무슨 계시처럼 들렸다.

만난 지 3년째 되는 봄날에 둘은 결혼했다. 미나에는 스물 여섯, 레이지는 서른이었다.

그리고 3년이 지났다.

지금 생활에 그녀는 아무런 불만도 없고, 그 어떤 불안도 느끼지 않았다. 아직 아이가 없다고 남들이 뭐라고 타박을 해도, 그런 말이 거슬린 적은 거의 없었다. 레이지의 사랑만 있으면 충분하다고 생각했고, 그도 3년 전과 다름없이 그녀를 사랑해 주었다. 물론 미나에도 그를 사랑하고 있었다.

영원히, 는 힘들더라도 나이가 들어 어느 한쪽이 죽을 때까지 이 행복한 시간이 계속되었으면 좋겠다고 생각했다. 분에 넘치는 욕심 같은 건 전혀 없었다.

오늘 밤도 레이지는 미나에를 기다리고 있을 것이다. 그녀가 헉헉 숨차게 돌아오기를 간절히 바라고 있을 것이다.

그래, 난 돌아가야 하는데.

멀어져 가는 의식의 마지막 희미한 기운이 격한 원망으로 변해 갔다. 행복했던 인생이 자신의 의지와는 아무 상관 없이 끝나는 것에 대한 원망이었다.

앞으로도 몇십 년은 계속되어야 하는데, 그런데 왜, 누가, 이런 곳에서.

미나에의 눈은 똑바로 앞을 향했다. 거기에는 그녀의 몸을 깔아뭉갠 차를 운전하던 사람의 얼굴이 있었다.

　용서 못해. 내 육체는 없어져도, 이 원한을 끝까지.

　증오의 마지막 불길을 태우며 미나에는 상대를 노려보았다.

　아, 죽고 싶지 않아. 레이지, 살려 줘.

　죽고 싶지 않아.

　죽고 싶…….

1

그 손님은 가게 문을 닫기 30분 전, 그러니까 꼭 1시 반에 들어왔다. 다른 손님은 없고, 아가씨 둘도 이미 퇴근하고 없을 때였다. 마담 치즈코가 감기 때문에 나오지 않은 탓에 가게에는 아메무라 신스케뿐이었다. 사실은 이제 슬슬 문을 닫을까 하던 참이었다.

남자 손님은 가게에 들어서자 우선 실내를 휘둘러보았다. 동그란 검은 테 안경의 렌즈가 천장 불빛에 반짝, 빛났다. 그리고 그는 책을 읽듯 억양 없는 목소리로 신스케에게 물었다.

"아직 괜찮은가요?"

"네, 괜찮습니다."

귀찮기는 하지만, 문 닫을 시간도 안 됐는데 손님을 돌려보냈다가 혹시나 마담에게 들키면 그게 더 골치 아픈 일이었다.

손님은 느릿느릿 스툴에 걸터앉아 또 실내를 둘러보았다.

신스케는 물수건을 내밀면서 재빨리 손님의 차림새를 살폈다. 짙은 회색 윗도리는 싸구려는 아닌 듯하지만, 아무리 잘 봐도 2년 전 디자인이었다. 안에 입고 있는 와이셔츠도 꼼꼼하게 다림질한 것 같지는 않다. 넥타이도 매지 않았고 시계는 국산. 손질하지 않은 머리에, 듬성듬성 돋아 있는 수염도 일부러 기른 것처럼 보이지는 않았다.

"주문은 뭐로 하시겠습니까?"

신스케가 물었다.

손님은 신스케 뒤에 있는 선반에 진열된 위스키 병을 보면서 물었다.

"어떤 술이 있죠?"

"웬만한 술은 다 있습니다, 아주 특별한 게 아니면."

"술 이름을 잘 몰라서."

"그러시군요. 그럼 맥주라도?"

"아닙니다. 혹시 그 술이 있는지 모르겠군요. 전에 비행기에서 한 번 마셔 봤는데."

"비행기요?"

"하와이에 가는 비행기 안에서 말이죠. 아니, 돌아오는 비행기였던가. 크림 같은 맛이 나는 달짝지근한 술이었는데."

"아."

신스케는 고개를 끄덕이고 선반의 맨 아래 칸에 놓여 있는 병으로 손을 뻗었다.

"아이리시 크림이지 싶은데요."

손님의 표정이 약간 누그러졌다.

"그런 이름이었던 것 같군요."

"조금 따라 드려 볼까요?"

신스케는 위스키 잔에 액체를 3센티미터 정도 따라 손님 앞에 놓았다. 손님은 잔을 들고 기울였다 흔들었다 하면서 상아색 액체를 바라보다가 마침내 뜻을 굳혔다는 듯 잔을 입에 대고 한 모금 머금었다. 그리고 입 안에서 혀를 굴리며 찬찬히 맛을 확인했다.

손님이 싱긋 웃으며 신스케를 보았다.

"이 술이 맞아요. 틀림없군요."

"다행입니다."

"술 이름이 뭐라고 했죠?"

"아이리시 크림입니다."

"기억해 둬야겠군."

그렇게 말하고 손님은 또 한 모금을 마셨다.

묘한 손님이라고 신스케는 생각했다. 평소에 술집을 자주 드나드는 사람으로는 보이지 않았다. 그런데 왜 오늘 하필, 혼자서 술집을 찾은 것일까.

그리고 또 한 가지, 신스케는 마음에 걸리는 것이 있었다. 이 남자의 얼굴을 어디선가 본 듯한데. 어디였을까.

중키에 보통 몸집, 나이는 삼십 대 중반쯤일까. 올해 서른이

된 신스케는 삼십 대 지인이 많다. 하지만 그 가운데 어느 누구와도 연관이 있을 것 같지 않았다.

신스케는 담배를 입에 물고 가게 이름이 찍혀 있는 라이터로 불을 붙였다.

"손님, 저희 가게에 처음 오신 거죠?"

"예."

손님은 여전히 잔을 바라보며 대답했다.

"누구에게 소개를 받고 오신 겁니까?"

"아닙니다. 어쩌다 보니 들어왔어요. 그냥 어슬렁거리다……."

"그러시군요."

대화는 거기서 끊겼다. 어째 영 찝찝하군. 어서 가 줬으면 좋겠는데. 들어섰을 때 딱 거절하는 건데 그랬어. 신스케는 살짝 후회스러워졌다.

"아, 옛 생각이 나는군. 역시 이 맛이야."

아이리시 크림을 절반 정도 마시자 손님이 말했다.

"하와이에는 언제 가셨습니까?"

딱히 알고 싶지는 않았지만 잠자코 있자니 어색해서 물어보았다.

"4년쯤 되었나, 신혼여행이었죠."

"아, 그러시군요."

신혼여행. 신스케는 자신과는 인연이 먼 단어라고 생각했다.

싱크대 옆에 놓여 있는 시계를 힐금 보았다. 1시 45분이었다. 앞으로 15분 후에는 이 손님을 돌려보내자고 생각했다.

"결혼하신 지 4년이면 아직은 신혼 같겠습니다."

그러니 너무 늦게 들어가면 아내가 불쌍하다는 식으로 얘기를 끌어 나갈 생각이었다.

그런데 손님이 정색하고 되물었다.

"그런가요?"

"아닙니까? 전 아직 결혼을 안 해서 잘 모르겠지만."

"4년쯤 지나다 보면, 갖가지 일이 다 있지요."

손님은 잔을 눈높이까지 들어 올렸다. 무언가를 생각하는 것처럼 보였다. 그러고는 잔을 내려놓더니 이번에는 신스케의 얼굴을 뚫어져라 쳐다보았다.

"정말 예기치 않은 일이 생기기도 하고 말이죠."

"그렇군요."

신스케는 그쯤에서 그 화제를 마무리하기로 했다. 괜히 건드렸다가 주정이라도 늘어놓으면 곤란하다.

침묵의 시간이 흘렀다. 차라리 손님이라도 한 명 더 왔으면 싶은데, 그럴 기미는 전혀 없었다.

"이 일을 오래 하셨습니까?"

손님이 물었다. 신스케가 슬슬 뒷마무리를 할까 하던 때였다.

"물장사를 시작한 지 오래되었죠. 벌써 10년쯤 됩니다."

"10년을 계속하면 이런 가게도 갖게 되나 보군요."

손님의 말에 신스케는 피식 웃으며 대답했다.

"제 가게가 아닙니다. 돈을 받고 일할 뿐이죠."

"아, 그렇군요. 그럼 줄곧 이 가게에서 일했나요?"

"아닙니다. 이곳에는 작년에 왔어요. 그 전에는 긴자에서 일했습니다."

"흐음, 긴자라."

손님이 아이리시 크림을 또 한 모금 마시고 고개를 살짝 끄덕였다.

"긴자, 나와는 인연이 없는 곳이로군."

그렇겠지, 하고 신스케는 속으로 생각했다.

"가끔은 그쪽에 가 보는 것도 괜찮습니다."

시곗바늘이 1시 55분에 다가가고 있었다. 신스케는 설거지를 시작했다. 눈치를 살펴 손님이 일어서 주기를 바랐다.

"이런 일이 재미있습니까?"

손님이 또 물었다.

"좋아하니까요. 하지만 짜증 나는 일도 많습니다."

"짜증 나는 일이, 예를 들면 어떤 거죠? 불쾌한 손님이 온다든지?"

"그렇죠. 그 밖에도 여러 가지 경우가 있지만요."

월급이 적은 것, 마담이 사람을 거칠게 부리는 것.

"그럴 때는 어떻게 하죠? 그러니까, 불쾌한 기분을 어떻게 처리하느냐 이 말입니다."

"어떻게 하고 말고가 있겠습니까. 빨리 잊어버리는 게 상책이죠. 그뿐입니다."

유리 텀블러를 닦으면서 신스케가 대답했다.

"어떻게 하면 빨리 잊는데요?"

손님이 계속해서 물었다.

"별다른 매뉴얼은 없는데, 제 경우에는 가능한 한 재미있었던 일을 생각합니다. 기분이 밝아질 만한 일을요."

"예를 들면?"

"예를 들면, 내 가게를 갖게 될 때를 상상한다든지……."

"그게 꿈이로군요."

"네, 뭐 일단은."

식기를 닦는 손에 저도 모르게 힘이 들어갔다.

꿈이기는 하다. 하지만 가능하지 않은 꿈은 아니다. 그것은 이미 바로 눈앞에 다가와 있고, 이제 손만 살짝 뻗으면 된다.

손님이 아이리시 크림을 다 마시고 빈 잔을 내려놓았다. 한 잔 더 달라고 하면 문 닫을 시간이라고 말하리라, 신스케는 마음을 다지고 있었다.

"실은, 잊고 싶은 일이 있어서 말이죠."

손님이 말했다. 왠지 말투가 정중해서 신스케는 일하던 손을 멈추고 상대의 얼굴을 보았다. 그러자 손님도 그를 올려다보았다.

"아니, 잊는다는 건 절대 불가능한데 조금이라도 마음이 편해지고 싶어서요. 그런 생각을 하면서 멍하니 걷고 있는데 이 가게 간판이 눈에 들어오더군요. 이 가게 이름이 '양하(생강과 풀의 일종―옮긴이)'라죠?"

"마담이 양하를 좋아해서요."

"양하를 너무 많이 먹으면 건망증이 심해진다는 얘기가 있잖습니까. 그래서 왠지 끌렸나 봅니다."

"이상한 가게 이름 때문에 덕을 보는 일도 있군요. 놀랍습니다."

신스케는 고개를 비틀며 말했다.

"아무튼 들어와 보길 잘한 것 같군요."

손님이 스툴에서 일어나 윗도리 안주머니에서 지갑을 꺼냈다. 신스케는 그제야 안도했다.

손님은 2시가 조금 지나서 나갔다. 신스케는 뒷마무리를 하고 바텐더용 조끼를 벗었다. 그리고 불을 끄고 밖으로 나가 문단속을 했다.

'양하'는 빌딩 3층에 있다. 신스케는 엘리베이터 단추를 누르고 그 문이 열리기를 기다렸다.

등 뒤에 사람의 기척이 느껴진 것은 엘리베이터가 막 도착했을 때였다. 문이 열리기 직전, 그는 뒤를 돌아다보았다.

뒤에 검은 그림자가 서 있었다. 그 그림자가 그를 덮쳤다.

신스케는 머리에 충격을 받은 기분이 들었다. 하지만 그 기분을 느끼고 있을 여유는 없었다. 자신의 몸에 무슨 일이 생겼고, 자신이 무언가를 잃어 가고 있다는 것만 가까스로 자각했다. 그 다음은 까마득한 어둠이 그의 의식을 빠른 속도로 에워쌌다.

그래도 꺼져 가는 의식 속에서 그는 자신이 마지막으로 본 것이 무엇인지를 생각했다.

검은 그림자는, 아까 그 손님이 틀림없었다.

2

바로 옆에서 파리라도 날아다니는 것처럼 귓속이 윙윙 울렸다. 뿌옇고 흐릿한 시야 속에 하얀 막대기 같은 것이 보였다. 잠시 후, 눈의 초점이 맞았다. 하얀 막대기의 정체가 천장에 붙어 있는 형광등이라는 것을 알았다.

누가 오른손을 잡고 있었다. 그리고 눈앞에 하얀 얼굴이 나타났다. 안경을 낀 여자였다. 그 얼굴이 이내 시야에서 사라졌다.

여기가 어디지, 아메무라 신스케는 생각했다. 내가 지금 뭘 하고 있는 거지?

이번에는 몇 개의 얼굴이 동시에 그의 앞에 나타났다. 모두 그를 내려다보고 있었다. 그는 자신이 누워 있다는 사실을 겨우 알아차렸다. 소독약 냄새가 코를 찔렀다.

이명은 끊임없이 계속되었다. 고개를 움직이려다 심한 두통을 느꼈다. 머리로 흐르는 혈류와 함께 지끈, 지끈, 지끈, 통증이 리듬을 새겼다.

잠든 내내 악몽을 꾸다 깨어난 것처럼 기분이 찝찝했다. 물론 그 꿈의 한 조각도 기억나지 않았다.

"정신이 드십니까?"

신스케를 들여다보던 얼굴 하나가 물었다. 얼굴이 갸름한 중년 남자였다.

신스케는 힘겹게 고개를 끄덕거렸다. 조금만 움직여도 머리가 아팠다. 얼굴을 찡그리면서 이번에는 신스케 쪽에서 물었다.

"여기는?"

"병원입니다."

"병원?"

"아직은 말씀을 안 하는 편이 좋습니다."

남자가 말했다. 그제야 신스케는 상대가 하얀 가운을 입고 있다는 것을 알았다. 다른 사람들도 마찬가지였다. 여자는 간호사 차림이었다.

그 후 한동안 잠들었다 깨어나기를 반복하면서 몽롱하게 시간을 보냈다. 의사와 간호사들이 분주하게 오락가락한 기억은 있는데, 무슨 일이 벌어지고 있는지 신스케는 전혀 알 수 없었다.

자신이 언제부터 여기 있었는지 기억해 보려 애썼다. 하지만 실려 온 기억도 없거니와 치료를 받은 기억도 없다. 다만 팔에 링거 주사가 꽂혀 있고 머리에 붕대가 감긴 것으로 보아 자신이 크게 다쳤거나 병을 앓고 있는 듯하다는 것만 겨우 짐작할 수 있었다.

"아메무라 씨, 아메무라 신스케 씨."

자기 이름을 부르는 소리가 들려 신스케는 무거운 눈을 떴다.

"기분은 좀 어떠십니까?"

의사가 그를 내려다보고 있었다.

"머리가 아파요."

신스케가 말했다.

"다른 증상은요? 속이 울렁거린다든지……"

"그런 건 없습니다. 그리고 뭐, 그런대로 견딜 만합니다."

의사가 고개를 끄덕이더니 옆에 있는 간호사에게 뭐라고 귀띔을 했다.

"저, 대체 어떻게 된 겁니까?"

신스케가 물었다.

"기억이 전혀 안 납니까?"

의사가 되물었다.

"네. 도무지 뭐가 어떻게 된 건지."

의사가 또 고개를 끄덕거렸다. 그 표정이 뭐가 어떻게 된 것인지 모를 만도 하다고 얘기하는 듯했다.

"여러 가지 사정이 있는 듯하더군요."

의사가 말했다. 제삼자의 말투였다.

"자세한 얘기는 가족에게 듣는 편이 낫겠죠."

"가족?"

신스케가 되물었다. 그에게 가족이라고는 이시카와 현에 살고 있는 부모님과 형뿐이다. 그들이 도쿄에 왔다는 뜻일까.

의사는 그제야 자신이 착각했다는 사실을 눈치 챈 것 같았다.

"아, 부인 말입니다."

"부인?"

신스케에게 그런 사람은 없다. 하지만 의사가 누구를 말하는지는 알 것 같았다.

"나루미가 왔습니까?"

"벌써부터 기다리고 있습니다, 신스케 씨가 깨어나기를요."

의사가 눈짓하자 간호사가 병실을 나갔다.

잠시 후, 노크하는 소리가 났다. 의사가 대답하자 문이 열렸다. 좀 전에 나갔던 간호사를 따라 무라카미 나루미가 들어왔다. 나루미는 파란 티셔츠에 하얀 파카를 걸치고 있었다. 동네에 잠시 물건을 사러 나갈 때 그녀가 곧잘 입는 옷이었다.

나루미와는 2년 전쯤부터 같이 살고 있다. 그녀는 신스케가 긴자의 바에서 일할 때 손님과 동행했던 호스티스의 한 명이었다. 디자이너가 되기 위해 전문학교에 다녔다는 그녀도 올해 스물아홉이 되었다. 하기야 가게에서는 스물넷으로 행세하는 듯하지만.

"신스케."

나루미가 침대 곁으로 달려왔다.

"괜찮아?"

신스케는 고개를 옆으로 조금 움직였다.

"무슨 일이 있었던 건지, 도통 모르겠어."

"신스케 씨는 사건에 대해서 기억을 못하는 것 같아요."

간호사가 말했다.

"아, 그렇군요……."

나루미는 신스케를 보면서 인상을 찡그렸다.

두 사람을 배려하는 것인지 의사와 간호사가 병실에서 나갔다.

"갑자기 몸을 일으키면 안 돼요."

문을 닫기 전에 간호사가 못을 박았다.

단둘이 남자, 나루미는 새삼스레 신스케를 바라보았다. 그 눈이 바람에 물결치는 수면처럼 젖어 있다.

"이만하기를 천만다행이야."

그녀의 입술 사이로 목소리가 새어 나왔다. 립스틱도 바르지 않은 입술이었다. 그 때문인지 얼굴색이 그다지 건강해 보이지 않았다.

"이대로 눈을 뜨지 않으면 어떻게 하나, 얼마나 걱정했는지 몰라."

"도대체 무슨 일이야. 사건이라니, 무슨 소리지? 왜 내가 이런 곳에 있는 거야?"

거의 맨얼굴에 가까운 나루미를 보면서 신스케가 물었다.

나루미가 또 눈썹을 찡그렸다. 그 눈썹만이 유일하게 화장의 결과라 할 수 있었다. 완전한 맨얼굴이면 나루미는 눈썹이 거의 없다.

"정말, 아무 기억도 안 나?"

"음, 기억이 없어."

"당신."

나루미가 침을 꿀꺽 삼키고 입술을 핥고서 다시 말했다.

"하마터면 죽을 뻔했어."

"뭐?"

신스케는 자기도 모르게 숨을 멈췄다. 동시에 뒷덜미가 욱신거렸다.

"이틀 전에, 가게에서 나오는 길에."

"가게?"

"'양하' 말이야. 가게에서 나오면 바로 엘리베이터가 있잖아. 그 옆에 쓰러져 있는 걸 다른 가게 사람이 발견했어."

"엘리베이터……."

흐릿한 영상이 그의 뇌리에 떠올랐다. 하지만 그 영상은 좀처럼 또렷해지지 않았다. 도수가 맞지 않는 안경을 낀 것처럼 답답했다.

"30분만 더 늦게 발견되었어도 위험했을 거래. 운이 좋았어."

"머리를…… 다친 건가?"

"뭔지 모르지만 아주 딱딱한 것으로 맞았대. 기억 안 나? 발견한 사람이 그러는데, 피가 얼마나 많이 나왔는지 계단까지 흘렀대. 토마토 주스 같았다고 했어."

신스케는 그 광경을 상상했다. 그런 일이 자신에게 일어났다는 것이 믿기지 않았다. 하지만 딱딱한 것으로 맞았다는 점에 대해서는 막연하나마 기억의 단편 같은 것이 있었다. 검은 그림자가 등 뒤에서 덮쳤다. 희미하게 기억이 났다. 그래, 엘리베이터 앞이었을 거야. 그림자의 정체는, 누구였더라.

"좀 피곤하다."

신스케가 얼굴을 찡그렸다.

"그래, 무리하지 마."

나루미는 신스케의 몸을 덮은 담요를 반듯하게 펴 주었다.

다음 날, 신스케의 병실에 두 남자가 찾아왔다. 경시청 니시아자부 경찰서의 형사였다. 10분만 얘기를 듣고 싶다고 했다. 마침 나루미가 과일을 들고 들어오던 참이었는데, 형사들은 그녀에게 자리를 비켜 줬으면 하는 눈치는 주지 않았다.

"좀 어떠십니까?"

고즈카라는 형사가 물었다. 얼굴은 홀쭉하지만, 어깨 품이 널찍한 양복이 멋들어지게 어울렸다. 중소기업의 수완 좋은 과장쯤 되는 분위기였다. 반면 에노키라는 젊은 형사는 바짝 자른 머리하며 부루퉁한 얼굴이 도무지 착실해 보이지 않았다.

"아직 머리가 좀 아픕니다, 많이 좋아지긴 했지만."

침대에 누운 채 신스케는 대답했다.

"참 황당한 일을 당하셨습니다."

고즈카가 얼굴을 찡그리고 천천히 고개를 저으며 말했다. 동정심을 보여 주려는 속셈인지는 모르겠지만, 신스케의 눈에는 가식적으로 비쳤다.

"꽤 큰 수술이었다고 하던데."

고즈카가 신스케와 나루미의 얼굴을 번갈아 보면서 물었다.

"그런 것 같습니다."

신스케가 대답했다.

"머리뼈가 부러졌어요."

형사들에게서 조금 떨어진 곳에 의자를 놓고 앉은 나루미가 대답했다.

"핏덩어리가 뇌를 압박하고 있었다고 하더군요."

"거참."

고즈카가 입술을 일그러뜨리며 말했다.

"다행히 목숨은 건졌군요."

"글쎄요, 무슨 일이 있었는지 전혀 기억이 안 나서, 목숨을 건졌다는 실감도 없습니다."

"습격을 당했을 때의 일이 전혀 기억나지 않는다는 말입니까?"

"네."

"그럼 습격한 상대의 얼굴도 당연히 못 봤겠군요."

"네, 그게, 확실하게 본 것은 아니지만……."

"확실하게 본 것은 아니지만, 뭘 보기는 했다는 겁니까?"

"잘못 본 건지도 모르죠. 제 착각인지도 모르고."

"그 점은 우리가 판단합니다. 당신은 당신이 보고 느낀 대로만 얘기하면 돼요. 착각이나 오인이라고 판단되는 이야기는 바로 제외시킬 테니까요."

고즈카가 부드러운 말투로 찬찬히 말했다.

신스케는 그날 밤에 찾아온 손님 얘기를 꺼냈다. 처음 온 손님이었다는 것, 아이리시 크림이라는 흔치 않은 술을 주문했다는 것 등을. 그리고 마지막에 이렇게 덧붙였다.

"나를 습격한 사람이 그 손님이었던 것 같습니다."

그 말에 형사들의 안색이 바뀌었다.

"처음 온 손님이라고 했죠, 전혀 모르는 얼굴이라고?"

고즈카가 거듭 확인했다.

"네."

대답하며 신스케는 고개를 끄덕였다. 어디선가 본 적이 있는 듯한 느낌도 들었지만, 그 느낌이야말로 착각일 수도 있어 말하지 않았다.

"다시 한 번 그 손님의 특징을 말해 보세요. 최대한 자세하게."

"특징이라고 해야……."

이렇다 하게 눈에 띄는 점이 없는 남자였다. 수수한 차림, 평범한 생김새, 그리고 억양이 거의 없는 말투. 굳이 특징을 말하라면 동그란 안경을 끼었다는 것 정도.

"동그란 안경……이라고요."

신스케의 얘기를 다 들은 고즈카가 새끼손가락으로 코 옆을 긁적거렸다.

"그 남자를 다시 만나면 알아볼 수 있겠습니까?"

"네, 아마."

신스케의 대답에 형사는 만족스러운 듯 고개를 끄덕였다.

"실은 신고를 받고 출동했을 때, 신원을 확인하기 위해 신스케 씨의 소지품을 조사했습니다. ……뭐가 있었더라?"

"지갑과 열쇠 하나, 그리고……"

에노키가 수첩을 보면서 말했다.

"체크무늬 손수건 하나, 쓰다 만 포켓 티슈 하나, 그게 전부입니다."

"지갑 속에는?"

고즈카가 물었다.

"현금 3만 2913엔이 들어 있었고, 신용 카드 두 장과 현금 카드 한 장, 그리고 운전면허증, 비디오 대여점 회원 카드, 메밀국숫집과 편의점 영수증, 명함 세 장. 이상입니다."

고즈카가 신스케 쪽으로 고개를 돌렸다.

"지금 들은 것 외에 다른 소지품이 혹시 있었나요?"

즉, 없어진 것은 없느냐는 질문이었다.

"없었습니다. 현금이 얼마였는지 정확히는 모르겠지만, 아마 그 정도였을 겁니다."

고즈카가 잘 알겠다는 듯이 턱을 아래로 당기고는 다리를 바꿔 꼬았다.

"그렇다면 범인은 왜 당신을 덮쳤을까요, 지나가던 강도가 돈을 노린 것이 아니라면?"

"가게의 매상을 노린 걸까요."

신스케가 중얼거렸다.

"혹시 제가 갖고 있던 열쇠로 가게 문을 열어서……."

"아, 가게 쪽 피해 상황도 알아봤습니다. 그런데 아무 이상 없다더군요. 평소 가게에 그렇게 많은 현금이 있지도 않고."

'양하'에 드나드는 손님은 주로 단골이다. 그들은 대개 외상을 하고 나중에 한꺼번에 처리한다.

"매상을 노린 것도 아니라면."

신스케가 그렇게 말하더니 머리를 좌우로 흔들었다.

"전혀 모르는 사람입니다. 우리 가게에 온 것도 그날이 처음이니까."

"최근 들어 신변에 별다른 일은 없었습니까? 이상한 전화가 걸려 왔다든지, 우편물을 받았다든지."

"없는 것 같은데요."

신스케는 옆에서 듣고 있던 나루미 쪽으로 고개를 돌렸다.

"뭐, 있었나?"

나루미는 잠자코 고개만 저었다.

"그날 밤, 가게에 신스케 씨 혼자 남아 있었다면서요? 그런 일이 자주 있습니까?"

고즈카가 물었다.

"간혹 있습니다. 마담이 손님과 술을 마시러 나간다든지 하면 제가 뒷마무리를 하고 퇴근하니까요. 그날 밤에는 마담이 감기 때문에 아예 나오지도 않았지만."

"당신 혼자 있다는 걸 밖에서도 알 수 있습니까?"

"글쎄요. 계속 지켜본다면 알 수 있을지도 모르죠."

신스케는 제 입으로 말해 놓고도 오싹한 기분이 들었다. 그렇다면 그 남자가 나를 어딘가에서 계속 지켜봤다는 말인가.

고즈카는 '양하'에서 벌어졌던 과거 사건에 대해 두세 가지 묻고는 의자에서 일어섰다.

"나중에 담당자를 통해 범인의 몽타주를 보낼 테니, 협조 부탁드립니다."

"알겠습니다."

"그럼 몸조리 잘하세요."

그런 말을 남기고 두 형사는 돌아갔다.

"범인이 빨리 잡히면 좋겠네."

"그래. 하지만 이런 경우는 의외로 잘 안 잡힌다니까."

"원한을 살 만한 일, 없지?"

"응, 없어."

없겠지, 하고 신스케는 제 자신에게 확인했다.

3

의식을 되찾은 지 이틀이 되었다. 친구들과 가게 여자들이 면회를 왔다. 에리라는 아가씨와 신스케는 딱 한 번 섹스를 한 적이 있다. 곤드레가 된 그녀를 집까지 데려다 주었는데, 그녀 쪽에서 유혹하는 바람에 응했을 뿐이었다. 그때 신스케는 에리에게 특별한 감정이 거의 없었고, 그건 지금도 마찬가지다. 에리도 그 일로 신스케를 어떻게 할 마음은 없어 보였다. 원래 그녀는 마음만 맞으면 누구와도 자곤 한다. 그런데도 에리가 병실에 와 있는 동안 신스케는 나루미가 갑자기 들이닥치는 것은 아닐까 싶어 제정신이 아니었다. 나루미는 자기 남자의 바람기를 귀신처럼 알아채는 여자다.

신스케는 지금까지 에리 말고도 여러 여자와 관계를 가졌다. 물론 일일이 세어 본 적도 없고, 이름마저 잊어버린 상대도 적지 않다. 혹시 그런 여자들 중 한 명이 이번 일과 관련이 있는 것은 아닐까 생각해 보았다. 하지만 아무리 생각해도 짚이는 여자는 없었다. 어떤 여자와도 뒤탈 없이 헤어졌다고 생각한다. 아니 그보다 헤어지기 어렵겠다 싶은 여자에게는 아예 손을 대지 않았다. 또 나루미와 동거를 시작한 후에 관계를 가진 여자는 에리뿐이고 그것도 이미 반년 전의 일이다.

여자들이 돌아간 후 30분쯤 지나자, 이번에는 '양하'의 마담인 오노 치즈코가 나타났다. 그녀는 검은색 샤넬 투피스 차림에 샤넬 선글라스를 끼고 있었다. 그 뒤를 따라 에지마 고이치도 나타났다. 에지마는 전에 신스케가 일했던 '시리우스'의 주인이다. 에지마와 치즈코는 오래전부터 아는 사이인 듯했다. 에지마는 반질반질 광택 있는 양복을 차려입고 있었다.

"이게 무슨 봉변이야. 이제 괜찮아?"

치즈코가 몸을 굽히고, 선명하게 그려진 눈썹을 찡그리며 말했다.

"살아는 있습니다."

"이만하기를 천만다행이지. 그런데 범인이 누군지, 아직 모른다면서? 경찰은 도대체 뭘 하는 거야."

"글쎄요. 그건 그렇고 마담, 혹시 우리 모르게 돈놀이하는 거 아닙니까? 그 불똥이 괜히 저한테 튄 거 아닌가요."

"무슨 헛소리야, 내가 그런 짓을 할 리가 없지."

치즈코는 과장스럽게 손을 저어 보였다.

"어제 우리 가게에도 형사가 왔어."

에지마가 말했다.

"자네가 우리 가게에 있을 때, 평판이 어땠냐고 묻더군. 불성실한 사람은 애당초 고용하지 않는다고 딱 잘라 말했지. '양하'에는 수련삼아 보낸 것뿐이라고 말이야."

"정말 어떤 놈이 이런 짓을 했는지 모르겠네. 신스케 씨, 혹시 임자 있는 여자에게 손댄 거 아니야? 그래서 남편이 앙심을 품었다, 그런 건 아니겠지?"

"농담 마십쇼. 신스케의 신은 신중할 신 자란 말입니다."

신스케의 말에 두 사람이 웃을 때 노크 소리가 났다. 나루미인가 싶어 신스케가 대꾸했다.

"들어와."

그런데 문을 열고 들어온 사람은 나루미가 아니라 형사 고즈카와 에노키였다. 고즈카는 치즈코와 에지마를 보고 약간 당황한 표정을 짓더니 바로 신스케 쪽으로 시선을 돌렸다.

"잠시 괜찮겠습니까?"

"네, 괜찮습니다."

그렇게 대답한 신스케는 치즈코와 에지마에게 설명했다.

"경찰에서 나오신 분들입니다."

"그럼 우리는 이만 가 보는 게 좋겠군."

에지마가 치즈코의 핸드백을 들어 그녀에게 건넸다.

"그럼 신스케 씨, 몸조리 잘해. 가게 걱정은 말고."

"고맙습니다, 그럼."

두 사람이 나가고 발소리가 완전히 멀어진 후에야 고즈카는 양복 윗주머니에 손을 넣어 무언가를 꺼냈다.

"이걸 좀 봐 주겠나."

형사의 말투가 지난번보다 격의 없었다.

그것은 한 장의 사진이었다. 증명사진을 확대한 듯했다. 한 남자가 똑바로 앞을 향해 있었다.

"그 사람을 본 기억이 있는지 모르겠군."

사진을 손에 든 신스케는 남자의 얼굴을 들여다보았다. 금방 결론이 나왔다.

"그날 밤의 손님입니다."

"틀림없나?"

"틀림없을 겁니다. 아니, 틀림없습니다. 바로 이 남자예요."

신스케는 다시 한 번 사진을 보았다. 머리 스타일은 좀 달랐지만 틀림없는 그 남자였다. 생기 없는 표정에 멀건 눈. 그날 밤에도 그랬다. 게다가 사진 속 얼굴에도 그날 밤처럼 깨라도 뿌린 듯 검은 수염이 송송 돋아 있었다.

등을 구부리고 아이리시 크림을 홀짝이던 모습이 선명하게 떠올랐다.

"그렇군. 역시 그랬어."

고즈카는 신스케의 손에서 사진을 받아 들고 한숨을 쉬더니 다시 윗주머니에 집어넣었다.

"범인이 밝혀졌군요. 그 사람, 대체 누굽니까?"

신스케가 물었다.

고즈카는 신스케를 보고 미간을 살짝 찡그렸다가 에노키 쪽으로 얼굴을 돌렸다. 그 표정이 범인의 신원을 파악한 사람치고는 왠지 신통치 않았다. 뭔가를 망설이는 듯 보이기도 했다.

마침내 고즈카가 자신의 수첩을 펼쳤다.

"이름은 기시나카 레이지, 주소는 고토 구 기바 ×-×-×, 서니 하우스 202호……."

거기까지 읽은 후, 고즈카는 수첩을 펼친 채 신스케에게 보여 주었다. 기시나카 레이지, 라고 쓰여 있었다.

"이 사람, 혹시 알겠나?"

"기시나카 레이지."

신스케는 입속에서 그 이름을 중얼거렸다. 아는 사람 중에는 그런 이름이 없다. 그러나 뇌 속에 있는 무언가를 자극하는 이름인 것만은 분명했다. 그 이름이 기억 속 어느 서랍에 들어 있을까, 신스케는 고심했다. 하지만 생각나지 않았다. 아무래도 그 이름은 '잡다한 것'이라는 라벨이 붙은 서랍 속 깊숙이 처박혀 있는 듯했다.

"들어 본 적이 있는 이름 같기는 한데, 기억이 안 납니다."

끝내 포기하고, 그는 그렇게 대답했다. 형사는 여전히 석연치 않은 표정으로 고개를 끄덕였다. 왜 이렇게들 떨떠름한 표정이지, 신스케는 궁금해서 견딜 수가 없었다.

"두 시간 전쯤에,"

고즈카가 시계를 보면서 말했다.

"이 남자의 시신이 발견되었어."

"예?"

예기치 못한 말에 신스케는 순간 할 말을 잃었다.

"기바에 있는 자신의 아파트에서 죽어 있었어. 사후 48시간 이상 경과된 걸로 보이고."

"어떻게 죽었죠, 타살입니까?"

"그럴 가능성이 전혀 없지는 않지만,"

고즈카가 손으로 턱을 문질렀다.

"지금으로서는 자살 가능성이 더 높아 보인다는군. 기시나카는 자택 침대에서 발견되었어. 손에 사진 한 장을 꼭 쥐고 있었지. 그런데 현장을 조사한 수사원들을 놀라게 한 건 그 차림새였어. 기시나카는 양복을 깔끔하게 차려입고 넥타이까지 매고 있었다더군. 침대 옆 테이블에는 직장 동료와 가족 앞으로 남긴 유서가 놓여 있었고."

"사인은 뭡니까?"

"자세한 것은 해부 결과를 기다려 봐야겠지만 음독자살로 추정되고 있어."

"음독이오?"

"그게 뭐라고 했지?"

고즈카가 에노키에게 물었다.

에노키는 얼른 수첩을 펼쳤다.

"파라페닐렌디아민, 통칭 파라민이라고 하는 겁니다."

"들어 본 적도 없는 건데."

신스케가 중얼거렸다.

"컬러 사진을 현상할 때 사용되는 염료야. 모발 염색제에도 포함되어 있다더군. 파라민이 들어 있는 병이 기시나카의 방에서 발견되었어. 직업상 손쉽게 구할 수 있는 약품이기는 하지."

"직업상요?"

"기시나카는 마네킹을 만드는 공방에서 일하던 사람이야. 마네킹을 만들다 보면 모발 염색제도 필요하겠지."

"마네킹이라고요……."

흔치 않은 직업이라고 신스케는 생각했다. 하기야 그런 일을 하는 사람이 있어야 쇼윈도도 화려하게 꾸밀 수 있을 테지.

"그런데 죽은 사람이 저를 덮친 범인이라는 걸 용케 알아내셨군요. 무슨 실마리라도 있었나요?"

그렇게 묻자 고즈카는 신스케의 얼굴을 멀뚱멀뚱 쳐다보았다.

"시신을 먼저 발견한 게 아닐세. 그 반대야. 자네를 덮친 범인이 아닐까 하고 형사가 기시나카의 집을 찾아갔다가 시신을 발견한 거지."

"네?"

신스케가 다시 한 번 형사의 얼굴을 쳐다보았다.

"그 남자가 의심스럽다는 것을 어떻게?"

"정말 기억나지 않나, 기시나카 레이지라는 이름이?"

"그런데요…… 누구기에?"

그러자 고즈카가 팔짱을 끼며 물었다.

"그럼 기시나카 미나에라는 이름은, 그것도 기억에 없나?"

"기시나카…… 미나에."

기억의 그물에 뭔가가 걸려들 듯했다.

"1년 반 전에 자네, 인명 사고를 일으킨 적이 있을 텐데."

고즈카의 말투가 다소 거칠어졌다.

"고토 구 기요스미 공원 옆에서. 그때 사고로 죽은 사람이 기시나카 미나에 씨였지."

"사고? 1년 반 전?"

그 순간, 불쑥 떠올랐다.

그래, 내가 1년 반 전에 사고를 냈었지. 기요스미 공원 옆에서 한 여자를 치었다.

"뭐야, 잊고 있었나?"

고즈카가 경멸하듯 말했다.

잊고 있었다. 정말 그랬다. 바로 오늘까지도, 자신이 사고를 냈다는 생각은 단 한 번도 하지 않았다. 자신이 현재 집행 유예 중인 몸이라는 것도. 지금에서야 기억났다.

기시나카 미나에. 미나에를 한자로 어떻게 쓰더라.

신스케는 사고 당시를 떠올리려 애썼다. 어떻게 사고를 냈고, 어떤 식으로 사건을 매듭지었는지 기억을 되새겨 보려했다.

그런데 기억의 서랍 어디를 뒤져도 그에 관한 정보가 보이지 않는다.

그때 비로소 신스케는 알았다. 1년 반 전 사고, 라는 라벨이 붙어 있어야 할 기억 서랍이 머릿속에서 완전히 소멸되고 없다는 것을.

4

의사는 서류 한 장을 한없이 쳐다만 볼 뿐, 한동안 아무 말이 없었다. 엷은 눈썹이 약간 안쪽으로 모여 있다. 신스케는 의사의 표정이 마음에 걸렸다. 그의 표정을 읽고 싶은데, 금속 테 안경의 렌즈에 형광등 빛이 반사되는 통에 눈이 제대로 들여다보이지 않는다.

마침내 의사가 서류를 책상에 내려놓았다. 그리고 흰머리가 드문드문 섞인 머리를 긁어 댔다.

"두통은 이제 나았다고 했죠."

"네, 전혀 없습니다."

"검사 결과만 봐서는 이상한 곳이 없습니다. 그리 걱정할 필요 없어요."

"그럼 기억이 없는 것은……."

"음……."

의사는 고개를 갸우뚱했다.

"뇌가 손상된 것은 아니고, 정신적인 충격이 원인이지 싶은데. 기억 상실의 대부분이 실은 그런 겁니다."

"시간이 지나도 호전되지 않는다는 말씀입니까?"

"글쎄, 그건 뭐라 말하기가……."

그러더니 의사는 팔짱을 끼었다.

"아무튼 그렇게 심각하게 생각할 건 없어요. 평소대로 생활을 계속해도 상관없고. 기억이 지워진 부분도 아주 미미하니까 말입니다."

"그렇기는 합니다만……."

1년 반 전에 자신이 일으켰다는 교통사고 부분만 기억에 없었다. 어쩌면 다른 부분의 기억도 구멍이 있을지 모르겠지만, 일단 지금 신스케에게 중요한 기억은 그것뿐이었다.

"그렇다면, 그 사고에 관해서는 친한 사람에게 얘기를 듣거나 정보를 얻으면 되지 않을까요. 그렇게 하면 일상생활에는 별지장이 없을 테니까. 아무튼 마음을 편히 가져요. 그러다 보면 불현듯 잃어버린 기억이 되살아날 수도 있으니까."

"알겠습니다."

뇌과 진찰실에서 나온 신스케는 걸어서 병실로 돌아갔다. 입원한 지 일주일이 지났다. 머리에는 아직 붕대를 감고 있지만 몸을 움직이는 데는 아무런 불편이 없었다. 우려했던 후유증도 없는 듯했다.

병실로 돌아와 보니 나루미가 침대 위에 커다란 가방을 올려놓고 신스케의 짐을 정리하는 중이었다.

"뭐래?"

"별문제 없대. 한동안 격한 운동만 삼가래."

"그럼 예정대로 오늘 퇴원할 수 있는 거네."

"응."

"잘됐네."

나루미는 잠시 멈추었던 손을 다시 놀리기 시작했다.

"당신도 얼른 옷 갈아입어."

"그렇군."

퇴원할 때 입을 옷도 나루미가 이미 준비해 놓았다. 철제 의자 위에 반듯하게 접힌 줄무늬 셔츠와 베이지색 치노 바지가 놓여 있었다.

신스케는 환자복 단추를 풀면서 창가로 다가갔다. 병실은 3

층에 있다. 내려다보니, 병원 앞을 지나는 차도가 보인다. 4차선 도로 위로 모래를 실은 트럭과 하얀색 너저분한 밴과 지붕에 초롱 모양 램프를 단 택시가 신호가 바뀌기를 기다리고 있다.

자동차라.

신스케를 죽이려 한 범인이 기시나카 레이지라는 것은 거의 틀림없는 듯했다. 기시나카의 집을 조사한 수사원이 그의 윗도리 안주머니에서 피 묻은 스패너를 발견했기 때문이다. 그 피가 신스케의 혈액과 완전히 일치했고, 스패너에는 기시나카의 지문도 남아 있었다.

그가 자살했다는 점에도 의심의 여지는 없어 보였다. 유서의 필적도 그의 것으로 입증되었고, 죽기 전에 신문 배달을 중지시켰다는 사실도 확인되었다. 전화를 받은 신문 보급소 여직원의 말에 따르면 한동안 여행을 떠난다고 했단다.

그 같은 얘기를 신스케는 니시아자부 경찰서의 고즈카 형사에게 들었다. 고즈카가 서류를 마무리하고 싶다며 들렀을 때 자세하게 설명해 준 것이다. 신스케의 습격 사건은 해결되었고, 기시나카의 자살에도 의심스러운 점이 없다고 얘기하는 내내 고즈카는 여유로운 표정이었다.

"동기는 역시 복수입니까?"

그렇게 묻는 신스케에게 고즈카는 여러 번 고개를 끄덕여

보이며 말했다.

"그렇게 생각할 도리밖에. 지금까지 조사한 결과, 기시나카는 아내를 무척 사랑했던 모양이야. 아내를 잃은 후에는 혼이 빠져나간 사람 같았다더군. 직장 동료들 말이, 그 전에는 활달하고 사람들과도 잘 지냈는데 사건 후로 늘 침울하고 말이 없는 남자가 되었대. 며칠 동안 입 한 번 뻥긋하지 않은 적도 있었다고 말이야. 꺼림칙했다고 솔직하게 털어놓은 동료도 있었어."

"줄곧 저를 원망했던 거군요."

신스케의 말을 고즈카는 부정하지 않았다.

"그와 친했던 사람이 그러더군. 부인이 죽은 직후에, 자네를 죽이고 싶다고 했다고 말이야. 어떻게든 이 원한을 풀고 싶다고."

"죽이고 싶다……고요."

그 말이 신스케의 내면 깊이 가라앉았다.

"그런데,"

형사가 말을 덧붙였다.

"지난 두세 달 동안은 비교적 기운 있어 보였다고 말한 사람도 있어. 가끔은 왠지 모르게 들떠 보이기까지 했었다는군. 그래서 그 사람은 홀홀 털어 버렸나 보다고 생각했대."

"그런데 털어 버린 게 아니었군요."

"그랬겠지. 인간은 몹시 괴로워 보일 때보다는 오히려 쾌활하게 행동할 때 그 내면의 슬픔이 더 깊다고 하니까 말이지."

형사는 신스케의 눈을 보면서 어울리지 않게 문학적인 표현을 구사했다.

"문제는 왜 1년 이상이나 지난 지금에야 복수할 결심을 했느냐는 건데, 그 점에 대해서는 아직 잘 모르겠어. 계속 복수심을 억누르고 있었는데 끝내 견딜 수 없어 폭발했다고 할 수도 있겠지만, 그런 경우에도 뭔가 계기는 반드시 있었을 테니까 말이지."

"부인의 일주기가 지났기 때문 아닐까요?"

신스케는 생각나는 대로 말했다.

"글쎄, 그럴지도 모르지."

"그럼 복수를 결행했기 때문에 자살한 건가요?"

"아마도 그렇겠지. 해부 결과, 기시나카 레이지가 자살한 시각이 자네를 습격한 날 밤으로 판명됐어. 자네 머리에서 흐르는 엄청난 피를 보며 일을 완수했다고 확신했겠지. 그리고 독을 마셨을 테고."

"다음 날 저녁때까지 기다렸다면 마음을 바꿨을지도 모르겠군요."

신스케가 말했다. 다음 날 석간에 사건이 조그맣게 보도되었기 때문이다.

"내가 살아 있다는 것을 알고, 지금쯤 저세상에서 후회하고 있겠군요."

"인간은 죽으면 끝이야. 후회고 뭐고가 없지."

형사가 가칠한 목소리로 말했다.

고즈카와 나눴던 대화를 되새기고 있는데 뒤에서 목소리가 들려왔다.

"신스케 씨, 얼른 옷 갈아입어. 감기 걸리겠네."

돌아보니 나루미가 두 손을 양 허리에 대고 서 있었다.

"왜 그렇게 멍하니 있는 거야?"

"아니, 아무것도 아니야."

신스케는 단추를 전부 풀고 환자복을 벗었다.

입원비를 정산하고 둘은 병원을 나섰다. 마침 빈 택시가 지나가기에 나루미가 손을 들어 세웠다.

"몬젠나카초로 가 주세요."

나루미가 운전사에게 말했다.

"에타이 거리로 가면 되겠습니까?"

늙수그레한 운전사가 액셀러레이터를 밟으면서 물었다.

"네."

잠시 달린 후에 운전사가 또 물었다.

"교통사고였습니까?"

뒷거울을 통해 신스케의 머리에 감긴 붕대를 본 모양이었다.

"아, 네. 자전거 타고 가다가 차에 치였습니다."

"저런, 날벼락이 따로 없군요. 꿰맸습니까?"

"열 바늘이오."

"어이쿠야."

운전사가 고개를 절레절레 흔들었다.

"교통사고를 당하는 것만큼 어처구니없는 일도 없죠. 방금 전까지 펄펄하던 사람이 갑자기 저세상으로 가 버리니 원. 죽을병에 걸렸다면야 당사자나 주위 사람들이나 각오를 다질 시간이 있지만, 사고만큼은 누구도 예측할 수 없으니까 말입니다. 특히 교통사고는 아무리 조심해도 상대 쪽에서 박으면 피할 도리가 없어요. 그렇다고 집에만 꼼짝 않고 틀어박혀 있을 수도 없고. 거참, 무서운 세상입니다. 이런 장사 하면서 이렇게 말하는 것도 좀 그렇지만, 아무튼 그래요."

말이 많은 사람이었다. 나루미는 화제가 화제이니만큼 조마조마한 심정으로 신스케 쪽을 흘끗거렸다. 운전사의 말이 이제는 정부의 행정에 대한 불평으로 바뀌었다. 교통사고 얘기보다는 그나마 낫다고 생각했는지, 나루미는 적당히 맞장구를 쳤다.

신스케는 창밖으로 고개를 돌린 채, 스쳐 지나가는 차의 흐름을 바라보았다. 운전사의 얘기가 그다지 신경을 자극하지는 않았다. 오히려 교통사고 얘기를 들어도 실감이 전혀 없는 것에 그는 당혹감을 느끼고 있었다.

신스케는 기시나카 레이지에게 습격당하기 직전의 일을 생각해 보았다. 가게 문을 닫을까 하던 참에 들어온 기시나카는 아이리시 크림을 홀짝거리며 주절주절 말을 늘어놓았다.

'실은, 잊고 싶은 일이 있어서 말이죠. …… 아니, 잊는다는 건 절대 불가능한데 조금이라도 마음이 편해지고 싶어서요.'

그를 올려다보며 중얼거리듯 했던 말이 떠올랐다. 별 골치 아픈 소리도 다 한다고 생각하며 들었는데, 지금 와서 보니 그것은 다름 아닌 신스케 자신을 향한 말이었다. 잊고 싶은 일이란 것은 아내의 죽음일 테고, 조금이라도 마음이 편해지고 싶어서 그는 아내의 복수를 결행한 것이다.

택시가 에타이 거리로 접어들었다. 도쿄 역 옆을 지나 길쭉한 건물이 늘어선 오피스가를 빠져나간다. 마침내 앞쪽에 다리가 보였다. 스미다 강을 건너는 에타이 다리다.

"기사 아저씨, 미안하지만 기요스미 공원 아세요? 거기로 가 주십시오."

신스케의 말에 나루미가 놀란 듯 눈을 부릅떴다.

"기요스미 공원이오? 음, 알기는 아는데……."

운전사가 웅얼거렸다. 정확한 위치가 순간적으로 생각나지 않는 모양이었다.

"제가 길을 알려 드리죠. 일단 에타이 다리를 건너서 곧바로 좌회전하세요. 그리고 바로 왼쪽에 있는 좁은 길로 들어가면 됩니다."

나루미가 신스케의 얼굴을 계속 쳐다보았다. 그는 그런 나루미를 일부러 무시했다.

기요스미 공원 바로 앞에서 내렸다. 공원에는 아이들을 데리고 나온 주부들의 모습이 간간이 보였다. 벚나무에 꽃망울이 맺히는 계절이다. 앞으로 2주일쯤 지나면 공원이 꽃구경하러 나온 행락객들로 북적거릴 것이다.

그런데 신스케는 공원으로 발을 들여놓지 않고 도로를 따라 걷기 시작했다.

"신스케, 잠깐만."

나루미가 쫓아왔다.

"어디 가는 거야?"

"딱히 갈 데는 없어. 그냥 이 부근을 돌아보려는 거야."

주위를 둘러보면서 신스케가 말했다. 콘크리트 노면에 반사된 봄날의 햇살이 눈부셔 저도 모르게 눈을 찡그렸다.

"왜?"

나루미가 물었다. 그 목소리에 답답함보다는 짜증 비슷한 것이 담겨 있었다.

"내가 사고를 낸 곳이 대충 이 언저리잖아. 그래서 걸어 보는 거야."

"그러니까 왜냐고."

나루미의 눈초리가 매서워졌다.

"왜 그래야 하는 거냔 말이야."

신스케는 두 손을 주머니에 넣고 어깨를 으쓱했다.

"걷다 보면, 무슨 생각이 날까 해서."

"사고에 대해서?"

"응."

그러자 나루미는 길게 한숨을 쉬며 고개를 저었다.

"기억 안 나면 어때서. 좋지도 않은 일인데 억지로 기억해 낼 거 없잖아."

"아니지. 기억의 일부가 완전히 사라졌다는 거, 의외로 기분 안 좋은 일이야. 싫으면 나루미 먼저 집에 들어가. 가게 나갈 준비도 해야 되잖아?"

신스케는 손목시계를 보았다. 4시가 조금 지났다. 그녀는 이제 샤워를 하고 화장을 하고 나가야 한다.

"이런 데다 당신 혼자 놔두고 어떻게 가. 까딱 잘못했으면 죽었을지도 모를 만큼 크게 다쳤는데."

"이제 괜찮아. 아, 미안. 짐 내가 들게."

신스케는 한 손을 그녀 쪽으로 내밀었다.

"됐어, 내가 들 거야."

나루미는 옷가지가 들어 있는 커다란 가방을 몸 뒤로 숨겼다.

신스케는 손을 다시 주머니에 넣고 그녀에게 등을 보인 채 걷기 시작했다. 포기했는지 나루미도 잠자코 뒤따라왔다.

2차선 도로가 남북으로 약간 구부러지며 뻗어 있다. 도중에 조그만 강을 건너자 다른 곳보다 지대가 조금 높아졌다. 그러니까 도로가 상하좌우로 약간 굽어 있다는 얘기다. 밤이 되어 길이 어두워지면 시야가 당연히 나빠질 것이다. 신스케는 지금까지 몇 번이나 차를 타고 이 길을 지났지만 위험하다고 느낀 적은 없었다. 그것이 방심이었단 말인가 하고 생각했다.

앞쪽에 신호등이 보였다. 고속도로 입구로 진입하는 도로와 일반 도로가 교차한다.

신호가 녹색이어서 얼른 네거리를 지나려고 속도를 좀 올렸는지도 모르죠. 불쑥 그런 말이 머릿속에 떠올랐다. 그것이 자신이 한 말이라는 것도 금방 알 수 있었다.

언제, 누구에게 한 말이었을까. 아마도 상대는 경찰관이었던 것 같다. 그렇다면 현장 검증 때 아니었을까. 아니면 경찰서에서 취조를 받을 때였나.

신스케는 고개를 저었다. 더는 기억나지 않는다.

좀 더 걸어가자 왼쪽으로 창고 비슷한 건물이 나타났다. 그 회색 벽을 보고서 신스케는 걸음을 멈췄다.

여기야, 그는 생각했다. 이 건물 앞에서 사고가 났다. 기시나카 미나에라는 여자는 이 회색 벽과 자동차 범퍼 사이에 끼여 죽었다.

자전거를 타는 여자의 모습이 머릿속에 부옇게 떠올랐다. 그 뒷모습에 다가간다. 그 직후 비명, 충격, 그리고 튀는 피.

왜지? 그는 생각했다.

자전거를 타는 여자의 모습은 희미하게 기억이 난다. 그렇다면 신스케는 자전거가 앞에 있다는 것을 알면서도 비켜 가지 못했다는 얘기가 된다. 왜 그랬을까.

그만큼 서둘렀던 것일까. 왜 그렇게 서둘렀을까.

신스케는 관자놀이를 꾹 눌렀다. 별 통증이 없던 머리가 다시 지끈거리기 시작한다. 신스케는 자신도 모르게 얼굴을 찡그렸다.

"신스케."

나루미의 목소리가 들렸다 싶었을 때는 이미 그녀가 신스케의 몸을 부축하고 있었다. 길바닥에 내던져진 가방이 눈에 들어왔다. 나루미가 엉겁결에 내던진 모양이었다.

"괜찮아?"

그녀가 신스케의 얼굴을 올려다보았다.

"괜찮아. 그런데 좀 피곤하군."

"무리하면 안 된다니까. 여기서 잠깐만 기다려."

그렇게 말하고 나루미는 네거리 쪽으로 뛰어갔다. 그리고 한 손을 높이 들었다. 택시가 잡힌 듯했다.

신스케와 나루미가 사는 아파트는 가사이바시 거리에서 안쪽으로 한 블록 들어간 도로변에 있었다. 지하철역까지는 걸어서 10여 분. 그 중간에 도미오카하치만 신사가 있다. 열다섯 평에 월세 13만 엔이면 이 지역에서는 파격적인 집세라 할 수도 있지만, 건물 바로 위로 수도 고속도로가 달리고 있으니 그럴 만도 했다.

문을 열고 먼저 들어간 신스케는 집안 분위기가 달라졌다는 것을 금방 알아챘다. 우선 가구 배치가 달랐다. 그리고 심할 때는 발 디딜 틈조차 없을 만큼 너저분하던 실내가 오늘은 구석구석 깔끔하게 정리되어 있었다. 실내로 들어선 신스케는 사방을 둘러보았다.

"어떻게 된 거야. 엄청 깨끗해졌는데."

"우리 집 같지 않지?"

"응, 몰라보겠어."

그가 고개를 끄덕이며 말했다.

"당신이 없으니까 허전해서 기분 전환도 할 겸 바꿔 봤어. 혼자서 하려니 꽤 힘들더라."

"그랬겠는데."

나루미는 청소는 물론 대부분의 집안일에 서툴거니와 좋아하지도 않는다. 그런 그녀가 따분함을 이기려고 이런 일을 했다고 한다. 심지어 책꽂이까지 말끔하게 정리되어 있었다. 신스케는 마음에 드는 잡지를 버리지 않고 모으는 습관이 있는데, 일일이 책꽂이에 꽂기는 귀찮아 그냥 방바닥에 팽개쳐 둔다. 어느 정도 시간이 흐르면 그 잡지가 산더미처럼 쌓인다. 전에는 그런 산더미가 대여섯 개나 있었다. 그런데 지금은 방바닥에 잡지 한 권 놓여 있지 않았다.

나를 위해 이렇게 깔끔하게 정리했나 보군, 신스케는 생각했다. 병원에서 돌아왔을 때 집안이 더러우면 짜증을 낼까 봐 열심히 청소를 했나 보다고. 그렇게 생각하자 나루미가 사랑스러워졌다.

신스케는 유리문 옆에 놓인 이인용 소파에 앉았다. 유리 테이블 밑에 깔린 카펫도 싸구려이긴 하지만 새것이었다.

테이블 위에는 하얗고 동그란 도자기 재떨이가 놓여 있고, 그 안에는 뜯지 않은 샐럼 라이트와 일회용 라이터가 들어 있었다.

"눈치가 제법인데."

그가 나루미에게 말했다.

"용케 일주일 이상이나 금연했잖아."

그녀는 그렇게 말하며 웃었다.

"웬만하면 이 기회에 끊지? 입원했다가 담배 끊는 사람이 많다는데."

"그런 말은 당신이 먼저 끊은 후에 해야지."

신스케는 담뱃갑을 집어 조심스럽게 셀로판지를 뜯어내고 한 개비를 꺼냈다. 입에 물고 불을 붙일 때에는 손가락이 살짝 떨렸다.

새롭게 변모한 실내에 하얀 연기를 뿜어낸다.

"아, 좋다."

"나, 샤워하고 나올게."

나루미가 옷을 벗기 시작했다.

조금씩 맨살을 드러내는 그녀의 모습을 신스케는 샐럼 라이트를 피우면서 바라보았다.

"뭘 그렇게 빤히 쳐다봐, 징글맞게."

그의 시선을 느낀 그녀가 그렇게 말하고는 양말을 벗어 신스케에게 던졌다.

신스케는 재떨이에 담배를 비벼 끄고 일어서더니 욕실로 가려는 나루미의 팔을 잡았다. 그녀는 조금 놀라는 듯했지만 저항하지 않고 그의 움직임에 몸을 맡겼다. 신스케는 그녀의 가녀린 몸을 껴안고 젖가슴으로 손을 뻗었다. 야윈 몸에 비하면 봉긋하고 풍만한 가슴이다. 그는 자신의 사타구니가 뻐근해지는 것을 느끼면서 오른손으로 나루미의 젖가슴을 애무했다. 손바닥 안에서 젖꼭지가 딱딱해졌다. 그녀가 키들키들 웃었다. 그 입을 그의 입술이 짓눌렀다.

그때, 불현듯 하나의 광경이 그의 눈 속에 되살아났다. 얇은 슬립만 걸친 여자가 그의 눈앞에 서 있다. 나루미는 아니다. 나루미는 슬립을 입지 않는다. 그렇다면 누구였을까.

신스케는 나루미의 몸을 밀쳐냈다. 그 손길이 다소 거칠었는지 그녀가 어리둥절한 표정을 지었다.

"아, 맞아. 유카 씨를 데려다 주었지."

"뭐?"

"그날 밤 말이야. 유카 씨를 집에 데려다 주고 돌아오는 길에 사고가 났어. 그래, 맞아."

유카는 '시리우스'에 자주 드나드는 호스티스다. 그날 밤, 유카는 곤드레가 되어서는 문 닫을 시간이 다 됐는데도 일어나지 않았다. 그래서 신스케가 에지마의 차로 데려다 주게 된 것이다. 그녀의 집은 모리시타. 긴자에서 출발하면 신스케의 집과 같은 방향이다.

"그래."

나루미가 고개를 끄덕였다.

"물론 내가 본 건 아니지만 당신에게 그렇게 들었어."

"그런 말을 한 기억은 있어."

"그럼 사고 때 일이 기억난 거야?"

나루미가 걱정스럽게 올려다보았다.

"약간은. 그런데……,"

신스케는 집게손가락과 엄지손가락 사이에 콧대를 끼듯이

눈 안쪽을 누르며 소파로 돌아갔다. 또 머리가 슬금슬금 아파 온다.

"사고 자체에 대한 기억은 없어. 내가 그 길에서 왜 그렇게 속도를 냈을까. 자전거 탄 여자를 보면서도 갖다 박은 걸 보면 어지간히 급했다는 얘긴데, 뭐가 그렇게 급했는지 도무지 기억이 안 나."

"정말 기억 안 나?"

나루미가 물었다.

"응."

신스케는 그녀를 올려다보았다.

"왜 서둘렀는지, 내가 무슨 말 안 했어?"

"빨리 돌아오고 싶었다, 그렇게 말한 것 같은데."

"그런 이유 하나 때문에 실수를 할 만큼 밟았을까?"

"그건…… 잘 모르겠어. 나도 그렇게 자세히 들은 건 아니니까. 그때는 합의하는 문제 때문에 머리가 복잡하기도 했고."

나루미는 윗몸에 아무것도 걸치지 않은 채 팔짱을 꼈다. 그 두 팔에 닭살이 돋아 있다.

"감기 걸리겠다. 빨리 샤워해."

"응, 그래."

나루미는 자신의 팔을 비비면서 욕실로 총총 걸어갔다.

신스케는 샐럼 라이트를 또 한 개비 꺼내 불을 붙였다. 그의 사타구니는 이미 원래 상태로 돌아가 있었다.

5

이틀 후, 신스케는 기시나카 레이지가 살았던 아파트를 찾아 갔다. 집을 나설 때만 해도 그곳을 찾아갈 마음 따위는 전혀 없었다. 점심거리로 편의점에 가서 도시락이나 사 올까 하고 자전거에 올라탔던 것이다. 나루미는 손님과 새벽 3시까지 노래방에서 난리법석을 치렀다며 그때까지도 침대에서 자고 있었다.

처음 들어간 편의점에 먹을 만한 도시락이 없어 신스케는 조금 더 먼 곳으로 갔다. 햇살은 따뜻하고 바람도 부드러워 자전거 타기에 알맞은 상쾌한 오후였다. 그는 웬만한 거리를 다닐 때는 대개 자전거를 이용한다. 차가 아직 없기 때문이다.

두 번째 편의점에서 도시락과 잡지를 사 들고 집으로 돌아가기 위해 페달을 밟으려다 갑자기 발을 내려놓았다.

편의점 옆에 부동산 중개업소가 있었다. 그 유리창에 매물의 내부 구조 그림이 덕지덕지 붙어 있었다. 그중 한 장이 그의 시선을 끌었다.

서니 하우스. 귀에 익은 이름이었다. 고즈카가 기시나카 레이지의 주소를 말할 때 그 아파트 이름이 서니 하우스라고 했던 것 같다.

기바라고 했지, 아마.

신스케는 자신의 기억을 더듬었다. 몇 번지인지는 기억이 안 난다. 하지만 고즈카에게 들었을 때, 집에서 가깝다고 생각했다. 부동산 중개업소 유리창에 붙어 있는 매물 안내지에는 고토 구 기바라고 명기되어 있었다.

아파트 주변 약도까지 그려진 그 안내지를 보다가 신스케는 불쑥 가 볼까, 하고 생각했던 것이다. 자전거를 타고 가면 그리 먼 거리는 아니었다.

가서 뭘 어쩌겠다는 것까지는 생각하지 않았다. 다만 죽이고 싶을 만큼 자신을 증오했던 남자에 대해 조금이나마 알고 싶었다. 마네킹을 제작하는 공방에 다녔다는 정보 말고는 아무것도 몰랐다.

방 두 칸에 부엌, 12만 5천 엔이라는 글자를 확인한 후 그는 페달을 밟았다.

그 아파트는 기요스바시 거리 근처 주유소 뒤에 있었다. 4층짜리 조그만 건물로 지금은 칙칙한 황토색으로 보이는 벽면이 과거에는 크림색이지 않았을까 싶었다. 초고속 왁스 세차라고 쓰인 주유소 간판의 네모난 그림자가 그 벽면에 길게 뻗어 있었다.

신스케는 자전거를 아파트 앞에 세워 놓고, 편의점의 비닐 봉투를 손에 든 채 정면 현관으로 들어섰다. 바로 왼쪽에 관리실 창문이 있었지만 안에는 아무도 없었다.

오른쪽에 있는 우편함 앞에 서서 신스케는 명패를 죽 살펴보았다. 대부분의 명패에 이름이 적혀 있지 않은데, 202호에만 '기시나카'라고 적혀 있었다. 관리인이 이름을 뺀다는 것을 깜박한 모양이다.

4층 건물이라서 예상하고 있었지만, 역시 엘리베이터는 없었다. 신스케는 관리실 옆에 있는 어두컴컴한 계단을 걸어 올라갔다.

기시나카가 왜 이런 곳에 살았는지 궁금했다. 신스케는 사고가 났을 당시의 일은 기억하지 못해도 그 후의 경과에 대해서는 거의 기억하고 있다. 미나에가 보험에 들어 있었기 때문에 기시나카 레이지에게 상당한 금액이 지불된 것으로 알고 있다.

2층으로 올라간 신스케는 202호 앞에 섰다.

그 남자가 이 집에 살았단 말이지.

기시나카 레이지가 가게에 왔을 때를 떠올렸다. 검은 테의 동그란 안경, 낡은 양복, 듬성듬성 돋아 있는 수염. 그날 밤 그는 이 집에서 그런 차림을 하고서 신스케를 살해하기 위해 나섰던 것이다. 윗도리에는 스패너가 들어 있었다.

집 안에 사람이 있는 기척은 없었다. 회색 문을 보면서 신스케는 소각로 문을 연상했다. 기시나카가 이 집에서 자살했다고 생각하니, 그의 원한이 아직도 문 너머에 도사리고 있을 듯한 기분이 들었다.

이제 됐어, 신스케는 생각했다. 두 번 다시 이곳에 오지 말자. 이것으로 끝내자.

그가 뒤돌아 걸음을 내디디려는 순간이었다. 반대쪽에서 한 남자가 다가왔다. 턱수염을 기른 오십 줄의 남자였다. 머리에는 갈색 베레모를 쓴 채 쇼핑백을 껴안고 있었다.

신스케는 왠지 불길한 예감이 들어, 남자와 눈이 마주치지 않도록 조심하면서 스쳐 지났다. 그리고 계단을 향해 서둘러 걸었다.

"저, 잠깐만. 미안합니다만."

남자가 말을 건넸다.

신스케는 걸음을 멈추고 돌아보았다. 남자는 기시나카의 집 앞에 서 있었다.

"기시나카 군의 친구 됩니까?"

남자가 물었다. 그냥 얼버무리고 말까, 신스케는 순간적으로 그렇게 생각했다. 하지만 남자가 기시나카의 집 앞에 서 있는 자신을 봤을지도 몰랐다.

"친구는 아니고……."

"그럼, 지인?"

"네, 뭐."

털모자를 쓰고 오기 잘했다고 생각했다. 그게 없었으면 머리에 감긴 붕대를 보고 신스케의 정체를 알아봤을지도 몰랐다.

"기시나카의…… 후배입니다, 학교의."

"후배? 그럼 그쪽도 미대 출신?"

"미대요? 아, 그건 아니고……."

"아, 그럼 고등학교인가요?"

"네."

"그렇군요."

남자는 친근하게 웃으며 신스케 쪽으로 다가왔다.

"기시나카 군의 유족을 만날 기회가 혹시 있습니까?"

"아니요, 아마 없을 겁니다."

"아, 그래요."

남자는 다시 난처한 표정을 짓더니 자신이 들고 있는 쇼핑백을 내려다보며 말했다.

"그럼 이걸 어쩌나. 난처하게 됐군."

남자의 얼굴에 신스케가 뭐라 물어 주기를 바라는 기색이 역력했다. 무슨 일인데요, 라고. 그 말을 실마리로 뭔가 의논하려는 것이다. 그러니 관여하고 싶지 않으면 두말 않고 사라지는 것이 상책이었다. 물론 신스케는 골치 아픈 문제를 그 남자와 공유하고 싶은 마음은 추호도 없었다. 그러나 기시나 카 레이지라는 사내를 다소나마 알고 싶다는 욕구는 그가 생각하는 이상으로 컸다.

"무슨 일인데요?"

결국 신스케는 그렇게 묻고 말았다. 아니나 다를까, 남자의 얼굴에 친근한 미소가 되돌아왔다.

"실은 저, 기시나카 군이 다녔던 회사 사람입니다. 회사에 그 사람 물건이 남아 있어서 가져왔어요. 관리실에 맡기고 가려 했는데, 보아하니 관리인이 자리를 자주 비우는 모양입니다."

"그런가요."

"거참, 이 일을 어쩌나."

남자는 머리를 긁적이며 기시나카의 집 쪽을 돌아보고는 다시 쇼핑백을 내려다보았다.

"그냥 문 앞에 두고 갈 수도 없고."

"회사라면, 마네킹 만드는?"

고즈카가 한 말이 생각나 물어보았다.

"맞아요. 기시나카 군에게 들었나요?"

남자가 슬며시 반가운 표정을 지었다.

"그 사람과 저는 얼굴을 그렸죠."

"얼굴요?"

"마네킹 얼굴 말입니다."

남자는 쇼핑백에서 팸플릿 한 권을 꺼내 표지가 보이도록 신스케에게 내밀었다.

"이게 제가 그린 겁니다."

팸플릿 표지에는 마네킹 얼굴만 나와 있었다. 하얀 피부에 눈썹과 입술, 눈동자가 섬세한 터치로 그려져 있었다. 머리카락이 검고 눈이 약간 길쭉한 것은 일본 사람을 상정하고 그려서인지도 모르겠다.

"예쁘군요."

신스케는 솔직하게 감상을 말했다.

"엄청 공을 들인 작품이니까요."

남자가 팸플릿을 도로 집어넣었다.

"예를 들어, 표정 같은 것도 그리는 사람에 따라 달라집니까?"

"그야 물론 달라지지요. 저마다 취향도 있고 말이죠. 같은 사람이 그린 것도 그릴 당시의 기분에 따라 다릅니다."

"……기시나카 씨는 주로 어떤 얼굴을 그렸습니까?"

"그 사람은 개성파였어요. 얼굴을 곱게만 그리는 게 아니라, 약간 특징을 주어서 보는 사람에 따라 호불호가 갈리게 그렸죠. 고객들은 그리 달가워하지 않았어요."

남자가 쇼핑백 안을 뒤적거렸다. 그러고서 그가 꺼낸 것은 파일 한 권이었다.

"이거, 기시나카 군의 작품입니다."

신스케는 파일을 받아 들고 펼쳤다. 안에는 사진이 죽 들어 있었다. 모두 여자 마네킹 얼굴이었다. 서양인, 흑인, 동양인 등 갖가지 얼굴이 있었다. 표정은 거의 없는데 눈동자에만은 인간 이상의 깊이가 있었다. 그 눈동자를 보고 있자니 그녀들의 메시지가 전해져 오는 듯했다.

거의 예술이로군, 신스케는 생각했다. 미미하지만 감동마저 느껴졌다.

"거참, 어째야 할지."

남자가 같은 말을 되풀이했다.

"애써 그린 작품인데 버리자니 아깝고, 그렇다고 회사에 마냥 놔둘 수도 없고."

"파일이 또 있습니까?"

"두 권 더 있어요. 한 권은 애들 얼굴이고, 또 한 권은 마네킹의 전신을 그린 거고. 그 밖에 그 사람 화구에 슬리퍼……."

쇼핑백 안을 들여다보면서 그가 말했다.

"혹시, 제가 보관해도 될까요?"

"그래 주면 나는 좋은데, 괜찮을는지……."

"언제 기시나카 씨의 유족에게 전달할 수 있을지는 모르겠지만, 저도 괜찮습니다."

"그건 상관없지 않을까 싶은데. 서둘러야 하는 일도 아니고. 아무튼 회사에 마냥 둘 수는 없으니까. 그럼 부탁드리죠. 고맙습니다."

남자는 신스케의 마음이 변할까 봐 걱정스러운지 얼른 쇼핑백을 내밀었다.

"죄송하지만, 성함이?"

"아하, 그렇군. 이거 제가 깜박했습니다."

남자는 윗도리 안주머니에서 명함을 꺼냈다.

명함에는 다카하시 유지라는 이름과 'MK마네킹 주식회사 의장 설계부 주임'이라는 직함이 찍혀 있었다. 회사 주소는 고토 구 도요로 되어 있다. 집 근처에 마네킹 제조 회사가 있다는 것을 신스케는 처음 알았다.

"그런데, 그쪽은?"

다카하시가 물었다.

"아, 죄송합니다. 지금은 명함을 갖고 있지 않군요."

신스케는 얼른 가명 하나를 생각했다. 그러다 순간적으로 입에서 튀어나온 것이 '양하' 마담의 성이었다.

"오노라고 합니다."

다카하시는 샤프펜슬을 꺼내면서 이번에는 연락처를 물었다. 신스케는 실제로 있는지 없는지 모를 가공의 주소와 전화

번호를 말했다. 다카하시는 미심쩍어하는 기색 없이 그것을 자신의 명함 뒤에 적었다.

"이거 고맙습니다. 어깨가 한결 가벼워졌어요."

메모를 끝낸 다카하시가 계단을 내려가기 시작했다. 신스케도 쇼핑백을 들고 그 뒤를 따랐다.

"회사가 시끌시끌하겠군요."

다카하시의 등을 향해 신스케가 말했다.

"그런 사건이 발생했으니 말입니다."

"그럼요, 다들 깜짝 놀랐습니다."

"기시나카 씨와는 친분이 두터우셨나요?"

"글쎄요. 좁은 공간에서 매일 단둘이 일했으니 회사 안에서는 아마 가장 가까웠을 겁니다."

"그 사건이 있기 전에 기시나카 씨에게 이상한 점은 없었나요?"

신스케가 묻자 다카하시는 걸음을 멈추고 돌아보며 흥미롭다는 듯 그의 얼굴을 바라보았다.

"형사도 똑같은 질문을 하던데."

"아, 별 뜻은 없습니다."

"이상한 점이 있었다고 할 수도 있고, 없었다고 할 수도 있고. 그렇게밖에 말을 못하겠군요. 그 사람이 이상하게 변한 것은 부인이 죽은 후부터였으니. 그 후로 계속 이상했어요.

말이 없고 침울하게 지내는 일이 많았지요. 하지만 그것이 평소 그 사람의 상태라고 생각하면, 사건 전이라고 딱히 이상한 점은 없었던 셈이 되죠. 무슨 말인지 아시겠습니까?"

"알 것 같습니다."

신스케는 고개를 끄덕였다.

"참 불쌍한 사람입니다. 부인을 무척 사랑했는데."

그렇게 말하면서 다카하시는 아파트 밖으로 나갔다. 길 반대쪽에 서 있는 차가 그의 차인지, 주머니에서 열쇠를 꺼내며 다가갔다.

"이렇게 만나 다행입니다. 우물쭈물하다가 주차 위반 딱지를 뗄 뻔했는데."

"이건 제가 잘 보관하겠습니다."

신스케는 쇼핑백을 올려 보이며 말했다.

"잘 부탁합니다. 참, 그리고,"

다카하시가 운전석 쪽 문을 열려다 주춤했다.

"맨 끝 페이지에 웨딩드레스의 베일을 쓴 마네킹 사진이 있을 겁니다. 그 얼굴을 한번 잘 보세요."

"뭐 특별한 거라도 있습니까?"

"있지요. 그 사람이 부인을 생각하며 그린 얼굴이니까."

다카하시가 진지한 표정으로 고개를 끄덕였다.

"넷?"

신스케는 자신도 모르게 그런 소리를 뱉었다.

"참 많이 닮았어요. 마네킹 얼굴로서의 완성도도 뛰어납니다. 볼만하죠."

그렇게 말한 다카하시는 손을 약간 들어 보이고 차에 올라탔다.

"이런 걸 왜 받아 왔어?"

테이블 위에 놓인 파일을 들추며 나루미가 말했다. 신스케가 아파트로 돌아오니 그녀가 일어나서 텔레비전을 보고 있기에 전후 사정을 짤막하게 설명했다.

"말했잖아, 어쩌다 보니 그렇게 됐다고."

"어쩌다 보니 자기를 죽이려고 했던 남자의 소지품을 갖고 싶어졌단 말이야?"

"다른 거라면 굳이 그런 생각 안 했을 거야. 그런데, 보다 보니까 좀 흥미로워서."

"참 이상하네."

"싫으면 당신은 안 보면 되잖아."

"싫다는 말 안 했어. 이런 걸 받아 오는 게 이상하다고 했을 뿐이지. 야, 중국 사람 마네킹도 다 있네."

신스케는 창가에 서서 담배를 입에 물고 불을 붙였다. 창문 아래 좁은 도로로 차 한 대가 획 지나갔다. 이 도로가 그 간선 도로로 빠지는 지름길이라는 것을 이 지역 운전자들은 대개 안다.

　조심해. 그 앞의 신호 없는 네거리, 사고 다발 지역이라고. 신스케는 마음속으로 중얼거렸다. 귀를 쫑긋 세워 보았지만 급브레이크를 밟는 소리나 차끼리 충돌하는 소리는 들리지 않았다. 운이 좋은 녀석이로군. 또 속으로 투덜거렸다.

　왜 기시나카의 소지품을 갖고 싶었는지 신스케 자신도 잘 몰랐다. 마네킹 사진이 매력적이기는 했지만 그것만은 아니었다. 역시 자신을 죽이려고 했던 남자에 대해 알고 싶었던 것이다. 구체적으로는 기시나카가 자신을 얼마나 증오했는지, 그 정도를 확인하고 싶었다고 해야 할 것이다.

　담뱃재를 재떨이에 떨려 할 때였다. 마네킹 사진을 보고 있던 나루미가 갑자기 숨을 헉, 삼키며 파일을 탁 덮었다. 그러더니 입가를 손으로 가리고 겁에 질린 눈빛으로 신스케를 쳐다보았다.

　"왜 그래?"

　나루미는 가느다란 손가락으로 파일을 가리켰다.

　"정말 끔찍한 사진이 있어."

　"끔찍한 사진? 그래 봐야 마네킹인데, 뭘."

　"그래, 마네킹은 마네킹인데, 그 얼굴이 너무 무서웠어."

　소름이 끼치는지 나루미는 자신의 몸을 손으로 마구 비벼 댔다.

"맨 끝에 있는 사진, 결혼하는 신부 모습인데……."

"맨 끝?"

다카하시의 말이 떠올랐다. 하지만 그 얘기를 나루미한테는 하지 않았다.

그가 파일을 집어 들었다. 기시나카 레이지가 아내의 얼굴을 생각하며 그렸다는 마네킹 얼굴을 신스케는 아직 보지 않은 것이다.

"난 안 볼래."

나루미가 고개를 저쪽으로 돌렸다.

"왠지 기분이 안 좋아. 으스스한 느낌이랄까."

허풍 떨기는. 그렇게 생각하면서 신스케는 마지막 페이지를 넘겼다. 그리고 페이지가 넘어가는 순간, 스산한 바람 같은 것이 휘잉 그의 가슴속을 스쳐 지나갔다.

페이지가 펼쳐짐과 동시에 여자 얼굴이 그의 눈으로 날아들었다.

움찔, 했다.

그것은 마네킹 얼굴이라 여겨지지 않을 만큼 완벽했다. 그저 아름답기만 한 것이 아니다. 거기에는 한 여자의 얼굴이 있었다. 다른 마네킹에는 없는 생명의 기운이 감돌았다. 하지만 그것은 죽음의 기운이기도 했다. 신스케는 외면할 수 없었다. 상아색 피부, 완벽한 곡선을 이루는 눈썹, 뭐라고 속삭이는 듯한 입술, 의지가 엿보이는 콧대, 그리고.

그 마네킹 얼굴에는 아주 특별한 점이 하나 있었다. 다른 마네킹은 모두 허공을 쳐다보는데, 그 마네킹은 달랐다.

이 여자는…… 날 보고 있어.

그렇게 생각한 순간이었다. 사진 속 마네킹의 눈동자가 살짝 움직인 듯한 느낌이 들었다. 신스케는 얼른 파일을 덮었다.

"신스케!"

나루미가 걱정스러운 목소리로 불렀다.

하지만 신스케는 대답할 여유가 없었다. 가슴이 뻐근할 정도로 심장이 쿵쿵거렸다. 온몸에서 땀이 찔찔 배어나오는데 등은 서늘했다. 손발도 얼음처럼 차가웠다.

"그 사진들, 다 갖다 버려."

나루미는 짜증스럽게 말했다.

신스케는 잠시 뭐라 대답하지 못했다.

6

퇴원한 지 닷새째인 월요일부터 신스케는 다시 일을 시작하기로 했다. 첫날인 오늘은 손님이 좀 없었으면 했는데, 하필 단체 손님이 찾아와 거의 쉴 틈이 없었다. 마담 치즈코는 입

으로는 신스케를 걱정했지만 찾아오는 손님을 마다할 리 없
었다.

손님 몇 쌍이 돌아가고 겨우 한숨 돌릴 즈음 '시리우스'의
에지마 고이치가 나타났다. 그가 '양하'에 오는 것은 흔하지
않은 일이다.

"오늘부터 다시 일을 시작한다고 해서 격려차 왔지."

에지마는 카운터 자리에 앉아서 말했다. 어깨가 넓은 체격
에 베이지색 양복이 잘 어울렸다.

"여러 가지로 걱정을 끼쳐서 죄송합니다."

"무슨, 괜찮아."

에지마가 몸을 앞으로 약간 내밀었다.

"얼핏 들었는데, 기억이 툭 끊긴 부분이 있다면서?"

치즈코에게 들었나 보다고 신스케는 생각했다. 물론 기억
나지 않는 부분이 있다는 얘기를 치즈코에게 하지는 않았다.
치즈코는 아마 나루미에게 전해 들었을 것이다. 여자들이란,
참. 쯧쯧, 혀라도 차고 싶은 기분이었다.

"어느 부분만 그렇습니다."

사실은 에지마와 그 얘기를 하고 싶었다.

"어디가 기억나지 않는데?"

"그게, 교통사고 때의 일입니다. 예의 교통사고."

"허."

에지마가 신스케의 얼굴을 빤히 쳐다보았다.

"전혀 기억나지 않나?"

"단편적으로는 기억이 나는데…… 사고 후에 보험 회사 사람들과 의논했던 일이나 경찰서에서 취조를 받던 일은 기억이 나요. 그런데 정작 사고 순간의 일은 아무리 생각해도 머릿속에 안개가 낀 것처럼 애매합니다. 이런저런 장면이 하나하나 떠오르기는 해도, 엮여서 그림이 되지는 않아요."

"거참, 답답하겠군. 짜증 나겠어."

"뇌를 꺼내서 까뒤집어 보고 싶을 지경입니다."

신스케의 농담에 에지마는 입을 크게 벌리고 웃었다. 그러고 나서 그는 보드카 라임을 한 모금 마셨다.

"기억이 안 나면 어때, 운이 나빠서 난 사고였는데. 잊을 수 있으면 잊어버려도 좋은 기억 아닌가. 실연과는 달라서 영원히 미화될 수 없는 기억이니까 말이야. 차라리 다행이라고 생각하는 편이 좋지 않을까."

에지마는 조금 전의 웃음기가 싹 가신 얼굴로 차분하게 말했다.

"그렇게 생각하고는 있지만, 그래도 역시 찜찜합니다. 납득이 가지 않는 일도 있고요."

"어떤 일이 납득이 가지 않는데?"

"여러 가지가 있습니다. 왜 그 길에서 그렇게 속도를 냈는지, 왜 앞에 자전거가 있다는 걸 알면서 박아 버렸는지."

신스케의 말에 에지마는 뜻밖이라는 표정을 지었다.

"자전거가 있다는 걸 알았다고?"

"네."

"그 기억은 나는 거야? 그러니까, 자전거를 봤다는 기억은?"

"네. 밤길인데, 어떤 여자가 자전거를 느릿느릿 타고 가던 뒷모습이 기억나요."

"흐음……."

에지마는 미간을 찡그린 채 신스케 뒤쪽에 있는 선반을 쳐다보면서 술을 마셨다. 그러다 그 눈길을 다시 신스케에게 돌렸다.

"사고 당시에는 단순한 과속이었다고 한 것 같은데. 그런데 자전거 타고 가는 여자의 모습은 봤다는 거야? 하긴, 속도를 내다 보면 상대를 확인하고도 이미 비켜 갈 수 없는 경우가 생기지. 그런 경우였나 보군."

에지마의 그 같은 얘기를 듣고서도 신스케는 뭔가 석연치 않았다. 그는 예전에 친구가 사고를 내는 광경을 직접 본 경험이 있기 때문에 그 후부터는 상당히 조심스럽게 운전했다. 그런데 왜 그날 밤만 유독 해이했던 것일까.

"경찰서에 가서 당시의 담당 경찰을 만나 어떤 상황이었는지 물어보면 알 수야 있겠죠."

신스케가 그렇게 말하자 에지마는 얼굴을 찌푸리며 손을 저었다.

"그럴 거 뭐 있나. 사고 때 일을 다시 생각한다고 득이 되는 것도 아니고. 그보다 고민해야 할 일이 많을 텐데. 장래의 일이라든지."

"장래요?"

"언젠가는 독립할 거 아니야? 그렇게 말했던 것 같은데."

"아, 그거야 가능하면 그렇다는 말이죠."

"거참, 꽤나 태평하군."

에지마는 피식 웃고는 술잔을 기울였다.

장래.

오래도록 그 생각을 하지 않은 듯하다. 특히 이번 사건 후로는 단 한 번도 머리에 떠오르지 않았다. 전에는 훨씬 자주 생각했는데. 가게 자리를 슬슬 찾아봐야겠다고 계획한 적도 있었다. 예산을 세우고, 어느 정도 매상을 올려야 수지가 맞는지도 계산했었다.

예산?

뭔가가 떠오를 듯했다. 하지만 그게 뭔지 도무지 알 수 없었다. 그래서 신스케는 예산에 대해 잠시 생각해 보기로 했다. 현재 모아 놓은 돈이 어느 정도 있는지, 은행에서 얼마나 대출을 받으면 되는지.

그러자 또 머릿속이 혼란스러워졌다. 자신에게 돈이 얼마나 있는지 기억이 나지 않았다. 은행에 예금해 놓은 돈이 얼마간 있을 것이다. 정기 예금도 들었었나?

"어이, 왜 그래, 어디 안 좋아?"

에지마가 물었다.

"아니, 아무것도 아닙니다."

신스케는 고개를 젓고는 씻은 잔의 물기를 닦기 시작했다. 그러나 가슴속에는 정체 모를 먹구름이 끼어 가고 있었다.

그때 문이 살며시 열렸다. 신스케는 반사적으로 눈을 돌렸다. 12시 가까운 시간. 이런 시간에 나타날 만한 단골손님 몇 명이 떠올랐다.

하지만 문을 열고 들어온 사람은 그중의 어느 누구도 아닌, 신스케가 전혀 모르는 사람이었다. 마담도 아가씨들도 에지마도 그 인물을 보고는 잠시 침묵했다.

낯선 여자 손님이었다. 나이는 서른이 좀 못 돼 보였다. 짧은 머리에, 장례식에서 돌아오는 길인지 검은 벨벳 원피스를 입고 손에도 검은 레이스 장갑을 끼었다.

여자는 가게 안으로 들어서더니 실내를 돌아보지도 않은 채, 마치 처음부터 그러기로 했다는 듯 카운터 끝자리를 향해 걸어왔다. 그녀가 스툴에 앉을 때까지 아무도 입을 열지 않았다.

"어서 오십시오."

신스케가 겨우 입을 열었다.

"뭘 드시겠습니까?"

여자가 얼굴을 들고 신스케를 쳐다보았다. 그 순간, 신스케의 몸속에서 불꽃이 튀었다.

이 여자에게 빠지겠군. 신스케는 그렇게 직감했다.

7

검은 원피스 차림의 여자는 한 시간 정도 있다 돌아갔다. 그 동안 그녀는 브랜디 석 잔을 마셨다. 20분에 한 잔꼴로, 마치 스톱워치로 재고 있는 것처럼 일정하게 마셨다. 술을 마시는 몸짓도 처음부터 끝까지 거의 변하지 않았다. 잔으로 손을 내민다. 가볍게 잔을 들어 잔 속의 액체를 몇 초 동안 바라본다. 그러다 잔에 입술을 살짝 댄다. 술이 입 안으로 흘러들어간다. 술을 마시는 동안은 눈을 감는다. 마침내 가녀린 목이 희미하게 움직인다. 그리고 잔에서 입술을 떼고는 조그맣게 한숨을 쉰다. 정확하게 그것의 반복이었다.

신스케는 다른 손님을 상대할 때도 그녀에게서 신경의 끈을 놓지 않았다. 아니, 신스케만 그런 것이 아닌 듯했다. 그녀가 들어왔을 때 아직 카운터 자리에 앉아 있던 에지마는 애용하는 만년필을 꺼내 잔 받침에 뭐라고 쓰더니 슬며시 신스케 쪽으로 밀었다. 신스케는 재빨리 그것을 집어 들었다.

아는 손님인가. 잔 받침에는 그렇게 쓰여 있었다. 신스케는 잔 받침을 쥐고서 에지마를 향해 고개를 살짝 저었다. 에지마는 의아하다는 표정을 지었지만, 그 여자를 호기심이 드러난 눈빛으로 쳐다보지는 않았다.

치즈코 역시 수수께끼의 여자가 마음에 걸리는 듯했다.

"누구야, 뭐하는 사람인지 알아?"

한번은 카운터로 다가와 작은 소리로 그렇게 물었다. 신스케는 역시 고개를 저었다. 처음 오는 손님이라도 남자라면 뭐하는 사람인지 은근슬쩍 알아낼 수 있는 마담이지만, 상대가 상복 입은 여자이다 보니 여의치 않은 듯했다.

처음 20분 동안 그녀가 한 말은 "헤네시 주실래요?"와 "한 잔 더 주실래요?", 두 마디뿐이었다. 가녀린 몸매에 비해 낮은 목소리였다. 신스케의 귀에 플루트의 낮은 선율을 듣고 난 후 같은 여운이 남았다.

그녀가 두 잔을 다 마시고 나면 그 낮은 플루트 선율을 다시 들을 수 있을까, 신스케는 기대했다. 그런데 그녀는 아무 말 없이 그의 앞으로 빈 잔만 내밀었다. 대신 얼굴에 미소가 어려 있었다. 요염하다는 표현이 딱 어울리는 표정이었다. 약간 갈색을 띤 눈동자는 그의 눈을 똑바로 쳐다보고 있고, 살짝 벌린 입술 사이로는 짙은 꽃향기를 머금은 숨이 새어 나올 것만 같았다.

"같은 걸로 드릴까요?"

신스케가 물었다. 약간 떨리는 목소리였다.

여자는 말없이 고개만 살짝 끄덕였다. 실내의 희미한 불빛이 그녀를 비스듬히 비추고 있었다. 도자기처럼 하얗고 매끄러운 피부였다.

신스케는 그녀가 뭐라고 말을 건네 오기를 기대했다. 이런 술집에 혼자 오는 손님은 대개 얘기 상대를 필요로 한다. 하지만 이 여자는 그러지 않겠지, 신스케는 생각했다. 이 여자는 혼자 술을 마시고 싶어서 온 것이라고. 다만 여자에게서는 혼자 술을 마시고 싶어 하는 사람 특유의 고독감이나 적막감이 느껴지지 않았다. 어슴푸레한 조명 속에 검은 옷과 함께 녹아 있는 모습이 오히려 쾌적해 보였다.

석 잔째 술을 비운 그녀가 손목시계를 보았다. 가는 손목에 감긴 가늘고 검은 벨트의 손목시계. 신스케는 빨려 들어가듯 그 손을 보았다. 검은 레이스 장갑을 낀 손을.

1시 조금 전. 다른 테이블에 손님이 둘 남아 있었다. 분위기가 중견 회사원 같았다. 그들도 가게에 들어온 후 한동안은 카운터 자리에 앉은 그녀에게 관심을 보이는 듯하더니, 지금은 치즈코와 함께 경마 얘기로 꽃을 피우고 있다.

"잘 마셨어요."

여자가 세 마디째 말을 했다.

"가시는 겁니까?"

신스케가 물었다. 여자는 살며시 고개를 끄덕였다. 그때도 그녀는 그의 얼굴을 빤히 쳐다보았다. 신스케도 똑바로 그 시선을 마주하려 했지만, 마음속을 들켜 버릴 듯한 압박감에 외면하고 말았다.

계산서를 내밀자 여자는 검은색 핸드백에 손을 집어넣어 짙은 갈색의 낡은 지갑을 꺼냈다. 가죽 표면이 닳아 군데군데 색이 벗겨져 있었다. 그녀의 분위기와는 어울리지 않아 신스케는 조금 의아했다.

술값을 내고 지갑을 도로 넣은 여자가 스툴에서 내려왔다. 그리고 들어올 때처럼 다른 곳은 거들떠보지도 않고 문 쪽으로 걸어갔다.

"감사합니다."

그녀의 등을 향해 신스케가 말했다.

여자가 가게 문을 나서자마자 치즈코가 다가왔다. 그녀가 신스케의 귀에 입을 대고 속삭였다.

"누구야? 왠지 오싹하다."

"전에 다른 손님과 같이 왔었나 보죠."

"아니야. 그랬으면 내가 기억하지. 신스케 씨, 얘기 좀 해봤어?"

"아니요. 말 걸기가 좀 어려워서."

"하기야, 상복을 입고 있으니. 대체 누구지."

여자가 나간 문 쪽을 보면서 치즈코가 고개를 갸웃거렸다.

2시가 되자 신스케는 남아 있는 손님을 보내고 가게 문을 닫았다. 아르바이트하는 아가씨들은 전철이 끊기기 전에 가기 때문에 뒷마무리는 늘 신스케의 몫이다. 치즈코는 한발 앞서 가게를 나선다. 약간 떨어진 곳에 세워 둔 차를 가지러 가기 위해서다.

뒷마무리가 끝나자 신스케는 가게에서 나와 문을 잠갔다. 복도에 먼지 낀 공기가 고여 있다. 밤의 세계로군, 그는 생각했다. 다시 이 세계로 돌아온 것이다.

엘리베이터 앞에 서서 버튼을 눌렀다. 혼자 이렇게 서 있으려니 그날 밤 일을 생각하지 않을 수 없었다. 등 뒤로 소리 없이 다가온 검은 그림자. 그 그림자가 휘두른 흉기. 충격. 아픔을 느끼기 전에 의식이 멀어져 가던 느낌.

그때, 어디선가 소리가 났다. 신스케는 움찔 놀라며 뒤를 돌아보았다. 하지만 사람은 그림자도 없었다. 잠시 후 여러 사람이 떠들며 웃는 소리가 계단 쪽에서 들려왔다. 위층에 있는 가게에서 손님이 나온 모양이다. 신스케는 안도의 한숨을 내쉬었다. 그러고 보니 온몸에 소름이 돋았는데도 겨드랑이에는 축축하게 땀이 배어 있다.

엘리베이터가 도착해 스르륵 문이 열렸다. 아무도 없기를 바랐는데 남자 한 명이 타고 있었다. 자그마한 체구에 입가에는 수염을 기른 모습이 서른은 넘었음 직했다.

모르는 사람과 밀폐된 공간에 단둘이 있는 것이 내키지 않았지만 타지 않을 수도 없었다. 신스케는 엘리베이터를 타자마자 닫힘 버튼을 눌렀다. 남자에게 등을 보이고 싶지 않아 벽에 기댄 자세로 층을 알리는 램프만 쳐다보았다. 1층에 도착하기까지 걸린 10여 초가 길게 느껴지다 못해 몸이 뻣뻣해질 정도로 끔찍했다.

물론 수염 기른 남자는 아무 짓도 하지 않았다. 길을 서두르는지 엘리베이터에서 내리자마자 재빨리 신스케를 앞질러 갔다. 남자의 뒷모습을 쳐다보던 신스케는 한숨을 쉬고 맥없이 고개를 저었다.

건물 앞에 멍하니 서 있는데 멋없는 클랙슨 소리가 울렸다. 신스케는 소리가 난 쪽으로 얼굴을 돌렸다. 짙은 감색 BMW가 도로 옆에 서 있다. 운전석에 치즈코의 하얀 얼굴이 보였다.

신스케는 지나가는 차를 조심하면서 조수석 쪽으로 돌아가 문을 열고 얼른 올라탔다. 차 안이 치즈코의 향수 냄새로 가득했다.

"오랜만에 하다 보니까 뒷정리하는 데 시간이 좀 걸렸어요."

"수고했어. 몸은 괜찮아? 머리, 안 아픈 거야?"

"네. 이제 괜찮습니다."

"다행이네. 오늘 손님이 많아서 좀 걱정했는데."

치즈코는 시동을 걸고 천천히 출발했다.

그녀는 쓰키시마에 있는 고급 맨션에서 혼자 살고 있다. 신스케의 집과 방향이 같아 대개는 그를 집까지 바래다준다. 그러지 않으면 택시비를 주어야 하기 때문이다. 그 비용을 감안하면 조금 돌아서 가는 게 차라리 낫다고 여기는 듯했다.

BMW가 속도를 올리기 시작할 때였다. 무심히 밖을 바라보던 신스케가 "앗!" 하고 짧게 외쳤다.

"왜, 무슨 일 있어?"

치즈코가 물었다.

"아닙니다."

그는 이내 고개를 저었다.

"별일 아니에요. 아는 사람과 비슷한 사람이 지나가서."

"차 세울까?"

"아, 아닙니다. 잘못 본 거겠죠."

"그래?"

치즈코는 잠시 발을 떼었던 액셀러레이터를 다시 힘껏 밟았다.

신스케는 점점 빨라지는 속도를 등으로 느끼면서 뒤돌아보고 싶은 마음을 꾹꾹 참았다. 조금 전에 그가 본 것은 길가에 서 있는 한 여자의 모습이었다. 순간적으로 얼핏 봤을 뿐이지만 치맛자락이 긴 검은 원피스하며 짧은 머리가 아까 '양하'에서 나갔던 여자가 틀림없는 것 같았다. 게다가 그녀는 신스케 쪽을 향해 있었다. 마치 그가 BMW의 조수석에 탄 것을 알고서 배웅하는 듯 보였다.

그 여자는 그런 데서 뭘 하고 있었을까. 왜 나를 쳐다보았을까. 그보다 그 여자의 정체는 무엇인가.

몇 가지 의문이 한꺼번에 그의 사고를 지배했다. 하지만 결국은 공허한 기분이 의문들을 몰아내고 말았다. 사람을 잘못 본 거겠지. 그 여자가 가게에서 나간 뒤 시간이 꽤 지났는데. 그동안 그곳에 꼼짝 않고 있었을 리 없다. 검은 옷을 입은 여자는 얼마든지 있다. 머리가 짧은 여자도. 그리고 거기 서 있던 여자가 확실히 나를 보았던 것도 아니다. 더 멀리 있는 뭔가를 본 것일 수도 있고, 아니면 그저 얼굴이 내 쪽으로 향해 있었을 뿐인지도 모른다.

"자꾸 마음에 걸리나 보네, 아까 본 사람이. 아무래도 차를 세울 걸 그랬나 봐."

건널목을 몇 번이나 지난 후 치즈코가 말했다.

"그런 거 아닙니다. 그냥 좀 졸려서."

"졸리기도 하겠지. 밤늦게까지 안 자고 있는 거, 오랜만이 잖아."

빨리 재워야겠다는 배려에서인지 치즈코가 속도를 약간 더 올렸다.

신스케는 슬머시 눈을 감고는, 왜 검은 옷 입은 그 오싹한 여자를 봤다고 치즈코에게 솔직하게 말하지 못했는지를 생각 했다. 하지만 답은 없었다.

잠시 후에 치즈코가 물었다.

"한동안 쉬는 게 어떻겠어? 밤에 장사하는 게 성격에 맞는 것 같아?"

"글쎄요. 별로 생각해 보지 않았는데."

"이참에 낮에 하는 일로 바꿔야겠다는 생각은 안 해 봤어?"

"그런 생각, 안 해 봤는데요. 제가 할 만한 일이 달리 있을 것 같지도 않고."

"무슨 소리야, 아직 젊은데."

"벌써 서른입니다."

"아직 서른이지. 가능성은 얼마든지 있어. 그렇다고 시간이 무한정 있는 건 아니니까 뭘 하려거든 하루라도 빠른 게 좋겠 지."

"그런 거 없습니다."

언젠가는 독립해서 자신의 가게를 내겠다는 꿈을 치즈코에게는 말하지 않았다. 좀 더 준비가 갖춰진 후에 하는 편이 좋겠다고 생각했기 때문이다.

하지만 그 준비가 어떤 것이었는지 신스케는 기억이 나지 않았다. 구체적인 계획을 세웠는지, 아니면 그저 공상만 했던 것인지 알 수가 없다.

"신스케 씨, 슬슬 긴자로 돌아가고 싶은 거 아니야?"

치즈코가 또 물었다.

"이쪽에 온 지 벌써 1년이 넘었잖아."

"그런 생각 없습니다. 마담이 거둬 준 것도 고맙게 여기고 있고."

"인사치레는 안 해도 돼. 나 역시 도움을 받고 있으니까."

치즈코의 말투가 의외로 단호했다.

신스케는 형사 재판의 판결이 떨어진 직후부터 '양하'에서 일했다. 판결 내용은 징역 2년에 집행 유예 3년이었다. 그러니까 실질적으로는 전과 다름없는 생활을 해도 상관없었지만, 에지마가 손을 써 한동안 치즈코의 가게에서 일할 수 있도록 한 것이다. 에지마의 머릿속에는 그래야 신스케가 불필요한 신경을 쓰지 않을 것이란 배려와 더불어, 사고에 대해 알고 있는 '시리우스' 단골손님의 시선을 의식한 계산이 있었던 것 같다.

치즈코는 신스케가 사는 아파트 바로 앞에 차를 세워 주었다. 고맙다며 내린 그는 BMW의 미등이 저 멀리 사라질 때까지 길가에 서 있었다.

나루미가 아직 귀가하지 않았는지 현관문을 열었을 때 실내는 캄캄했다. 나루미가 일하는 가게는 12시 반에 문을 닫지만, 호스티스들끼리 밥을 먹으러 가는 일도 있기 때문에 신스케보다 늦을 때가 종종 있다. 때로는 손님과 함께 다른 술집에 가거나 노래방에 들렀다 오는 일도 있다. 하지만 밤에 일하는 이상 어쩔 수 없다고 생각하는 신스케는 꼬치꼬치 따지고 들지 않는다.

신스케는 불을 켜고 세면실에 들어가 먼저 양치질을 하고서 따뜻한 물을 받아 세수를 했다. 타월로 물기를 닦아 내고 거울에 비친 자신의 얼굴을 보았을 때였다. 불현듯 묘한 감각이 밀려왔다. 그는 자기도 모르게 얼굴을 찡그렸다.

그것은 이른바 데자뷰라는 것과 비슷했다. 전에도 언젠가 이런 일이 있었던 것 같은데, 하는 기시감이다. 그러나 그가 이 세면실에서 세수를 하는 것은 어제오늘의 일이 아니다. 일을 끝내고 집에 돌아오면 우선 세수를 한다. 그것은 지난 몇 년 동안 계속된 그의 습관이다. 그러니 데자뷰라고 할 수도 없을 것이다. 데자뷰란 원래 처음 체험하는 상황에 대해 느끼는 감각일 테니까.

신스케는 거울을 보면서 자신의 얼굴을 비비고 머리카락을 만져 보기도 했다. 하지만 그 기시감의 정체는 알 수 없었다.

그러다 그 묘한 감각이 점차 희미해지더니 거울 속에는 그저 멍하니 서 있는 그의 모습만 남았다.

오랜만에 일을 한 탓이려니 했다. 상복 입은 여자하며, 오늘 밤은 내가 정말 이상하군, 하고 생각했다.

세면실에서 나와 옷을 스웨터로 갈아입었다. 텔레비전을 켜 놓고 냉장고에서 캔 맥주를 꺼내 왔다. 먹다 남은 감자 샐러드가 있기에 그것도 꺼내 왔다.

캔 맥주를 따기 전에 문득 생각난 것이 있어 신스케는 조그만 장식장 서랍을 열었다. 그곳에 통장을 넣어 두었기 때문이다. 그런데 서랍 세 개 어디에도 통장은 없었다. 전에 비해 깔끔하게 정리는 되어 있는데 통장은 없었다. 아무래도 나루미가 청소를 하면서 다른 곳에 옮겨 놓은 듯했다.

장식장 서랍이 아니면 어디다 두었을까. 신스케는 거실 한가운데에 서서 생각했다. 아무리 봐도 귀중품을 보관할 만한 장소는 없었다. 가구라고는 장식장과 침대, 그릇장과 소파에, 속옷을 넣어 두는 키 낮은 서랍장이 있을 뿐이다. 옷가지는 주로 벽장의 위쪽 칸에 걸려 있다. 그 아래 칸에는 수납 케이스가 쌓여 있다. 모두 인터넷으로 산 물건들이었다.

어디를 찾아보나, 생각하고 있는데 현관문이 열리는 소리가 났다. 문이 열리면서 나루미의 목소리가 들렸다.

"나 왔어."

"어서 와."

"아니, 왜 그렇게 멍하니 서 있는 거야?"

집 안으로 들어온 나루미가 물었다. 그녀는 모스 그린 색 투피스를 입고 있었다. 작년 봄에 산 옷이었다.

"통장을 찾고 있어."

"통장은…… 왜?"

"궁금한 게 있어서. 어디 있지? 얼른 좀 꺼내 줘."

"뭐가 궁금한데?"

"그건 나중에 얘기하고, 아무튼 지금 빨리."

뜬금없이 왜 그런 소리를 하는가 싶은지 나루미가 몹시 불안한 표정을 지었다. 하지만 더는 묻지 않고 다다미방으로 가 벽장문을 열었다. 걸려 있는 양복 바로 앞에 구급약 상자가 놓여 있었다. 그녀는 그것을 열었다. 통장은 그 속에 들어 있었다.

"자."

나루미가 통장을 내밀었다.

"왜 그런 데다 넣어 둔 거야."

"그냥…… 달리 둘 만한 데가 있어야지. 명색이 통장인데 알기 쉬운 데다 두면 안 되잖아."

"구급약 상자라고 도둑이 못 찾을까 봐서."

신스케는 자신의 통장을 펼쳤다. 그리고 거기에 찍혀 있는 숫자를 보고는 풋, 웃고 말았다. 자조적인 웃음이었다.

"왜 웃어?"

나루미가 물었다.

"누가 훔쳐 갈까 봐 걱정할 필요가 전혀 없겠다 싶어서."

신스케는 잔액이 기재된 페이지를 펼쳐 나루미에게 보여 주었다.

"봐, 이 숫자. 요즘은 중학생도 이 정도 저금은 있을 거야."

"어쩔 수 없잖아. 돈 들어가는 데가 많으니까."

"나루미, 당신은 어때? 목돈 좀 있어?"

"있기는. 우리 가게, 월급도 많이 안 주는데, 뭐."

신스케는 어깨를 으쓱하며 통장을 구급약 상자에 던져 버렸다.

"무슨 일이야? 왜 갑자기 저금 얘기는 꺼내는 거야."

나루미가 약간 성난 목소리로 물었다.

신스케는 한숨을 지었다.

"나를 잘 모르겠어."

"뭐?"

나루미가 눈살을 찌푸렸다.

"무슨 뜻이야?"

"나루미, 나 어쩔 생각이었을까."

"어쩔 생각이라니?"

"앞으로 말이야. 무슨 생각이었을까. 돈 한 푼 없는 주제에 독립해서 가게를 차리겠다는 허튼 꿈이나 꾸고. 대체 무슨 생각이었는지 모르겠어."

"언젠가 자기 가게를 차리고 싶다는 얘기는 내게도 했지만……."

"혹시 돈은 어떻게 마련할지 얘기 안 했어? 믿는 구석이 있다든지."

신스케의 물음에 나루미는 불안과 두려움이 섞인 눈빛을 보였다. 그의 기억 장애를 새삼 확인하고 심각해졌는지도 모르겠다.

"돈은…… 앞으로 모으겠다고 했어."

"모아? 그런 소리를 한 인간이 저렇게 얄팍한 통장밖에 갖고 있지 않단 말이지."

"그러니까 이제는 절약하면서 살아야 된다고, 둘이 그런 얘기 했잖아."

"절약……."

신스케는 고개를 저었다. 절약 따위의 말 자체를 아주 오랜만에 의식한 기분이었다. 내가 정말 그런 말을 했을까, 생각했다.

어느 틈엔지 그는 쭈그리고 앉아 있었다. 그런 그의 어깨에 나루미가 손을 얹었다.

"그런 거 아무 상관 없는 일이잖아. 앞으로 어떻게 할 건지 잊었으면 지금부터 다시 생각하면 되지."

신스케는 그녀의 손을 살짝 쥐었다. 싸늘하고 눅눅한 손이었다.

8

바텐더가 되겠다고 처음부터 마음먹었던 것은 아니었다. 아니, 물장사에 대해서는 오히려 편견을 갖고 있었다. 다른 길을 걸으려다 좌절한 사람이 달리 할 일이 없어 어쩔 수 없이 발을 들여놓는 일이라는 이미지가 강했다. 신스케가 도쿄로 올라왔을 무렵의 얘기다.

그는 이시카와 현 가나자와에서 태어났다. 아버지는 그 고장 신용 금고에서 일했다. 어머니는 중학교에서 임시직으로 일했던 모양이지만, 그의 기억 속에 어머니의 그런 모습은 없다.

집은 사이 강변의 데라마치라는 곳에 있었다. 이름 그대로 절이 많은 동네였다. 그들의 소박한 목조 주택은 조그만 기념품 가게 건너편에 있었다.

신스케에게는 다섯 살 많은 형이 있다. 방적 공장에 다니는 회사원이다. 5년 전에 결혼해서 네 살짜리와 한 살짜리 아이가 있다. 부모님과 형의 가족, 그렇게 여섯 식구가 지금도 그 낡은 집에 살고 있을 터였다.

신스케가 도쿄로 올라온 것은 열여덟 살 때였다. 도쿄의 어느 사립대학에 합격했기 때문이었다. 아니, 고향을 떠나고 싶어 일부러 그 학교에 응시했다. 사회학부를 선택했지만 특별한 이유는 없었다. 그는 도쿄에 있는 다른 대학에도 원서를 냈는데, 문학부, 상경학부, 언론정보학부 등 응시한 학부는 제각각 달랐다. 요컨대 도쿄에 있는 대학이면 어디든 상관없었던 것이다.

따라서 도쿄에 가면 뭘 하겠다는 구체적인 목표도 없었다. 도시로 나가기만 하면 뭐가 되었든 목표를 찾을 수 있을 것 같았다. 지방의 작은 도시에 사는 소년들에게 도쿄는 기회의 싹이 무수히 돋아 있는 장소였다. 그중 어느 하나라도 키울 수 있다면 성공의 길이 활짝 열릴 것이라고 확신했다. 그러나 그 기회의 싹을 찾는 데만도 비범한 능력이 필요하다는 것을 그 시점에는 미처 인식하지 못했다.

부모님은 신스케가 도쿄에 있는 대학에 진학하는 것을 반대하지 않았다. 맏아들이 고향의 국립대학을 나와 고향에서 취직을 했으니 자신들의 노후는 일단 안심이라는 심경이었을 것이다. 또 맏아들에 비해 시원치 않은 둘째 아들을 어쩌면 좋을지 난감해하는 눈치이기도 했다. 동생에게 형이 다녔던 국립대학에 들어갈 실력이 없다는 것은 일찌감치 깨달았고, 근처에 있는 이류 대학에 다녀 본들 장래가 보장되는 것도 아니라고 생각했던 것도 이유의 하나였을 것이다.

도쿄로 보내면 그나마 밥벌이는 하지 않을까, 자신을 떠나보낸 부모님 마음이 대충 그랬을 것이라고 신스케는 짐작했다.

세 평도 안 되는 단칸방이 신스케의 첫 둥지였다. 그곳에서 두 날개를 크게 펼칠 날이 올 것이라고 굳게 믿었다. 무엇이든 할 수 있다, 무엇에든 도전할 수 있다는 기대감에 가슴이 부풀었다.

하지만 그렇게 꿈에 부풀었던 시기는 오래가지 않았다. 1학년이 끝날 즈음에는 그에게 아무런 야망도 남아 있지 않았다. 도쿄로 올라가면 우선은 구체적인 목표를 찾는다는 것을 당면 과제로 삼았지만, 스스로에게 그런 과제를 주었다는 사실 자체를 떠올리는 일이 줄어들었다. 때로는 아주 잊기도 했다. 생각하면 자신의 한심함만 되새겨지기 때문이었다.

변명하자면, 여유가 너무 없었다. 집에서 보내 주는 돈은 학비와 집세를 내고 나면 거의 바닥이 났다. 아르바이트를 하지 않을 수 없었다. 그러다 보니 새로운 인간관계가 생겨났고, 사람들과 어울리다 보니 돈이 필요해졌다. 다시 말해 노는 데 쓸 돈이 필요해진 것이고, 그 돈을 벌기 위해 아르바이트를 늘렸다. 악순환의 전형적인 패턴이었다.

물론 그것은 변명에 지나지 않는다. 자신보다 더 궁핍하고, 자신보다 더 노력하는 학생이 주위에 얼마든지 있었다. 같은 집에 사는 S는 근처 밥집에서 간간이 얼굴을 마주치다 친해진 남학생이었는데, 그는 한밤중에 도로 공사장에서 아르바이트를 했다. 새벽녘에 자전거를 타고 돌아와 네 시간쯤 죽은 듯이 자고 일어나면 곧바로 오후 강의를 들으러 가는 생활을 2년 가까이 계속했다. 게다가 일터로 나가기 전에는 제 방에서 공부를 했다. 늘 수염이 덥수룩한 S는 입버릇처럼 이렇게 말했다.

"이 세상에서 가장 가치 있는 것은 시간이야. 생각해 봐. 돈이 있으면 뭐든 할 수 있다고 하지만, 지나간 시간을 되돌릴 수는 없잖아. 아무리 돈이 많아도 젊음은 되찾을 수 없어. 그러니까 시간만 있으면 무엇이든 할 수 있다는 얘기지. 인류의 문명을 구축한 것도 돈의 힘이 아니라 시간의 힘이었어. 하지만 아쉽게도 한 인간에게 허락된 시간은 정해져 있지. 게다가 젊은 시절의 한 시간과 늙어서의 한 시간은 가치가 달라. 그래서 난 지금 내가 가진 시간을 1초라도 헛되이 쓰고 싶지 않은 거야."

S의 전공은 건축공학이었다. 졸업 논문의 테마가 '도시형 3층 도로망의 건설'이었다는 것을 신스케는 그와의 관계가 소원해진 후 3년이나 지나서야 들었다. 단지 돈벌이만을 위해

남들이 자는 밤에 일한 것이 아니라는 얘기였다.

하지만 신스케는 S 흉내는 낼 수 없었다. 이 또한 변명에 지나지 않지만, 그는 S와 달라서 대학에서 배우는 것에 티끌만큼도 흥미를 느끼지 못했다. 원래 관심이 있어 선택한 전공이 아니었기에 학구적인 욕심도 전혀 없었다.

2학년이 끝날 무렵부터는 학교에도 거의 가지 않았다. 그 무렵 일했던 롯폰기의 바가 하루 중 가장 긴 시간을 보내는 장소가 되었다. 1960년대를 모티프로 한 그 술집은 비틀스와 엘비스 프레슬리의 레코드를 알차게 갖추고 있었다. 손님이 별로 없는 날이면 신스케는 낡은 턴테이블에 레코드를 한 장 한 장 올려놓으며 지냈다.

시간을 헛되이 보내고 있다는 자각이 없는 것은 아니었다. 하루빨리 무언가를 찾아야겠다는 생각에 늘 초조했다. 하지만 어떻게 하면 찾을 수 있는지를 몰랐다. 아니, 찾는다는 것이 어떤 의미인지조차 이해하지 못했다. 집배원이 배달해 주는 소포처럼 어느 날 불쑥 자기 눈앞에 나타나는 것이라고 착각하고 있었다.

대학을 중퇴할 마음은 없었다. 몇몇 친구들이 캠퍼스를 떠났지만, 그들은 나름의 깊은 생각이 있어 그것을 관철하기 위해 그만둔 것 같았다. 말할 필요도 없지만 신스케에게는 그 정도의 생각도 없었다. 각오든 결의든, 어떤 목표가 있어야 비로소 성립하는 것이다.

결국 그는 대학을 그만두었다. 중퇴할 마음이 없다 해도, 강의를 듣지 않고 시험도 치르지 않으면 진급할 수 없다. 진급하지 못하면 졸업도 불가능하고, 그 상태가 계속되면 자동적으로 제적된다. 그의 중퇴는 그런 것이었다.

가나자와에 있는 부모님에게는 한동안 그 사실을 숨겼다. 동급생들이 취직에 분주할 무렵이 되어서는 당분간 프리터로 지내겠다고 선언하고 집에도 들르지 않았다.

사실이 탄로 난 것은 스물세 살 때였다. 학교 쪽에서 집으로 문의 전화가 간 것이다. 울화가 치민 부모님이 도쿄로 올라왔다. 아버지는 화를 버럭버럭 내며, 아직은 기회가 있으니까 학교로 돌아가라고 고함을 질렀다. 그런 아버지 옆에서 어머니는 눈물만 흘렸다.

신스케는 그길로 뛰쳐나와 이틀이나 돌아가지 않았다. 사흘 되는 날 돌아가 보니 책상에 메모가 남아 있었다.

'몸조심해라. 무슨 일 생기면 연락하고.'

그렇게 휘갈겨 쓴 메모였다.

신스케가 에지마 고이치를 만난 것은 그로부터 얼마 후였다. 그때까지 일했던 롯폰기의 바가 문을 닫게 되었다. 급히 구인 광고를 뒤져 보니 '시리우스'라는 이름이 눈에 띄었다. 그의 마음을 끈 것은 긴자라는 두 글자였다. 어차피 술집에서 일하는 거, 일본 최고의 자리에서 하지 뭐, 하고 생각했다.

오너인 에지마가 직접 면접을 보았다. 그가 풍기는 분위기에 신스케는 압도되고 말았다. 몸짓 하나하나, 말 한 마디 한 마디에서 세련되고 깊은 멋이 우러났다. 어른이란 이런 사람을 두고 하는 말이구나, 신스케는 생각했다.

에지마는 그에게 '시리우스'의 유니폼을 입혀 보고는 폼이 난다는 이유로 채용해 주었다. 그때 에지마는 이렇게 말했었다.

"아무리 유연해 보이는 사람도 중시하는 세 가지 법이 있지. 목욕하는 법, 화장실 사용하고 엉덩이 닦는 법, 그리고 술 마시는 법."

"명심하겠습니다."

신스케는 감탄스러워 고개를 끄덕이면서도 몸이 긴장하는 것을 느꼈다.

그로부터 6년 동안 '시리우스'에서 일했다. 그 사고만 없었다면 아마 지금도 시리우스에서 일하고 있을 것이다.

그동안 많은 것을 배웠다. 구체적으로는 물장사의 재미를 알았고, 학생 시절에는 끝내 품지 못했던 야망도 남몰래 품게 되었다. 언젠가는 내 가게를 갖고 싶다는 야망이었다.

하지만 그다지 구체적인 것은 아니었다. 아직은 현실적으로 생각할 단계가 아니었기 때문이다. 배울 것도 여전히 많았지만, 그보다는 자금이 필요했다.

사고를 내기 전까지 신스케는 그런 생각을 했을 터였다.

그런데 지금은 아무래도 뭔가가 다르다.

내가 지난 1년을 어떻게 살았는지, 행동 하나하나에 대해서
는 기억이 난다. 그런데 그때 자신이 무슨 생각을 했는지 되
새겨 보려고 하면 회색 베일이 기억의 스크린을 덮어 버렸다.
그 베일은 상상했던 것보다 훨씬 두꺼웠다.

9

그 여자가 다시 '양하'에 나타난 것은 꼭 일주일 후였다. 밤 1
시가 조금 넘은 시간, 손님이 거의 없을 때였다. 안쪽 테이블
에서 남자 손님 한 명이 치즈코를 상대로 소곤소곤 얘기하는
중이었다.

여자는 소리 없이 들어왔다. 아니, 문이 열리는 소리가 났을
텐데, 마침 술병이 진열된 선반을 향해 있던 신스케의 귀에는
들리지 않았던 것이다. 하지만 희미한 기척조차 느끼지 못했
다는 것은 아무래도 좀 이상했다. 가령 소리는 놓쳤다 해도
문의 움직임과 들어온 손님의 모습은 술병이나 선반 유리에
비쳤을 것이다. 그런데 그런 변화가 전혀 없었다.

그래서 뒤로 돌아선 신스케는 카운터 너머에 예의 여자가 소리 없이 서 있는 것을 보고서 하마터면 소리를 지를 뻔했다. 동시에 심장이 쿵쿵 방망이질을 했다.

여자는 등을 꼿꼿이 세운 자세로 서서 신스케의 눈을 똑바로 쳐다보았다. 그 모습은 마치 그에게 무언가를 고하러 온 사자 같았다. 실제로 그 순간 신스케는 가벼운 착각에 빠져, 그녀가 뭐라고 말하기를 기다렸다. 불과 몇 초 동안의 일이었을 텐데, 그에게는 무척이나 길게 느껴졌다.

침묵의 몇 초가 지난 후에야 신스케는 먼저 입을 열어야 하는 쪽은 자신이라는 것을 겨우 깨달았다.

"어서 오십시오."

감기에 걸린 것처럼 가칠한 목소리로 그는 말했다.

여자는 눈을 내리깔고 지난번처럼 스툴에 걸터앉았다.

"지난번과 같은 걸로 주실래요?"

플루트의 낮은 음을 연상케 하는 목소리.

"헤네시였죠?"

신스케가 되묻자 여자는 살며시 고개를 끄덕였다.

그는 몸을 돌려 술병으로 손을 뻗었다. 잔에 술을 따르면서 여자의 말에 대해 생각했다. 여자는 지난번과 같은 것이라고 했다. 그렇다면 그녀는 일주일 전에 자신이 이 술집에 왔다는 사실을 눈앞의 바텐더가 기억할 것이라고 생각한다는 애기다.

물론 손님을 상대하는 사람에게 그것은 당연한 일이다. 나루미도 한 번 왔던 손님의 이름과 얼굴은 절대 잊지 않는다고 했다. 이름을 잊어버린 경우에도 어지간한 일이 없는 한 다시 묻지는 않는다고 한다. 다른 사람에게 슬쩍 물어보거나, 대화를 나누는 동안 기억을 떠올리려 열심히 노력한다는 것이다. 그래도 기억나지 않을 경우에는 "그러고 보니까, 지난번에 명함을 받지 않은 것 같은데요."라는 마지막 카드를 꺼낸다. 어떤 손님이든 자신이 잊혔다 여기면 두 번 다시 발걸음을 하지 않기 때문이다.

하지만 딱 한 번 왔던 손님이 바텐더가 자신을 기억할 것이라고 확신하다니, 신스케로서는 상상하기 어려운 일이었다.

나를 시험하려는 건가, 라는 생각도 들었지만, 잘 알지도 못하는 바텐더를 시험하는 것이 어떤 의미가 있을지 신스케는 상상도 할 수 없었다.

신스케는 그녀 앞에 브랜디 잔을 내려놓았다.

"고마워요."

목소리는 작았지만 그에게는 또렷하게 들렸다. 게다가 그녀는 예의 요염한 미소를 머금고 있었다. 덩달아 그도 미소로 답했다.

문득 옆을 보니, 치즈코가 그들을 보고 있었다. 정확하게는 여자 손님을 보고 있었다. 함께 있는 손님의 얘기에 맞장구는 치지만 정신은 분명 다른 곳에 있었다. 치즈코가 신스케 쪽으로 얼굴을 돌렸다. 그 얼굴에 '뭐하는 사람인지 알아 봐.'라고 쓰여 있었다.

신스케는 치즈코의 속내를 알아차렸다. 혹시 적수가 될 여자는 아닌지 경계하고 있는 것이다. 어떤 업종이든 가게를 새로 내려는 사람은 미리부터 한동네에 있는 같은 업종의 가게를 정찰하고 다닌다.

신스케는 작은 접시에 초콜릿을 담아 내놓으면서 여자를 관찰했다. 오늘은 상복 차림이 아니다. 전처럼 긴 원피스를 입었지만, 색은 검정이 아니라 짙은 보라색이었다. 그리고 오늘 밤은 장갑도 끼지 않았다.

또 한 가지, 지난번과 아주 다른 점이 있었다. 머리의 길이였다. 일주일 전에는 귀가 완전히 보일 정도로 짧았는데, 오늘은 절반이 가려져 있다. 겨우 일주일 만에 그렇게 자랄 리 없으니 헤어스타일을 미묘하게 바꾼 것이리라. 그런 헤어스타일 때문인지 표정도 지난주보다 한결 부드러워 보였다.

그녀가 어떤 사람인지 알아내려면 말을 걸어 보는 것이 가장 간단한 방법이다. 그런데 첫 말이 떠오르지 않았다. 그리고 뭐라고 말을 붙여 봐야 슬쩍 비켜 갈 것 같았다. 그 신비로운 미소를 띤 채 최소한의 말만 짧게 하고는 그 이상의 대화를 거부하는 분위기를 온몸으로 풍길 것 같았다.

신스케는 원래 손님 다루는 데 서투르지 않다. 오히려 '시리우스' 시절부터 능숙한 편이었다고 할 수 있다. 그런데 이 여자는 어떻게 다루면 좋을지 전혀 감이 잡히지 않는다. 지금까지 접했던 어떤 여자와도 다른 타입으로 보였다.

아무 말도 건네지 못한 채 20분 정도가 지났다. 그녀는 지난번과 비슷한 속도로 브랜디 한 잔을 비웠다. 빈 잔을 손바닥으로 감싸 쥔 채 그녀가 의미 있는 눈빛으로 신스케를 보았다.

"한 잔 더 드릴까요?"

신스케가 물었다. 손은 이미 헤네시 병으로 뻗은 상태였다.

그런데 그녀가 고개를 끄덕이지 않는다. 대신 손바닥으로 잔을 만지작거리며 이렇게 말했다.

"다른 술로 할까 봐요."

신스케는 움찔했다. 뒤통수를 맞은 기분이었다.

"어떤 술을 좋아하시는지……?"

아무렇지 않은 척 평정을 가장하고 물었다.

그녀는 한 손으로 브랜디 잔을 쥔 채 다른 한 손으로 턱을 괴었다.

"술 이름은 잘 몰라요. 뭐 좀 만들어 줄래요?"

그녀가 칵테일을 원한다는 것은 이해했다. 신스케는 왠지 몹시 긴장됐다. 어떤 칵테일을 만드는지에 따라 그녀가 점수를 매길 듯한 기분이 들어서였다. 술 이름을 잘 모른다고는 하지만 그 말이 진심이란 법은 없다.

"약간 단 것으로 만들어 드릴까요?"

"음, 그래요. 나쁘지 않겠네요."

"베이스는 브랜디로 하면 될까요?"

"맡길게요."

신스케는 잠시 생각하고서 냉장고 문을 열었다. 생크림이 눈에 띄었다.

긴자의 '시리우스'는 칵테일 전문 술집이기도 했다. 오너인 에지마 고이치 자신이 원래 이름난 바텐더였기 때문에 정말 신뢰하는 사람이 아니면 셰이커를 맡기지 않았다. 신스케는 그런 에지마가 신뢰하는 바텐더였다.

그런데 '양하'에서 일한 1년 남짓 동안, 제대로 된 칵테일을 만들 기회가 거의 없다고 해도 좋을 만큼 적었다. 간혹 아르바이트하는 아가씨들이 졸라서 그저 마실 만하게 만들어 준 정도였다. 대부분의 손님은 이곳을 동행한 호스티스를 꼬드기는 장소 정도로 여겼다.

상황이 그러니 만들 수 있는 칵테일의 종류도 한정되어 있었다. 재료를 늘 갖춰 둘 만한 여유가 없는 것이다.

그나마 크림 드 카카오와 생크림이 있기에 브랜디와 함께 섞었다. 감각이 무뎌지지 않게 가끔 연습은 했지만, 셰이커를 흔드는 손놀림이 어색하다는 것을 스스로도 느낄 수 있었다.

세이커 뚜껑을 열어 칵테일 잔에 내용물을 따르고 너트메그(육두구) 가루를 뿌렸다. 그제야 신스케는 여자가 자신의 손을 쳐다보고 있다는 사실을 알아챘다. 하지만 바텐더의 손놀림을 즐기는 눈빛은 아니었다. 박테리아를 관찰하는 학자처럼 침착한 눈이었다.

신스케는 칵테일 잔을 그녀 앞에 내놓았다.

"드시죠."

여자는 손을 바로 내밀지 않고 잠시 잔을 위에서 내려다보았다. 몇 초만 더 그러고 있다면 신스케는 "칵테일은 빨리 드시는 게 좋습니다."라고 말할 작정이었다. 칵테일은 온도를 즐기는 술인 까닭이다.

그런데 여자가 천천히 잔으로 손을 내밀었다. 그리고 잔을 눈높이로 들어 올리더니 술의 점성을 확인하듯 살짝 흔들어보고는 그대로 입으로 가져갔다.

촉촉하게 빛나는 입술에 칵테일 잔이 닿았다. 엷은 갈색의 끈끈한 액체가 입 안으로 흘러들어간다. 여자가 살며시 눈을 감았다. 실내에 켜진 희미한 불빛의 그림자가 그 얼굴에 어렸다. 고혹적이라는 말로밖에 표현할 수 없는 광경이었다. 신스케는 액체가 그녀의 혀를 타고 목구멍으로 흘러드는 장면을 머릿속으로 그렸다. 그 상상은 성적으로 그를 자극했다. 그는 자신의 성기에 힘이 모이는 것을 느꼈다. 여자가 액체를 넘기자 가녀린 목이 파르르 떨렸다. 그 순간 그의 맥박이 빨라졌다.

여자는 후우, 하고 긴 숨을 토했다. 만지면 뜨거울 것만 같은 한숨이었다. 눈은 뜨고 있는데 눈동자는 왠지 멍했다.

그 눈에 서서히 초점이 생겨났다. 그리고 신스케의 눈길과 마주쳤다.

"어떠세요?"

"맛있네요. 이 술, 이름이 뭐죠?"

"알렉산더라고 합니다. 아주 유명한 칵테일이죠."

"알렉산더? 그리스를 지배했던 대왕?"

"아닙니다."

신스케는 씩 웃으며 고개를 저었다.

"영국의 황태자 에드워드 7세와 결혼한 알렉산드라 공주의 이름을 딴 술이라는군요. 두 사람의 결혼식 때 진상되었답니다."

여자는 만족스럽게 고개를 끄덕였다. 신스케가 칵테일의 유래를 거침없이 설명했기 때문인지, 아니면 그 에피소드가 마음에 들어서였는지는 알 수 없었다.

그녀가 다시 잔을 들었다. 그리고 이번에는 단숨에 꿀꺽 마셨다. 그 순간 하얗던 그녀의 볼이 발갛게 물들었다. 마치 에어브러시로 분홍색 도료를 엷게 뿜어낸 것처럼.

"맛있네요, 정말."

새삼스럽게 그녀가 말했다.

"그래요? 입맛에 맞아 다행입니다."

"알렉산더라고요. 기억해 둬야겠어요."

그녀는 중요한 얘기라도 털어놓는 것처럼 목소리를 죽였다.

"그래도 과음은 삼가야죠."

그때 문득 떠오른 것이 있었다.

"〈술과 장미의 나날〉이라는 영화를 아시나요?"

"제목은요."

여전히 낮은 목소리로 그녀가 대답했다.

"그 영화에서 주인공이 술을 못 마시는 아내에게 마시게 한 술이 바로 그 칵테일입니다. 그 결과, 어떻게 되었을까요?"

여자가 고개를 옆으로 살랑살랑 흔들었다.

"그 술맛에 푹 빠진 아내가 결국은 알코올 중독자가 됐죠."

여자의 입술이 예쁘게 벌어진 채 순간적으로 정지되었다. 그리고 한 번 크게 고개를 끄덕이는가 싶더니 그대로 칵테일 잔을 입으로 가져갔다. 그리고 꽤 남아 있는 술을 단숨에 비웠다.

그런 다음 그녀는 신스케를 향해 뜨끈한 숨을 불어냈다. 물론 일부러 그러지는 않았을 것이다. 하지만 단내 나는 입김은 신스케의 코를 자극했다. 그 순간, 그는 오감이 마비되는 듯 짜릿한 감각을 느꼈다.

"한 잔 더 부탁해요."

"알겠습니다."

결국 두 잔째 알렉산더가 그날 밤 그녀가 마지막 마신 술이 되었다. 잔이 비자 "가야겠네."라며 불쑥 일어선 것이다. 두 볼은 발그레했지만 그리 취한 것 같지는 않았다.

술값을 받아 든 신스케는 카운터에서 나와 그녀를 위해 출입문을 열어 주었다. 그녀는 등을 꼿꼿하게 편 자세로 그의 앞을 지나갔다.

"어디로 가시죠?"

신스케가 그녀의 홀쭉한 등을 보면서 물었다.

그녀는 엘리베이터 앞으로 가려다 걸음을 멈추고 돌아보았다.

"그런 건 왜 묻죠?"

그녀가 고개를 약간 기울이며 물었다.

신스케는 뭐라 대답할 말이 떠오르지 않았다. 그 물음에 깊은 의미는 없었다. 아니, 전혀 없는 것은 아니지만 지금 여기서 말할 수 있는 내용은 아니었다. 왠지 당신이 마음에 걸린다고 대답하면 이 여자는 어떤 반응을 보일까.

"아닙니다. 한 군데 더 가시려나 싶어서."

그 말이 그녀의 질문에 대한 대답이 못 된다는 것은 그도 자각하고 있었다.

여자의 입가에 희미한 미소가 떠올랐다. 낭패한 그의 모습을 재미있어하는 듯 보였다.

"글쎄요. 갈지도 모르고 안 갈지도 모르죠."

신스케는 뭐라 할 말이 떠오르지 않았다. 멋진 대사로 대답하고 싶은데 머리가 텅 빈 느낌이었다. 내가 언제부터 이렇게 무딘 남자가 되었나, 초조함을 느꼈다.

신스케는 동요를 감추기 위해 얼른 그녀를 앞질러 걸어가 엘리베이터 버튼을 눌렀다. 마침 그 층에 멈춰 있어 금방 문이 열렸다.

"고마워요."

그녀가 인사하며 엘리베이터를 탔다.

"또 들르십시오."

신스케가 그렇게 말하자 여자는 뭐가 건드리기라도 한 것처럼 눈을 크게 뜨고 그의 얼굴을 보았다. 그리고 숫자판으로 손을 뻗었다. 문이 닫히지 않는 것으로 보아 '열림' 단추를 누른 것이리라.

"칵테일, 정말 맛있었어요. 잘 마시고 갑니다."

"감사합니다."

신스케는 꾸벅 고개를 숙였다.

"다음에 오면 또 다른 술, 만들어 줄래요?"

여자의 그 말에 신스케는 꽉 막혔던 가슴이 뚫리는 쾌감을 느꼈다. 그녀가 또 올 모양이다.

"준비해 놓겠습니다."

"잘 자요."

여자의 손이 숫자판을 떠났다. 문이 스르륵 닫혔다. 신스케는 그녀의 얼굴을 보았다. 두 사람의 시선이 허공에서 만났다.

그는 가슴이 뭉근하게 아파 오는 것을 느꼈다. 무언가가 가슴 속을 지나간 것 같았다. 그 여운은 문이 완전히 닫히고 그녀의 모습이 사라진 후에도 한동안 남아 있었다.

가게로 돌아오자 카운터 옆에 치즈코가 서 있었다. 남아 있던 손님은 화장실에 간 듯했다.

"뭐하는 사람인지, 알아냈어?"

치즈코가 작은 소리로 물었다. 신스케와 그녀에게 줄곧 신경이 쓰였던 모양이다.

신스케는 아랫입술을 쭉 내밀고 어깨를 으쓱하며 고개를 저었다. 일부러 뚱한 표정을 지은 것이다.

"꽤 얘기를 많이 나누는 것 같던데."

"칵테일 얘기만 잠깐 나눴습니다."

"칵테일?"

치즈코의 눈이 번쩍 빛난 것처럼 보였다.

"술에 대해 잘 아는 것 같아?"

"글쎄요."

신스케는 주머니에 손을 집어넣고 고개를 기우뚱했다.

"그렇게 보이지는 않던데요. 연기일지도 모르지만."

"그래……."

치즈코는 떨떠름한 표정이었다. 그 여자를 호의적으로 보지는 않는 듯했다.

"신스케 씨, 그 여자 다음에 또 오면 좀 더 알아봐."

"손님에 대해 미주알고주알 캐는 거, 이런 술집에서는 에티켓 위반이잖아요."

"예외란 게 있잖아. 그 여자, 아무래도 수상한걸, 뭐."

"흐음. 노력해 보죠."

화장실에서 물 흐르는 소리가 들렸다. 잠시 후, 마지막 손님이 손을 닦으며 나타났다. 치즈코가 얼른 물수건을 내밀었다. 그 얼굴에 어느새 영업용 미소가 돌아와 있었다.

신스케는 카운터 안으로 들어가 그 여자가 마시고 간 잔을 씻기 시작했다. 머릿속에는 이다음에 그녀에게 맛 보일 칵테일의 레시피가 몇 가지나 떠올랐다.

10

'시리우스'는 낡은 건물 9층에 있다. 건물 밖에는 눈에 띄는 간판이 없고 엘리베이터 홀까지 가야 비로소 '天狼星은 9층'이라고 쓰인 팻말을 발견할 수 있다. 왜 한자로 쓰여 있는지는 아무도 모른다. 오너인 에지마조차 이유를 잊었다고 한다. 하지만 신스케는 손님을 선별하고 싶은 에지마의 의지가 담겨 있으리라 짐작했다. 실제로 '시리우스'의 장사 밑천은 오래된 단골손님이다.

여전히 움직임이 굼뜬 엘리베이터를 타고 9층으로 올라가 어두컴컴한 복도를 걸었다. 얼마 만에 이 복도를 걸어 보는 것인지. 신스케의 가슴속에서 정겨움과, 이곳을 지나다녔던 시절의 기억이 선명치 않은 답답함이 엇갈렸다.

복도 끝에 나무 문이 있다. 나무 문에는 'SIRIUS'라는 영어 팻말이 붙어 있었다. 안에서 손님들의 목소리가 흘러나왔다. 손잡이를 잡아당기는 순간, 신스케는 가벼운 긴장감을 느꼈다.

문을 열자 카운터 안에 있던 오카베 요시유키가 맨 먼저 신스케를 알아보았다. 영업용 미소를 머금고 있던 얼굴이 약간 놀라는 표정으로 바뀌었다. 하지만 다음 순간 입가에 다른 종류의 미소가 떠올랐다. 오카베가 고개를 살짝 끄덕였다. 그 몸짓과 미소에 신스케는 안심했다.

열다섯 명이 앉을 수 있는 긴 통나무 의자에 손님 여덟 명이 적당히 간격을 두고 앉아 있었다. 신스케는 나란히 두 자리가 빈 곳의 한쪽에 앉았다.

오카베가 그를 똑바로 쳐다보았다. '뭐 주문할 거지?' 하는 눈빛이었다. 살이 좀 빠졌는지 전보다 턱이 뾰족해 보인다. 그 덕분에 정갈함이 돋보였다.

"스팅어."

오카베가 고개를 살짝 끄덕였다. 옳거니, 제대로 한번 만들어 주지, 하는 표정이었다.

손님들에게 거슬리지 않게 슬며시 실내를 돌아보았다. 이 가게는 역시 테이블 자리가 압권이다. 팔걸이 가죽 의자와 소파로 구성된 각 자리는 네다섯 명이 넉넉히 앉을 수 있다. 커다란 테이블은 안주를 몇 가지나 올려놓아도 좁다는 느낌이 들지 않는다. 그런 테이블이 여덟 개 있다. 벽에는 세계 각국의 술이 진열되어 있고 한구석에는 그랜드 피아노가 놓여 있다. 때로 에지마의 오랜 친구인 피아니스트가 그 옛날의 재즈를 연주한다. 전에 한 손님이 이 술집에 있다 보면 1960년대 영화가 생각난다고 말한 적이 있다. 신스케는 고바야시 아키라나 시시도 조 같은 배우가 나오는 영화는 보지 못했지만, 그렇게 말하는 기분은 알 것 같았다.

테이블 자리 세 군데에 손님이 앉아 있었다. 초로의 남자 넷과, 호스티스를 동행한 중년 남자 둘, 그리고 어느 모로 보나 사연이 있음직한 커플 한 쌍. 초로의 남자 넷의 목소리가 다소 크지만 가게 분위기를 해칠 정도는 아니다.

2시가 가까운 시간. 이렇게 늦은 밤에 이만큼 손님이 있다니 참 대단하다고 신스케는 생각했다.

오카베가 셰이커를 흔들기 시작했다. 공연한 힘이 들어가지 않아 오히려 움직임이 경쾌했다. 셰이커의 내용물을 잔에 따르는 손놀림에도 절제미가 있다.

신스케 앞에 잔이 놓였다. 액체가 절묘한 호박색을 띠고 있었다.

오카베를 향해 살짝 잔을 들어 보이고 신스케는 칵테일을 머금었다. 화이트 페퍼민트가 짜릿하게 혀를 자극한다. 스팅어, 찌르는 바늘이라는 이름이 붙은 이유이다.

신스케는 오카베를 향해 희미하게 고개를 끄덕였다. 오카베가 어깨를 으쓱한다.

"오늘, 그쪽 가게는?"

"손님이 별로 없을 것 같아서 일찍 문 닫았지."

"흠, 그런 날도 있지, 뭐. 그래서 오랜만에 옛 둥지를 찾아볼 마음이 생긴 건가?"

"말하자면 그렇지."

신스케는 잔을 입으로 가져갔다. 이 술은 그녀의 입맛에 맞지 않으려나, 그는 생각했다.

오늘 밤 '양하'가 파리를 날린 것은 사실이지만, 그렇다고 일찍 문을 닫은 것은 아니다. 누구와 만날 약속이 있다고 하고서 신스케만 조퇴했다.

사실 약속 따위는 없었다. '시리우스'에서 진짜 칵테일 몇 잔을 맛보는 것이 그의 목적이었다. 제대로 된 칵테일을 마셔 본 지 오래된 터라 혀의 감각이 둔해진 듯한 느낌이 들어서 다. 또 그녀에게 어떤 칵테일을 선보일지 생각해 보려는 목적 도 있었다.

두 번 만났을 뿐인데, 신스케는 그녀가 떠올라 견딜 수 없었 다. 가게에서 잔을 씻을 때나 취한 손님의 투정을 들을 때나, 자기도 모르게 문 쪽으로 눈길이 갔다. 그 밤처럼 소리도 없 이 그녀가 들어오지 않을까 해서였다.

"다음에 오면 또 다른 술, 만들어 줄래요?"

그녀는 신스케에게 그렇게 말했다. 다음이란 언제를 뜻하 는 것일까. 그때까지는 재료를 갖춰야 한다. 혀의 감각도 되 찾아야 하고.

"오늘, 에지마 씨는?"

신스케가 오카베에게 물었다.

"콩쿠르 때문에 회의가 있어서 아카사카에 갔어. 슬슬 올 때가 됐는데."

오카베가 그렇게 말했을 때 문이 열리는 소리가 났다. 오카 베는 고개를 돌리고 웃는 얼굴로 "어서 오십시오."라고 말했 다. 신스케도 반사적으로 눈길을 돌렸다.

문을 열고 들어온 사람은 낯이 익은 여자였다. 눈꼬리가 살짝 내려간 눈과 도톰한 입술이 인상적이다. 유카란 이름만 기억하고 있다. 그녀는 하얀색 얇은 코트를 웨이터에게 맡겼다. 코트 밑에는 몸의 라인이 고스란히 드러나는 파란색 원피스를 입고 있었다.

"드라이 마티니."

카운터 자리 맨 끝에 앉은 그녀가 오카베에게 말했다. 다른 손님은 거들떠보지도 않았다. 그러니 신스케가 있다는 것도 알아차리지 못한 듯하다. 그러나 유유히 다리를 꼬는 동작은 주위의 시선을 한껏 의식한 것이었다.

유카가 일하는 가게가 어디 있는지 신스케는 잘 모른다. 하지만 헤어스타일을 보면 웬만큼 일류라는 것을 알 수 있다. 매일 미용실에 가서 전문가의 손길에 맡겨야 저 정도 헤어스타일을 유지할 수 있을 것이다.

신스케가 이 가게에서 일할 때부터 그녀는 간혹 들러 술을 마셨다. 아주 가끔 손님과 함께 오는 경우도 있었지만, 대개는 혼자였다. 혼자 칵테일을 두 잔쯤 마시며 바텐더와 주식이나 음악 얘기를 나누다 돌아갔다. 그런 유카를 보고 에지마가 이렇게 말한 적이 있다.

"호스티스도 저마다 각양각색이지만, 저렇게 스트레스를 해소하는 방법도 있군."

문득 신스케의 머리에 하나의 장면이 되살아났다. 1년 반 전의 그날 밤, 그러니까 예의 사고를 내기 몇 시간 전 그 밤의 일이었다.

그때도 유카는 혼자 술을 마셨다. 역시 드라이 마티니를 주문했고, 신스케가 만들었다.

그런데 그 술만 마신 게 아니었다. 그날따라 칵테일을 몇 잔이나 시켜 줄줄이, 마치 술과 대적이라도 하는 것처럼 마셔 댔다. "더, 더 독하게." 그렇게 말했던 것도 기억난다. 물론 신스케는 알코올의 양을 점차 낮춰 갔다. 마지막에는 거의 주스나 다름없는 술을 내놓았다.

그런데도 그녀는 곤드레가 되었다. 처음부터 취할 목적으로 마신 것 같았다. 어지간히 기분 나쁜 일이 있었나 본데, 그녀는 취했으면서도 그런 말은 한 마디도 비치지 않았다. 그녀가 프로라서 그런 것이라고 신스케는 해석했다.

카운터에 엎드려 꼼짝하지 않는 유카의 모습. 거기까지는 비교적 선명하게 기억에 남아 있다.

문제는 그 다음이다. 결과적으로 신스케가 유카를 집까지 바래다주고 돌아오는 길에 사고를 일으켰는데, 자세한 경위에 관한 기억이 가물가물하다. 예를 들어 그녀를 집까지 바래다주었다면 당연히 단둘이 차를 타고 갔을 텐데 그 장면이 전혀 떠오르지 않는다. 조수석에 앉아 있는 그녀의 모습이 도무지 그려지지 않는 것이다. 단순히 잊어버렸다고는 생각되지 않는다. 그 전의 기억과 선명도의 차이가 너무 심했다.

"진 앤드 비터스 한 잔 만들어 주겠나."

신스케가 오카베에게 말했다. 오카베는 말없이 고개만 끄덕였다. 신스케가 마니아인 척한다고 오해할지도 몰랐다. 하지만 신스케는 그 씁쓸한 맛으로 자신의 뇌세포를 자극하고 싶었을 뿐이다.

오카베는 가늘고 긴 리큐어 잔을 돌리면서 안쪽에 애로매틱 비터스를 발랐다. 그 작업이 끝나자 그는 잔에 고인 비터스를 버리고 진을 따랐다. 진의 끈끈함으로 충분히 차갑다는 것을 알 수 있었다.

잔을 받아 든 신스케는 숨을 가다듬고 한 모금 마셨다. 적당한 씁쓸함이 입 안에 퍼졌다. 온몸의 세포 하나하나가 깨어나는 듯했다.

"좋은데."

신스케가 말하자, 오카베는 한쪽 볼로만 히죽 웃었다.

신스케는 잔을 카운터에 내려놓고 스툴에서 내려왔다. 그리고 유카에게 다가갔다.

누가 옆에 서 있다는 것을 모를 리 없을 텐데 유카는 앞을 향한 채 담배만 피웠다. 남자가 그저 재미삼아 말 한번 건네는 것조차 완강하게 거부하는 옆얼굴이었다.

"오랜만이군요."

신스케가 말했다.

유카는 손가락 사이에 담배를 끼운 채로 귀찮다는 듯이 고개를 돌렸다. 자신이 일하는 가게에서는 절대 보이지 않을 가면 같은 얼굴이 천천히 신스케를 향했다.

그런데 신스케를 보는 순간, 가면 같던 얼굴에 표정이 생겨났다. 동공이 커지고 입술도 약간 벌어졌다.

"당신은……."

"아메무라입니다."

신스케는 가볍게 고개를 숙였다.

"이 가게, 그만두지 않았나요?"

"일단은 그렇죠. 오늘은 잠시 놀러 온 겁니다."

"그래요……."

"여기, 앉아도 될까요?"

유카 옆의 빈자리를 가리키며 신스케가 물었다.

"안 될 거야 없지만……."

"그럼, 잠깐 실례하겠습니다."

그는 자신의 자리에서 잔을 가져와 유카 옆 자리에 앉았다.

"실은 유카 씨에게 물어볼 게 있어서요."

그렇게 말하는 순간 유카가 경계하는 낯빛을 보였다.

"뭔데요?"

"그날 밤의 일입니다."

신스케는 주위를 돌아보면서 엿들을 만한 사람이 없는지 확인했다.

"내가 사고를 낸 그 밤요."

"난, 아무것도 모르는데."

"그날 밤, 내가 유카 씨를 집까지 바래다주었죠. 그 다음, 사고가 났습니다. 맞죠?"

유카는 아무 대꾸도 하지 않은 채 껄끄러운 표정으로 신스케를 쳐다보았다.

"죄송합니다. 유카 씨는 모르겠지만, 나 얼마 전에 사소한 사고를 당해서 기억 상실 증세가 있습니다. 그래서 이렇게 이 사람 저 사람에게 묻고 다니는 겁니다."

유카가 눈살을 약간 찌푸렸다.

"에지마 씨에게 얼핏 듣기는 했지만…… 교통사고 때 일도 전혀 기억 안 나요?"

"전혀는 아니지만, 그게 그러니까, 자세한 부분이 모호합니다. 에지마 씨는 좋지도 않은 기억, 억지로 되살릴 필요가 있겠냐고 하지만 나로서는 왠지 찝찝해서요."

"내게 물어봐야 별 소용 없을 텐데. 좀 전에 당신도 그렇게 말했지만, 날 집에 데려다 준 거밖에 없으니까."

유카는 그렇게 말하며 신스케에게서 고개를 돌렸다.

"그건 압니다. 내가 유카 씨를 집에 데려다 줄 때 일을 가르쳐 주면 됩니다."

"뭘 가르쳐 달라는 건데요?"

"무엇이든요. 내가 운전하면서 한 얘기라든지, 차를 타고 가는 동안에 있었던 일이라든지……."

유카는 드라이 마티니 잔을 비우고서 신스케 쪽으로 얼굴을 돌렸다.

"나 그때 엉망으로 취해 있어서 데려다 준 거잖아요. 그런 사람이 가는 동안의 일을 어떻게 기억하겠어요."

"그야 그렇겠지만, 뭐든 한 가지 정도는 기억하지 않을까 싶어서."

"난 아무 기억도 없어요."

유카는 고개를 저으며 다시 카운터 안쪽으로 얼굴을 돌렸다.

"그럼 후일담이라도 좋습니다. 그 사고와 관련해서 경찰이 유카 씨를 찾아갔을 텐데요. 그때 무슨 얘기를 했는지 기억납니까?"

"아니요. 내가 기억하는 것은 다음 날 머리가 굉장히 아팠다는 것, 화장도 지우지 않고 옷도 그냥 입은 채 침대에 널브러져 잤다는 것뿐이에요. 나를 데려다 준 바람에 사고가 난 셈이니까 정말 미안하지만, 기억나지 않는 것은 어쩔 수 없네요."

"그렇군요."

"미안해요. 손님과 약속이 있어서."

유카는 가방을 들고 스툴에서 휙 내려왔다.

"잘 마셨어요."

카운터 안에 있는 오카베에게 그렇게 말한 그녀는 술값을 치르자마자 보이가 가져다준 코트를 걸치지도 않은 채 나가 버렸다. 가로막고 자시고 할 틈도 없었다.

신스케는 거의 얼빠진 표정으로 그녀의 뒷모습만 바라볼 뿐이었다. 그런 그에게 오카베가 말을 건넸다.

"무슨 말을 했기에 저렇게 화가 난 거야?"

"나도 모르지. 사고 때의 일을 가르쳐 달라고 했을 뿐인데."

"사고 때의 일?"

"아, 아니야. 됐어."

신스케는 손을 저었다. 무관한 사람에게는 기억 상실에 대해 가능한 한 말하지 않기로 마음먹었기 때문이다.

진 앤드 비터스가 아까보다 덜 시원했다. 신스케는 남은 술을 단숨에 입에 털어 넣었다. 처음 마셨을 때보다 쌉쌀한 맛이 한결 강하게 느껴졌다.

11

신스케가 집에 돌아왔을 때 시계는 2시 30분을 가리키고 있었다. 나루미는 아직 들어와 있지 않았다. 손님들에게 이끌려 노래방에라도 간 모양이었다.

배가 몹시 고팠다. 위가 쓰리고 아플 정도였다. 딱히 먹은 것도 없이 칵테일만 마신 탓이었다.

하지만 수확은 있었다며 그는 만족했다. 그녀, 그 수수께끼의 여인에게 맛 보이고 싶은 칵테일 레시피 몇 가지가 생각났기 때문이다. 잊기 전에 메모해 두려고 필기도구를 찾았다.

그런데 종이도 볼펜도 보이지 않았다. 신스케가 입원해 있는 동안 나루미가 집안을 싹 치웠기 때문에 뭐가 어디 있는지 도무지 알 수 없었다. 집안일을 그렇게 싫어하는 사람이 웬일로 이렇게 철저하게 치웠는지 용하다고 감탄할 정도를 넘어 어이가 없었다.

서랍이란 서랍은 다 뒤진 끝에 겨우 메모지와 볼펜을 찾아냈다. 둘 다 뭔가를 사고서 사은품으로 받은 것이었다. 신스케는 혼자서 피식 웃었다. 어른 둘이 사는 집에 필기도구 하나 제대로 된 게 없다니 참 한심하다고 생각했다. 필기도구뿐이 아니다. 일반 가정에 반드시 있어야 할 물품 중에 그들 집에 없는 것이 한두 가지가 아니었다.

메모를 끝낸 그는 냄비에 물을 받아 라면을 끓였다. 깊은 밤에 이렇게 밤참을 만들다 보면 단칸방에 혼자 살던 시절이 떠오른다. 대학에 들어가면서 세를 얻은 그 집에서 그는 나루미와 동거하기 전까지 살았다.

지금 그들이 사는 집은 원래 나루미 혼자 살던 곳으로 2년 전 신스케가 굴러 들어온 꼴이었다. 그러니 다소 좁은 것도 당연하다.

신스케는 나루미가 '시리우스'를 혼자 찾은 어느 저녁부터 그녀와 친해졌다. 그 전날 밤에 손님을 동행하고 왔다가 장갑을 두고 간 모양이었다. 신스케가 가게 안을 다 찾아보았지만 결국 장갑은 나오지 않았다.

나루미는 포기하고 돌아갔는데, 그날 밤 12시쯤 소파 틈에 떨어져 있는 것을 손님이 주워 주었다. 신스케는 그녀가 말한 가게로 전화를 걸어 그 사실을 전했다. 그녀는 집에 가는 길에 들를 테니 맡아 달라고 했다.

신스케는 '시리우스'의 문을 닫은 후에도 혼자 남아 기다렸다. 나루미는 좀처럼 나타나지 않았다. 가게로 전화를 걸어보았지만 아무도 받지 않았다.

그녀가 나타난 것은 3시가 지나서였다. 신스케는 돌아갈 준비를 하고 있었다.

"아, 다행이다. 가 버린 줄 알았는데."

그녀는 신스케의 얼굴을 보더니 안도의 미소를 지었다.

"가려던 참입니다."

목소리가 퉁명스럽다는 것을 신스케 자신도 느낄 수 있었다.

"미안해요. 손님이 얼마나 끈질기던지 놓아주질 않아서. 이나마 도망쳐 나온 거예요. 가 버렸으면 어쩌나 얼마나 걱정이 되던지…… 화났어요?"

"기분이 별로 좋지는 않습니다."

"우아, 어쩌지."

"농담입니다. 자, 여기요."

신스케는 장갑을 내밀었다.

장갑을 본 나루미는 두 손을 가슴 앞에 모으고 말했다.

"아. 그렇게 좋은 건 아니지만 마음에 든 거라서. 나, 손이 작아서 딱 맞는 장갑이 잘 없거든요."

"그거 맞죠?"

"응, 맞아요. 고마워요."

나루미는 장갑을 코트 주머니에 넣고 신스케를 올려다보았다.

"고맙다는 뜻으로 뭐 사 드릴게요."

"괜찮습니다. 별것도 아닌데."

"내가 미안하잖아요. 이렇게 오래 기다리게 했는데. 상어 지느러미 라면 좋아해요?"

"상어 지느러미 라면? 네, 좋아하죠."

"그럼 그거 먹으러 가요. 맛있게 하는 집 아니까."

그녀는 신스케의 소맷자락을 잡아당기며 말했다.

새벽 5시까지 영업한다는 중국집에서 신스케는 나루미와 마주 앉아 상어 지느러미 라면을 먹었다. 그녀는 긴자에 있는 라면집 이름을 줄줄이 들먹이며 그 집은 값만 비싸지 맛은 없다느니, 국물은 맛있는데 건더기가 없다느니, 끝없이 조잘댔다. 그리고 조잘대는 틈틈이 후루룩 후루룩 라면을 먹었다.

그 모습을 보면서 이렇게 지칠 줄 모르는 여자라면 함께 있어도 나쁘지 않겠는데, 라고 생각했다. 그는 그때까지 많은 여자와 사귀었지만, 섹스할 때가 아니면 함께 있고 싶지 않다고 늘 생각했다.

나루미 쪽도 이때 이미 신스케에게 호감을 품은 듯했다. 쉬는 날 다시 만나고 싶다는 뜻의 말을 건네자 그 자리에서 좋다고 대답했다. 하기야 아무런 감정이 없었다면 라면 한 그릇인들 같이 먹자는 소리를 안 했을 테지만.

그다음 토요일에 두 사람은 데이트를 했다. 그리고 신스케는 나루미의 집에 발을 들여놓았다. 침대에서 그녀는 몇 번이나 이렇게 말했다.

"오해하지 마. 나, 남자랑 쉽사리 자는 여자 아니니까."

"나 역시."

신스케도 그렇게 말했다. 물론 그 말은 진실이 아니었다. 나루미의 말 역시 진실인지는 알 수 없다고 생각했다. 그는 사실 어느 쪽이든 상관없었다. 그 시점에서는 오래 사귈 마음이 없었기 때문이다.

그런데 결국 동거하게 되고 말았다. 딱히 운명적인 만남이라고 느낀 것도 아니고 끔찍하게 좋은 구석이 있는 것도 아니었지만, 알게 모르게 나루미는 신스케에게 그 존재감이 커져가고 있었다. 귀찮으니까 같이 살까. 그런 말을 먼저 꺼낸 것도 신스케 쪽이었다.

다 끓은 라면을 먹으면서 비디오를 보았다. 밤마다 일하러 나가기 때문에 드라마든 뉴스든 녹화를 해두어야 한다. 그렇게 녹화된 프로그램을 보는 것이 잠들기 전의 즐거움이기도 했다.

NHK 뉴스에서 낮에 고속도로에서 발생한 대형 사고를 전했다. 트레일러가 무리하게 추월하다가 옆 차선을 달리던 차와 충돌한 후 핸들을 미처 꺾지 못해 분리대를 들이받았다는 내용이었다. 그 때문에 반대 차선에도 영향을 미쳤던 모양이다. 사망자가 다섯이었다. 트레일러 운전사는 무사한 듯했다.

운전사도 차라리 죽는 편이 좋았을지 모르지. 화면을 보면서 신스케는 그렇게 생각했다. 다섯이나 죽였으니 구제의 여지가 없다.

하기야 한 사람을 죽였어도 죽음을 보상할 방법은 없지만. 신스케는 자신이 저지른 죄를 생각했다.

왜 그런 사고를 냈을까.

그날 밤의 일을 어떻게든 기억해 내고 싶었다. 하지만 머릿속 영상에는 여전히 안개가 끼어 있다. 유카를 데려다 준 것이나 그 후 서둘러 돌아오려 한 것이나 토막토막 희미하게 기억날 뿐이다. 슬립 차림의 유카를 남겨 두고 왜 그렇게 서둘렀을까.

슬립?

뭔가가 머리에서 거치적거렸다. 그리고 이내, 방금 전에 유카 본인에게서 들은 얘기가 떠올랐다.

"내가 기억하는 것은 다음 날 머리가 굉장히 아팠다는 것, 화장도 지우지 않고 옷도 그냥 입은 채 침대에 널브러져 잤다는 것뿐이에요."

분명히 그녀는 그렇게 말했다.

옷도 갈아입지 않았다면 그날 밤 신스케가 슬립만 입은 그녀의 모습을 봤을 리 없다. 그런데 본 기억이 있다는 말인가, 아니면 다른 때 본 것을 그때 보았다고 착각하는 것인가.

신스케는 혼자 고개를 저었다.

곰곰이 생각해 보니, 슬립 차림의 유카를 보았다는 것 자체가 이상했다. 집까지 데려다 주었고 그녀가 제 발로는 침대까지 걸어갈 수 없을 정도로 취했다 쳐도, 신스케가 그녀의 옷을 벗기고 슬립으로 갈아입혔을 리는 없다. 또 유카가 그 정도로 취한 것이 아니었다면 데려다 주고 바로 돌아왔을 것이다. 그녀가 슬립으로 갈아입을 때까지 기다릴 필요가 없다. 그리고 그녀가 그에게 그런 모습을 보일 리도 없다.

혹시 내가 그때 유카와 섹스를 했었나, 그는 문득 생각했다. 그렇다면 슬립 차림의 그녀를 봤다 해도 이상할 것이 없다. 아무리 그렇다 해도 기억 속에 있는 한 장면은 기묘했다. 신스케는 그녀의 집 현관에서 슬립 차림의 그녀와 마주하고 있다. 그녀는 몹시 험악한 표정이다. 그것은 섹스를 하고서 상대를 보내는 여자의 얼굴이 아니다.

머리가 또 아파 왔다. 신스케는 테이프를 되돌려 녹화해 둔 예능 프로그램을 재생했다.

12

녹화한 프로그램을 한 차례 다 보고 나자 어언 새벽 5시가 되었다. 나루미는 아직도 돌아오지 않았다.

어째 좀 늦네, 하고 신스케는 생각했다.

잔소리를 할 마음은 없지만, 너무 늦는다 싶으면 걱정이 된다. 그는 휴대 전화를 집어 그녀의 번호를 눌렀다.

그런데 연결되지 않았다. 전화를 받을 수 없다는 메시지와 함께 음성 녹음으로 바뀌고 만 것이다. 전원이 꺼져 있지 않은 것으로 보아 서비스 지역을 벗어난 듯했다.

이 메시지 들으면 전화해 줘. 그렇게 음성 메시지를 남기고 전화를 끊었다. 애인이 밤일하는 사람인데 늦게 들어오는 것까지 일일이 신경을 쓰면 몸이 남아나지 않는다. 음성을 남겼으니 한동안 신경을 끄기로 했다.

신스케가 휴대 전화기를 충전기에 꽂으려 할 때였다. 나루미의 화장대 위에 놓인 드라이버가 눈에 들어왔다. 생뚱맞게 왜 이런 게 여기 놓여 있나 싶었다. 그는 그것을 집어 들었다. 끝이 십자 모양이었다. 꽤 큰 나사용이라 무게가 묵직하게 손바닥에 전해졌다. 보아하니 새것인 듯했다.

이 집에 왜 이런 게 있지, 그는 생각했다. 필기도구 하나 제대로 없는 집이다. 드라이버 따위가 있을 리 없다. 신스케의 기억에는 전혀 없으니 나루미가 어디서 가져왔다는 얘기다. 말짱한 새 물건이라서 일부러 산 것인가 생각했지만, 그녀가 이런 것을 사는 광경이 도무지 상상되지 않았다.

신스케는 드라이버를 손에 든 채 실내를 잠시 돌아다녔다. 샀든 빌려 왔든, 여기 있는 이상 어딘가에 사용했든지 사용할 예정이라는 뜻이다. 나사가 풀린 데라도 있나, 생각했다.

하지만 아무리 돌아보아도 그럴 만한 곳이 없었다. 혹시 냄

비나 프라이팬 손잡이의 나사가 풀렸나 하고 부엌에 들어가 조리 기구까지 살펴보았지만 십자나사못이 사용된 곳이 아예 없었다.

신스케는 포기하고 드라이버를 원래 자리에 갖다 놓았다. 마음에 걸리기는 하지만 나루미가 돌아오면 알게 될 일이라고 생각했다.

5시가 넘자 슬슬 잠이 쏟아졌다. 그는 하품을 하면서 세면실로 갔다.

다음 날, 신스케는 정오가 지나서야 자명종 소리에 잠을 깼다. 일어나 습관적으로 침대에 걸터앉아 잠시 양 눈가를 꾹 눌렀다. 의식은 깨었지만 뇌와 몸은 아직도 자고 있는 상태였다. 오늘이 며칠이고 무슨 요일이며 하루 일정이 어떻게 되는지를 하나씩 떠올렸다. 20일이었나, 21일이었나. 우체국에 갈 일이 있었나. 편의점은? 은행은? 혹시 택배로 올 물건은 없나.

별다른 예정이 없다는 것을 확인한 후 그는 양 눈가에서 손을 떼었다.

"나루미, 점심 어떻게 할 거야?"

뒤돌아보며 그가 말했다. 평소 같으면 바로 옆에 화장을 지운 나루미의 얼굴이 있을 테니까.

그런데 없었다. 잠옷 대신 입는 티셔츠가 둘둘 말린 채 베개 맡에 놓여 있었다.

신스케는 일어나 실내를 돌아보고는 현관으로 나가 신발이 있는지 확인했다. 하지만 거기에도 그녀가 돌아온 흔적은 없었다.

그는 휴대 전화를 집어 들고 음성 메시지와 문자를 확인했다. 역시 나루미가 보낸 것은 없었다.

신스케는 그녀의 휴대 전화로 다시 전화를 걸어 보았다. 상황은 어젯밤과 똑같았다.

부는 바람에 나뭇잎이 사락사락 흔들리듯 가슴이 두근거리기 시작했다.

나루미와 같은 가게에서 일하는 호스티스 친구의 전화번호를 찾기 위해 신스케는 명함과 주소록 수첩을 뒤졌다. 하지만 그런 것도 없었다. 나루미가 아는 사람의 연락처를 그런 식으로 정리해 놓았을 리 없었다. 그녀는 그런 것들을 모두 휴대 전화에 저장하는 사람이다.

신스케는 다시 한 번 시계를 보았다. 12시 23분. 이런 시각까지 돌아오지 않은 적은 단 한 번도 없었다.

가게를 찾은 손님과 죽이 맞아 호텔에라도 간 것일까 의심도 해 보았다. 하지만 만에 하나 그렇다면 아무 말 없이 외박을 하기보다 일단 전화를 걸어서 뭐라고 둘러대지 않았을까 싶었다. 게다가 신스케는 나루미를 신뢰했다. 그렇게 몸을 함부로 굴리는 여자는 아니라고 생각한다.

다시 한 번 전화를 걸어 보았다. 여전히 들려오는 것이라고는 전화를 받을 수 없다는 합성된 목소리뿐이었다. ……음성 사서함으로 연결합니다…….

신스케는 나루미가 어디 있는지 알 만한 사람이 없을까 생각해 보았다. 하지만 그녀에게 아는 사람 얘기를 들은 적은 있어도, 그 사람들에게 연락할 수 있는 방법은 없었다.

결국 가게에 확인해 보는 수밖에 없겠다는 결론에 도달했다. 신스케는 우선은 샤워를 하기로 하고, 혹시라도 전화가 올까 봐 휴대 전화를 욕실 문 옆에 두었다. 그러나 머리를 감고 몸을 씻는 동안에도 벨은 울리지 않았다.

오후 5시가 되자 신스케는 집을 나섰다. 그러기 전에 나루미가 일하는 '콜리'에 전화를 걸어 보았지만 아직 아무도 출근하지 않았는지 벨만 울릴 뿐 받는 이가 없었다.

'양하'에 도착해 준비하는 동안에도 그는 일이 손에 잡히지 않았다. 나루미가 단순히 자신의 의지로 안 들어온 것이 아니라는 생각이 들었다. 좋지 않은 일이 생겼을 것만 같아 견딜 수 없었다. 무엇이든 좋으니 정보가 필요했다.

7시가 넘어서야 첫 정보를 얻을 수 있었다. '콜리'에 전화를 걸어 나루미가 있느냐고 물어보았다. 그녀는 가게에서도 본명으로 일한다.

"음, 아직 안 나왔는데요. 슬슬 나올 시간이 됐는데."

역시 가게에도 나타나지 않은 듯했다.

"그럼 도모미 씨는 있습니까?"

"불러 드리죠. 잠깐 기다리세요."

남자가 친절하게 말했다.

신스케는 도모미를 몇 번 만난 적이 있었다. 나루미가 손님을 대동하고 '시리우스'에 나타날 때 도모미도 함께였던 적이 많았기 때문이다. 호스티스 동료들 중에 나루미와 가장 친하게 지내고, 신스케에 대해서도 그녀에게는 말했다고 들었다.

"네, 전화 바꿨습니다."

수화기 속에서 밝은 목소리가 들렸다. 도모미의 너구리 같은 표정이 떠올랐다.

"도모미 씨, 저, 아메무라입니다."

잠시 틈을 두고 도모미가 말했다.

"어머, 오랜만이네요. 잘 지내셨어요?"

그녀는 주위 사람들이 손님에게 걸려 온 전화려니 여기도록 여전히 명랑한 목소리로 말했다. 그러고는 목소리를 낮춰 바로 말을 이었다.

"나루미, 아직 안 나왔는데요."

"그건 압니다. 어젯밤에도 안 들어왔으니까."

"네? 그럴 리가……."

"정말입니다. 전화를 걸어도 도통 받지를 않아요. 연락할 방법이 없어서, 혹시 도모미 씨는 뭐 아는 게 없나 하고."

"아니, 이상하네."

"뭐가요?"

"음……."

목소리가 갑자기 뚝 끊겼다. 도모미가 누군가에게 애교스럽게 말하는 소리가 어렴풋이 들렸다. 잠시 후 "미안해요." 하는 그녀의 목소리가 들렸다.

"아메무라 씨, 이상해요. 나루미, 어제도 가게에 안 나왔어요."

"네, 정말인가요?"

"네. 어제 저녁때 마담 언니에게 전화가 왔었대요. 감기에 걸려 하루 쉬고 싶다고."

"감기?"

그럴 리가 없다. 어제 신스케가 집을 나설 때는 팔팔했다. 화장대 앞에 앉아 화장까지 하고 있었다. 그런 나루미가 그가 나간 후 가게에 전화를 걸어 쉬겠다고 했다는 얘기다.

"거참, 이상하군."

그는 중얼거렸다.

"미안하지만, 나 길게 얘기할 수 없어요. 손님도 왔고."

도모미가 난처한 목소리로 말했다.

"아, 미안합니다. 휴대 전화 번호라도 좀 가르쳐 줘요. 그리고 나중에 다시 걸 테니까, 자세한 얘기를 좀 해 주세요."

"알았어요. 공팔공……."

도모미가 말하는 숫자를 신스케는 옆에 있는 메모지에 적었다.

"몇 시쯤 전화하면 되죠?"

"3시쯤이면 괜찮을 거예요."

"그럼 그때 다시 걸죠."

그렇게 말하고 신스케는 전화를 끊었다.

뭐가 어떻게 된 것인지 영문을 알 수 없었다. 도모미의 말이 사실이라면 나루미는 지난밤 대체 어디에 간 것일까. 감기에 걸렸다는 말은 물론 거짓일 것이다.

그녀가 신스케에게 거짓말을 했다는 점이 걸렸다. 그냥 가게를 쉰 것이라면 상관없다. 그러나 왜 숨겼을까.

역시 남자로군. 신스케는 그렇게 결론을 내렸다. 신스케 몰래, 그것도 일까지 쉬어 가며 외출할 일은 그것밖에 없다.

걱정하던 마음이 절반으로 줄어들었다. 아니 절반 이하일지도 모르겠다. 어젯밤부터 줄곧 염려했던 자신이 어리석게 느껴졌다. 어떻게든 어디 있는지 알려고 발버둥 쳤는데, 나루미는 그때 남자 품에 안겨 있었을지도 모른다.

다만 아직 아무런 연락이 없고 '콜리'에도 나타나지 않았다는 점은 석연치 않았다. 상대가 옛날 애인인지 최근에 사귄 남자인지는 알 수 없지만, 나루미는 사랑 때문에 상황 판단이 흐려질 만큼 어리지는 않다.

물론, 섣불리 단정할 수는 없지만. 신스케는 잔을 닦으면서 옆 사람 모르게 슬며시 웃었다. 사랑에는 눈이 먼다고 하지 않던가. 멋진 남자와 함께 있는 시간이 너무 좋아서 모든 것을 잊었는지도 모를 일이다. 일이며 신스케까지.

문이 열리면서 남자 단골이 들어왔다.

"어서 오십시오, 오하시 씨. 정말 오랜만인데요."

신스케는 여느 때보다 힘차게 인사했다.

한밤의 2시 반경, 평소대로 신스케는 치즈코의 차를 타고 집에 돌아왔다. 혹시 나루미가 와 있을지도 모른다고 생각하면서 문을 열었지만, 실내는 캄캄했다. 불을 켜 봐도 나루미가 들어왔다 나간 흔적은 없었다.

신스케의 가슴속에서 불안한 마음이 조금 더 커졌다. 아무리 그래도, 이렇게 연락이 없는 것은 이상하다.

소파에 앉아 도모미가 가르쳐 준 번호로 전화를 걸었다. 벨이 세 번 울리고 그녀가 받았다.

"네."

"여보세요, 아메무라입니다."

"아, 전화 기다리고 있었어요. 나루미, 아직 안 왔어요?"

"네, 가게에도 안 간 겁니까?"

"마담 언니가 말도 없이 안 나왔다고 야단인데, 행방을 알수 없다는 얘기는 아직 안 했어요. 마담 언니는 아메무라 씨를 모르니까."

"그 일은 도모미 씨에게 맡기죠. 그보다, 어디 짚이는 데 없습니까? 나루미가 갈 만한 곳이오."

"나도 여러 가지로 생각해 봤는데, 딱히 없어요. 호스티스 친구들 중에서 재워 줄 만큼 친하게 지내는 사람은 나 정도나 될까. 그렇다고 고향 집에 가지는 않았을 테고."

"아마, 거기는 안 갔을 겁니다."

나루미의 고향은 지바 현 기미쓰 시라고 들었다. 하지만 부모님은 이미 세상을 뜨셨고, 고향 집에는 친척이 살고 있다고 했다. 그녀가 열여덟 살 나이에 도쿄로 올라온 후 부모님이 잇달아 돌아가신 듯하다. 아버지의 장례식 후로 그녀는 친척들과 거의 교류가 없다고 했다.

"혹시 남자가 있는 건 아닌지……."

신스케가 물었다.

"남자요?"

"나 말고 다른 남자가 있는 게 아닐까 해서."

"아아."

도모미는 그제야 알겠다는 투로 말했다.

"그렇지는 않을 텐데요."

"정말입니까? 나는 개의치 않습니다. 남녀 관계란 어차피 그런 거라고 여기고 있으니까."

"숨기는 거 아니에요. 신스케 씨는 우리 가게 손님이 아니니까 굳이 붙잡을 필요 없잖아요. 나루미, 신스케 씨 한 사람밖에 없어요. 우리처럼 오래 같이 일하다 보면 다른 남자가 있는지 없는지는 느낌으로 알 수 있죠."

"남자가 아니라면, 나루미가 거짓말까지 해 가면서 왜 나갔는지."

"나도 그걸 모르겠네……."

잠시 머뭇거리던 도모미가 불쑥 말했다.

"경찰에 신고하는 게 좋지 않을까요?"

"실종 신고 말입니까?"

"네."

"나도 생각 중이기는 한데."

"신고하는 게 좋겠어요. 아무래도 이상해."

그렇게 말한 후에 도모미는 목소리를 낮추고 다시 말했다.

"아메무라 씨에게 한 가지 물어보고 싶은 게 있는데요."

"뭐죠?"

"혹시 나루미, 가게 차린다고 했어요?"

"네? 아니, 그런 얘기는 금시초문인데."

"아하…… 역시."

"나루미가 가게 그만둔다고 하던가요?"

"네. 남의 밑에서 일하는 것도 이제 피곤하다고, 슬슬 승부를 걸어야겠다고 했어요."

"그 승부라는 게 어떤 의미죠? 제 손으로 가게를 차리겠다는 뜻입니까?"

"잘 모르겠지만, 그렇지 않을까 싶은데."

"하지만……."

신스케는 그런 돈이 있겠느냐고 하려다 말을 삼켰다. 자금도 없는데 뜬구름 잡는 소리를 했다면 얼마 전의 자신이나 마찬가지라는 것을 깨달은 것이다.

"저, 역시 신고하는 게 좋겠어요."

"그런 것 같군요."

신스케가 그렇게 중얼거렸다.

13

다음 날 낮까지도 나루미는 돌아오지 않았다. 신스케는 간단히 점심을 먹은 후 택시를 타고 후카가와 경찰서로 향했다.

1층의 안내 창구에서 동거인이 행방불명되었다고 말했다.

잠시 기다리자 제복의 중년 경찰이 나타나, 그쪽으로 오라고 했다.

조그만 책상을 사이에 두고 경찰과 마주 앉은 신스케는 최대한 자세하게 상황을 설명했다. 경찰은 나루미의 구체적인 특징 등을 세세하게 물었다. 질문에 답하면서 신스케는 경찰이 나루미를 찾기 위해 이런 질문을 하는 것이 아님을 깨달았다. 변사체가 발견되면 그 신원을 확인할 재료로 참고하려는 것이다. 즉 경찰이 나루미를 발견했을 때는 그녀가 이미 이 세상 사람이 아니라는 얘기다.

"알겠습니다. 실마리가 될 만한 일이 있으면 바로 연락드리죠. 오늘은 수고가 많으셨습니다."

경찰은 친절하게 말했지만, 신스케는 마음속으로 아무쪼록 이 사람들에게 나루미가 발견되지 않기를, 하고 기도했다.

경찰서 현관을 나설 때였다. 눈앞에 서 있던 경찰 오토바이에서 경찰이 내렸다. 삼십 대 중반으로 보이는, 체격이 다부진 남자였다. 헬멧을 벗은 얼굴을 보고 신스케는 걸음을 멈췄다. 본 적이 있는 얼굴이었던 것이다.

인기척을 느꼈는지 상대도 신스케를 보았다. 하지만 금방은 기억이 안 나는지 시선을 돌렸다가 이내 걸음을 멈췄다.

"아, 기요스미에서 사고를 냈던 사람이로군."

경찰이 말했다.

"기억하시는군요."

"음, 좀 특수한 경우여서 말이지. 그보다 오늘은 무슨 일로…… 또 무슨 사고 쳤나?"

"아닙니다. 실은 아는 사람의 행방을 알 수 없어서 신고를 하려고……."

"허어, 큰일이로군. 여자?"

"네."

"나이는?"

"스물아홉입니다."

"흐음, 스물아홉이라……."

경찰은 떨떠름한 표정으로 고개를 끄덕였다. 경험상 젊은 여자가 행방이 묘연해지면 살아서 발견되는 일이 많지 않다는 불길한 예감이라도 하고 있는지 모른다고 신스케는 생각했다.

"자네는 지금 뭘 하지? 그때는 바텐더였던 걸로 기억하는데."

경찰은 신스케에 대해 잘 기억하고 있는 듯했다.

"지금도 같은 일을 하고 있습니다."

"그렇군. 차는 몰지 않겠지?"

"네."

"그래, 잘했어. 사고가 얼마나 무서운 것인지 몸소 체험했으니."

"네⋯⋯."

"그럼 또 보자고."

그렇게 말하면서 신스케의 어깨를 툭 치고 경찰은 현관을 향해 걸어갔다.

신스케도 반대 방향으로 일단 걸음을 내디뎠다가 이내 돌아섰다.

"저기요."

경찰의 등에 대고 소리쳤다.

경찰이 걸음을 멈추고 돌아보았다. 또 뭐냐는 표정의 경찰에게 신스케가 물었다.

"특수한 경우였다는 게, 무슨 뜻이죠?"

교통과 옆에는 조그만 책상 하나가 겨우 들어갈 만큼 작은 방이 여러 개 줄지어 있다. 신스케는 그 방들 중 하나로 안내되었다. 이런 방에 들어오는 건 작년 사고 때 이후로 처음이었다. 그 기억은 어렴풋이 남아 있다.

"이렇게 말하면 좀 이상하겠지만, 묘한 기억 상실도 다 있군. 사고 때의 일만 싹 잊어버렸다니 말이야."

경찰 아키야마는 신기한 일도 다 있다는 표정이었다.

"저도 그렇게 생각합니다."

"어떤 의미에서는 행복한 일이고, 또 어떤 의미에서는 벌받을 일이로군. 잊을 수 있으면 자네야 좋겠지만, 유족은 얼마나 괘씸하겠어."

"그 심정은…… 압니다."

기시나카 레이지의 암울한 얼굴이 떠올랐다. 그는 짜증 나는 일이 있을 때 불쾌한 기분을 어떻게 처리하느냐고 물었다. 그리고 신스케는 어떻게 하고 말고가 없이 빨리 잊어버리는 게 상책이라고 대답했다.

그 대답이 그로 하여금 살인을 결심하게 했는지도 모른다고 신스케는 생각했다.

"그 사고 말인데,"

아키야마가 신스케 앞에서 서류를 펼쳤다. 현장의 약도가 그려진 페이지였다. 동서 방향으로 뻗어 있는 6차선 넓은 도로가 2차선 좁은 도로와 교차한다. 사고는 네거리가 바로 지척에 있는 좁은 도로상에서 발생했다.

"피해자는 남쪽을 향해 이 도로를 달리고 있었지. 네거리를 건너 조금만 더 가면 집이 있으니까. 그런데 자네는 그 자전거를 뒤쫓듯이 달려왔어."

아키야마가 약도의 좁은 도로 위를 손가락으로 더듬었다.

"차종은 실버 벤츠. 여기까지는 기억하나?"

"듣고 보니, 그런 것 같기도 합니다만."

"그런 것 같기도 하다……."

아키야마가 신스케의 얼굴을 멀뚱멀뚱 쳐다보았다. 그런 대형 사고를 일으켜 놓고 그런 것 같기도 하다니, 라고 편잔이라도 주고 싶어 하는 표정이었다.

"죄송합니다."

신스케는 사과했다.

"어쩔 수 없지. 게다가 기억 상실의 원인을 제공한 사람이 유족이라고 하니, 이제 누가 죄인인지도 잘 모르겠군."

아키야마는 그렇게 말하고 다시 시선을 약도로 떨어뜨렸다.

"이 좁은 길은 제한 속도가 시속 30킬로미터야. 자네는 제한속도를 지켰다고 주장했고."

"그런데 사실은 지키지 않았다, 그런 말씀입니까?"

"그야 알 수 없지. 남아 있는 브레이크 자국으로는 속도를 어느 정도 냈는지 측정할 수 없으니까. 전에는 비교적 정확하게 계산할 수 있었지만, 요즘은 브레이크 자국만 봐서는 알 수가 없어."

"그건 왜죠?"

"기술 혁신 덕분이지. 앤티로크 브레이크가 장착된 차는 속도와 브레이크 자국의 관계가 기존의 자료와 전혀 다르거든."

"아, 그렇군요."

동결된 도로에서 타이어가 미끄러지는 것을 최대한 방지하는 것이 앤티로크 브레이크의 역할이다. 그러니 일반 브레이크가 장착된 차와는 여러 면에서 수치가 다른 것이 당연하겠다고 신스케는 생각했다.

"아무튼 자네는 자전거 뒤에서 달려왔어. 시속 30킬로미터를 지켰다 해도 어차피 자전거를 추월하게 되어 있었지. 그래서 자네는 자전거를 앞서려고 했어."

약도 위에서 아키야마의 손가락이 움직였다.

"그런데 그 직전에, 자전거가 도로 쪽으로 약간 비틀한 모양이야. 뒤에서 벤츠가 오고 있다는 걸 피해자가 감지했는지는 불명확해. 헤드라이트가 켜져 있었을 테니까 아마 알았겠지. 그럴 경우 길가 쪽으로 붙는 것이 보통인데, 차를 의식한 나머지 핸들을 잘못 틀어서 오히려 위험한 쪽으로 휘청하는 일도 실제로는 많아."

"그 결과, 제가 몰던 차가 자전거와 충돌한 것이로군요."

"그렇지. 자전거는 바깥쪽으로 튕겨 나갔고, 자네가 운전하던 차는 가운데 차선을 크게 침범했어. 자전거를 피하려고 핸들을 꺾은 탓이겠지."

아키야마가 고개를 끄덕이며 말했다.

"그 결과 피해자가…… 머리를 다친 것인가요?"

신스케는 새삼스레 물었다. 설명을 들어 보니 인명 사고가 날 정도는 아니라는 인상을 받았기 때문이다. 하지만 피해자

가 사망한 것으로 보아 치명적인 곳을 다친 모양이라고 생각
했다.

그런데 아키야마는 고개를 저었다.

"아니, 그 시점에서는 그리 큰 부상을 입지 않았을 거야. 어
디까지나 추론이지만."

"그리 큰 부상이 아니라면…… 하지만 피해자는 사망했잖
습니까?"

신스케가 묻자 아키야마는 미간을 찡그리고는 후, 한숨을
쉬었다.

"정말 기억 못하나?"

"네."

아키야마가 다시 약도를 가리키며 말했다.

"피해자가 사망한 건, 이 사고 다음이었어."

"다음이오?"

"그래. 그다음 차가 또 밀고 들어왔으니까."

14

'시리우스'의 문을 열고 안으로 들어서자 흰 재킷의 뒷모습이
맨 먼저 시야에 들어왔다. 그 재킷의 주인공이 문소리를 듣고

돌아서서 다소 어리둥절한 표정을 보이더니 이내 미소를 머금었다.

"야, 이거 반갑군."

에지마는 두 팔을 가볍게 벌렸다.

"우리 가게 맛이 그리워서 왔나."

신스케도 미소를 띠고 에지마에게 다가갔다. 가는 도중에 카운터에 있는 오카베를 향해 손을 살짝 들어 보였다. 오카베가 고개를 끄덕, 했다.

신스케는 에지마 바로 옆까지 가자 실내를 죽 둘러보았다. 6시가 조금 넘은 시간, 손님은 거의 없었다. 카운터 자리에 둘, 테이블 자리에 역시 둘이 앉아 있을 뿐이다.

"몇 가지 물어볼 게 있는데, 지금 괜찮습니까?"

신스케가 소곤거리듯 물었다.

"무엇에 관한 일이지?"

에지마도 목소리를 낮춰 물었다.

"사고에 관해서입니다. 지난해, 제가 낸 사고요."

에지마는 눈살을 약간 찌푸리면서 당황한 기색을 보였다. 영 내키지 않는다는 투였다.

"이렇게 서서 해도 될 얘기인가?"

"아니요."

"그래."

에지마는 한숨을 쉬더니 고개를 끄덕이며 신스케의 어깨에 손을 올려놓았다.

"그럼 앉아서 듣지."

에지마가 맨 안쪽 테이블 자리를 향해 앞장섰다. 소파가 푹신했다. 여기 앉아 보는 게 몇 년 만이지. 신스케는 문득 그런 생각을 했다. 여기서 일할 때도 소파에 앉는 일은 거의 없었기 때문이다.

"실은 어제 경찰서에 다녀왔습니다. 물론 전혀 다른 일 때문인데요, 우연히 교통과의 아키야마 씨를 만났어요. 제 사고를 담당했던 경찰요."

"음, 그래서?"

에지마가 담뱃갑을 꺼내 한 개비를 입에 물고 카르티에 라이터로 불을 붙였다.

"기억 상실 증세가 있다는 사정을 얘기하고 사고 내용에 대해 자세히 물어보았습니다. 아키야마 씨는 납득이 잘 가지 않는다는 표정이었지만요."

신스케의 말을 듣고 에지마는 고개를 살래살래 흔들었다.

"이제 와서 그런 걸 자세히 알아야 할 필요가 있을까."

"하지만 지금 이대로 지내기는 꺼림칙해서요."

"자네 기분이야 알겠지만……. 그래서, 뭐라고 하던가?"

"놀랐습니다."

신스케는 솔직하게 대답했다.

"그런 사고일 줄은 몰랐으니까요."

"그런 사고?"

"전 제가 인명 사고를 낸 줄로만 알고 있었어요. 그런 단순한 사고로요. 그런데 들어 보니 그렇지 않더군요. 그 기시나카 미나에라는 여자에게 치명상을 입힌 건 다른 차였더군요. 그러니까 사고에 관련된 차가 두 대였다는 얘기죠."

"나도 그렇게 들었는데. 자세한 것은 잘 모르겠지만."

에지마는 느긋하게 담배를 피우며 그런 일로 새삼 놀라는 신스케가 오히려 의아하다는 듯이 말했다.

"전, 기억이 전혀 없다 보니."

아키야마 순사 부장의 얘기를 정리해 보면 사고 당시의 상황은 다음과 같았다.

우선 기시나카 미나에는 자전거를 타고 문제의 도로를 남하하고 있었다. 그 뒤로 벤츠가 다가온다. 이 벤츠를 운전하던 사람이 신스케다.

벤츠가 어느 정도의 속도로 달렸는지는 알 수 없다. 하지만 '네거리의 신호등이 빨강으로 바뀔 것 같아 서둘렀다'는 신스케의 진술로 제한 속도를 다소 초과했을 것이라는 추측이 가능하다. 단, 사고 직후 신스케는 제한 속도를 지켰다고 주장했다. 하지만 그 주장의 진위 여부는 명확하지 않고, 현재 그가 사고에 대해 기억이 없는 탓에 뭐라 말할 수 없다.

벤츠는 기시나카 미나에가 타고 가던 자전거를 뒤에서 들이받았다. 충돌 부위는 벤츠의 범퍼 모퉁이였다.

자전거는 균형을 잃고 앞 방향으로 내던져지듯 넘어졌다. 그리고 자전거에 타고 있던 기시나카 미나에의 몸은 길가에 있는 건물 벽으로 튕겨 나갔다. 그때 그녀는 벽에 등을 떠밀리는 자세였다.

한편 벤츠는 자전거를 받은 후 갑자기 진로를 틀어 맞은편 차로를 침범했다. 운전자인 신스케가 반사적으로 급하게 핸들을 꺾은 듯하다.

그때 반대 방향에서 제2의 차가 다가왔다. 차종은 빨간색 페라리였다.

그 차는 상당한 속도로 달렸을 것이라고 짐작된다. 따라서 눈앞에서 발생한 갑작스러운 사고에 미처 대처할 수 없었다. 최대한 벤츠를 피하기 위해 급브레이크를 밟았지만 속도는 완전히 줄지 않았다.

그 결과 페라리 역시 반대편 차로로 뛰어들어 길가에 있는 건물을 들이받고 말았다. 그 건물 앞에는 기시나카 미나에의 몸이 있었다. 페라리 운전자는 최악의 사태를 피하려고 최대한 노력했지만, 시간이 모자랐다.

전신 타박과 내장 파열, 그것이 기시나카 미나에의 직접적인 사인이었다.

"제가 생각해도 얍삽하다는 느낌이 들지만, 자세한 얘기를 듣고서 솔직히 마음이 좀 편해졌습니다. 제가 충돌한 단계에서는 그다지 심한 부상을 입지 않았을 테고, 그쪽 차에도 책임이 없다고 할 수 없으니까요. 물론 제가 안전 운전을 했다면 미나에라는 여자는 죽지 않았겠죠. 그 점은 충분히 자각하고 있습니다."

"교통사고는 운이야."

에지마는 그렇게 말하고 하얀 연기를 내뿜었다.

"1년에 얼마나 많은 사람이 교통사고로 죽는지 아나? 1만 명이야. 다행히 목숨을 건진 부상자는 그 몇 배겠지. 그리고 사고는 면했지만 하마터면 사고를 당할 뻔했던 경우는 더더욱 많을 테고. 그런 사람들은 그저 운이 좋았을 뿐이야. 본인은 그렇다는 걸 모르겠지만 말이야. 지금 살아 있는 사람들 대부분이 그런 행운 덕에 몇 번이나 목숨을 건졌을 거야. 반대로 운전자들 가운데 지금까지 인명 사고를 내지 않은 사람 역시 어쩌면 그런 행운이 계속되었을 뿐인지도 모르고. 나처럼 말이야. 신스케 자네는 그저 운이 나빴던 거야. 그러니까 이제 그만 생각하라고."

신스케는 고개를 숙였다. 에지마의 말은 충분히 이해가 갔다. 덕분에 마음도 가벼워졌다. 하지만 생각하지 말라는 주문은 억지였다.

신스케가 다시 고개를 들었다.

"실은 에지마 씨에게 부탁이 있습니다."

"어떤 부탁이지?"

"사고 당시 저를 변호했던 변호사가 있었죠. 유구치 선생……이었던가요?"

"그래, 유구치 씨였지. 그건 기억나나?"

"경찰에게 듣고 기억났습니다."

유구치 변호사는 에지마와 친하게 지내는 지인이다. '시리우스'에도 몇 번 왔었다. 신스케의 형량이 비교적 가벼웠던 것도 그 변호사 덕분이라고 할 수 있을 것이다.

"유구치 선생님에게 확인하고 싶은 게 있습니다."

"뭐지?"

"저쪽 차를 운전했던 사람의 신원요."

에지마의 오른쪽 눈썹이 움찔했다. 입가의 미소도 사라졌다.

"그건 왜 알려고 하는데?"

"알고 싶어서요. 경찰에서는 가르쳐 주지 않더군요. 하지만 유구치 선생님은 아시겠죠."

"글쎄, 과연……."

"껄끄러우면 제가 직접 물어봐도 됩니다. 유구치 선생님의 연락처를 가르쳐 주시면."

에지마가 짧아진 담배를 재떨이에 비벼 껐다.

"신스케, 이제 그만 하지그래. 사고에 대해 새삼 자세하게 안다고 뭐가 바뀌는 것도 아니잖아. 그보다는 장래를 생각해야지."

"생각하고 있습니다."

신스케는 그렇게 말하고 슬쩍 웃어 보였다.

"하지만 그것과 이건 별개의 문제죠."

"과거에만 집착하면 앞이 안 보인다는 말을 하는 거야."

"집착할 마음은 없습니다. 다만 정확하게 알고 싶을 뿐이에요. 유구치 선생님의 연락처를 가르쳐 주십시오."

"할 수 없군."

에지마는 한숨을 쉬었다.

"알았어. 내가 나중에 전화를 걸어 물어보지."

"감사합니다."

신스케는 고개를 숙였다.

"그 대신,"

에지마는 힐끔 주위를 살피고는 낮은 목소리로 말했다.

"나 아닌 사람에게는 앞으로 사고 얘기를 하지 않도록 해. 1년도 더 지난 일을 자네처럼 떠올리고 싶어 하는 사람은 없으니까 말이야."

무슨 소리인지 몰라 신스케는 눈을 껌벅거리면서 에지마의 얼굴을 보았다. 그러자 에지마가 말했다.

"유카 씨에게 꼬치꼬치 캐물었잖아?"

아아. 신스케는 그제야 납득이 갔다. 며칠 전 이곳에 왔을 때의 일 말이다. 에지마가 그걸 어떻게 알았을까. 유카 본인이 투덜거렸을 수도 있고, 오카베 요시유키가 보고했을 수도 있다.

"약속하는 거지?"

에지마는 신스케의 눈을 보고 말했다.

"……네."

신스케가 고개를 끄덕였다. 이 자리에서는 그렇게 대답할 수밖에 없다. 그는 손목시계를 보며 엉덩이를 들었다.

"시간을 빼앗아서 죄송합니다. 그만 가 볼게요."

"한잔하고 가지. 오카베에게 부탁할 테니까."

"아닙니다. 지금도 많이 늦었어요."

신스케는 손목시계를 가리키며 말했다.

"그래. 그럼 다음에 또 보자고."

에지마도 자리에서 일어나 엘리베이터 앞까지 신스케를 바래다주었다.

"나루미 씨는 잘 있나? 병원에서 본 후로 못 봤는데."

"아, 네…… 잘 있습니다."

별로 말하고 싶지 않은 화제여서 신스케는 애매하게 대답했다.

그런데 에지마는 그의 그런 속내를 표정으로 금방 알아챈 듯했다.

"왜, 무슨 일이 있는 거야?"

"아니에요. 아무 일 없습니다. 이제 그만 들어가십시오."

엘리베이터 문이 열렸다. 신스케는 재빨리 타고서 '1'을 눌렀다.

"유구치 씨에게는 연락할 테니까, 나중에 보자고."

"네, 부탁드립니다."

신스케는 그렇게 인사했다. 동시에 왼손으로 '닫힘' 버튼을 꾹 눌렀다.

15

'양하'는 오늘따라 이른 시간부터 손님으로 북적거렸다. 덕분에 지각한 신스케는 치즈코에게 싫은 소리를 따끔하게 들었다.

"도무지 여자를 믿을 수가 있어야지."

신스케에게서 가장 가까운 테이블에 앉은 손님이 커다란 목소리로 그렇게 말했다. 회사원 차림의 남자인데, 둥그런 얼굴에 비해 너무 작다 싶은 안경이 콧잔등 위에 기우뚱하게 걸쳐져 있었다.

"왜요, 사모님은 믿을 거 아니에요?"

아르바이트하는 아가씨인 에리가 입을 삐죽 내밀고 물었다.

"믿기는 무슨. 세상 여자들이 다 바람을 피워도 그 여편네가 바람을 피우는 건 무리라고 생각할 뿐이지."

"여편네라니요, 자기 부인인데. 왜 남자들은 부인을 그렇게 우습게 여기는지 모르겠어요."

에리가 나무라는 투로 말한다.

"뭐가 어때서. 여편네니까 여편네지. 만약 그 여편네 좋다는 남자가 있으면, 내 얼씨구나 하고 내주지."

회사원 차림의 남자가 동행인 남자에게 말했다.

"자네, 그 여편네 마음에 드나? 내 공짜로 줄 텐데."

"필요 없어. 나도 집에 가면 귀신같은 얼굴로 기다리는 마누라가 있는걸. 아줌마를 둘이나 거느리고 어쩌라고."

동행도 그렇게 말하고 웃었다.

신스케는 잔을 닦으면서 그들의 대화를 듣고 있었다. 나루미가 떠올랐다.

그녀의 행방은 여전히 알 수 없다. 연락도 없고, 가게에도 나오지 않는 듯하다. 아무래도 실종된 것 같다.

하지만 신스케는 애써 생각하지 않으려 했다. 나루미가 자신의 의지로 행방을 감췄다고 여겨지기 때문이다. 그 근거가 두 가지 있다.

하나는, 나루미는 '콜리'에는 하루 쉬겠다고 해 놓고 신스케에게는 시치미를 떼며 평소 때 출근하는 것처럼 집을 나섰다.

다른 하나는, 집에서 없어진 몇 가지 물건이다. 신스케는 후카가와 경찰서에서 돌아온 후에야 없어진 물건이 있다는 것을 알아차렸다.

나루미의 소지품을 꼼꼼하게 살펴보니 여행용 화장 케이스, 휴대용 드라이어, 세면도구 세트가 없었다. 그리고 하루이틀 여행 갈 때 즐겨 사용하는 루이비통 가방도 보이지 않았다. 어쩌면 옷가지 몇 벌과 속옷, 양말도 없어졌을 테지만 그 점에 대해서는 신스케도 정확하게 말할 수 없다.

그리고 특기할 만한 것이 한 가지 더 있다. 그녀 명의의 저금통장과 도장도 없어졌다. 지난날 신스케는 자신의 통장과 그것들이 구급약 상자에 함께 들어 있는 것을 확인했었다.

요컨대 며칠을 밖에서 지낼 수 있는 소지품과 전 재산을 들고 나가 행방이 묘연해진 것이다. 그 행동으로 상상할 수 있는 가능성은 뻔했다. 빚쟁이에게 쫓겨 도망쳤든지, 경찰의 눈을 피하기 위해 도망쳤든지, 남자와 도망쳤든지, 셋 중 하나다. 그리고 아마 세 번째가 맞을 것이라고 신스케는 생각했다. 빚쟁이나 경찰이 그녀를 쫓고 있다면 신스케에게도 진즉에 찾아왔을 테니까.

문제는 다른 남자가 생겼다고 해서 왜 도망을 치느냐는 것이다. 나루미와 신스케는 결혼한 것이 아니다. 달리 좋아하는 남자가 생겼다면 솔직하게 털어놓으면 될 일이다. 신스케가 여자에게 집착하는 타입이 아니라는 것은 누구보다도 나루미가 잘 알고 있다.

혹시 도망쳐야 하는 쪽이 남자가 아닐까, 신스케는 생각했다. 어떤 이유로 도망쳐야 하는지는 알 수 없다. 하지만 그런 남자를 따라간 것이라고 가정하면 나루미의 행동이 어느 정도 이해가 간다.

신스케는 나루미가 지금까지 보여 준 다부진 모습과 자신을 향한 한결같은 사랑은 굳이 생각하지 않기로 했다. 나름의 경험을 통해, 한 인간의 본질은 눈에 보이는 부분만으로 유추할 수 없다는 것을 알고 있었다. 그 사람이 그런 짓을 하다니 도저히 믿을 수 없다, 어떤 사건이 있을 때마다 반복되는 이 말이 그의 경험론을 뒷받침해 준다.

나루미를 영영 만날 수 없을지도 몰라. 그런 생각을 하면 아쉬움이 밀려왔지만, 상실감은 그리 깊지 않았다. 그보다 그녀의 실종 때문에 감수해야 할 갖가지 불편한 사항들이 오히려 거슬렸다. 가장 현실적인 문제는 집이다. 그 집은 나루미 명의로 빌린 것이다. 그녀가 영영 나타나지 않는다면 어떻게 처리해야 할지.

잔을 씻고 나서 손을 닦고 있는데, 카운터에 놓인 전화기가 울렸다. 그는 얼른 수화기를 들었다.

"네, 양하입니다."

"여보세요. 아, 나야."

에지마의 낮은 목소리가 들렸다.

"아, 지난번에는 실례가 많았습니다."

"자네가 간 후에 곧바로 유구치 선생에게 전화를 했어. 저쪽 운전자의 신원을 알아내기는 했는데, 단 신중하게 처신해 줘야겠어. 어렵게 가르쳐 준 거니까."

"네, 이거 죄송합니다."

신스케는 허둥지둥 메모지와 볼펜을 끌어당겼다. 에지마가 이렇게 빨리 움직일 줄은 몰랐다.

"이름은 기우치 하루히코."

"기우치, 하루히코…… 네."

"회사원이고, 주소는 주오 구 니혼바시하마초……."

받아 적으면서 신스케는 아하, 주소가 이러니까 그 언저리를 달리고 있었던 거로구나, 하고 납득했다. 사고가 났던 도로를 북쪽으로 올라가면 기요스바시 거리가 나온다. 그곳에서 서쪽으로 조금만 더 가면 니혼바시하마초다.

"일단 이 정도만 가르쳐 주었는데, 유구치 선생 말이 자네가 기우치에게 접근하는 것에는 찬성할 수 없다더군. 사고 상황이 복잡했던 탓도 있고 해서, 책임 문제로 상대 쪽과 상당히 옥신각신한 모양이야. 자네는 기억할지 모르겠지만, 상대 쪽에서는 자네가 사고를 내지 않았더라면 자기들이 사고에 휘말리는 일도 없었을 거라고 생각하니까."

"그렇겠죠."

신스케는 자신이 저쪽 입장이었어도 그렇게 주장했을 것이라고 생각했다.

"그러니까 자네를 위해서라도 이쯤에서 끝내라고. 이미 다 지나간 일에 언제까지 매달릴 거야."

"네…… 알겠습니다. 어려운 부탁을 드려 죄송합니다."

"그래. 그럼 또 보자고."

"네, 안녕히 계십시오."

전화를 끊은 후 신스케는 이제 더는 이 일로 에지마와 의논하지 말자고 결심했다. 에지마 역시 피해자다. 종업원이 인명 사고를 내는 바람에 여러 가지로 성가신 일이 많았을 것이다. 마땅한 변호사를 찾는 일도 그렇고, 신스케의 일자리도 구해야 했고, 신스케의 후임자도 물색해야 했다. 또 신스케가 운전했던 차가 에지마의 차인 탓에 경찰에도 몇 번이나 불려 갔을 것이다. 그러니 에지마 역시 사고에 대해 잊고 싶을 것이다.

신스케는 메모지를 조심스럽게 뜯어내 셔츠 주머니에 넣

었다.

그때 문이 열리는 소리가 희미하게 들렸다. 어서 오십시오, 라고 말하려고 얼굴을 문 쪽으로 돌린 신스케는 입술을 벌린 채 동작을 멈추고 말았다. 순간적으로 목소리가 나오지 않았다.

그 여자가 거기 서 있었다. 오늘 밤은 파란 원피스 차림이다. 착시인지, 머리가 전날보다 한결 길어 보였다. 머리카락 끝 부분이 어깨에 닿을 정도였다. 처음 봤을 때는 극단적인 쇼트 스타일이었다고 기억하는데, 한 달도 채 지나지 않아 머리가 그렇게 자랄 리 없다.

하지만 틀림없는 그녀였다. 얼굴 분위기도 조금 바뀐 듯한데, 상대를 사로잡는 신비로운 눈길은 여전했다.

"……여요."

그녀의 입술이 보일락 말락 움직였다.

"네?"

신스케가 되물었다.

"안색이 안 좋아 보여요."

"아, 그런가요."

신스케는 자신의 볼에 손을 대었다.

"무슨 고민이라도 있나 봐요."

그녀가 스툴에 앉아 말했다. 늘 그랬던 것처럼 느릿느릿한

동작이었다. 신스케는 그녀가 몸을 움직이는 동안에는 다른 일을 하지 못했다. 눈이 저도 모르게 그 움직임을 좇기 때문이다.

"오늘은 아주 근사한 술을 마시고 싶네요. 달콤한 것으로."

그녀가 나직하게 말했다.

"진을 베이스로 해 볼까요?"

"그쪽에 맡길게요."

"알겠습니다."

신스케는 냉장고를 열어 진을 꺼내고, 칵테일 잔을 골랐다.

자신이 나루미 걱정을 별로 하지 않는 까닭은 이 여자가 나타났기 때문인지도 모른다, 문득 그런 생각이 들었다.

16

여자는 집슨이 마음에 든 듯했다. 길쭉한 칵테일 잔 바닥에 가라앉은 미니 어니언을 바라보다가 곱게 생긴 입술로 술을 머금었다. 그렇게 한 모금 마시고는 그 맛을 기억에 저장하기라도 하듯 눈을 감았다.

"늘 다른 일로 나온 길에 들르시는 건가요?"

신스케가 여자에게 물었다.

"그렇게 보이나요?"

"아니요, 왜 우리 술집에 오시는 걸까 궁금해서요."

"맞혀 봐요."

"어려운데요."

신스케는 웃어 보였다.

"손님이 돌아가고 난 후에는 다들 수군거립니다. 대체 어떤 사람일까 하고 말이죠."

"어떤 사람으로 보여요?"

"글쎄요……."

신스케는 여자를 바라보았다.

그녀는 부끄러워하는 기색 하나 없는 꼿꼿한 자세로 그의 시선을 받아들이고 있었다.

"연예계 사람…… 아닌지."

그녀가 희미하게 웃고는 잔을 내려놓았다.

"텔레비전 같은 데서 나, 본 적 있어요?"

"아니요."

"그렇죠?"

"그런데, 어디선가 본 것 같아서요."

신스케는 새삼스레 그녀의 얼굴을 보며 말했다.

"그래요?"

"네."

신스케가 고개를 슬며시 숙였다.

사실 그런 느낌이 든 것은 오늘이 처음이었다. 정확하게 말하면, 어디선가 봤다기보다 누군가를 닮았다고 생각했다. 그것은 그녀가 한두 번 여기에 왔을 때는 느끼지 못한 점이었다. 왜 오늘 밤 유독 그런 느낌이 드는지, 신스케 자신도 알 수 없었다. 헤어스타일과 화장법이 지금까지와는 약간 달라서인지도 모르겠다. 누굴 닮은 것인지 아까부터 골똘히 생각하고 있는데, 아직은 답이 나오지 않았다.

"미안하지만 연예계와는 아무 관계 없어요."

"그렇군요. 잘 모르겠습니다. 그냥 가르쳐 주시죠."

"글쎄, 어쩌나."

여자는 고혹적인 눈길로 그를 바라보면서 고개를 살짝 옆으로 기울였다.

"아무튼, 같은 걸로 한 잔 더 마실까 봐요."

"알겠습니다."

신스케는 여자 앞에 놓인 빈 잔으로 손을 뻗었다.

그녀는 결국 깁슨을 딱 두 잔 마시고 일어섰다. 그 시점까지 신스케는 그녀의 정체를 알아내는 데 성공하지 못한 상태였다.

지난번처럼 신스케는 가게 밖까지 나가 그녀를 배웅했다. 그녀를 언제 다시 만날 수 있을지 몰라 초조했지만, 뾰족한 방법이 없었다.

"맛있게 잘 마셨어요."

"고맙습니다."

"이 가게, 아마,"

그녀가 신스케의 눈을 쳐다보았다.

"밤 2시까지 문 열죠?"

"네, 그렇습니다."

"흐음……."

그녀의 입술에 뜻 모를 미소가 번졌다.

"왜요?"

"그 시간 후에도 술 마실 수 있는 가게가 있을까요?"

"그야 얼마든지 있죠."

"조용한 데가 좋은데."

"네, 조용한 가게도 많습니다."

"그렇군요."

여자는 무슨 생각을 했는지 가방을 열고 립스틱을 꺼냈다. 그리고 뚜껑을 열더니 신스케의 오른손을 잡았다. 그가 어리둥절해하는 사이, 그녀는 그의 손바닥에 숫자를 쓰기 시작했다. 빨간 숫자 열한 개가 신스케의 손바닥에 나란히 그려졌다.

여자는 립스틱을 도로 가방에 넣고 빙그르르 몸을 돌려 엘리베이터 쪽으로 걸어갔다.

"저……."

신스케는 여자의 등을 향해 말을 건넸다.

여자가 고개만 뒤로 돌렸다. 그 옆얼굴을 보며 그가 말했다.

"조심하세요."

마침 그때 엘리베이터 문이 열렸다. 여자가 엘리베이터에 올라타 신스케 쪽을 향해 섰다. 똑바로 그를 쳐다보는 그녀의 얼굴에 희미한 미소가 어려 있었다.

문이 닫히고 그녀의 모습이 가려지기 직전, 신스케는 또 생각했다. 역시 어디선가 본 적이 있어. 누군가를 닮았어.

카운터로 돌아온 신스케는 치즈코 모르게 얼른 손을 씻었다. 물론 그 전에 숫자를 빠짐없이 메모해 두었다.

시계를 보니 아직 12시 전이었다. 앞으로의 두 시간이 여느 때보다 훨씬 길게 느껴질 것 같았다. 첫 데이트를 앞둔 중학생처럼 가슴이 쿵쿵거렸다. 이런 감각, 몇 년 만일까 하고서 혼자 피식 웃을 뻔했다.

나루미도 사고도 지금은 그의 머릿속 한 모퉁이로 밀려나 있었다.

애를 태우는 신스케의 속마음도 모른 채 이날 마지막 손님이 돌아간 것은 밤 2시 20분이 넘어서였다. 단골손님이어서 치즈코도 억지로 내몰고 싶지는 않은 듯 보였다. 손님이 나가자마자 신스케는 바텐더용 조끼를 벗었다.

"수고 많았어. 오늘은 좀 늦어졌네."

돌아갈 준비를 하면서 치즈코가 말했다.

"마담, 오늘은 나, 혼자서 갈게요."

"어머, 웬일. 나루미 씨랑 만나기로 한 거야?"

"예, 뭐."

신스케는 대충 웃음으로 얼버무렸다.

"그래, 가끔은 데이트도 해야지."

그렇게 말하고서 치즈코는 목소리의 톤을 쑥 낮췄다.

"그 여자, 오늘 또 왔더라."

"그 여자라뇨?"

"왜 있잖아, 늘 혼자 오는 여자 말이야. 오늘은 파란색 원피스를 입고 있었지 아마."

"아아."

신스케는 그제야 생각났다는 표정을 지었다.

"둘이 얘기하는 것 같던데, 뭐하는 사람인지 알아냈어?"

"아니요."

그는 고개를 저었다.

"그래."

치즈코는 불만스러운 투였다. 하지만 이내 기분을 수습한 얼굴이 되었다.

"그럼 뒷마무리 부탁할게."

"네, 수고하셨어요."

"잘 쉬어."

가게를 나선 치즈코가 엘리베이터를 타는 기척을 확인한 후 신스케는 수화기를 들고 아까 그녀가 손바닥에 적어 준 열한 개의 숫자를 눌렀다. 휴대 전화 번호였다.

신호음을 들으면서 신스케는 자신의 맥박이 빨라지는 것을 느꼈다. 정말 그녀가 받을까, 혹시 엉터리 번호를 가르쳐 준 것은 아닐까, 그녀 목소리와는 전혀 다른 남자 목소리가 받는 것은 아닐까, 그런 생각이 잇달아 머릿속을 맴돌았다.

세 번째 신호음이 울린 후에 상대가 전화를 받았다. 그는 침을 꿀꺽 삼켰다.

그런데 상대는 아무 말이 없었다. 이쪽에서 먼저 말해 주기를 기다리는 듯했다. 신스케는 감정을 죽인 목소리로 말했다.

"여보세요."

잠시 후 그녀의 목소리가 들렸다.

"많이 늦었네요."

신스케는 소리 없이 안도의 한숨을 내쉬었다. 플루트 소리 같은 그녀 목소리가 틀림없었다.

"미안해요. 손님이 늦게 돌아가는 바람에."

"아직 그 가게에 있어요?"

"네. 그쪽은 어디죠?"

하지만 여자는 "좋은 곳."이라고 말하고는 후후 웃을 뿐이었다. 날 뭘로 보는 건가 싶어 신스케는 슬쩍 약이 올랐다.

"제가 그쪽으로 가죠. 장소를 알려 주세요."

"내가 다시 연락할 테니까, 그곳에서 기다려요."

"하지만……."

전화가 뚝 끊겼다. 신스케는 수화기를 내려다보며 고개를 절레절레 흔들고는 전화기에 내려놓았다. 여자의 진의가 잡히지 않았다.

아무튼 기다리는 길밖에 없어 신스케는 카운터 위의 불만 남기고 불을 전부 끈 후 손님용 스툴에 앉아 기다렸다. 샐럼 라이트 갑을 윗도리 주머니에서 꺼내 한 개비를 입에 물고 불을 붙였다. 좀 전에 애써 씻은 재떨이를 더럽히는 꼴이지만, 어차피 씻는 사람은 자신이다.

손님이 두고 간 주간지 한 권이 카운터 구석에 놓여 있었다. 신스케는 담배를 피우면서 페이지를 훌훌 넘겼다. 정보를 제공하기보다는 성욕을 자극하는 것이 목적인 잡지였다. 여자들의 누드 화보가 이어지고, 그다음에는 서비스 업소를 소개하는 기사가 이어졌다.

'연예인들의 깜짝 놀랄 만한 숨겨진 성생활'이라는 제목의 기사를 읽다가 신스케는 얼굴을 들고 시계를 보았다. 3시가 넘었다.

그는 전화기를 잡아당겨 수화기를 들고서 리다이얼 버튼을 눌렀다. 전자음 열한 개가 연속적으로 울렸다.

그런데 이어서 들리는 소리에 그만 실망하고 말았다. 전원이 꺼져 있거나 수신이 불가능한 지역에 있다는 뜻의 안내 멘트가 흘러나온 것이다. 그는 할 수 없이 수화기를 내려놓았다.

우롱당한 느낌이었다. 생각해 보면 그 여자가 느닷없이 전화번호를 가르쳐 준 것부터가 왠지 이상하다. 이 바텐더, 내게 마음이 있는 모양인데 좀 골려 줄까. 그녀가 그런 장난을 치지 않았으리란 보장이 없다.

그러나. 그렇다면 진짜 번호를 가르쳐 줄 까닭이 없지 않은가. 괜히 번호를 가르쳐 줬다가 그 바텐더가 스토커라도 되면 나중 일이 골치 아프다고 생각하는 것이 상식 아닌가. 아니면 신스케가 그런 타입의 남자는 아니라는 것을 알아본 것일까.

신스케는 '연예인들의 깜짝 놀랄 만한 숨겨진 성생활'을 다시 읽기 시작했다. 하지만 내용은 전혀 머리에 들어오지 않았다. 그저 기계적으로 글자를 더듬을 뿐이었다.

주간지를 덮고 스툴에서 내려왔다. 연락이 오지 않을 거라는 느낌이 들었다. 그렇다면 이렇게 대책 없이 기다리는 것도 얼빠진 짓이다.

그는 화장실에 들어가 소변을 보았다. 어두컴컴한 곳에 있다 와서 그런지, 화장실 안이 유난히 밝게 느껴지면서 마치 꿈에서 깨어난 듯한 착각이 들었다. 그래, 이런 게 현실이지.

밤의 거리에서 나는 외톨이. 집에는 기다리는 사람도 없고, 기다려 봤자 아무도 오지 않는다. 여전히 내 과거는 애매하고.

손을 씻은 김에 세수도 했다. 세면대 바로 위에 거울이 있다. 거기에 자신의 얼굴을 비춰 본다. 시들한 얼굴이다. 성공의 가능성 따위는 눈곱만큼도 없는.

불현듯 아파트의 세면대가 떠올랐다. 이어 그 묘한 기시감에 사로잡혔다. 언젠가 세면실에서 느꼈던 바로 그 기시감이다. 뭐지. 이 감각의 정체는 뭘까. 그러다 꼭 그때처럼, 풍선이 쭈그러들듯 그 감각이 엷어졌다. 그리고 완전히 사라지고 나자 메마른 현실만 남았다. 그는 거울을 향해 고개를 한 번 맥없이 젓고는 화장실에서 나왔다.

카운터로 돌아와 이번에는 스툴에 앉지 않고 안으로 들어가 재떨이를 씻었다. 전화기를 힐끔 쳐다보았지만 수화기를 들 마음은 일지 않았다. 어차피 통화도 안 될 것이라고 생각했다.

한잔하고 돌아갈까 싶었다.

신스케는 브랜디와 화이트 럼, 큐라소와 레몬주스를 섞어 칵테일 잔에 따랐다. 마시기 전에 잔을 눈높이로 들어 올려 호박색 빛을 음미했다.

그때, 시야 한끝에 얼핏 뭐가 보였다.

심장이 쿵쿵거렸다. 빠르게 움직이는 맥박을 느끼면서 그는 천천히 윗몸을 돌렸다.

맨 안쪽 테이블 자리에 그 여자가 앉아 있었다.

17

실내가 어두컴컴한데도, 미소 띤 얼굴로 자신을 보고 있는 여자는 잘 보였다.

그가 조금 전 화장실에 다녀오는 동안 소리 없이 들어온 것이다. 그리고 어둠 속에서 칵테일을 만드는 그의 모습을 가만히 바라보았을 것이다.

두 사람은 잠시 서로를 쳐다만 보았다. 신스케는 뭐라 말을 꺼내면 좋을지 몰랐다.

마침내 여자가 입을 열었다.

"그 칵테일, 이름이 뭐예요?"

"비트윈 더 시트."

"비트윈 더 시트. 이부자리 속에서…… 그런 뜻이려나."

"아마도요."

"나도 한 잔 부탁해요."

신스케는 칵테일 잔을 든 채 천천히 그녀 쪽으로 다가갔다. 그리고 그녀 앞 테이블에 잔을 내려놓았다.

"드시죠."

"괜찮아요?"

"네."

여자가 손을 뻗었다. 가느다란 손가락이 칵테일 잔을 휘감았다. 그녀는 신스케의 얼굴을 보면서 잔을 입가로 가져갔다. 엷은 미소를 머금은 입술이 벌어진다. 잔이 거기에 닿는다.

술을 마실 때 여자는 살짝 눈을 감고 턱을 치켜들었다. 그리고 눈썹을 약간 찡그렸다. 그 황홀해하는 표정을 보는 순간, 신스케는 온몸이 찌릿찌릿해지는 것을 느꼈다.

여자가 눈을 떴다.

"맛있네."

신스케는 뒤로 물러나 벽에 있는 스위치를 찾았다. 불을 켜려 한 것이다.

"안 켜도 돼요."

여자가 말했다. 신스케는 손의 움직임을 멈추고 그녀를 보았다. 그녀는 다시 술을 한 모금 마셨다.

"서 있는 게 좋아요?"

그녀가 물었다.

신스케는 여자와 마주 앉았다.

"다시 연락하겠다고 했던 것 같은데."

"전화를 할 걸 그랬나요?"

여자가 되물었다. 신스케는 입술을 핥았다.

"다른 가게로 가는 것 아니었어요?"

"다른 가게에 가고 싶어요?"

여자가 고개를 살며시 기울였다.

자신의 말 하나하나에 표정이 바뀌는 남자가 재미있어 죽겠다는 표정이었다. 신스케는 그 여유로움을 깨뜨리고 싶었다. 하지만 한편으로는 그렇게 농락당하는 것에 쾌감도 느꼈다.

"나도 마셔도 될까요?"

"그럼요."

신스케가 엉덩이를 들면서 일어나는 듯하더니, 다음 순간 칵테일 잔째 여자의 손을 움켜잡았다. 여자의 얼굴에 놀란 빛이 떠올랐다.

그는 여자의 손을 자기 쪽으로 당기고, 잔에 입술을 댔다. 그리고 절반 이상 남은 액체를 꿀꺽 마셨다. 다 마신 후에도 그는 여자의 손을 놓지 않았다.

하지만 여자의 얼굴에 이미 낭패한 기색은 없었다. 턱을 치켜들고 가슴을 쫙 펴고 미소까지 띠고서 신스케를 쳐다보고 있다. 잔을 든 오른손을 내민 모습이 마치 신하에게 키스를 허락하는 귀족 같았다.

"이름을 가르쳐 주시죠."

"이름은 알아서 뭐하게요?"

"알고 싶어요, 당신을. 이름 말고도 어디에 살고 뭘 하는 사람인지, 결혼은 했는지, 애인은 있는지, 그리고⋯⋯,"

신스케는 그녀의 손을 잡은 손에 힘을 주었다.

"왜 이곳에 오는지."

"그런 걸 아는 것이 무슨 의미가 있죠?"

"적어도 이름을 알면, 당신을 내 마음속에서 '그 묘한 여자'라고 부르지 않을 수 있죠."

여자가 푸훗, 웃었다. 그리고 턱을 내리고 그를 올려다보듯 눈을 치켜떴다.

"루리코."

"아⋯⋯."

"파란색 보석 유리(고대 인도의 7가지 보배 중 하나로, 묘안석의 일종―옮긴이), 그 유리라는 뜻이에요."

루리코, 라고 신스케는 조그맣게 중얼거렸다. 그 순간, 손가락 끝에서 힘이 빠진 모양이다. 그녀가 스르륵 손을 뺐다.

"칵테일, 부탁해요."

"뭐로 만들까요?"

"비트윈 더 시트. 같은 걸로."

그녀가 잔을 들며 말했다.

"알겠습니다."

그가 칵테일을 만드는 동안 여자는 안쪽 테이블 자리에 그대로 앉아 있었다. 그는 셰이커를 흔들면서 그녀 쪽을 줄곧 곁눈질했다. 그 시선을 느낀 듯 그녀가 다리를 꼬았다. 원피스 앞자락이 옆으로 좌악 벌어지면서 새하얀 허벅지가 드러났다. 그는 하마터면 셰이커를 떨어뜨릴 뻔했다.

루리코란 이름이 과연 본명일지, 신스케는 확신할 수 없었다. 그를 우롱하면서 즐거워하는 여자가 쉬 본명을 가르쳐 주리라고는 생각되지 않았다. 하지만 루리코라는 소리의 울림은 여자의 온몸에서 풍겨 나오는 분위기와 잘 맞아떨어졌다.

신스케는 칵테일 잔 두 개를 쟁반에 담아 여자가 있는 테이블로 들고 갔다. 루리코라고 말한 여자는 그런 신스케의 모습을 물끄러미 바라보고 있었다.

"많이 기다렸죠."

그는 그녀 앞에 잔 하나를 내려놓았다.

루리코는 잔을 들고 그의 얼굴을 쳐다보면서 한 모금 마셨다.

"어떤가요?"

"완벽해요."

"감사합니다."

신스케는 마주한 의자에 앉아 자신의 잔으로 손을 뻗으려 했다.

그러자 여자가 자신이 들고 있던 잔을 그의 얼굴 앞으로 내밀었다.

"이 잔을 마시려던 거 아니었나요?"

신스케는 여자의 눈을 보았다. 여자도 요염한 눈빛으로 그를 마주 보았다. 그 눈이 고양잇과의 육식 동물이 연상되는 위험한 빛으로 반짝였다.

신스케는 아까처럼 마시라는 뜻으로 해석했다. 이 여자는 다소 억지스런 요구를 해도 싫다는 느낌이 들지 않는다.

신스케는 잔을 든 여자의 오른손을 아까처럼 잡았다. 그리고 또 아까처럼 자기 쪽으로 당기려고 했다.

그런데 이번에는 여자가 저항했다. 반대쪽으로 끌어당기는, 의외로 억센 힘을 느꼈다.

그는 손을 놓으려고 했다. 하지만 이미 눈치 챘다는 듯, 여자는 그의 오른손 위에 자신의 왼손을 포갰다. 놓지 말라는 식으로.

루리코는 그의 손을 잡은 채 칵테일 잔에 자신의 입술을 갖다 댔다. 조금 전과 정반대 꼴이 되고 말았다.

잔이 거의 비었다. 여자가 잔을 테이블에 내려놓았다. 그러고도 그의 손을 놓으려 하지 않았다.

그녀가 그의 오른손을 잡은 채 일어섰다. 치맛자락이 스치는 소리가 났다. 그녀가 신스케를 내려다보며, 의미 있는 미소를 날렸다.

멋진 말이라도 한마디 해야겠다고 마음먹은 신스케가 입을 벌렸을 때였다. 루리코가 갑자기 의자에 앉아 있는 그의 몸에 올라탔다. 그리고 두 팔로 그의 목을 감았다.

뭐라 말할 틈도 없었다. 정신을 차렸을 때, 신스케의 입술은 그녀의 입술에 짓눌려 있었다. 온몸이 긴장했다. 심장이 툭탁 툭탁 요동쳤다.

루리코의 혀가 신스케의 입술 사이로 밀고 들어왔다. 그는 그 혀를 받아들였다. 그다음 순간, 차가운 액체가 흘러들어왔다. 아까 그녀가 마셨던 칵테일이었다. 그는 칵테일을 삼켰다. 머릿속이 찌르르해지는 달콤함이 입 안에서 온몸으로 퍼져 나갔다. 그 순간, 그는 가벼운 현기증을 느꼈다.

입술에서 흘러내린 술이 턱을 타고 목덜미로 흘렀다. 신스케도 자신의 혀로 그녀의 혀를 휘감았다. 여자의 허리를 안은 두 팔을 점점 아래로 가져갔다.

스타킹이 가터벨트에 고정되어 있었다. 손이 허벅지까지 미끄러져 내려가자 드러난 맨살의 감촉을 느낄 수 있었다. 루리코의 피부는 매끄럽고 부드러웠다.

여자가 간신히 입술을 떼었다. 끈끈한 타액이 실처럼 늘어졌다. 그녀는 혀를 날름거리며 신스케의 얼굴을 내려다보았다. 눈동자가 음산하게 빛났다.

루리코는 몸을 꿈틀거리며 엉덩이를 조금씩 뒤로 뺐다. 그리고 신스케의 무릎에서 내려오자 천천히 자세를 낮췄다. 그

동안 여자의 두 손은 그의 온몸을 애무했다. 열 개의 손가락이 애벌레처럼 그의 몸 위를 기어 다녔다.

그 손가락이 신스케의 바지 벨트에 닿았다. 그녀는 마술사처럼 유려한 손놀림으로 벨트를 풀고 이어 지퍼를 내렸다.

루리코가 뭘 하려는지 알아차린 신스케는 엉덩이를 들었다. 그녀는 입술 사이로 빨간 혀를 날름거리며 그의 바지와 팬티를 천천히 끌어내렸다. 도중에 팬티가 어느 한 곳에 걸렸다.

루리코가 그의 얼굴을 올려다보고는 목젖을 떠는 듯한 묘한 소리를 내며 웃었다. 그리고 팬티 고무줄에 손가락을 걸어 벗겨냈다.

탑처럼 우뚝 솟은 성기가 드러났다. 그것은 그녀 앞에서 펄떡펄떡 살아 움직였다. 카운터의 희미한 불빛 속에서, 터져 나갈 듯 부푼 귀두가 칙칙하게 빛났다.

여자가 오른손을 뻗었다. 다섯 손가락이 부드럽게 그것을 감쌌을 때 신스케는 몸을 푸르르 떨었다. 그리고 온몸에 소름이 좍 돋았다.

루리코의 입술이 가늘게 벌어졌다. 그녀는 얼굴을 신스케의 사타구니로 가져갔다. 혀가 가장 민감한 부분에 닿았을 때, 그는 등뼈에 전류가 흐르는 것을 느꼈다.

그녀의 입술이 천천히 그의 민감한 부분을 빨아들였다. 쾌감이 파도처럼 너울너울 밀려와 신스케의 온 신경을 지배했다. 그는 두 손으로 그녀의 머리를 가볍게 감싸 쥐었다. 천장을 올려다보면서, 산소가 없어 헐떡이는 물고기처럼 입을 벌리고 신음했다.

그런 시간이 얼마나 흘렀는지 신스케는 모른다. 더는 버틸 수 없다고 생각했을 때, 루리코가 갑자기 입술을 뗐다. 신스케는 길고 굵은 숨을 내쉬었다. 젖은 사타구니가 써늘했다.

루리코가 일어섰다. 이번에는 그를 내려다보면서 자신의 치맛자락 속으로 손을 집어넣었다. 그리고 허리를 비틀며 팬티만 죽죽 끌어내렸다. 가터벨트라는 것, 참 편리하군. 신스케는 그렇게 농담이라도 하려고 했다. 하지만 입이 움직이지 않았다.

그녀는 하이힐을 신은 채 팬티를 발에서 벗겨내더니, 아까처럼 다시 신스케의 몸에 올라탔다. 하지만 곧바로 몸을 들이밀지는 않았다. 그의 성기를 자신의 몸 일부에 대고 비벼 대며 천천히 허리를 묻었다. 그제야 신스케는 그곳이 축축하게 젖어 있다는 것을 알았다.

두 성기가 깊이 결합되자 루리코는 허리부터 시작해 마침내는 몸 전체를 움직이기 시작했다. 신스케도 그 움직임에 맞춰 하반신을 흔들었다. 조금 가라앉았던 쾌감의 소용돌이가 단박에 그의 전신을 휩싸고 돌았다. 금방이라도 사정을 할 것 같은데, 다리에 힘을 꽉 주고 참았다.

루리코의 움직임이 격해졌다. 호흡이 거칠어지고 뜨거운 입김이 신스케의 얼굴로 쏟아졌다. 그 입김의 향긋한 냄새가 그의 쾌감을 더욱더 자극했다.

그녀는 몸을 뒤로 휙 젖히고 자신의 머리로 손을 올렸다. 그리고 머리카락 속에 두 손을 밀어 넣었다. 그녀의 눈은 그의 얼굴을 똑바로 내려다보고 있었다.

몇 초 후, 신스케는 믿지 못할 광경을 보았다. 루리코가 자신의 머리에서 손을 떼는 순간, 긴 머리카락이 그녀의 어깨로 툭 떨어졌다. 조금 전까지 그녀의 머리는 어깨에 겨우 닿을 정도였는데.

하지만 수수께끼는 금방 풀렸다. 그녀가 오른손에 검은 머리카락 뭉치를 쥐고 있었기 때문이다. 그녀는 가발을 쓰고 있었던 것이다.

왜 긴 머리를 굳이 숨겼을까. 그런 의문이 신스케의 뇌리를 스쳤다. 하지만 그야말로 스쳤을 뿐이다. 잇달아 밀려오는 쾌감의 파도에 그의 모든 사고는 떠내려가고 말았다.

마침내 도저히 어떻게 할 수 없는 높은 파도가 밀려왔다. 그는 자신도 모르게 신음을 내뱉고 말았다. 온몸을 위아래로 펄떡이며 그녀의 중심을 향해 모든 욕망을 쏟아 부었다.

순간적으로 의식이 멀어지는 감각이 전신으로 내달렸다. 신스케는 사정했다. 엄청난 양의 정액이 그녀의 몸속으로 흘러드는 것을 느꼈다. 그동안 루리코는 눈을 감고 몸을 뒤로 젖히고 있었다.

그녀는 신스케의 흥분이 잦아들기를 기다렸다가 고개를 세우고 그를 내려다보았다. 그때 그는 또 이 여자, 누군가를 닮았다고 생각했다. 하지만 그게 누군지는 도무지 떠오르지 않았다.

여자의 몸이 신스케의 몸에서 쓰윽 물러났다. 하지만 그는 꼼짝도 하고 싶지 않았다. 온몸이 녹작지근했다.

신스케의 몸에서 떨어진 그녀는 가방을 들어 아까 벗어던진 가발을 쑤셔 넣었다.

그렇다면 그때도 가발을 썼던 것일까. 신스케는 그녀가 처음 이 가게를 찾았을 때를 회상했다. 그때 그녀의 머리는 귀가 고스란히 보일 정도로 짧았다. 그 다음 왔을 때는 처음보다 약긴 길었다.

참 이상한 여자로군. 조금씩 머리 길이를 길게 하다니.

그가 그런 생각을 하는 동안 루리코는 팬티를 집어 들어 하이힐을 신은 채 다리에 꿰었다. 그 장면을 본 신스케도 얼른 자신의 팬티와 바지를 끌어 올렸다.

팬티를 입고 난 여자는 머리를 끌어 올렸다. 그녀의 진짜 머리는 등 한가운데까지 닿을 만큼 길었다.

"그럼."

그녀는 그렇게 말하고 문 쪽으로 걸어갔다.

"아니, 잠깐만."

신스케가 그녀를 불러 세웠다.

"조금만 더 있다 가요."

그녀가 돌아보며 이상하다는 표정을 지었다.

"뭐하게?"

"그냥……."

"아 참, 술값을 내야지."

그녀는 가방을 열고 안에 든 지갑에서 1만 엔짜리 한 장을 꺼내 카운터에 올려놓았다.

"그럼 잘 자요."

신스케가 의자에서 일어나 그녀 쪽으로 다가가려고 하자, 그러지 말라는 듯 그녀가 오른손을 들어 올렸다.

"잘 자요."

다시 한 번 그렇게 말하고 그녀는 문 밖으로 사라졌다.

신스케는 뒤쫓을 수 없었다. 마치 마법에 걸린 것처럼 다리가 움직이지 않았다. 그녀의 기척이 완전히 사라진 후에야 그는 털퍼덕 의자에 앉았다.

방금 전에 일어난 일이 꿈같이 느껴졌다. 혹시 나도 모르게 잠이 들었고, 루리코라는 여자는 아예 나타나지도 않았던 것 아닐까 하는 생각마저 들었다. 하지만 아직도 하반신에는 그

것이 꿈이 아니라는 증거처럼 성행위의 여운이 남아 있다. 그리고 테이블 위에는 칵테일 잔 두 개가 놓여 있다. 그중 하나는 손도 대지 않은 채였다.

잔 두 개를 쟁반에 담아 카운터로 가져갔다. 몸은 여전히 화끈거리고 머리는 멍하다.

뒷정리를 마치고 가게에서 나왔다. 그런데 문을 닫으려다 화들짝 놀라고 말았다. 문고리에 휴대 전화가 걸려 있었다.

신스케는 그것을 빼냈다. 손가락 끝이 떨렸다.

왜 이런 것이…….

그는 그것을 얼굴에 대고 숨을 들이쉬었다.

그 여자 냄새가 났다.

18

인터폰이 울렸을 때 그는 아직도 침대 속에 있었다. 평일에도 점심때가 지나도록 잠을 자는데, 하물며 오늘은 가게가 쉬는 토요일이다. 게다가 어젯밤에는 시간이 한참이나 지났는데도 끈덕지게 돌아가지 않는 손님 때문에 새벽 4시가 되어서야 가까스로 가게 문을 닫았다. 평소 같으면 시간을 맞춰 놓았을 자명종도 꺼 놓은 상태였다. 방해꾼만 없으면 저녁때까지 잘

참이었다.

인터폰이 집요하게 울렸다. 무시할까 하다가 결국은 일어났다. 누구였을까, 하고 나중에 신경을 쓰는 자신의 성격을 잘 알기 때문이었다.

"네, 누구세요?"

인터폰 수화기를 들고 한껏 퉁명스럽게 물었다.

"아…… 아메무라 씨, 오랜만입니다. 나, 니시아자부 경찰서의 고즈카인데."

낮지만 낭랑한 목소리가 들렸다. 귀에 익은 목소리였다. 갸름한 얼굴, 날카로운 눈매가 떠올랐다.

"고즈카 씨요? ……웬일이세요?"

"아, 잠깐 할 얘기가 있어서. 문 좀 열어 줬으면 하는데."

자신이 누구인지 신스케가 기억하고 있다는 것을 알아서인지 말투가 갑자기 친근해졌다.

"아, 네."

뭐지? 순간적으로 나루미가 생각났다. 그녀에게 무슨 일이 있는 것인가. 하지만 신스케는 그런 생각을 바로 지웠다. 그녀의 실종에 대해서는 후카가와 경찰서에 신고했다. 니시아자부 서와는 아무 관계도 없을 것이다.

문을 열기 전에 렌즈 구멍으로 밖을 내다보았다. 어깨가 널찍한 고즈카 형사의 모습이 보였다. 전에 만났을 때 같이 있던 젊은 형사는 없는 듯했다.

문을 열자 고즈카가 전에 없이 상냥하게 웃었다.

"아, 이거, 쉬고 있는데 미안하군."

"무슨 일, 있습니까?"

"아니, 있다고 할 정도는 아니지만, 예의 사건과 관련해서 미심쩍은 부분이 생겨서 말이지. 그래서 자네 얘기도 들어 볼까 하고."

"예의 사건이라면……."

"기시나카 건 말이야."

그렇게 말하고 형사는 신스케의 머리를 가리켰다.

"다친 데는 이제 다 나았나? 붕대는 푼 모양인데."

"아, 뭐. 그런데 그 사람이 무슨?"

신스케는 기시나카 레이지를 뭐라고 부르면 좋을지, 늘 혼란스러웠다. 자신을 덮친 사람을 '기시나카 씨'라고 하기도 뭐했다. 그렇지만 따지고 보면 그는 자신이 일으킨 인명 사고의 유족이다.

"음……, 괜찮으면 안에서 얘기하고 싶은데."

형사가 턱을 만지작거렸다.

"아, 그러세요. 그럼 안으로 들어오시죠."

"부인, 아니지, 애인이었나. 그녀는 없나?"

신발을 벗으면서 형사가 안쪽을 기웃거렸다.

"······네. 지금, 없습니다."

신스케는 잠시 망설이다가 대답했다.

"아, 그래."

왜 없는지에 대해서는 묻지 않았다. 관심이 없는 것이리라.

신스케는 형사에게 식탁 의자를 권했다. 그리고 커피 메이커에 물을 넣고 냉장고에서 브라질 원두 가루가 든 깡통을 꺼냈다.

"커피, 드실 거죠?"

종이 필터를 끼우면서 신스케가 물었다.

"그렇게 신경 쓸 필요 없는데."

"제가 마시고 싶어서요. 막 일어나서 머리가 멍하기도 하고."

인터폰 소리 때문에 억지로 깨어났다고 슬쩍 빈정거린 것인데, 형사는 아무 반응도 보이지 않았다.

"그럼 고맙게 마시지."

"그런데, 무슨 일입니까. 그 사건은 이제 다 끝났다고 생각했는데."

신스케 쪽에서 먼저 물었다.

"물론 우리도 그랬지. 그러잖아도 할 일이 태산인데, 그렇게 골치 아픈 사건에서는 빨리 손을 털고 싶은 게 인지상정이지."

"그런데 털 수 없는 사정이 생겼다는 겁니까?"

"말하자면 그렇지."

고즈카는 윗도리 주머니에 손을 넣었다. 경찰수첩을 꺼내려는 줄 알았는데, 형사가 꺼낸 것은 담뱃갑이었다.

"피워도 되겠나?"

"그러세요."

신스케는 싱크대 위에 있던 재떨이를 형사 앞에 갖다 놓았다.

"그 사건 후 자네, 가벼운 기억 상실증에 걸렸다고 했는데, 지금은 어때, 이제 다 기억나나?"

"아니요, 아직 완벽하지 않습니다. 기억나지 않는 부분이 꽤 많아요."

"그렇군. 머리는 다치면 후유증이 상당히 오래가니까."

납득이 간다는 표정으로 형사는 연기를 뿜어냈다.

"기시나카에 관한 기억은 어때? 자네, 그 사람에게 당한 날 밤 그를 처음 만났다고 했는데, 그 전에는 정말 만난 적이 없나?"

"제 기억에는 없습니다."

"그래, 그 점은 변함이 없다……."

형사는 고개를 끄덕이고는 다시 담배를 한 모금 빨았다.

"그날 밤, 자네 기시나카와 얘기를 나눴다고 했지? 술 얘기를 했다고 들었는데."

"아이리시 크림 얘기였죠."

"다른 얘기는 안 했나?"

"전에도 몇 번이나 말했잖습니까, 제 일에 대해서 몇 가지 질문을 했다고요. 짜증 나는 일은 없느냐, 그럴 때는 어떻게 처리하느냐, 뭐 그런 거요."

"그 사람, 자신에 대해서는 별말 없었나? 가령 자기가 사는 집이라든지, 평소에 잘 가는 장소라든지."

"그쪽은 자기 얘기를 거의 안 했어요. 하와이로 신혼여행을 갔는데 돌아오는 길에 비행기 안에서 아이리시 크림을 마셨다는 얘기 외에는."

신스케는 그릇장에서 머그 컵 두 개를 꺼내 커피 메이커 옆에 놓았다. 커피 메이커에서 쉭쉭 수증기가 오르고 있었다. 유리 주전자에 짙은 갈색 액체가 주룩주룩 떨어지기 시작했다.

"대체 무슨 일입니까? 왜 지금 와서 그런 걸 또 묻는데요?"

신스케의 목소리에 짜증이 약간 묻어 있었다.

형사는 담배 연기와 함께 한숨을 내쉬었다. 그리고 다시 윗도리 주머니에 손을 넣었다. 하지만 이번에 꺼낸 것은 담뱃갑이 아니라 조그만 비닐 봉투였다. 안에 열쇠가 하나 들어 있었다.

"이것 때문에 고민하고 있는 참이야."

"뭡니까, 이 열쇠는."

신스케는 비닐 봉투로 손을 내밀었다. 하지만 그의 손이 닿기 전에 형사가 얼른 도로 집었다.

"기시나카가 갖고 있던 거야. 시신으로 발견되었을 때 입고 있던 바지 주머니에 이 열쇠가 들어 있었지."

"집 열쇠겠죠."

"정확하게는 열쇠가 두 개 들어 있었어. 하나는 자네 말대로 집 열쇠였지. 그런데 이쪽은 어디 열쇠인지 도무지 모르겠단 말이야. 자네, 이 열쇠 본 적 없나?"

"어디 좀 보여 주십시오."

신스케가 손을 내밀자 고즈카는 비닐 봉투째 그의 손바닥에 올려놓았다.

열쇠는 녹이 슨 것처럼 칙칙한 구릿빛이었다. 잘 닦으면 금색으로 빛날 듯했다. 열쇠 구멍에 꽂는 부분은 길쭉한 네모이고 표면에 돌기가 몇 개 있었다.

"창고나 자동차 키 같지는 않은데요."

"회사에도 알아보았는데, 해당되는 문은 없더군. 방 열쇠가 틀림없는 것 같은데. 게다가 제법 괜찮은 단독 주택이나 맨션에만 사용되는 거야."

"우리 집 열쇠는 아닌데요."

신스케는 열쇠를 형사에게 돌려주었다.

"알아."

고즈카는 히죽 웃고는 열쇠를 주머니에 집어넣었다.

"아까 인터폰을 누르기 전에 확인해 봤지."

신스케가 입을 실룩였다.

"나를 찾은 목적이 바로 그거였군요."

"뭐, 그런 셈이지."

"그 사람이 무슨 열쇠를 갖고 있든 뭐가 문제입니까. 자기 집 열쇠가 아니라고 갖고 있지 말라는 법은 없잖아요."

"보통은 그렇지. 그런데 그렇지가 않아."

"자살했기 때문인가요?"

고즈카는 대답을 하지 않고 의미심장한 미소를 띤 채 고개를 슬쩍 비틀었다. 신스케는 형사가 무슨 생각을 하는지 알 듯했다.

"자살이 아니라고 생각하는 건가요?"

신스케가 대놓고 묻자 형사는 조금 놀랐는지 재떨이에 담뱃재를 떨면서 다른 손으로 볼을 긁적거렸다.

"상황으로 봐서는 명백한 자살이지. 그걸 부정할 증거는 거의 없어. 그러니 본서에서도 수사원을 보내지 않았고, 수사본부도 설치되지 않았던 거야. 우리 서장도 별다른 관심이 없는 듯하고."

"그런데 고즈카 씨는 다르게 생각한다 이거군요. 자살이 아니라고요."

"단순한 자살은 아니다, 뭐 그쯤 대답해 두지."

"와, 자살에도 단순하고 복잡하고가 있습니까? 난 처음 듣는데."

신스케가 일어나 머그 컵 두 개에 커피를 따랐다.

"프림과 설탕은?"

"아, 됐어."

신스케는 머그 컵 두 개를 들고 테이블로 돌아와 하나를 형사 앞에 놓았다.

"이거, 미안하군."

고즈카는 담배를 재떨이에 비벼 끄고 커피를 마셨다.

"음, 맛있군. 역시 전문가는 달라."

"전 바텐더예요. 커피와는 아무 상관 없다고요. 커피 메이커만 있으면 누구든 이렇게 끓일 수 있습니다."

"만사 생각하기에 따라 다르다는 뜻이야. 음, 정말 향이 좋군."

형사는 소믈리에처럼 코 밑에다 잔을 대고 빙글빙글 돌렸다.

"고즈카 씨, 대체 무슨 일이 있었던 겁니까. 좀 더 자세히 가르쳐 주면 안 됩니까? 나도 아는 게 있으면 협조하겠습니다."

그 말에 형사는 어깨를 으쓱해 보였다.

"가르쳐 주고 싶어도 뭐 그럴 만한 게 있어야지."

그는 정말 맛있다는 듯 또 커피를 마셨다. 그러더니 숨을 후 내쉬고 신스케를 보았다.

"기시나카의 시신이 발견되었던 집이 어디 있는지, 내가 얘기했던가?"

"고토 구 기바. 서니 하우스, 였나요?"

"제대로 기억하고 있군."

"뭐, 어쩌다 보니."

집을 보러 갔다는 말은 하지 않았다.

"기시나카는 요 석 달 동안 그 집에서 거의 살지 않았던 모양이야."

"그래요? 그럼 어디 살았는데요?"

"글쎄, 그걸 모르겠어. 하지만 집이 아닌 다른 곳에서 먹고 잔 것만은 분명해. 우편함에 우편물과 신문이 다 들어가지 못할 정도로 수북했거든. 하도 넘치는 바람에 관리인이 몇 번은 집 앞에 쌓아 놓기도 했다더군. 친척이나 친구가 전화를 걸어도 대개는 받지 않았던 것 같아. 전기와 가스는 물론이고 수도도 죽기 직전 석 달 동안의 사용량이 급감했고. 냉장고는 거의 텅 비어 있는 데다 그나마 있는 것이라곤 유통 기간이 훌쩍 지난 것들뿐이었어. 관리인이 가끔은 보았다고 하니까 아예 없었던 것은 아닌 듯하지만."

"그렇다면, 아까 그 열쇠는……."

"기시나카가 지냈던 다른 곳의 열쇠라고 봐야겠지. 그런데 그게 어디인지 밝혀내질 못해서 영 찜찜한 게 한 건 처리했다는 기분이 안 들어. 그런데 관계자들을 일일이 다 조사해 봐도 그 장소를 안다는 사람이 한 명도 없단 말이야. 그래서 자네에게도 이렇게 찾아오게 된 거야. 지푸라기라도 잡는 심정으로."

"나이가 웬만큼 든 남자가 자기 집이 아닌 곳에서 살았다면……."

"여자, 겠지. 그 정도는 말 안 해도 알아."

고즈카는 두 개비째 담배에 불을 붙였다.

"하지만 생각해 보라고. 그런 여자가 있었다면 1년 반 전에 죽은 아내의 복수를 지금 와서 하겠느냔 말이야."

그건 그렇겠다 싶어 신스케는 잠자코 아무 대꾸도 하지 않았다.

"그런데 말이야,"

고즈카가 입술을 쑥 내밀고 하얀 연기를 후 내뿜었다.

"기시나카 주위에 여자가 전혀 없었던 것은 아닌가 봐."

커피를 마시려던 신스케가 고개를 들었다.

"그럼……."

"기시나카의 옆집에 한 가족이 살고 있는데,"

고즈카는 어쩔 수 없다는 듯이 얘기를 꺼냈다.

"방이 두 개밖에 없는 좁은 집인데, 외아들이 고등학교 2학년이야. 록 뮤직과 오토바이에 빠져 있는 평범한 아이지. 그 아들이 요즘 와서 이상한 소리를 한다는 거야. 어느 날 밤 12시가 넘어 집에 들어오는데, 기시나카의 집에서 웬 여자가 나오는 걸 봤다고 말이야."

"그게 어때서요. 부인을 사고로 잃었으니 가끔은 그런 일도 있을 수 있지 않습니까."

신스케는 그렇게 말하면서 날마다 우편함에 넘치도록 쌓이는 광고지를 떠올렸다. 호텔, 맨션, 어디든 찾아갑니다, 당신이 원하는 여자를 소개합니다, 몇 번이든 체인지 OK. 그런 글귀가 적혀 있는 광고지. 기시나카 레이지가 아내 없는 외로움을 달래기 위해 그런 광고지에 인쇄된 전화번호에 전화했을 가능성은 얼마든지 있다.

"물론 단지 여자가 드나든 정도였다면 뭐라고 말할 일이 아니지. 법에 어긋나는 일만 아니라면 말이야. 그런데 문제는, 목격했다는 날짜야."

"그게 언제인데요?"

"기시나카의 시신이 발견되기 전날 밤."

"넷?"

신스케가 자신도 모르게 눈을 희번덕거렸다.

"전날 밤이라니요, 그때 이미 그 사람은……."

"그렇지. 기시나카는 이미 죽어 있었을 테지."

고즈카가 천천히 고개를 끄덕였다.

"그럼 그 여자는 시신을 봤다는 얘기 아닙니까."

"그렇겠지. 그런데 경찰에 신고하지 않았어. 시신이 발견된 것은 자네 사건으로 우리가 기시나카를 찾아갔을 때니까."

"왜 신고하지 않았을까……."

신스케가 중얼거렸다. 고즈카는 입술을 실룩이며 웃었다.

"거봐, 단순한 자살이 아니라고 하는 내 말뜻을 알겠지."

"기시나카와 그리 친한 사이가 아니다 보니 골치 아픈 일에 휘말리기 싫어서 신고하지 않은 건 아닐까요?"

"그건 그렇지 않지."

형사는 단정적으로 말했다.

"왜요?"

"생각해 보라고, 그 여자가 기시나카와 어떤 관계였을지. 몸을 파는 여자라고 생각하나? 그렇다면 누가 불렀을 텐데, 사망 추정 시각으로 봐서 그날 밤 기시나카는 이미 죽어 있었다고. 시체가 매춘부를 불렀을 리 없잖나. 매춘부도 아니고 누가 부른 것도 아닌데 그렇게 늦은 시간에 찾아갔다면, 기시나카와 친한 사람이라고 봐야겠지."

"그렇군요."

고즈카의 말이 옳았다.

"그 고등학생이 좀 더 빨리 증언해 주었더라면 자살로 마무리 짓지 않았을 텐데 말이야. 지금 와서 그런 소리를 하니, 이거야 원."

형사가 혀를 끌끌 찼다.

"형사님들이 옆집까지는 탐문 수사를 하지 않았나요?"

"왜 안 했겠나, 안 할 리가 없지. 그런데 그 아들이 입을 꾹 다물고 있었던 거야. 더구나 말도 안 되는 이유로."

"뭡니까, 그 말도 안 되는 이유라는 게?"

"자네는 모르는 게 나아. 들으면 아마 후회할걸."

형사는 손목시계를 보더니 엉덩이를 들었다.

"아이고, 이거 너무 오래 있었군. 답답한 문제들이 자꾸 생기다 보니 그만 투정을 부리고 말았어. 가능하면 잊어버려."

신스케는 현관으로 나가는 고즈카를 뒤따라갔다.

"저기요, 한 가지만 가르쳐 주십시오."

"가르쳐 줄 수 있는 거라면."

구두를 신으면서 고즈카가 말했다.

"기시나카라는 사람, 기우치 하루히코 씨에게는 아무 짓 안 했습니까?"

"기우치?"

고즈카는 허를 찔린 듯한 표정을 지었다.

"기우치 하루히코, 그때 같이 사고를 낸 사람 말입니다. 기시나카 미나에 씨의 사인을 제공한 가해자의 한 사람이죠."

경찰이 기우치 하루히코를 모를 리 없었다. 신스케가 가격당한 사건을 수사하면서 1년 반 전 사고에 대해서도 재삼 조사했을 것이다.

"기우치라."

고즈카가 고개를 돌리더니 후, 숨을 토했다.

"그 사람도 참 묘한 사람이더군."

"묘해요?"

"실은 우리도 좀처럼 만나기가 힘들어서 한때 좀 난감했었어. 본인 말로는 기시나카 레이지 쪽에서 접촉해 온 일이 전혀 없었다니까, 자네가 습격당한 사건과는 무관하다고 해석할 수밖에 없었지만."

고즈카의 말투가 어딘가 모르게 떨떠름했다. 기우치에게서 미심쩍은 무언가를 감지한 것인지도 몰랐다.

"자, 그럼."

그 이상 정보를 흘려서는 안 되겠다고 생각했는지 고즈카는 서둘러 밖으로 나가 버렸다.

19

오후 3시가 지나 신스케는 자전거를 타고 밥을 먹으러 나갔
다. 몬젠나카초에 있는 단골 덮밥집에서 늦은 점심을 먹었다.
이 가게에 혼자 오기는 처음이었다. 늘 나루미와 함께였다.

밥을 다 먹고 가게를 나선 참에 문득 생각이 나 바지 뒷주머
니에 손을 넣었다. 양손에 무언가가 잡혔다. 꺼내 보니, 양쪽
다 휴대 전화였다. 왼손에는 검은색, 오른손에는 은색. 은색
은 다시 주머니에 집어넣었다.

검은 쪽은 신스케의 전화기였다. 나루미의 휴대 전화에 전
화를 걸어 보았다. 물론 99퍼센트 받지 않을 것이라 예상하
면서.

그 예상은 빗나가지 않았다. 오늘도 들려오는 소리는, 상대
방이 전화를 받지 않아 음성 사서함으로 연결한다는 안내 멘
트였다. 그는 바로 전화를 끊었다. 그리고 전화기에 저장되어
있는 나루미의 번호를 지워 버렸다.

아쉽기는 했다. 하지만 그뿐이었다. 결단을 내린 쾌감이 오
히려 더 컸다. 이제 나루미 생각은 하지 않기로 마음먹었다.

신스케는 검은 전화기를 주머니에 집어넣고 오른쪽 주머니
에서 은색 전화기를 다시 꺼냈다. 그 전화기는 물론 신스케의
것이 아니다.

며칠 전, 자기 이름이 루리코라고 알려 준 여자가 두고 간 것이었다. 그날 밤 그는 전화기를 들고 집으로 돌아와 아침까지 벨이 울리기를 기다렸다. 그녀가 깜박 잊고 간 것은 아닐 테고, 그와의 연락 수단으로 두고 간 것이라고 해석했기 때문이다.

하지만 며칠이 지나도록 벨은 단 한 번도 울리지 않았다. 그녀 자신이 가게에 나타나지도 않았다. 그런데도 신스케는 그 전화기가 그녀와의 관계를 이어 줄 유일한 끈이라고 믿었다. 그래서 어제는 편의점에서 충전기까지 사 들고 와 전화기를 꽂아 두었다. 배터리가 없어지면 그 끈마저 끊어지는 셈이 되니까.

그날 밤의 일을 생각하면 신스케는 지금도 아랫도리가 뜨끈해지면서 발기할 것만 같다. 그녀의 입을 통해 마셨던 칵테일 맛이 입 안에 퍼지는 듯한 착각에 빠져들면서 몸이 화끈거린다. 그의 온몸이 그 입술의 부드러움, 피부의 매끄러운 감촉, 그리고 그녀 안에 들어갔을 때의 쾌감을 마치 각인이라도 된 것처럼 기억하고 있다.

루리코를 만나고 싶었다. 간절하게 바랐다. 하지만 그에게는 그럴 방법이 없었다.

그녀가 두고 간 휴대 전화기에는 번호가 딱 하나 저장되어 있었다. 다만 그 번호에 전화를 건다고 그녀가 있는 장소에 연결될지는 알 수 없는 일이었다.

신스케는 저장된 번호를 화면에 띄우고 발신 버튼을 눌렀다. 전화기를 귀에 대자 가슴이 두근거렸다.

벨이 울렸다. 세 번, 네 번, 다섯 번을 울리다 연결되었다.

"지금은 전화를 받을 수 없습니다. 삐 소리가 나면 이름과 용건, 전화번호를 남겨 주세요. 나중에 연락드리겠습니다."

신스케는 삐 소리가 나기 전에 전화를 끊었다.

이 멘트는 오늘 처음 듣는 것이 아니다. 전화기에 저장된 번호가 있다는 것을 알자마자 걸어 보았기 때문이다. 그 후에도 몇 번이나 걸었지만, 들리는 것은 언제나 이 멘트뿐이었다.

사실은 두 번째 걸었을 때 메시지를 남겼다. '양하'의 아메무라입니다, 연락 주세요, 라고. 그녀가 아메무라라는 성을 알고 있을지는 의문이었지만 '양하'는 알 터였다.

문제는 그의 목소리를 과연 루리코가 듣느냐 하는 것이었다. 전화기에서 흘러나오는 목소리가 그녀의 것이 아닌 듯해서다. 신스케는 청각에는 자신이 있었다. 같은 사람이라면 목소리만 들어도 정확하게 알 수 있다고 자신했다.

저장된 번호는 어쩌면 전혀 다른 사람의 것일지도 모른다. 만약 그렇다면, 알지도 못하는 남자가 남긴 메시지를 듣고서 상대가 언짢아할 것이다. 그런 생각에 세 번째부터는 아무 메시지도 남기지 않았다.

그런데 왜 늘 전화를 받지 않는 것일까. 그게 참 이상했다.

신스케로서는 루리코가 직접 전화를 받지 않아도 좋았다. 번호가 저장되어 있는 것을 보면 틀림없이 루리코를 아는 사람일 테니까, 다소 수상쩍게 여겨지더라도 어떻게든 둘러대어 루리코의 연락처를 알아내려고 했다.

하지만 아예 받지를 않으니 어쩔 도리가 없다.

신스케는 전화기를 주머니에 집어넣고 자전거에 올라탔다. 그리고 집을 향해 페달을 밟았다.

달리는 중에 문득 어떤 생각이 떠오르자 그는 집이 가까워 오는데도 속도를 줄이지 않고 그대로 직진해 가사이바시 거리로 나갔다. 빨간 신호에 걸려 브레이크를 밟은 그는 신호를 기다리는 동안 지갑을 꺼냈다. 지폐를 넣는 곳에 메모지가 한장 들어 있었다.

'기우치 하루히코. 주오 구 니혼바시하마초 2—×, 가든 팰리스 505.'

며칠 전 에지마가 불러 주는 대로 휘갈겨 쓴 메모다.

기우치를 만날 생각은 없었다. 어떤 곳에 살고 있는지 슬쩍 보고 싶었을 뿐이다. 기시나카의 집을 찾았을 때도 그랬지만, 신스케는 누군가가 마음에 걸리면 우선은 사는 장소를 보고 싶어 한다. 일종의 버릇인지도 모른다. 사는 곳을 보면 어떤 사람인지 웬만큼 안 듯한 기분이 든다. 물론 말 그대로 그런 기분이 들 뿐, 더는 아니다.

신스케는 사고에 두 대의 차량이 연루되었다는 것을 알았을 때부터 의문스러운 점이 있었다. 왜 기시나카 레이지가 자신에게만 복수를 감행했느냐였다. 아내의 복수를 위해서라면 기우치에게도 어떤 보복을 해야 마땅하지 않은가. 아니면 기시나카는 그 사고에 직접적인 원인을 제공한 신스케에게 모든 책임을 물으려 한 것인가.

고즈카가 한 말도 마음에 걸렸다. 기우치를 '참 묘한 사람'이라고 했는데, 그건 또 무슨 뜻일까.

신호가 녹색으로 바뀌었다. 그는 다시 페달을 밟았다. 가사이바시 거리를 가로질러 북쪽으로 직진했다. 신호가 몇 군데 있었지만 빨간 신호에서도 차가 오지 않으면 그대로 건넜다.

기요스바시 거리에서 왼쪽으로 꺾은 후에는 서쪽으로 달렸다. 기요스 다리를 건너 그대로 신오하시 거리와의 교차점을 지나면 니혼바시하마초 2가다.

가든 팰리스는 하마초 공원 바로 앞에 있었다. 7층쯤 될까. 벽면이 금속 느낌이 나는 맨션이었다. 하마초 공원을 사이에 두고 반대편으로는 메이지 극장이 보였다.

신스케는 자전거를 길가에 세워 놓고 맨션으로 들어갔다. 들어가자마자 바로 오른쪽에 경비실이 있고, 왼쪽에는 자동 유리문이 있었다. 유리문 너머는 호텔 로비 같은 홀이었다.

경비실에는 제복을 입은 백발의 남자가 있었다. 고개를 숙이고 무언가를 쓰고 있는 것 같았는데, 시선을 느꼈는지 얼굴을 들었다.

신스케는 시치미를 뚝 떼고 안으로 걸어 들어갔다. 들어서자마자 우편함이 줄지은 코너가 있었다. 운 좋게 주위에서 잘 보이지 않는 사각지대였다.

505호의 우편함을 보았다. 이름은 적혀 있지 않았다.

신스케는 손가락으로 뚜껑을 살짝 밀었다. 오늘 아침 신문이 그대로 들어 있었다. 우편물이 그 위에 쌓여 있어, 손을 조금 집어넣으면 닿을 것 같았다.

그는 보는 사람이 아무도 없는 것을 확인한 후, 투입구에 손가락을 깊숙이 넣었다. 우편물이 손가락 끝에 닿았다. 집게손가락과 가운뎃손가락으로 조심조심 뽑아냈다.

수확물은 하얀 봉투 두 개와 엽서 세 장이었다. 신스케는 재빨리 겉면을 훑어보았다. 엽서는 모두 광고였다. 그 내용에 눈이 번쩍 띄었다. 고급 신사복과 액세서리 매장에서 날아온 것이었다. 신스케의 우편함에는 절대 날아올 리 없는 것들이었다.

두 봉투의 보내는 사람 난을 보고서 신스케는 또 한 번 놀랐다. 긴자의 유명한 클럽 이름이 찍혀 있었기 때문이다. 긴자에서 일한 적이 있는 사람이라면 누구든 알 만한 초일류 클럽이었다.

청구서가 들어 있겠지. 자택으로 날아온 것을 보면 회사 관련 접대에 사용한 내역은 아니라는 얘기인가. 신스케는 봉투를 처들고 비춰 보았지만 아무것도 보이지 않았다.

이것들이 뭘 말하는 거지, 하고 생각했다. 에지마는 기우치 하루히코가 평범한 회사원이라고 했다. 이런 불황 중에 일류 매장에서 쇼핑을 하고 고급 클럽에 드나드는 회사원이 있다니, 상상하기 힘든 일이었다. 물론 세상에는 다양한 사람이 있다. 회사원이라고 해서 돈줄이 빡빡할 것이라고 속단할 수만은 없다. 하지만 기우치 하루히코는 불과 1년 반 전에 인명 사고를 낸 사람이다. 그런 경우, 사내에서의 입지도 나빠지는 것이 보통 아닌가.

너무 오래 있으면 경비가 수상쩍게 여길지도 모른다는 생각에 신스케는 우편물을 도로 집어넣고 현관 쪽으로 나왔다. 마침 경비실 문이 열리면서 경비원이 나왔다. 머리가 희끗희끗한 남자는 손에 빗자루와 쓰레받기를 들고 있었다. 경비가 신스케를 힐끔 보더니 무슨 오해를 했는지 "수고가 많습니다."라고 말을 건넸다.

밤이 되어 신스케는 '시리우스' 시절 동료였던 오카베 요시유키에게 전화를 걸었다.

"웬일이야?"

상대가 신스케라는 것을 알자 오카베는 약간 놀라는 투였다.

"부탁할 게 있어서."

신스케가 그렇게 말하자 잠시 침묵이 흘렀다. 그로써 오카베가 경계하고 있다는 것을 충분히 알 수 있었다. 오카베는 옛날부터 과묵하지만 관찰력이 뛰어나고 눈치도 빠른 남자였다.

"골치 아픈 일은 사양하겠어."

싫으면 싫다고 분명하게 말하는 것도 이 남자의 특징이다.

"미안해. 좀 골치 아픈 얘기야."

오카베가 한숨을 쉬는 소리가 들렸다.

"아무튼 말해 봐, 무슨 일인지."

"예전에 '물거울'에 아는 사람 있다고 한 적 있지?"

"물거울? 아, 그래, 있지……."

'물거울'은 기우치 하루히코에게 청구서를 보낸 두 가게 중한 군데이다.

"플로어 담당이라고 했던가?"

"그런데, 왜?"

"그 사람, 소개해 줄 수 있을까?"

오카베는 또 말이 없었다. 이번에는 아까보다 시간이 길었다.

"너."

이윽고 오카베가 묵직한 목소리로 말했다.

"너 또 무슨 꿍꿍이야?"

"꿍꿍이는 무슨 꿍꿍이."

신스케는 웃음 섞인 목소리로 대답했다.

"너 요즘 이상해. 유카 씨에게 이상한 질문이나 하고, 에지마 씨도 난처하게 만들고."

오카베는 카운터 안에 있으면서도 신스케가 두 사람에게 이것저것 물어 대는 것을 다 보고 있었던 모양이다. 역시 빈틈없는 남자다.

"다 이유가 있어서 그런 거야. 에지마 씨에게 들었겠지만, 나 그 사건 후로 기억이 뒤죽박죽이야. 그래서 내 힘으로 어떻게든 분명하게 하고 싶어서 사람들에게 전후 상황을 물어보는 것뿐이야."

"그건 알아. 네 기분은 안다고. 하지만 난 또 나대로 에지마 씨에게 잔소리를 들었단 말이야. 신스케 네 일에 괜히 끼어들지 말라고. 지금 정신 상태가 불안정한 것 같으니까 섣불리 자극하지 말라는 거야."

"지금 이대로 살다가는 평생이 불안정할 거야. 부탁한다. 좀 도와줘."

오카베가 다시 입을 다물었다. 하지만 완전한 침묵은 아니었다. 으음, 하고 꿍얼거리는 소리가 수화기를 타고 전해졌다.

"'물거울'의 웨이터는 왜 소개해 달라는 건데?"

오카베가 물었다.

"거기 간혹 가는 손님에 대해 알고 싶어서."

오카베는 한숨을 푹 내쉬었다.

"신스케, 너도 잘 알잖아. 물장사하는 사람은 손님에 대해 함부로 떠들어서는 안 된다는 거. 상대가 같은 업종에 있는 사람이라도 말이야."

"그러니까 이렇게 부탁하는 거잖아. 소개만 해 주면, 내가 그 사람에게 잘 설명할게. 너에게 피해가 가는 일은 없을 거야."

"네 뜻대로 그렇게 잘되겠냐고. 요즘 너를 보면 알 수 있지. 그 사람, 틀림없이 화낼 거야."

"걱정 말라니까. 약속할게."

"그런 약속을 어떻게 믿어."

오카베는 말을 짧게 내뱉었다.

이번에는 신스케가 입을 다물었다. 어떻게 하면 오카베를 설득할 수 있을지 궁리했다.

"부탁한다."

"괜한 억지 부리지 마."

"나도 싫은데 너 때문에 억지로 한 일이 있잖아."

그 말이 꽤 효과가 있었던 모양이다. 오카베는 순간적으로 되받을 말을 잊은 듯했다.

신스케의 말이 무슨 뜻인지는 오카베도 잘 알 것이다. 몇 년 전, 오카베는 사채업자에게 빌린 돈을 갚기 위해 '시리우스'

에서 매입한 술을 뒤로 빼돌렸다. 그 사실을 알아챈 사람은 신스케뿐이었다. 신스케는 그 일이 들통 나지 않도록 전표와 장부 조작을 거들었을 뿐 아니라 에지마와 의논하라는 충고까지 했다. 덕분에 현재 오카베에게는 뒤가 구린 빚이 없다. 횡령 건 역시 아무도 모르게 수습되었다.

"협박하는 거야?"

"그런 게 아니지."

신스케는 한마디로 부정했다.

"옛날 일까지 들춰내고 싶지 않아. 내가 필사적이라는 걸 알아주길 바랄 뿐이지."

오카베가 끄응, 하고 신음했다.

"알겠어. 어떻게 해 볼게."

오카베는 포기했다는 듯이 말했다.

"미안하군."

"단, 소개하는 건 사양하겠어. 대신 내가 알아봐 주지. 괜히 이상하게 여길 수도 있으니까. 그럼 됐지?"

"그래. 할 수 없지."

더는 억지를 부릴 수 없었다.

신스케는 기우치 하루히코라는 손님에 대해 알고 싶다고 설명했다. 어느 회사에 다니며 어떤 일을 하고 있는지. 술집에는 언제 어떤 사람과 오는지. 요즘 들어 이상한 점은 없었는지. 아무튼 기우치에 관한 것이라면 무엇이든 상관없으니까 알아봐 달라고 부탁했다.

"내키지 않지만, 아무튼 알았어."

그렇게 말하고 오카베는 전화를 끊었다.

그날 밤, 오카베에게서 전화가 왔다. '물거울'도 쉬는 토요일이라서 상대와 통화하기가 비교적 수월했다고 한다.

"네 말대로 기우치라는 손님이 '물거울'에 자주 온다더군. 일주일에 한 번은 꼭 오는데, 많을 때는 두세 번이래."

오카베의 말투가 아까보다는 부드러웠다. 그 점을 의아하게 여기고 있는데, 오카베가 다시 말을 이었다.

"실은 기우치라는 손님을 아느냐고 물었더니 의외로 순순히 이것저것 가르쳐 주더라고. 좀 별난 손님인가 봐. 긴자의 몇몇 가게에서는 꽤 유명한 모양이던데."

"변태라는 거야?"

"그런 뜻이 아니라 정체를 알 수 없다는 뜻이야. 데이토 건설에 다니는데, 직책은 잘 모른대. 나이가 서른 살쯤 되었다니까 평사원일 가능성이 높지. 대개 혼자서 오는데, 가끔은 지인을 데리고 오는 경우도 있다더군. 그럴 때도 계산은 기우치가 다 한다는데."

"그렇다면 회사와 관련된 접대는 아니라는 거군."

"그렇겠지. 술값이 20만 엔을 넘는 일도 드물지 않대."

"그런 돈이 어디서 나는 걸까."

"그러게 말이야. 데이토 건설이 그리 큰 회사도 아니고, 설사 월급을 많이 받는다 쳐도 하룻밤 술값에 20만 엔은 어림없는 얘기잖아. 그런데도 지금까지 외상은 한 번도 없었다나 봐. 그러니까 더할 나위 없는 손님인 셈이지."

그야 그럴 테지. 만약 '양하'에 그런 단골이 생긴다면 치즈코는 쌍수를 들어 환영할 것이다.

"그런데 그게 반갑지만은 않다던데. 그 기우치라는 손님이 드나든 후로, 그때까지 단골이었던 데이토 건설 중역들이 발길을 뚝 끊었다는 거야. 가게 입장에서는 손실이 더 크지."

"평사원이 드나드는 술집에는 갈 수 없다는 건가."

"가게로서는 그렇게 해석할 수밖에 없겠지. 그래도 다들 좀 납득이 안 간다는 눈치야."

"흐음."

들으면 들을수록 묘했다.

"기우치라는 사람, 언제부터 '물거울'에 드나들기 시작했대?"

"반년쯤 되었다는데."

반년 전이면 사고로부터 1년쯤 지났을 때다. 아무리 그래도 인명 사고를 낸 사람이 그렇게 호화판으로 놀 수 있는 것일까.

"그렇게 호화판으로 지낼 수 있는 것에 대해 본인은 뭐라고 말한 적 없대?"

"없는 것 같던데. 그런 돈이 어디서 그렇게 샘솟느냐고 호스티스가 몇 번이나 물었는데, 그때마다 무슨 상관이냐며 불쾌해했다는군."

신스케는 도무지 뭐가 뭔지 알 수 없어 자신도 모르게 꿍얼거리고 말았다.

"내가 들은 건 여기까지야. 다시 한 번 말하는데, 그렇게 특수한 손님이라서 녀석도 재미나게 얘기해 준 거야. 이런 부탁, 다시는 하지 마."

그렇게 말하는 오카베의 목소리가 조금은 날카로웠다.

20

다음 날인 일요일, 신스케는 다시 자전거를 타고 기우치 하루히코가 사는 맨션을 찾아갔다.

기우치에 대해 조사만 할 게 아니라 오늘은 본인을 직접 만나 봐야겠다고 결심한 것이다.

어젯밤 오카베에게 들은 얘기가 머릿속에서 계속 맴돌았다. 기시나카 미나에를 죽음으로 몰아넣었다는 점에서는 신스케와 마찬가지로 죄인일 텐데, 기우치는 그 사실에 죄의식을 느끼기는커녕 자신과는 비교도 안 될 만큼 우아하게 생활하고 있다. 어떻게 그럴 수 있는지 내막을 알고 싶었다. 기시나카 레이지가 기우치에게는 전혀 손을 대지 않았다는 점도 마음에 들지 않았다. 아내의 죽음에 복수하고 싶어 한 심정은 이해하지만, 그 원망이 자신에게만 쏠렸다는 사실은 납득할 수 없다.

아무튼 사고에 관해 얘기를 나눠 보자고 생각했다. 에지마로부터 기우치에게 접근하지 말라는 소리를 들었지만, 가만히 있자니 정신적으로 힘들었다.

하마초 공원에 도착한 신스케는 어제와 같은 장소에 자전거를 세워 놓고 맨션으로 들어갔다. 현관 앞에서 경비가 재활용품으로 내놓으려는 것인지 헌 종이 상자들을 끈으로 묶고 있었다.

신스케는 자동 잠금장치가 되어 있는 유리문 앞에 서서 벽에 붙어 있는 인터폰을 보았다. 구식 전자계산기 같은 모양이었다. 심호흡을 한 번 하고서 5, 0, 5를 눌렀다. 표시판에 그 숫자가 떴다. 이어서 벨 버튼으로 손가락을 뻗었다.

상대가 응답할 경우를 예상하고 인사말을 머릿속으로 되뇌었다. 의심하는 거야 어쩔 수 없지만 적의를 품게 해서는 안 된다.

하지만 인터폰의 조그만 스피커에서는 아무 소리도 나지

않았다. 벨 버튼을 다시 한 번 눌러 보았지만 결과는 마찬가지였다.

"기우치 씨를 찾아왔수?"

그때 뒤에서 그런 목소리가 들렸다. 경비였다.

"네."

"아마 없을 텐데. 그 사람, 없을 때가 많아요."

"그렇습니까?"

"택배 회사에서 심심찮게 배달이 오는데, 주말이면 경비실에서 맡아 두는 일이 많아요. 그런데 평일에는 어슬렁거리는 모습이 심심찮게 눈에 띄니, 대체 무슨 일을 하는 사람인지 모르겠어."

경비는 따분했는지 묻지 않아도 주절주절 말이 많았다.

"기우치 씨, 이 맨션에 산 지 오래되었습니까?"

"아니, 그렇지도 않아요. 1년이 좀 지났을 거야."

그렇다면 사고가 나고 오래지 않은, 약 1년 전에 입주했다는 뜻이다.

"혼자서 사나요?"

"아마 그럴걸. 처음에는 신혼부부가 이사 온다고 했는데, 결국 그 사람 혼자 들어왔어."

"신혼부부요? 그럼 결혼할 예정이었다는 뜻인가요?"

"그렇지 않겠어? 잘은 모르겠지만."

경비는 고개를 갸웃거리며 경비실로 들어갔다.

신스케는 다시 자전거를 타고 기우치의 맨션을 떠났다. 만나지 못해 맥이 쭉 빠진 한편으로 섣불리 만나지 않아 잘되었다는 생각도 들었다. 기우치라는 인물에게는 이해할 수 없는 점이 너무 많다. 그것들이 예의 사고와 관련이 있는지 없는지도 불분명하다. 하지만 사람을 죽인 사고가 그의 현재 생활에 별다른 영향을 미치지 않았을 리는 없다.

기우치에 대해 정보를 좀 더 모으고 싶었다.

기요스바시 거리를 달리고 있는데, 문득 다른 생각이 떠올랐다. 고즈카 형사에게 들은 얘기를 되새겨 보았다. 몇 가지 마음에 걸리는 점이 있었다.

기바까지 단숨에 달렸다. 전에 지나친 적이 있는 주유소가 보였다. 그 뒤에 기시나카가 살았던 아파트가 있다.

칙칙한 황토색 건물 앞에 자전거를 세웠다. 입지며 외관, 연식 모두 기우치가 사는 맨션과는 천지차이였다. 가해자는 우아하게 살고 있는데, 피해자 쪽은 부부가 다 이 세상 사람이 아니라는 사실에, 신스케는 자신도 비록 가해자의 한 사람이지만 모순을 느꼈다.

전에 왔을 때도 그러더니 오늘도 관리실에는 사람이 없었다. 이런 점도 가든 팰리스와 다르다. 그리고 엘리베이터도 없다.

계단을 걸어 2층으로 올라갔다. 기시나카의 집은 202호다. 조금 떨어진 곳에서 문 안의 기척을 살폈다. 누가 사는 것 같지는 않았다. 안에 살림살이가 그대로 있는지는 모르겠지만, 세입자가 나서려면 시간이 좀 걸릴 것이다.

신스케는 202호 바로 앞까지 걸어가 왼쪽으로, 그리고 다시 오른쪽으로 고개를 돌렸다. 고즈카는 옆집에 사는 고등학생이 기시나카의 집에서 여자가 나오는 것을 봤다고 뒤늦게 진술했다고 했다. 옆집이라, 어느 쪽일까. 계단에서 보아 202호보다 뒤쪽인 201호인가, 앞쪽인 203호인가.

그는 우선 203호 앞에 섰다. 문패가 없었다.

벨을 누르려 했을 때였다. 옆쪽에서 무슨 소리가 났다. 201호의 문이 열렸다. 신스케는 앞으로 뻗었던 팔을 내렸다.

201호에서 상복을 입은 여자가 나왔다. 나이는 사십 대 중반쯤일까.

"빨리빨리 좀 해요, 늦겠어요."

여자가 집 안을 향해 외쳤다.

안에서 뚱뚱한 남자가 나타났다. 그녀의 남편인지, 역시 검은 상복을 입고 있었다. 넥타이도 검은색이다. 뒷덜미 살집이 투실투실하다.

"준이치, 문단속 잘하고 있어."

남자가 그렇게 말하자 안에서 대답하는 목소리가 들렸다.

내용은 잘 모르겠지만, 변성기를 지난 소년의 목소리가 분명했다.

상복 차림의 부부는 신스케에게 가볍게 고개를 숙이면서 그 옆을 지나 계단 쪽으로 걸어갔다.

부부의 모습이 시야에서 사라지자 신스케는 201호 앞으로 갔다. 홋타라는 문패가 붙어 있었다.

벨을 눌렀다. 집 안에서 사람이 나올 경우 어떻게 대처할지는 이미 정했다.

몇 초 후 문이 빼꼼 열리더니 소년이 문 사이로 얼굴을 내밀었다. 다부진 얼굴이 고등학교 2학년쯤으로 보였다. 신스케는 이 아이라고 확신했다.

"홋타 준이치 군?"

방금 전에 들은 이름과 문패의 성을 합쳐서 말했다.

소년은 뭐하는 사람이냐는 듯이 그를 훑어본 후 고개를 까딱했다.

"그런데요."

"좀 자세하게 묻고 싶은 일이 있는데, 그 왜 옆집 사는 기시나카 씨의 시신이 발견되기 직전에 어떤 여자를 목격했다는 얘기 말이야."

신스케가 그렇게 말하자 소년의 표정이 싹 변했다. 얼굴이 하얗게 질리면서 두 볼에 힘이 들어갔다.

"그 얘기는 벌써 몇 번이나 했잖아요."

소년이 얼굴을 돌리면서 말했다.

"다시 한 번 묻고 싶어서 그래. 한 번이면 돼. 그럼 더는 묻지 않겠어."

신스케는 소년이 자신을 경찰 관계자라고 오해하도록 일부러 무뚝뚝하게 말했다. 여차하면 형사라고 말할 수도 있지만, 나중에 탄로 났을 때를 생각해 가능하면 정체를 얼버무린 채 질문하고 싶었다.

"어차피 중요한 부분은 믿지 않을 거면서요."

"뭐, 그게 무슨 뜻이지?"

소년은 고개를 옆으로 돌린 채 아무 대답도 하지 않았다. 옆얼굴에서 십 대 특유의 반항심이 묻어났다.

"네가 그랬다면서, 한밤중에 돌아오는데 어떤 여자가 기시나카 씨의 집에서 나왔다고. 이 집에서 나온 거 틀림없어? 문을 열고 나오는 걸 봤다는 말이니?"

소년은 엄지손톱만 깨물고 있었다. 대답할 마음이 없는 듯했다.

"벌써 잊어버렸어? 그럼 그렇게 확실한 기억은 아닌 모양이로구나."

신스케는 살짝 약을 올려 보았다.

소년은 엄지손톱 끝을 내려다보면서 퉁명하게 말했다.

"문이 열렸어요. 그리고…… 나왔고."

"여자가 나왔다는 말이나?"

소년은 귀찮다는 듯 성의 없게 고개를 끄덕였다. 여전히 신스케 쪽은 보려고도 하지 않았다.

"그럼 그 여자도 너를 봤겠군."

"못 봤어요."

"왜?"

"내가 거기 서 있을 때 옆집 문이 열렸다고요."

소년은 신스케가 서 있는 곳을 가리키며 말했다.

"열쇠를 꺼내려고 하는데 갑자기 문이 휙 열렸다고요. 그리고 여자가 나왔는데, 이쪽은 안 봤어요. 그대로 계단 쪽으로 스르륵 걸어갔으니까."

신스케는 202호를 보았다. 아닌 게 아니라 집에서 나와 그대로 계단으로 걸어갔다면 그 여자가 소년을 봤을 가능성은 거의 없을 것 같았다.

"그 여자, 행동은 어땠어? 서두르는 기색이었다든지, 겁에 질린 것 같았다든지."

신스케의 질문에 소년은 고개를 저었다.

"그런 걸, 어떻게 알아요. 그야말로…… 눈 깜짝할 사이였는데."

"눈 깜짝할 사이?"

"그래요. 에이 씨, 몇 번이나 말했잖아요. 너무 놀라서 눈에 뵈는 게 없었단 말이에요. 한동안 움직이지도 못했는데……."

그때가 되어서야 신스케는 비로소 눈치 챘다.

소년은 떨고 있었다. 얼굴은 하얗게 질려 있고 눈은 허공을 노려보고 있었다.

"도대체 무슨 소리야, 왜 놀랐다는 거지? 눈에 보이는 게 없었다니, 왜 그랬는데?"

그렇게 묻자 소년은 그제야 고개를 이쪽으로 돌렸다. 눈에 벌건 핏발이 서 있었다.

"내가 한 얘기, 어디서 듣고 온 거 아니에요?"

"그래…… 대충은 들었지. 하지만 속속들이는 못 들었어. 그래서 확인하러 이렇게 온 거야."

"그렇군요."

"가르쳐 줄래? 그 여자를 보고 왜 그렇게 놀랐는지."

"됐어요. 어차피 믿지 않을 거니까. 그래서 지금까지 입 다 물고 있었다고요. 바보 취급이나 당할 게 뻔하니까."

소년은 신발도 신지 않은 채 마루 아래로 내려와 문을 닫으려 했다. 신스케는 얼른 문 사이로 손을 집어넣었다.

"얘기해 줘. 믿을 테니까."

"다들 말은 그렇게 하더군요. 믿겠다, 그러니 말해 달라. 하지만 실제로 믿어 준 사람은 한 사람도 없었어요. 내가 얘기하는 도중에 피식피식 웃기나 하고."

소년의 목소리는 분노에 차 있었다. 보아하니 형사는 물론 다른 사람에게도 얘기한 눈치였다. 대체 그는 뭘 본 것일까. 뭘 봤다고 했기에 모두들 믿지 않은 것일까.

"만일 내가 웃으면, 그때는 한 대 때려도 좋아. 그러니까 얘기해 봐."

소년이 눈을 번쩍 떴다. 동시에 손잡이를 당기던 손에서 힘이 빠져나갔다. 그때를 놓칠세라 신스케는 문을 활짝 열고 현관 안으로 몸을 밀어 넣었다.

"얘기해 봐. 왜 그 여자를 보고 그렇게 놀랐는지."

소년은 눈길을 아래로 떨어뜨렸다가 몇 초 후 다시 신스케를 쳐다보았다. 거짓이 묻어 있지 않은 순수한 눈빛이었다.

"아는 사람이었어요."

"그 여자가 말이야?"

신스케는 놀라서 물었다. 소년은 고개를 끄덕였다.

"누구였는데?"

소년은 입술을 핥으며 잠시 망설이다가 그 입술을 열었다.

"부인이오."

"뭐?"

"기시나카 씨의…… 부인이었다고요. 나, 그 사람, 잘 알아요."

21

아뿔싸, 했을 때는 이미 늦었다. 소맷자락에 걸린 유리잔이 발치로 떨어졌다. 쨍그랑, 소리와 함께 자잘한 유리 조각이 사방으로 튀었다.

"죄송합니다."

카운터와 테이블 자리에서 놀란 눈으로 쳐다보는 손님들에게 사과하고서 신스케는 빗자루와 쓰레받기를 들고 와 유리 조각을 쓸어 담았다. 눈살을 찌푸리는 치즈코가 시야에 들어왔다.

"왜 그래, 신스케 씨? 오늘 좀 이상하네. 아까는 주문도 착각하더니. 무슨 일 있었어?"

"아닙니다. 별일 없어요."

아이스픽으로 얼음을 깨면서 그는 고개를 저었다.

"죄송해요. 오늘 집중력이 떨어져서."

"정신 차려."

치즈코는 그의 등을 탁 치고는 손님이 기다리는 테이블로 돌아갔다.

신스케는 남몰래 한숨을 내쉬었다. 집중할 수 없는 이유를 그 자신은 알고 있다.

어제 기시나카의 아파트에 갔다가 들은 얘기가 그의 머릿속에서 맴돌고 있는 것이다.

옆집 사는 고등학생은 기시나카 미나에를 봤다고 했다. 기시나카 레이지의 시신이 발견되기 전날 밤이었다고 한다.

신스케는 말도 안 되는 소리라고 했다. 그렇게 말하는 순간 홋타 준이치라는 고등학생은 눈을 부릅떴다.

"거봐요, 아저씨도 안 믿잖아요. 웃으면 때려도 좋다고까지 해 놓고서."

소년의 으름장에 신스케는 움찔했다. 그가 거짓말을 하는 것처럼 보이지는 않았다.

"사람을 잘못 본 거 아니니?"

"절대 그렇지 않아요. 얼굴만 힐끗 봤지만, 그 여자가 틀림없었다고요. 헤어스타일도 똑같고, 하늘색 원피스를 입었는데 그 옷도 몇 번이나 본 적이 있었고."

물론 홋타 준이치는 기시나카 미나에가 이미 죽은 사람이라는 것을 알고 있었다.

"그러니까 나도 너무 무서워서 사람들에게 말을 못했던 거라고요. 말해 봐야 믿지 않을 게 뻔하잖아요. 하지만 아저씨는 믿어 주세요. 그 여자, 정말 옆집 아줌마였어요. 1년 반 전에 죽은 기시나카 씨의 부인이었다고요."

그렇게 말하던 홋타 준이치의 간절한 표정이 신스케의 눈에 각인되어 있다. 그가 느꼈던 공포가 고스란히 전해지는 듯했다.

설마, 그럴 리가. 물론 신스케는 그렇게 생각하고 있다. 기시나카 미나에가 죽었다는 것은 움직일 수 없는 사실이다. 죽은 사람이 살아 돌아올 수는 없지 않은가.

혹 기시나카 미나에에게 쌍둥이 자매가 있는 것은 아닐까. 쌍둥이가 기시나카의 집을 찾아왔던 것은 아닐까. 그런 가설을 세워 보았다. 물론 불가능한 일은 아니지만, 미나에가 쌍둥이일 리 없었다. 만약 그랬다면 홋타 준이치의 얘기를 들은 고즈카 형사가 언니든 동생이든 다른 한쪽을 찾아내 조사했을 것이다. 그러니 형사는 홋타 준이치가 제공한 정보를 하찮게 평가하는 것이다.

그렇다면…… 유령이란 말인가.

바람이 휭 훑고 지나간 것처럼 등이 써늘해졌다. 그는 불길한 상상을 지워 버리려고 고개를 저었다. 그 순간, 아이스픽을 잡은 손이 삐끗했다. 얼음이 아니라 하마터면 자기 왼손을 찍을 뻔했다.

12시가 지나 전화벨이 울렸다. 신스케는 얼른 수화기를 들었다.

"양하입니다."

"신스케? 나야, 오카베."

낮게 짓누른 목소리가 들렸다. 신스케는 치즈코 쪽을 힐긋

처다보고는, 그녀가 손님과 열심히 얘기를 나누고 있다는 것을 확인한 후에 수화기를 가리듯 몸을 틀었다.

"어쩐 일이야, 먼저 전화를 다 하고?"

"딱히 안 해도 되는데, 일단 알려는 주려고."

오카베의 말투가 왠지 의미심장했다.

"뭔데 그래? 되게 궁금하네."

"기우치라는 남자에 대해서 알고 싶다고 했잖아. 그 남자, 곧 여기 올 거야."

"시리우스에?"

"응."

"뭐하러?"

"지금 물거울에 있나 봐. 내가 안다는 그 웨이터가 가르쳐 줬어. 기우치가 본격적으로 칵테일을 마실 수 있는 술집이 어디 없느냐고 물었대. 그래서 그제 내가 기우치에 대해 물어본 게 생각나서, 시리우스란 술집이 있는데 거기가 좋겠다고 했대. 방금 전에 빈자리 있느냐고 묻는 전화가 왔어. 앞으로 한 30분이면 나타날걸."

"흠, 그래?"

신스케는 손목시계를 보면서 머릿속으로 시간을 계산했다. '시리우스'는 2시에 문을 닫는다. 지금 서둘러 가면 시간은 충분하다.

"그럼 그렇게 알고 있어."

오카베가 전화를 끊으려 했다.

"아, 잠깐만. 에지마 씨는?"

"오늘 밤에는 안 올 거야. 이번에 오사카에 지점을 내는 일 때문에 약속이 있다고 했거든."

"그래? 에지마 씨가 없단 말이지……."

"이쪽으로 올 생각이냐?"

"음, 혹시 갈지도 모르겠어."

"오는 건 상관없는데, 괜한 소동 피우지 마. 그랬다가 들키면 내가 나중에 에지마 씨에게 잔소리 듣는다고."

"알아. 고맙다, 전화해 줘서."

그렇게 말하고 신스케는 전화를 끊었다.

치즈코는 아직도 손님과 얘기꽃을 피우고 있었다. 신스케가 물끄러미 쳐다보자 시선을 느꼈는지 이쪽을 돌아보았다. 신스케는 손을 살짝 들어 보였다.

치즈코가 손님에게 양해를 구하고 이쪽으로 왔다.

"죄송한데요, 저, 지금 좀 가 봐야겠어요."

"지금 바로?"

치즈코의 미간이 일그러졌다.

"형사에게서 전화가 왔는데, 지금 하고 싶은 얘기가 있답니다."

"형사가? 그 사건은 다 끝난 거 아니었어?"

"그게 그렇지도 않은가 봐요. 내가 빠져나올 수 없으면 이리로 오겠다고 하는데."

그 말에 치즈코는 안색을 바꾸며 손을 내저었다.

"그건 안 돼. 손님들이 이상하게 생각할 거 아냐. 알았어. 뒷일은 내가 알아서 할게."

"죄송합니다."

신스케는 고개를 꾸벅 숙였다.

"그런데, 꽤 오래 끄네, 그 사건. 범인이 죽었다고 해서 다 끝난 줄 알았는데."

치즈코가 얼굴을 찡그리며 중얼거렸다.

"그러게요. 저도 얼른 털어내고 후련해지고 싶은데."

형사가 오겠다고 했다는 것은 거짓말이지만, 후련해지고 싶은 것은 진심이었다.

1시 조금 넘어서 그는 '시리우스'에 도착했다. 문을 열고 들어서자마자 우선은 카운터 쪽을 보았다. 셰이커를 흔들고 있는 오카베와 눈이 마주쳤다. 신스케는 말없이 통나무 의자에 자리를 잡았다.

"보드카 라임."

오카베가 고개를 끄덕하더니 안쪽으로 시선을 날렸다. 저기 있는 남자, 라고 알려 주는 눈이었다.

신스케는 몸을 비틀어 슬며시 그쪽을 보았다. 안쪽 테이블에 남녀가 두 명씩 마주 앉아 있는데, 여자들은 '물거울'에서 데리고 온 호스티스인 듯했다. 남자는 둘 다 서른 살이 될까 말까 하게 보였다. 신스케가 있는 곳에서 가까운 쪽에 앉은 남자는 안경을 끼고 헤어스타일도 반듯한 것이 영업 사원 분위기였다. 여자를 상대로 쉬지 않고 떠들면서 웃음을 유도하고 있다. 그에 반해 먼 쪽에 앉은 남자는 적당히 대꾸만 하고 있었다. 본격적으로 칵테일을 마실 수 있는 곳을 찾아 여기까지 왔다는 사람이 그다지 술을 즐기는 것처럼 보이지는 않았다. 하지만 아마 저 시큰둥해하는 남자가 기우치 하루히코일 것이라고 신스케는 생각했다.

오카베가 보드카 라임을 신스케 앞에 내려놓았다. 이상한 짓 하지 마. 매서운 눈초리가 그렇게 말하고 있었다.

신스케 역시 불쑥 그 테이블로 다가가 말을 걸 생각은 없었다. 우선은 기우치라는 사람을 관찰해서 어떤 사람인지 파악하자고 마음먹었다.

한참을 힐끗거리다 보니 어디선가 본 듯한 느낌이 들었다. 생각해 보니 교통사고 때문에 재판정에 섰을 때 피차가 증인으로 증언대에 올랐을 테고, 그 외에도 몇 번은 얼굴을 마주쳤을 것이다. 기우치 쪽이 더 확실하게 신스케의 얼굴을 기억할 가능성이 많았다.

그런 생각을 하고 있는데 기우치가 벌떡 일어났다. 화장실에 가는 듯한데, 이 가게 화장실은 일단 문밖으로 나가야 한다. 미리 그런 귀띔이 있었는지, 기우치는 똑바로 문을 향해 걸어갔다.

신스케는 얼굴을 숙였다. 그의 등 뒤로 기우치가 지나갔다.

칵테일 잔을 내려놓고 신스케도 일어섰다.

"신스케!"

카운터 안에서 오카베가 불렀다.

걱정 마. 그런 의미로 눈짓을 하고 그는 문을 열고 밖으로 나갔다.

화장실은 엘리베이터 홀 옆에 있다. 신스케는 복도에서 담배를 피우며 기우치가 나오기를 기다렸다. 열린 창문으로 칙칙한 밤하늘이 보였다. 별도 달도 없다. 하지만 조금만 시선을 아래로 내리면 화려한 네온사인 빛이 넘친다.

기우치 하루히코가 나왔다. 양손을 바지 주머니에 푹 집어넣고, 세상이 참 따분하다는 듯이 입가를 일그러뜨린 모습이었다. 취한 기색은 거의 없었다.

기우치가 신스케의 얼굴을 힐끔 보았다. 신스케는 그의 눈을 똑바로 쳐다보았다. 기우치가 이내 눈길을 피하면서 그 앞으로 지나갔다. 걸음을 옮기는 속도가 조금 빨라진 듯 보였다. 문득 기우치가 걸음을 멈췄다. 잠시 망설이는 듯하더니 천천히 고개를 돌렸다. 그러고는 새삼스레 신스케의 얼굴을 쳐다보았다.

"당신은, 혹시……."

"아메무라입니다."

"아메무라."

책을 읽듯 중얼거리고 나서 기우치는 고개를 끄덕였다.

"그래, 맞아. 그런 이름이었어. 성이 좀 유별나다고 생각했던 기억이 나는군."

"기억하고 있군요."

"그야 물론."

기우치가 어깨를 으쓱했다.

"그쪽도 시리우스에?"

"네, 카운터에 앉아 있는데 기우치 씨가 보이기에 여기서 기다렸습니다."

"아, 그래요. 거참, 묘한 우연이로군. 세상이 좁다더니."

기우치가 한숨을 내쉬었다.

"그런데 일부러 여기서 기다렸다면 내게 무슨 볼일이라도? 피차 반가운 상대는 아니라고 생각되는데."

"몇 가지 궁금한 게 있어서요."

"새삼스럽게 뭐죠?"

"몇 주 전에 저, 사고를 당했습니다. 밤중에 갑자기 뒤에서 누가 스패너로 내려쳤죠. 범인은 기시나카 레이지였습니다. 물론 아는 사람이겠죠?"

"허어."

기우치가 입을 반쯤 벌린 채 고개를 위아래로 몇 번 움직였다.

"그러고 보니 형사가 찾아와서 그런 소리를 하고 간 적이 있는데."

"기시나카가 제게 복수를 한 거라고 생각합니다. 부인에게 사인을 제공했으니까요. 그런데, 한 가지 납득이 가지 않는 일이 있어서……"

"왜 다른 가해자인 기우치 하루히코에게는 복수를 하지 않았나…… 그겁니까?"

그렇게 말하고 기우치는 히죽 웃었다. 신스케는 네, 하면서 고개를 끄덕였다.

"형사도 그 점에 대해서 내게 묻더군요. 왜라고 생각하느냐, 그렇게 말입니다. 나는 모른다고 대답했죠. 나야 실제로 모르니까 그렇게 대답할 수밖에 없었죠. 기시나카 씨가 사고의 주된 책임은 당신에게 있고, 부인을 죽인 사람도 당신이라고 생각한 거 아닐까요? 아니, 그렇게밖에 생각할 수 없죠."

"그렇다 쳐도, 그쪽과 전혀 접촉이 없었다는 것은 이해가 되지 않습니다."

"낸들 어떻게 알겠습니까. 당신을 해친 사람은 내가 아니라 기시나카 씨인데."

기우치는 몸을 돌려 다시 가게 쪽으로 걸어갔다.

신스케는 얼른 뒤를 쫓았다.

"기우치 씨, 지금 무슨 일을 하십니까?"

"일? 내가 무슨 일을 하든, 왜 묻는 거죠?"

"평일에도 집에 있는 일이 많다고 하던데, 회사에는 안 가도 괜찮습니까?"

신스케의 질문에 기우치는 걸음을 멈췄다.

"대체 누가 그런 소리를 합디까?"

"누구든 상관없죠. 질문에 대답해 주십시오."

기우치는 한숨을 쉬고는 지겹다는 표정을 지었다.

"혹시라도 맨션 근처에서 나를 감시했거나 사람들을 붙잡고 물어봤다면, 시간이 남아돌아가는 사람이라고 해야겠군요. 우리 회사는 재택근무도 할 수 있기 때문에 말이죠, 평일 낮에 집에 있는 일도 많아요."

"낮에는 집에 있고 밤에는 긴자에 있다. 대체 일은 언제 하는 겁니까?"

"그렇게 꼬치꼬치 캐고 드는 걸 뭐라고 하는지 가르쳐 줄까요? 공연한 참견이라고 합니다."

그렇게 말하고서 기우치는 다시 걸음을 옮겼다.

"사고를 돌이켜 보는 일은요?"

기우치와 나란히 걸으면서 신스케가 물었다.

"그야 있죠. 죄의식은 별로 없지만. 그쪽도 마찬가지 아닙니까?"

"기시나카 레이지의 아파트에 간 적은?"

"없습니다."

성의 없는 대답이었다. 이제 기우치는 신스케 쪽을 돌아보지도 않았다.

가게 문 앞에 이르자 기우치가 손잡이를 잡았다.

"유령은?"

신스케는 혹시나 싶어 그렇게 물었다.

그 순간, 기우치가 동작을 멈췄다. 신스케를 돌아보는 눈에 약간 핏발이 서 있었다.

"뭐라고요?"

"유령이오."

신스케는 다시 한 번 말했다. 어떤 반응을 느꼈던 것이다.

"기시나카 미나에의 유령을 본 적이 있느냐는 말입니다."

기우치는 놀라움과 주저와 불안으로 일그러진 묘한 표정을 지었다. 그러다 마침내 고개를 저었다.

"무슨 소리를 하는 건지 모르겠군. 도대체 모르겠어."

"알고 있군요, 유령에 대해서."

신스케는 끈질기게 물고 늘어졌다. 슬쩍 속을 떠보려는 속셈도 있었다.

"무슨 소리야, 머리가 어떻게 된 거 아니야?"

기우치는 문을 열고 안으로 들어갔다. 신스케도 뒤따랐다.

기우치는 있는 대로 언짢은 표정을 하고서 테이블로 돌아갔다. 화장실에 간다는 사람이 너무 늦게 돌아오자 일행이 이상하게 여기는 눈치였다. 뭐하느라 이렇게 늦었냐고들 물었다. 기우치는 다른 여자와 통화했노라고 대답했다. 호스티스들은 샘도 나고 화도 난다는 시늉을 했다.

신스케도 제 자리에 앉아 보드카 라임을 마셨다. 시원한 맛이 싹 달아나 오카베에게 한 잔 더 주문했다.

이상한 짓 한 거 아니겠지. 새 잔을 내밀면서 오카베가 눈으로 그렇게 말을 건넸다. 안 했어, 아무 문제 없어. 신스케도 눈으로 대답했다.

기우치와 일행이 주섬주섬 일어섰다. 역시 계산은 기우치가 하는 모양이었다. 영수증은, 이라고 묻자 그는 필요 없다고 대답했다.

그들이 나가고 난 후 신스케는 긴 한숨을 푹 쉬었다.

오카베가 카운터 너머로 몸을 내밀고 물었다.

"저 손님이 어쨌다는 건데?"

"그 교통사고의 또 다른 가해자야."

"또 다른 가해자?"

오카베는 무슨 소린지 모르겠다는 표정이었다.

신스케는 다른 손님에게는 들리지 않을 정도의 목소리로 사고 경위를 설명했다.

"그런 거였어? 에지마 씨에게 이중 충돌이라는 말은 들었지만."

"같은 가해자인데 한쪽은 스패너로 머리를 얻어맞았고 한쪽은 긴자에서 놀고 있어. 차이가 너무 심하잖아."

"그래서 기우치 주변을 맴돌면서 그쪽 행운의 떡고물이라도 얻어먹으려는 거야?"

"뭐 그렇다고 할 수도 있지."

신스케가 그렇게 대답했을 때 젊은 웨이터가 다가와 오카베에게 뭐라고 귀띔했다. 그의 얼굴이 얼핏 일그러지는 듯했다.

"신스케, 이제 그만 가는 게 좋겠다."

그가 목소리를 죽여 말했다.

"왜, 무슨 일 있어?"

"에지마 씨에게서 연락이 왔대. 지금 이쪽으로 오는 모양이야."

"그럼 안 되지."

신스케는 엉덩이를 들었다. 여기 있다는 것을 알면 또 뭐라고 싫은 소리를 할 수도 있다. 그리고 행여 치즈코에게 연락

을 취하기라도 한다면 거짓말하고 가게를 빠져나온 것까지
탄로 날 수도 있다.

"이만 가 볼게. 술값은 나중에 청구해."

오카베는 말없이 고개만 끄덕였다. 얼른 가라는 신호였다.

가게에서 나와 엘리베이터를 타고 내려가면서 신스케는 기
우치와 나눈 대화를 되새겨 보았다. 유령이라는 말을 하자 기
우치의 얼굴에 낭패감이 그대로 드러났다. 무언가를 알고 있
는 표정이었다. 그렇다면 홋타 준이치가 한 말이 단순한 착각
은 아니라는 뜻이다. 유령이 존재하는 것이다. 물론 정확하게
는 '유령을 닮은 무엇'이겠지만. 그게 뭘까. 그리고 기우치는
어떻게 알고 있는 것일까.

또 한 가지, 기우치가 뱉었던 말 중에 마음에 걸리는 부분이
있다. 사고를 돌이켜 보는 일이 있느냐고 물었을 때 그는 이
렇게 대답했다.

"그야 있죠. 죄의식은 별로 없지만. 그쪽도 마찬가지 아닙
니까?"

처음 들었을 때는 별로 신경 쓰지 않았다. 기시나카 미나에
를 죽음으로 몰고 간 사람이 자기 하나가 아니라는 것을 '죄의
식은 별로 없다'고 표현한 모양이라고 생각했다. 하지만 아무
리 이중 충돌이기로서니 그렇게 단언하는 정신 상태를 이해할
수 없었다.

엘리베이터가 1층에 도착했다. 신스케는 건물에서 나왔다. 시간이 2시이다 보니 길거리에 술 취한 사람과 호스티스들이 넘쳐났다.

신스케는 택시 승차장으로 가려다 갑자기 걸음을 멈췄다. 지금 막 나온 건물과 옆 건물 사이 골목에 서 있는 두 남자의 모습을 보았기 때문이다. 둘 다 이쪽을 등지고 있지만, 뒷모습으로 보아 한 사람은 기우치였다. 그리고 또 한 사람은 조금 전까지 기우치와 함께 있던 남자가 아니었다.

신스케는 그쪽 모르게 슬쩍슬쩍 훔쳐보았다. 그러다 설마, 하고 생각했다.

기우치와 심각하게 얘기하고 있는 상대는 틀림없이 에지마였다.

어떻게 에지마 씨와 기우치가.

신스케는 시선을 돌리면서 고개를 갸우뚱했다. 에지마가 예전부터 기우치와 아는 사이였다고는 생각되지 않았다. 전에 사고의 또 다른 가해자의 이름을 아느냐고 물었을 때, 에지마는 전혀 모른다는 듯이 얘기했다.

어떻게 된 일이지. 신스케가 다시 한 번 골목 쪽을 돌아보려 할 때 휴대 전화가 울렸다. 게다가 그의 전화기가 아니라 루리코가 두고 간 전화기에서 울리는 소리였다.

신스케는 길 한쪽으로 비켜서서 통화 버튼을 눌렀다.

"네, 여보세요."

상대는 아무 반응이 없었지만, 전화가 연결되어 있는 것은 분명했다. 상대가 그저 말이 없을 뿐이었다.

"여보세요. 당신이죠? 대답하세요."

상대가 겨우 말을 꺼냈다.

"지금, 어디 있어요?"

그 목소리였다. 약간 허스키하면서 신비로운 목소리. 그 순간 여자의 피부 감촉이 되살아나면서 신스케의 온몸이 술렁 거렸다.

"긴자에 있습니다."

"긴자……."

잠시 생각하는 루리코의 기척이 느껴졌다.

"알았어요. 지금 여기로 와요."

신스케로서는 기다리고 기다리던 말이었다. 그 때문에 휴대 전화를 한시도 빠뜨리지 않고 몸에 지니고 다녔다.

"어디로 가면 되죠?"

"택시를 타요. 그리고 이렇게 말해요. 니혼바시에 있는 유니버설 타워로 가자고."

"유니버설 타워라면, 그 높은 건물 말인가요?"

"높기만 하고 멋은 없는 건물이죠. 4015호."

"4015호……."

그럼 40층이라는 것인가, 하고 신스케는 생각했다.

"기다리고 있을게요."

"자, 잠깐……."

신스케가 그렇게 말했을 때는 이미 전화가 끊어진 상태였다. 그쪽 전화번호를 물어보려 했지만 화면에는 통화 종료 표시가 떠 있었다.

택시를 잡아타고 그녀가 시킨 대로 행선지를 말했다. 운전사는 그 건물의 위치를 알고 있었다.

"손님, 그 엄청난 아파트에 사십니까?"

의심과 감탄이 섞인 말투였다. 신스케의 차림새를 보고 초고층 아파트에 사는 사람치고는 행색이 초라하다고 여긴 것이리라.

"그렇습니다. 40층에."

귀찮아서 그렇게 대답했다.

"야, 이거."

운전사는 이번에야말로 놀랍다는 듯이 말했다.

유니버설 타워는 대형 부동산 회사가 니혼바시에 건설한 초고층 아파트다. 50층이 넘는 높이에 700세대 이상이 입주해 있다. 시세도 수천만 엔에서 3억 엔을 호가한다고 들었다.

그 여자가 그런 곳에 살고 있단 말이지. 그녀의 예사롭지 않은 분위기를 떠올리고는, 충분히 그럴 만하다고 납득했다.

마침내 건물이 시야에 들어왔다. 타워라는 이름에 걸맞게 네모난 탑이 밤하늘에 솟아 있었다. 그 건물 주위에도 초고층 아파트가 몇 채 서 있어서 일대가 마치 외국 같았다.

택시가 일반 도로에서 아파트 부지 안으로 들어갔다. 영국식 정원으로 꾸민 화단 사이로 난 차도를 따라가자 오성급 호텔인가 싶을 정도로 장중한 입구가 나타났다.

"보이 같은 사람이 기다리고 있을 듯싶은 분위기로군요."

운전사가 말했다. 신스케는 천 엔짜리 두 장을 꺼내 내밀고는 잔돈을 챙겨 받았다. 잔돈은 팁으로 받을 것이라고 기대했는지 운전사가 아쉬운 표정을 지었다.

자동문을 지나 입구 로비에 발을 들여놓았다. 왼쪽에 호텔 로비를 연상케 하는 카운터가 있었다. 벨이 놓여 있는 것으로 보아, 그것을 누르면 관리인이 나오는 모양이다. 물론 관리인이라는 직함에 어울리지 않게 번듯한 유니폼을 입은 남자가 나오겠지만.

정면에 유리문이 있었다. 그 옆에 커다란 테이블이 있고 그 표면에 자동 잠금장치용 패널이 설치되어 있었다. 신스케는 그 앞에 서서 4015 번호를 차례대로 누르고 이어 벨 버튼을 눌렀다.

스피커에서 루리코의 목소리가 들려올 줄 알았는데 아무런 반응 없이 유리문이 스르륵 열렸다.

유리문 안쪽은 소파가 군데군데 놓인 로비였다. 천장에는 커다란 샹들리에가 매달려 있었다. 어디선가 소년 하나가 공손한 표정으로 나타날 듯한 분위기였다.

안쪽으로 쭉 걸어가자 엘리베이터 홀이 나왔다. 엘리베이터가 양쪽에 네 대씩 마주 보고 있었다. 신스케는 지금까지 아파트 안에 이렇게 많은 엘리베이터가 있는 광경을 본 적이 없었다.

엘리베이터를 타고, 센서식 번호 버튼으로 40을 눌렀다. 묵직한 문이 닫히고 엘리베이터는 소리 없이 올라갔다. 분명히 움직이고 있는데 너무 고요해서 올라가는 것인지 내려가는 것인지 모를 정도였다.

엘리베이터는 멈출 때도 별다른 소리가 나지 않았다. 문이 열리고서야 멈췄다는 것을 알았다. 그리고 달라진 바깥 풍경에 틀림없이 이동했다는 것을 인식할 정도였다.

신스케는 차분한 갈색 카펫이 깔린 복도를 걸어갔다. 각 세대는 ㅁ자형으로 배치되어 있는 듯했다.

4015호의 중후한 문 앞에서 걸음을 멈췄다. 문 옆에 인터폰이 있었다. 신스케는 인터폰의 버튼을 눌렀다.

역시 아무런 반응 없이, 자동 잠금장치가 해제되는 소리만 찰칵, 났다. 안쪽에서 문이 열릴 줄 알았는데, 그럴 기색이 전혀 없었다. 신스케는 L자형 손잡이를 잡고 옆으로 돌렸다. 문이 거부감 없이 열렸다.

어두운 실내에 향수 냄새가 그윽했다. 그는 눈을 찡그렸다. 바로 앞에 쌍여닫이문이 보였다. 그 안으로 거실인 듯한 공간이 있었다.

그가 현관문을 닫은 직후였다. 찰칵, 하고 금속 소리가 났다. 퍼뜩 놀라 문을 도로 열려고 했다. 그러나 문은 이미 잠겨 꼼짝하지 않았다.

갇힌 건가?

그런 생각을 할 때, 어디선가 피아노 소리가 들려왔다. 그는 구두를 벗고 여닫이문 안으로 들어갔다. 피아노 소리는 왼쪽에서 들려오고 있었다.

소리를 따라 복도를 걸었다. 가는 도중에 전등 스위치로 보이는 것이 벽에 붙어 있기에 눌러 보았지만 아무런 변화가 없었다.

복도 끝에 문이 있었다. 피아노 소리는 그 안쪽에서 나는 듯했다. 그는 문을 열었다.

그곳은 침실이었다. 일고여덟 평은 됨직한 방의 한가운데를 퀸사이즈 침대가 차지하고 있었다. 그 밖에 가구랄 만한 것은 조그만 나이트테이블뿐이었다.

그리고 침대에는 여자 혼자 누워 있었다. 입고 있는 것이 드레스인지 슬립인지, 어느 쪽이든 별 차이는 없을 듯했다. 어두워서 잘은 모르겠지만 붉은 색조였다. 그녀는 윗몸만 일으켜 신스케 쪽을 보았다. 손에 리모컨을 쥐고 있었다.

"겨우겨우 골인했네."

"여기가 당신 사는 곳이군."

신스케가 그렇게 말하며 한 걸음 앞으로 나섰다.

루리코는 리모컨을 나이트테이블 쪽으로 향하고 어떤 버튼을 눌렀다. 그러자 피아노 소리가 뚝 그쳤다. 신스케는 자기 머리 위를 올려다보았다. 벽에 스피커가 장착되어 있었다.

그녀가 침대 위에서 몸을 꿈틀거렸다. 옷자락이 스치는 소리가 희미하게 들리더니, 어둠 속에 하얀 허벅지가 떠올랐다.

"나, 보고 싶었어?"

"당신은 어땠죠?"

"글쎄."

여자가 한 손을 신스케 쪽으로 쑥 내밀었다.

신스케는 침대로 다가갔다. 털이 긴 카펫이 그의 발소리를 삼켰다. 그는 손을 뻗어 그녀의 손가락을 잡았다.

"난, 죽을 만큼 보고 싶었어요."

신스케가 그녀의 손을 마주 잡으며 말했다.

22

루리코가 입고 있는 것은 슬립이 아니라 드레스였다. 벗기면서 확실하게 알았다. 그리고 그녀는 드레스 밑에 아무것도 입고 있지 않았다.

그녀가 상위를 원했다. 그녀는 신스케의 성기를 몸속에 삼킨 채 하얀 몸을 뱀처럼 꿈틀거렸다. 몸매는 가냘팠지만 젖가슴은 풍만했다. 그 젖가슴이 연체동물처럼 흔들렸다. 신스케는 젖가슴을 애무하고, 젖꼭지를 비틀고, 허리를 껴안고, 그리고 밑에서 추켜올렸다. 그럴 때마다 루리코가 몸을 뒤로 휙 젖혔다. 검은 머리가 출렁거렸다.

뾰족한 턱이 천장을 향하고, 몸부림치듯 그녀는 입을 벌렸다. 가느다란 목을 타고 흘러내린 땀이 몇 줄기나 가슴까지 이어졌다.

때로 그녀는 두 손을 신스케의 가슴에 대고 그를 내려다보았다. 나이트스탠드의 어스름한 불빛이 그녀의 얼굴을 비췄다. 먹잇감을 노리는 육식 동물처럼 그녀의 눈은 욕망과 음모의 빛을 품고 있었다. 입술 사이로는 분홍색 혀가 들여다보였다.

신스케는 뇌 속이 짜릿해지는 쾌감을 만끽하고 있었다. 신경이 바짝 곤두선 느낌이었다. 시트가 등 밑에서 부스럭대는 감촉마저 그의 성감대를 자극했다.

사고력이 거의 사라졌다. 쾌락에 몸을 맡기는 것 외에는 아무런 생각도 할 수 없었다. 이 시간이 영원히 계속되었으면 좋겠다고 생각했다.

그런데.

파도처럼 밀려오는 쾌감 사이로, 얼핏 그의 뇌리를 스친 의문이 있었다.

누굴까, 이 여자는?

루리코의 정체에 대해서는 이미 여러 번 생각해 보았다. 무수히 억측도 해 보았다. 하지만 지금 그의 뇌리를 스친 것은 성질이 전혀 달랐다.

만난 적이 있어, 라고 생각했다.

나는 이 여자를 만난 적이 있어. 전에 어디선가 만났어. '양하'는 아닌데. 다른 장소였는데. 그리고 먼 옛날도 아니고, 아주 최근이야.

전에 이 여자와 처음 관계를 가졌을 때도 똑같은 생각을 했었다. 이 여자는 누군가를 닮았다. 누구를 닮은 것일까.

닮은 것이 아니라 이전부터 알고 있는 여자야, 하고 신스케는 생각했다. 하지만 기억나지 않았다.

왜 루리코가 처음 가게를 찾았을 때가 아니라 지금 와서 이런 생각을 하게 되었는지가 더 이상했다.

하지만 그런 생각을 한 것도 아주 잠깐이었다. 쾌감의 소용

돌이가 그의 모든 것을 집어삼키고 말았다. 마침내 몸의 중심에서 무언가가 마그마처럼 용솟음쳤다. 그는 그것을 잠재우려 했다. 벌써 끝내고 싶지 않았다. 좀 더 오래 이렇게 있고 싶었다. 그 상반되는 두 힘이 미묘한 균형을 유지한 짧은 시간 동안, 그는 지상 최대의 행복을 누렸다. 하지만 안에서 치밀어 오르는 뜨거운 힘을 계속 억제하기란 불가능했다.

신스케는 짐승처럼 포효하며 루리코의 몸을 거세게 추켜올렸다. 팔다리에 팽팽하게 힘을 주고 온몸을 떨었다.

뜨거운 말뚝이 몸을 뚫기라도 한 것처럼 루리코가 등을 쫙 폈다. 그리고 그대로 온몸이 경직되었다.

그런 그녀의 중심을 향해 신스케는 사정했다.

잠시 옅은 잠에 빠졌던 모양이다. 퍼뜩 정신을 차렸을 때, 신스케는 침대에 누워 있었다. 알몸이었다. 춥지는 않았다. 그저 쪼그라든 남근이 조금 서늘하게 느껴졌을 뿐이다.

루리코가 보이지 않았다. 그는 침대에서 일어났다. 그가 벗어던진 옷이 바닥에 널브러져 있었다. 나른함을 견디며 그는 침대에서 내려와 팬티와 바지와 셔츠를 입었다. 양말도 신었다.

"루리코."

그녀의 이름을 불러 보았다. 이름을 부르자 두꺼운 벽 하나를 무너뜨린 기분이 들었다.

하지만 대답은 없었다. 그의 목소리는 사방에 울리지도 않은 채 어딘가로 사라졌다. 공기가 유난히 건조하게 느껴졌다.

어디에선가 희미한 소리가 났다. 그는 방에서 나와 복도를 걸었다. 소리는 거실에서 나고 있었다. 그의 귀에는 익숙한 소리였다.

신스케는 거실로 들어갔다. 열 평쯤 되는 넓은 공간이었다.

거실 한쪽에 조그만 홈 바가 있었다. 카운터 안에서 실크 가운을 걸친 루리코가 셰이커를 기울여 잔에 칵테일을 따르고 있었다. 아까 들린 것은 셰이커를 흔드는 소리였다.

"레시피는?"

"브랜디, 화이트 럼, 큐라소, 레몬주스."

그녀가 막힘없이 대답했다.

"비트윈 더 시트……로군."

"그날 밤처럼."

루리코가 양손에 잔을 하나씩 들고는 왼손에 든 잔을 그에게 내밀었다.

신스케는 잔을 받아 들고서 그녀가 들고 있는 잔에 짜랑 부딪쳤다. 그리고 꿀꺽 칵테일을 마셨다.

"어때?"

"이 방과 똑같군."

무슨 뜻이지, 하고 묻듯이 그녀가 고개를 갸우뚱했다.

"완벽하다는 뜻이야. 훌륭해."

"고마워."

루리코는 요염하게 미소지으며 조그만 소리로 말했다. 그 표정을 보고서 신스케는 또 누구지, 하고 생각했다. 이 여자는 누구일까.

칵테일을 절반쯤 마신 그는 잔을 카운터에 내려놓았다.

"집 안을 좀 구경하고 싶은데."

"얼마든지."

홈 바 옆에 여닫이문이 있었다. 신스케는 우선 그 문을 열었다. 문 안쪽은 부엌을 겸한 식당이었다. U자형 시스템키친이 요리를 좋아하는 사람이라면 반색할 만큼 편리해 보였다. 그러나 싱크대와 조리대는 적어도 지난 1, 2주 동안 사용한 흔적이 없었다.

식당을 가로질러 복도로 나갔다가 현관 쪽으로 갔다. 현관 바로 앞에 문이 또 하나 있었다. 다른 방이 있나 싶어 손잡이를 잡았다. 하지만 아무리 돌려도 문은 열리지 않았다. 자세히 살펴보니 집 안에 있는 방인데도 잠글 수 있게 되어 있었다.

"그 방은 안 열려."

열쇠 구멍을 쳐다보고 있는데 뒤에서 목소리가 들렸다. 루리코가 서 있었다.

"왜?"

"잠겨 있으니까."

"그러니까 왜 잠겨 있지? 중요한 것이라도 들어 있나?"

"글쎄, 알 수 없지."

그녀가 고개를 옆으로 기울였다.

"왠지 궁금한데. 이 방은 보여 주면 안 되는 건가?"

"별다른 거 없어."

루리코가 천천히 신스케에게 다가갔다. 가운 자락이 살짝 벌어져 날씬한 다리가 보였다.

"어떤 집이든 남에게 보이고 싶지 않은 게 한두 가지는 있는 법이잖아."

"그렇게 말하니까 더 궁금해지는데."

"어린애네."

그녀가 신스케의 몸에 바짝 다가섰다. 그리고 자신의 가녀린 팔을 그의 팔에 휘감았다.

"그보다, 저쪽에 가서 우리 칵테일이나 마시자. 앞으로의 일도 얘기하고 싶고."

"앞으로의 일?"

"응, 중요한 일이야. 자."

그녀가 신스케의 팔을 끌었다. 그녀가 이끄는 대로 다시 거실로 들어갔다.

넓은 거실에도 최소한의 가구밖에 놓여 있지 않았다. 눈에 띄는 것이라고는 값비싼 식기가 진열되어 있는 앤티크 그릇장과 창가에 놓여 있는 소파, 그리고 그 앞에 있는 대리석 테이블 정도였다.

루리코의 손에 이끌려 신스케는 소파에 앉았다. 푹신하지만 몸이 쑥 가라앉지는 않는 고급 소파였다. 대리석 테이블에는 칵테일 잔이 놓여 있었다.

그녀도 신스케 옆에 앉았다.

"이 방, 마음에 들어?"

"그럼, 마음에 들지. 정말 좋군."

그는 칵테일을 한 모금 마셨다. 약간 씁쓸한 맛이 났다.

"그래? 다행이네. 마음에 안 들면 어쩌나 하고 걱정했는데. 앞으로 계속 있어야 할 방이니까."

"계속?"

신스케가 루리코의 얼굴을 쳐다봤다.

"계속이라니, 무슨 뜻이지?"

"영원히, 라는 뜻이야."

그녀가 눈을 반짝이며 대답했다. 아니, 요염하게 빛냈다는 표현이 맞을지도 모르겠다.

"영원은 존재하지 않으니까, 죽을 때까지라고 해도 상관없겠지."

"아니, 대체 무슨 소리야? 나더러 여기서 살아 달라는 말인
가?"

신스케가 웃으면서 물었다. 그녀의 말을 농담으로 받아들
인 것이다.

"살아 달라고는 하지 않았어."

루리코는 미소를 머금었다.

"그냥 사는 거야. 그건 이미 결정된 일이고, 이 운명은 거역
할 수 없어."

"운명이라. 당신과 내가 운명의 끈으로 이어져 있단 말이로
군."

"그래. 그리고 이 끈은, 절대 풀리거나 끊어지지 않아."

그녀가 다시 신스케의 손을 마주 잡으면서 말했다.

"나도 운명적인 것을 느끼기는 해. 당신과 늘 함께 있으면
좋겠고. 하지만 그러기 전에 당신에 대해 알고 싶어. 당신은
대체 누구지? 양하에는 왜 왔던 거야? 그리고 왜 하필 나지?"

그녀가 미소를 머금은 채 술잔을 손에 들고 일어섰다.

"그런 걸 왜 알고 싶어 하는데? 난 루리코야. 그 이상 뭐가
더 필요한데?"

"당신은 나에 대해 알고 있잖아. 어디서 일하는지도 알고."

"그런 건 오늘 밤부터 아무 의미도 없어."

"왜지?"

"왜는. 당신이 그 싸구려 술집에서 술 취한 손님들을 상대하는 일은 이제 없을 테니까 말이지. 당신에 관한 것은 모두, 하나도 남김없이 과거가 된 거야."

"아니, 그건 또 무슨 소리야? 내가 손님을 상대하는 일이 없을 거라니, 무슨 뜻이지? 나는 가게를 그만둘 마음이 없는데."

루리코가 고개를 저었다.

"당신은 이제 그 가게에 가지 않아. 가게는 물론, 그 어디에도 가지 않아. 내내 여기 있을 거야. 나와 함께 있을 거라고."

"루리코……."

"그럼 안 돼?"

루리코가 가운의 끈을 풀어 내렸다. 실크 천이 사르륵 미끄러져 바닥으로 떨어졌다. 그러자 허물을 벗은 뱀처럼 하얀 알몸만 남았다.

신스케는 잔을 든 채로 그녀의 몸을 응시했다. 무엇에 홀리기라도 한 듯 꼼짝할 수 없었다.

그때 마음속에서 경종이 울리기 시작했다. 무언가가 본능적으로 위험을 알리고 있다. 하지만 그 위험의 정체를 알 수 없었다. 내가 대체 무엇에 겁을 먹고 있는 거지, 무엇에서 도망치려 하는 거야.

갑자기 졸음이 쏟아졌다. 눈을 뜨고 있기가 힘들 정도였다.

알몸의 루리코가 신스케 옆으로 다가왔다. 웃고 있다. 그 얼굴의 윤곽이 부예졌다.

"영원히, 함께 있는 거야."

그녀가 그의 귀에 속삭였다. 그녀의 가느다란 팔이 신스케를 안았다. 그의 눈은 이미 감겨 있었다. 얼굴 주위에 보드라운 감촉이 느껴졌다. 볼에 젖가슴이 닿은 듯했다.

그는 정신을 잃지 않으려고 기를 썼다. 납처럼 무거워진 눈꺼풀을 겨우겨우 뜨고서 루리코를 올려다보았다.

그때였다. 멀어져 가는 의식 속에서 무언가가 탁 튀었다. 전깃줄이 끊어지면서 불똥이 튀는 듯한 충격이 뇌 속을 치달렸다.

이 여자를 어디서 만났는지 생각난 것이다. 아니 정확하게는 만난 것이 아니다. 이 여자의 얼굴을 봤다. 그것도 사진이었다.

끔찍한 공포가 그의 온몸을 관통했다. 등골이 서늘해지면서 전신에 소름이 돋았다.

동시에 그는 어두운 의식의 심연으로 떨어졌다.

23

극심한 두통과 함께 눈을 떴다. 구역질이 났다. 신스케는 손으로 얼굴을 비볐다. 여기가 어디인지 금방은 기억나지 않았다.

맨 먼저 회색 천장이 눈에 들어왔다. 눈에 익숙지 않은 자잘한 무늬가 들어 있다. 그는 시선을 아래로 옮겨 갔다. 하얀 벽, 짙은 갈색 문.

그러다 생각났다. 아, 그렇지, 루리코라는 여자의 집이었어. 둘이 있을 때 갑자기 잠이 쏟아졌는데, 그대로 쓰러져 잠이 든 모양이다.

신스케는 침대 위에 있었다. 이불은 덮고 있는데 옷은 입고 있지 않았다. 팬티조차 입지 않았다.

왼 발목이 부자연스러웠다. 뭐가 끼워져 있는 감촉이 느껴졌다. 그는 이불을 걷어 내고 왼발을 보았다. 으악! 자신도 모르게 소리를 내지르고 말았다.

발목에 수갑이 채워져 있었다. 게다가 그 수갑에는 쇠사슬이 길게 달려 있다.

신스케는 침대에서 벌떡 일어나 발목에 채워진 수갑을 풀려 했다. 하지만 손으로는 도저히 풀 수 없었다.

수갑에 달린 쇠사슬을 더듬어 갔다. 쇠사슬은 침대 옆에 똬리를 튼 것처럼 빙빙 감겨 있고 그 끝은 벽에 부착되어 있었다.

어처구니가 없었다.

그는 옷을 찾았다. 그런데 침대 주변에는 그의 옷가지가 하나도 없었다. 벽장을 열어 보았지만 텅 비어 있었다. 불길한 예감이 들었다.

그는 쇠사슬을 끌면서 걸음을 내디뎠다. 우선은 복도로 나가 보았다. 쇠사슬이 질질 끌리는 소리가 그를 따라왔다. 쇠사슬은 제법 긴 듯했다.

거실 문은 닫혀 있었다. 그 문을 열고 안으로 들어갔다. 소파도 테이블도 홈 바도, 그가 잠들기 전과 똑같았다. 그녀의 모습만 보이지 않았다.

"루리코."

그는 그녀의 이름을 불러 보았다.

"어이, 루리코."

다시 한 번 불렀다. 하지만 대답은 없었다.

거실은 어제와 마찬가지로 어두웠다. 창문을 보고서야 그 이유를 알았다. 차광 커튼이 빈틈없이 쳐져 있었다. 극장의 암막 같은 검은색 커튼이었다. 차광성이 얼마나 뛰어난지 빛줄기 하나 들어오지 않았다. 신스케는 지금이 아침인지 낮인지 밤인지조차 판단할 수 없었다.

신스케는 창 쪽으로 걸어가려 했다. 일단은 바깥을 보고 싶었다. 그런데 2미터 정도를 남겨 두고 왼발이 더는 앞으로 나가지지 않았다. 쇠사슬의 길이가 모자라는 것이다.

그는 혀를 차며 다시 복도로 나갔다. 그리고 현관문으로 다가갔다. 쇠사슬이 거기까지는 따라왔다. 그는 문을 열려고 했다.

하지만 손잡이를 아무리 돌려도 문은 움쩍하지 않았다.

맞아, 그랬지. 그제야 떠올랐다. 어떤 구조인지 몰라도 이 문에는 특수한 장치가 되어 있는 듯하다. 원격 조정은 가능하지만, 손으로 직접 열 수는 없다.

그는 침실로 돌아갔다. 도중에 있는 세면실 문이 열려 있었다. 안을 들여다보았다. 세면실은 대학생 한 명이 하숙이라도 할 수 있을 만큼 넓었다. 안에 또 다른 문 두 개가 나란히 있었다. 한쪽은 화장실 문이고 다른 한쪽은 욕실 문일 것이다.

신스케는 차르륵차르륵 소리가 나는 쇠사슬을 끌면서 안으로 들어갔다. 짐작한 대로였다. 화장실과 욕실은 사용할 수 있도록 쇠사슬 길이가 계산되어 있는 것이다.

세면대도 고급 호텔처럼 널찍했다. 그 위에 칫솔과 치약, 면도기, 셰이빙크림 등이 포장도 뜯지 않은 채로 놓여 있었다.

세면실에서 나온 신스케는 침실로 돌아갔다. 옷을 찾으려고 다시 한 번 실내를 돌아보다가 나이트테이블에 시선이 멈췄다. 접시에 담긴 샌드위치와 소형 포트, 커피 잔이 놓여 있었다.

"뭐야, 이거."

그는 그렇게 중얼거렸다. 그리고 그 다음에는 소리를 꽥 질렀다.

"무슨 수작이야, 이거."

하지만 아무 반응이 없었다. 자신의 목소리가 허망하게 울릴 뿐이었다.

신스케는 창문으로 뛰어갔다. 이 방 안에서는 자유롭게 움직일 수 있었다. 차광 커튼을 잡고 휙 열어젖혔다.

그런데 커튼 밖은 하얀 벽이었다. 창문이 봉쇄되어 있는 것이다.

신스케는 그 자리에 멀거니 서 있었다. 영문을 알 수 없었다.

그는 휘청거리며 침대로 돌아와 덜퍼덕 주저앉았다. 머리카락을 쥐어뜯었다.

왜 자기가 이런 꼴을 당해야 하는지 분노가 치밀었다. 동시에 다른 생각이 그의 가슴을 지배했다. 잠들기 직전 그 여자의 얼굴을 보면서 떠올랐던 것이 되살아났다. 그러자 새삼 공포가 밀려왔다.

신스케는 한 장의 사진을 생각하고 있었다. 기시나카 레이지가 만든 마네킹 사진이다. 그것도 죽은 기시나카 미나에와 꼭 닮게 만든 마네킹의.

루리코의 얼굴은 그 마네킹 사진의 얼굴과 똑같았다.

24

침대에 누워 있다가 어느 틈에 또 잠이 든 모양이다. 하지만 실내가 캄캄해서 자신이 눈을 뜨고 있는지 여전히 감고 있는지 순간적으로는 알 수 없었다. 신스케는 오른손을 눈앞에서 쥐었다 펴 보았다. 어둠 속에서 움직이는 손바닥이 보였다.

시간 감각이 없었다. 공간 감각도 없었다. 자신이 어디에 있으며 어쩌다 일이 이렇게 되었는지, 금방은 생각나지 않았다. 물론 지금의 사태를 인식하는 데 시간이 그리 오래 걸리지는 않았다. 자신에게 일어난 일이 도무지 현실이라고 여겨지지 않았다.

하지만 알몸으로 있는 것도, 발목이 쇠사슬에 묶여 있는 것도, 유감스럽지만 꿈이 아니었다. 그는 그 수수께끼의 여자 집에 갇혀 있는 것이다.

손을 더듬어 나이트스탠드의 스위치를 찾았다. 불이 켜지자 테이블 위에 놓인 샌드위치가 눈에 들어왔다. 배가 고픈지 어쩐지, 별 느낌이 없었다. 마지막 식사를 한 후로 시간이 꽤 많이 흐른 것 같았다.

햄 샌드위치를 집어 입 안에 쑤셔 넣었다. 겉이 살짝 말라 있었지만 맛은 그런대로 괜찮았다. 한 조각을 꾸역꾸역 먹고 나자 오히려 배가 더 고팠다. 신스케는 잇달아 다섯 조각을 먹었다. 그러고는 포트 안에 있는 것을 잔에 따랐다. 커피 향이 코를 자극했다. 이제야 감각이 완전히 되살아난 듯했다.

침대에 걸터앉아 두 잔째 커피를 마시면서 어떻게 된 일인지 생각해 보기로 했다.

루리코의 얼굴이 떠올랐다. 그 순간 온몸에 소름이 끼쳤다.

왜 그녀는 그 마네킹, 즉 기시나카 미나에와 얼굴이 똑같을까.

신스케는 홋타 준이치가 했던 말을 되짚어 보았다. 그는 기시나카 레이지의 시신이 발견되기 전날 미나에를 목격했다고 했다. 그녀가 틀림없었다고 단언했다.

준이치가 본 사람이 루리코가 아니었을까. 아니, 99퍼센트 루리코일 것이다. 그렇게 생각하는 것이 가장 자연스럽다.

루리코는 대체 누구일까. 역시 기시나카 미나에에게 쌍둥이 자매가 있다고밖에 생각할 수 없다. 그렇다면 어떤 이유에서든 그런 인물이 있다는 것을 경찰이 파악하지 못했다는 얘기가 된다.

하지만 설사 그런 인물이 존재한다 쳐도, 왜 이제 와서 신스케에게 복수하려 하느냐는 의문은 남는다.

아니지, 하고 신스케는 고개를 저었다.

어떤 계기로 갑자기 복수를 결심했다면 그건 나름대로 이해가 간다. 하지만 가장 이해할 수 없는 것은 대체 무슨 일을 꾸미고 있느냐는 것이다. 단순히 복수가 목적이라면 지금까지 얼마든지 기회가 있었다. 그녀로서는 이렇게 발목에 수갑을 채워 감시하느니 단숨에 죽이는 편이 훨씬 속 시원할 것이다.

"도무지 모르겠군."

신스케는 그렇게 중얼거리고 두 손으로 얼굴을 감쌌다.

그때 무슨 소리가 났다.

찰칵, 열쇠가 돌아가는 소리였다. 현관이다. 문이 열렸다가 닫히면서 다시 잠기는 소리.

누군가 복도를 걸어오고 있다. 그리고 천천히 방문이 열렸다.

"일어났네."

루리코가 말했다. 어슴푸레한 어둠 속에 그녀의 하얀 얼굴이 나타났다. 그 얼굴이었다. 틀림없었다.

그녀는 색이 엷은 원피스를 입고 있었다. 어두워서 정확한 색깔은 알 수 없지만 신스케 눈에는 파란색으로 보였다.

긴 머리는 어깨까지 구불구불 늘어져 있었다.

루리코의 얼굴이 그 마네킹과 똑같다는 것을 왜 지금까지 알아보지 못했는지 신스케는 이제야 알 것 같았다. 그녀가 처음 '양하'에 왔을 때는 지금과 전혀 다른 모습이었다. 화장법도 달랐고 머리 길이도 달랐다. 그녀는 시간을 두고 서서히 본성을 드러낸 것이다.

"샌드위치, 어땠어?"

그녀가 나이트테이블 위에 놓인 접시를 내려다보며 방 안으로 들어왔다.

"대체 뭐하자는 거야?"

루리코가 걸음을 멈추고 그를 내려다보았다. 입술에 의미를 알 수 없는 미소가 배어 있었다.

"왜, 마음에 안 들어?"

"이 수갑 풀어."

"그럴 수는 없지."

그녀는 한들한들 고개를 저었다.

"당신 대체 누구야, 왜 이런 짓을 하는 거지?"

"이유 따위는 상관없잖아. 아무튼 당신은 여기 있으면 돼."

루리코는 스르륵 옷을 벗어던졌다. 팬티까지 벗어 알몸이 되자 신스케에게로 다가왔다.

그녀는 신스케 앞에 오자 무릎을 바닥에 대고 앉아 그의 두 다리를 벌렸다. 그리고 사타구니를 애무하기 시작했다. 그때까지 그는 발기한 상태가 아니었는데, 한순간에 피가 쏠리는 것을 느꼈다. 여자를 꺼림칙하게 느끼고 한시 빨리 이곳에서 나가고 싶다고 생각하면서도 신스케는 저항할 수 없었다.

루리코는 신스케의 성기를 손안에서 가지고 놀았다. 마침내 충분히 딱딱해지자 입술을 갖다 댔다. 입술 끝이 닿는 순간, 신스케는 몸을 떨었다. 쾌감이 등골에서 뇌로 밀려 올라왔다. 그는 신음을 내질렀다.

그녀는 입술과 혀, 그리고 간혹 손까지 사용하며 신스케의 성감대를 한껏 애무했다. 극적인 쾌감에 신스케는 몸을 뒤로 젖히고 팔다리에 온 힘을 다 주었다.

사정할 기미가 보이자 여자는 기다렸다는 듯이 입술을 떼었다. 그리고 일어나 신스케의 양 어깨를 가볍게 밀었다. 그는 침대로 벌렁 나자빠졌다.

그녀도 침대 위로 올라왔다. 신스케의 가슴을 천천히 어루만지면서 갑자기 그의 몸에 올라탔다. 오른손으로 그의 발기한 성기를 감싸 쥐고서 자신의 치부에 갖다 대더니 천천히 몸을 내리눌렀다. 신스케의 성기가 그녀의 몸속으로 빨려 들어갔다. 그는 머릿속이 찌릿해지는 것을 느꼈다. 사고가 제대로 작동하지 않았다.

루리코의 움직임이 격렬해졌다. 신스케도 밑에서 혼신을 다했다. 두 팔로 여자의 허리를 껴안았다. 신경이 아랫도리에 집중되었다. 그의 온몸이 경직되었다.

그때였다. 그는 밑에서 여자의 얼굴을 보았다. 여자는 입을 절반쯤 벌리고 턱을 약간 내민 모습으로 그를 내려다보고 있었다. 쾌감에 몸을 떠는 여자의 표정이 아니었다. 그 눈에는 감정이 없었다. 유리로 만든 인공 눈알처럼.

유리 눈알, 인형, 마네킹.

불길한 연상이 신스케의 뇌리를 스쳤다. 그 연상은 그의 감각을 갈가리 찢어 놓았다. 온몸을 휘젓던 쾌감이 순식간에 사라졌다.

욕망이 빠르게 쪼그라들었다. 머릿속도 맑아졌다. 몸에 힘이 들어가지 않았다.

그런 그의 변화를 루리코가 눈치 채지 못할 리 없다. 그녀가 움직임을 멈추고 그를 바라보았다. 그의 머릿속에서 어떤 변화가 생겼는지 알아보려는 듯이.

쪼그라든 욕망은 부활하지 않았다.

루리코는 잠시 아무 말 않고 그를 내려다보았다. 신스케도 그 눈길을 피하지 않았다. 몇 초 동안, 어색한 침묵이 흘렀다.

루리코가 배시시 미소를 머금었다. 그를 내려다보면서 조금씩 몸을 앞으로 움직여 그의 배꼽 언저리까지 오자 온몸의 무게를 그의 몸에 실었다. 압박을 견디기 위해 신스케는 배에 잔뜩 힘을 주었다.

"아, 내가 누군지 생각났나 보네."

"당신……, 누구지?"

"알면서. 난 당신이 아주 잘 아는 사람이지."

신스케는 고개를 저었다.

"말도 안 되는 소리, 그럴 리가 없어."

"왜, 죽은 사람……이라서?"

"누구야? 대답해!"

여자는 배시시 웃기만 할 뿐 대답하지 않았다. 그녀가 두 손으로 신스케의 가슴을 다시 애무하기 시작했다.

"육신이 사라져도, 이 세상에 남는 방법은 있어."

"그게 무슨 소리야."

신스케는 여자의 양 어깨를 잡았다.

"당신, 머리가 어떻게 된 거 아냐?"

여자가 뱀처럼 몸을 꿈틀거리며 그의 손아귀를 벗어났다. 그리고 침대에서 내려가 알몸으로 선 채 그를 내려다보았다.

신스케도 일어나려 했다. 그런데 그녀의 눈을 보는 순간 몸이 말을 듣지 않았다. 마치 귀신에 홀리기라도 한 것처럼.

"시선에는 힘이 있어."

여자가 눈을 부릅떴다. 유리로 만들어 박은 인공 눈알 같던 아까의 눈과는 전혀 다른 눈이었다. 그 눈은 무한한 깊이를 지니고, 마음을 끌어당기는 빛을 뿜어내고 있었다.

신스케는 뭐라 말을 할 수 없었다. 몸이 자기 몸 같지 않았다.

"당신도 반드시 알 때가 올 거야. 내가 그렇게 해 줄 테니까."

루리코는 문 쪽으로 걸어갔다. 하지만 신스케는 그녀를 뒤쫓지 못했다. 손가락 하나 까딱할 수 없었다.

그녀가 방을 나갔다. 복도를 걸어가는 기척. 거실로 들어간 듯하다. 뭘 하고 있는지 그릇 소리가 났다.

그녀가 현관 쪽으로 가는 것 같았다. 구두를 신는 듯한 소리가 들린다.

"잘 자요."

여자 목소리가 들렸다.

그 순간, 신스케의 온몸을 짓누르고 있던 보이지 않는 힘이 홀연 빠져나갔다. 그는 팔을 뻗고, 이어 윗몸을 일으켰다.

"잠깐. 기다려!"

그는 그렇게 외치고 현관을 향해 달려갔다.

하지만 그가 현관에 도착했을 때, 마침 현관문이 쾅 닫혔다. 찰칵, 커다란 소리가 나면서 문이 잠겼다.

"루리코!"

그는 큰 소리로 그녀의 이름을 불렀다. 하지만 아무 반응이 없었다. 문 너머에서는 발소리 하나 들려오지 않았다.

신스케는 자신의 발을 보았다. 수갑이 파고들어 피가 배어 나와 있었다.

그는 몸을 돌려 거실로 들어갔다. 테이블에 식사가 마련되어 있었다. 오드볼과 수프와 샐러드와 스테이크였다. 와인 잔에는 레드 와인이 절반쯤 담겨 있었다.

그는 테이블로 다가가 수프 접시를 들고서 입을 대고 후루룩 마셨다. 싸늘하게 식은 수프였다. 그녀가 어디에서 들고 와 늘어놓기만 한 것이었다.

신스케는 와인을 단숨에 들이켰다. 최고품인 듯했지만 맛을 음미할 기분은 아니었다. 그는 한 잔을 더 따라 입에 들이 부었다.

플라스틱 스푼과 포크가 놓여 있었지만 나이프는 없었다. 그가 엉뚱한 짓을 해서는 안 된다고 여겼는지도 모른다.

그는 스푼도 포크도 사용하지 않았다. 그냥 손으로 집어 오드볼을 먹고 스테이크를 뜯었다. 맛은 전혀 알 수 없었다. 식은 탓만은 아니었다. 미각이 작용하지 않는 것이다.

불현듯 초조함과 분노가 끓어올랐다. 신스케는 벌떡 일어나 "어이!" 하고 소리를 질렀다. 이곳은 아파트다. 상하좌우로 다른 집이 있을 것이다. 그곳의 누군가에게 목소리가 들리기를 기대했다.

"여보세요! 누구 없어요?"

발을 동동 구르고 벽을 쳤다. 만약 신스케가 지금 살고 있는 몬젠나카초의 아파트에서 똑같은 짓을 했다가는 상하좌우는 물론이고 주변 사람 모두가 몰려와 항의할 것이다.

그런데 이 건물은 모든 면에서 신스케가 사는 아파트와 다른 듯했다. 어쩌면 아파트라는 명칭을 사용하는 것 자체가 모순인지도 모른다. 신스케가 아무리 악을 쓰고 몸부림쳐도, 시끄럽다고 찾아오는 이는 아무도 없었다.

뭐가 어떻게 된 거야, 어떻게 된 거냐고.

신스케는 거실 바닥에 드러누워 큰대 자로 몸을 뻗었다. 그때, 어디에선가 전화벨이 울렸다.

25

순간적으로 전화벨 소리라고 생각은 했지만, 정말 전화벨 소리가 맞는지 신스케는 자신이 없었다. 소리가 너무 작고 흐리터분해서였다. 게다가 그 여자가 전화기를 깜박 두고 갈 리 없다고 생각되었다.

그런데 네다섯 번 울리는 소리는 귀에 익은 휴대 전화 소리가 틀림없었다. 그 소리는 현관 쪽에서 들려왔다.

신스케는 쇠사슬을 끌면서 현관으로 걸어갔다. 벨소리가 계속 울렸다.

소리는 현관 옆에 있는 신발장에서 나는 듯했다. 그는 신발장의 문을 열려 했다. 그런데 쇠사슬이 거부했다. 10센티미터 정도를 남기고 손이 더는 앞으로 나아가지 않았다.

그는 거실로 돌아가 도구로 쓸 만한 것이 없는지 살펴보았다. 하지만 사방을 아무리 돌아보아도 도움 될 만한 것은 보이지 않았다. 다시 복도로 나가 침실에도 가 보았지만, 그곳에서도 낙담만 했을 뿐이다.

벨소리는 이제 들리지 않았다. 신스케는 세면실로 들어갔다. 화장실을 들여다보았지만 역시 쓸 만한 것은 없었다.

그는 벽을 한 번 탕 치고 세면실 바닥에 주저앉았다. 자신이 너무 한심하고 비참하게 느껴졌다. 막대기 하나 구할 수 없는 신세였다.

무슨 뾰족한 수가 없을까 하며 다시 일어서는데, 수건걸이가 눈에 들어왔다. 50센티미터는 족히 넘을 듯싶었다. 소재는 플라스틱에 양 끝은 나사로 고정되어 있었다.

신스케는 거실에 가서 스푼을 들고 다시 세면실로 돌아왔다.

스푼 끝을 나사 머리에 끼워 보았다. 딱 맞지는 않아도 힘을 주면 웬만큼 돌아갈 듯싶었다. 그는 손가락 끝에 힘을 모아 나사를 천천히 돌렸다. 애당초 꽉 조여 있지 않았는지 나사가 조금씩 돌기 시작했다. 처음에는 꽤 힘이 들어갔는데 점차 돌리기 편하게 헐거워졌다.

그때 불쑥, 또 묘한 감각이 밀려왔다. 세면실에서 거울을 볼 때면 느꼈던 기시감이었다. 하지만 이번에는 그 어느 때보다 선명했다.

그래, 언젠가도 이렇게 나사를 돌렸었는데.

신스케의 아파트 세면실에도 소박한 세면대가 있다. 그 윗벽에 붙어 있는 거울 나사를 드라이버로 풀어낸 기억이 떠올랐다. 나사를 풀기만 한 것이 아니다. 거울을 떼어 냈다가 다시 붙이기 위해 나사를 조이기도 했다. 왜 거울을 떼었다가 다시 붙였을까.

무언가를 숨겼던 생각이 났다. 무엇을 숨겼을까. 하얀 꾸러미였던 것 같은데. 하지만 그 내용물이 뭔지는 기억나지 않는다.

왜 그런 일을 했을까.

사람 눈에 띄면 안 되는 물건이었나. 그런 위험한 것을 내가 왜 갖고 있었을까.

신스케는 고개를 저었다. 그 생각은 나중에 하기로 했다. 지금은 어떻게든 이 궁지에서 벗어나는 것이 급선무다.

다시 나사를 돌리는데 또 어떤 기억이 떠올랐다. 그는 손을 멈췄다.

나루미가 없어졌을 때 그녀의 화장대에 드라이버가 놓여 있었다. 자기 방에서는 본 적 없는 십자드라이버였다.

혹시 나루미가 그 드라이버로 세면실 거울을 떼어 냈던 게 아닐까. 그리고 그 뒤에 숨겨진 것을 훔쳐 간 것은 아닐까.

그렇게 생각하자 짚이는 게 있었다. 신스케가 퇴원해 돌아와 보니 집 안이 싹 바뀌어 있었다. 마치 대청소를 마친 뒤처럼 보였다.

나루미가 그 '무언가'를 찾으려 한 흔적을 없애기 위해 집 안을 그렇게 바꿔 놓은 것인지도 몰랐다. 그녀는 '무언가'를 찾다가 마침내 거울 뒤에서 찾아냈다. 그리고 그 '무언가'를 들고 나가 자취를 감춘 것이다.

아무튼 그 세면실 거울을 떼어 봐야겠다고 생각했다. 물론 그러기 위해서는 이곳에서 탈출해야 한다.

시간은 걸렸지만 수건걸이를 무사히 벽에서 떼어 냈다. 신스케는 그것을 들고 현관으로 갔다. 신발장 문에는 손잡이 같은 것이 없었다. 그는 수건걸이로 문을 밀어 보았다. 스프링이 눌리는 듯한 반응이 느껴졌다. 그리고 수건걸이를 떼자 문이 활짝 열렸다.

신스케의 옷이 둘둘 말린 채 그 속에 처박혀 있었다. 구두도 있었다. 그는 팔을 쭉 뻗어 수건걸이로 옷과 신발을 끌어당겼다. 미로를 헤매다 간신히 출구를 찾은 기분이었다.

바지를 펼치고 주머니를 뒤졌다. 신스케가 전부터 가지고 다니던 휴대 전화기가 나왔다. 여자가 가게에 두고 간 전화기는 없었다.

그녀는 신스케가 바지 양 주머니에 전화기를 하나씩 넣고 다닌 줄은 몰랐으리라. 그래서 전화기를 하나만 가져가고 다른 주머니는 살펴보지 않은 채 이렇게 신발장에 처박아 넣은 것이다.

아무튼 이 전화기가 생명줄이라고 그는 생각했다.

누구에게 도움을 청하면 좋을까 생각했다. 역시 경찰에 신고를 해야 하나.

숫자 버튼을 1, 1까지 누르다 말았다. 거울 뒤에 숨겼을지도 모르는 어떤 것이 마음에 걸렸다. 그것이 무엇이었는지를 알기 전에는 일을 크게 벌이고 싶지 않다.

그는 현관문을 보았다. 안쪽에서 열 수 없는 이 현관문을 열기 위해서는 전용 열쇠가 반드시 필요하다.

열쇠……라.

열쇠, 라는 단어가 기억을 자극했다.

신스케는 다시 한 번 바지 주머니를 뒤졌다. 뒷주머니에 지갑이 들어 있었다. 지갑을 뒤져 명함 한 장을 꺼냈다. 고즈카 형사에게 받은 것이었다. 휴대 전화 번호도 찍혀 있었다.

번호를 누르고 연결되기를 기다렸다. 벨이 세 번 울린 후에 남자의 걸걸한 목소리가 들렸다.

"네, 여보세요."

"고즈카 씨 맞죠?"

"그런데요."

"접니다. 아메무라요."

"아. 자네, 이런 시간에 웬일이야?"

고즈카의 목소리 톤이 살짝 높아졌다.

"급한 일이 있어서요. 고즈카 씨, 지금 바로 나올 수 있습니까?"

"지금 바로?"

목소리에서 놀란 기척이 전해졌다.

"그야 나갈 수 없는 건 아니지만, 급한 일이 뭔데?"

"며칠 전에 보여 준 열쇠 말입니다. 기시나카 레이지가 갖고 있었다는 수수께끼의 열쇠요."

"그게 뭐?"

"그 열쇠가 어디 열쇠인지 알 것 같습니다."

"뭐, 정말?"

"틀림없을지 자신은 없지만, 그래서 더욱 확인하고 싶습니다. 열쇠를 가지고 이쪽으로 와 주실 수 있을까요?"

"거기가 어딘데?"

"와 보면 압니다. 올 생각이 없는 겁니까?"

신스케의 물음에 고즈카가 잠시 침묵했다. 믿을 만한 가치가 있는 얘기인지 가늠하고 있는 듯했다.

"알았어, 가지. 장소를 가르쳐 줘."

"니혼바시에 있는 유니버설 타워 압니까?"

"유명한 초고층 아파트잖아. 물론 알지. 거긴가?"

"4015호입니다."

"4015호……. 그런데 자네는 어디 있는 거야? 그 4015호에 있는 건가?"

"네."

"누구 집인데?"

"그건 모릅니다."

"모른다고?"

고즈카가 말을 끊었다. 미심쩍다는 듯이 미간을 찡그리는

278

표정이 눈앞에 떠오를 듯했다.

"아니, 자네가 왜 그런 데 있는 거야. 가기 전에 전후 사정을 먼저 알고 싶은데."

"얘기하자면 길어집니다. 그리고 실은 나도 잘 모르겠어요. 아무튼 빨리 와 주십시오. 설명하기 어렵지만, 여기서 나갈 수가 없습니다."

고즈카가 혀를 끌끌 차는 소리가 들렸다.

"뭐가 뭔지 도통 모르겠군. 아무튼 가 보지. 열쇠 가지러 서에 들렀다 가야 하니까 시간이 좀 걸릴 거야. 그렇게 알고 있으라고. 지금 걸고 있는 전화, 휴대 전화인가?"

"네, 그렇습니다."

신스케는 고즈카에게 번호를 알려 주었다.

"그리고 한 가지 부탁이 있는데요."

"뭐지?"

"금속을 절단할 수 있는 가위 같은 게 필요합니다."

"금속 절단기? 그런 건 또 왜?"

"와 보면 압니다. 얘기를 듣는 것보다 직접 보는 편이 빠릅니다."

"거참, 답답하게 말하네. 알았어, 어떻게든 해 보지."

"그리고, 한 가지 궁금한 게 있습니다."

"아니 급하다면서 무슨 질문이야?"

"죽은 기시나카 미나에에게 혹시 자매가 있습니까? 자매가 아니라도 비슷하게 생긴 사촌이라든지⋯⋯. 좀 이상한 질문이기는 하지만."

고즈카가 또 침묵했다. 하지만 질문이 이상해서 그러는 것이 아닌 듯했다.

"자네도 보았나?"

"네, 뭘 말입니까?"

그렇게 묻고 나서야 신스케의 뇌리를 스치는 것이 있었다. 그 질문이 무슨 뜻인지 안 것이다.

"기시나카 미나에의 유령⋯⋯ 말인가요?"

후, 하고 숨을 토하는 소리가 들렸다.

"본 모양이로군. 아니면 누구에게서 들은 건가?"

고즈카의 목소리에서 다급한 울림이 묻어났다. 신스케는 잠시 생각하다가 대답했다.

"봤습니다."

"어디서?"

"여기, 여기서요."

"알았어. 서둘러 가지."

"기다리겠습니다. 그녀에게 자매는 없는 거로군요."

"쌍둥이 자매도, 그녀를 닮은 친척도 없어."

그런 말을 남기고 고즈카는 전화를 끊었다. 신스케는 화면에 표시된 시각을 보았다. 새벽 4시가 조금 지나 있었다. 고즈카가 졸린 목소리로 전화를 받은 것도 무리는 아니다 싶었다.

26

끔찍하게 긴 시간이 흘렀다. 신스케는 그 시간을 휴대 전화의 액정 화면을 보면서 지냈다. 사실은 누구에게든 전화를 걸고 싶었다. 바깥 세계와 통하고 싶었다. 하지만 함부로 배터리를 소모할 수는 없었다. 게다가 고즈카에게서 전화가 올 수도 있었다.

전화한 지 두 시간쯤 지나 현관 벨이 울렸다. 그때 신스케는 무릎을 껴안고 현관에 앉아 있었다.

"네."

큰 소리로 대답했다.

"나야."

"그 열쇠로 현관문을 열어 보세요."

열쇠를 꽂는 소리가 났다. 그 열쇠가 맞는 듯했다. 하기야 그러니까 1층 문도 열고 들어왔겠지.

문이 열리고, 하얀 폴로셔츠를 입은 고즈카가 들어왔다. 신스케를 본 형사가 눈을 부릅떴다.

"아니, 대체 그 꼴이 뭔가?"

"그러니까 설명하는 것보다 보는 편이 빠르다고 했잖아요."

"점점 영문을 모르겠군."

"아무튼 이것 좀 어떻게 해 보세요."

쇠사슬을 들고서 신스케가 말했다.

"누가 이런 짓을 한 거야?"

"여자요."

"여자? 어떻게 된 일인지 말해 봐. 이 쇠사슬은 그 다음에 끊어 내도 되니까."

고즈카는 미간을 찡그리고 심히 수상쩍다는 표정을 지었다.

신스케는 할 수 없이 지금까지의 경위를 짧게 설명했다. 고즈카는 감탄사와 의문사를 연발하면서 그의 애기를 들었다.

"야, 이거 도무지 믿기 어려운 일이로군."

애기를 다 들은 고즈카가 그렇게 말했다.

"하지만 사실입니다. 지금 이 꼴을 하고 있는 게 그 증거죠."

"그래, 농담을 하고 있는 것 같지는 않군."

고즈카는 들고 온 스포츠 백을 열고 안에서 쇠톱을 꺼냈다.

"서에서 무단으로 들고 나온 거야. 이렇게까지 하는 형사, 없을걸."

"죄송합니다. 어떻게든 은혜는 갚죠."

고즈카는 쇠톱으로 신스케의 발목에 채워진 수갑을 절단했다.

"겨우 풀려났군."

신스케는 신발장에서 꺼낸 옷을 걸쳤다.

"그런데 이 집은 대체 뭐하는 곳이지, 그 여자가 사는 곳인가?"

고즈카가 실내를 둘러보며 말했다.

"그걸 잘 모르겠습니다. 현관문도 안에서는 열 수 없게 되어 있고, 창문도 모조리 봉쇄되어 있어요. 게다가 가구도 거의 없고. 보통 사람은 생활할 수 없을 겁니다."

"그런 것 같군."

고즈카는 쇠톱을 든 채로 실내를 걸어 다녔다. 신스케도 그 뒤를 따랐다. 벽장과 선반을 하나하나 열어 보았다. 모두 텅텅 비어 있었다.

"사는 것 같지는 않은데."

"그렇죠?"

고즈카가 현관 옆에 있는 방 앞에 다가섰다. 문을 열어 보았지만 열리지 않았다.

"그 방은 잠겨 있더군요."

"안에 뭐가 들었는지는 못 봤나 보군."

"네."

고즈카는 손잡이를 몇 번이나 좌우로 비틀고는 신스케 쪽을 돌아보았다.

"이런 데 감금당하면 탈출하기 위해서 무슨 짓이든 해야겠군. 자네도 전화기를 손에 넣으려고 세면실의 수건걸이까지 떼어 냈으니 말이야."

"네, 그렇죠."

"남의 집 물건을 함부로 부수는 것은 좋지 않지만, 이런 경우에는 아무도 뭐랄 수 없겠지. 아무도 자네를 힐난하지 않을 거야, 문짝 하나쯤 부순다고 해서 말이지."

고즈카가 하고 싶은 말이 무엇인지 알 것 같았다.

"나더러 부수라고요?"

"명령은 안 했어. 부수어도 뭐라 그럴 수 없다고 했지."

신스케는 고즈카의 얼굴을 보았다. 형사는 얍삽한 표정을 짓고서 히죽거렸다.

"할 수 없군요. 그거 좀 빌려 주시죠."

신스케가 한숨을 쉬고는 말했다.

"빌려 주고말고. 이 손잡이 위쪽을 부서뜨리는 게 손쉬울 거야."

고즈카가 쇠톱을 내밀며 말했다.

"뒤로 물러나시죠."

신스케는 쇠톱을 두 손으로 잡고 도끼를 내려찍듯 문을 향해 힘껏 휘둘렀다. 삐죽삐죽한 톱날이 문짝을 파고들었다. 그는 몇 번이나 그렇게 쇠톱을 휘둘렀다. 합판이 너덜너덜해지더니 마침내 구멍이 뚫렸다. 사람 손 하나가 들어갈 정도의 크기였다.

"좋았어. 이제 그만."

고즈카가 신스케를 가로막고는 그 구멍에 왼손을 밀어 넣었다. 안쪽에서 문을 열 생각인 듯했다.

"고즈카 씨가 손대면 곤란한 거 아닙니까?"

신스케가 숨을 헉헉거리며 물었다.

"그렇게 고지식하게 굴 것까지 없잖아."

찰칵, 하는 금속 소리가 났다.

"옳거니, 열렸군."

고즈카가 문을 열었다. 실내는 캄캄했다. 벽을 더듬어 스위치를 켰다. 형광등 빛이 방 안에 쏟아졌다.

"헉!"

고즈카가 짧게 비명을 질렀다. 그리고 신음하듯 목소리를 쥐어짰다.

"아니, 이게 다 뭐야."

신스케도 방 안을 기웃거리다 움찔 놀랐다. 형사가 비명을 내지른 기분을 이해할 수 있었다.

방 안에서 그들을 맞은 것은 무수한 마네킹이었다.

27

방의 크기는 네 평쯤 될 듯했다. 하지만 걸어 다닐 수 있는 범위는 그 절반도 안 되었다. 철제 책상 두 개 위에는 컴퓨터와 주변 기기가 널려 있고, 반대쪽 벽 앞에는 철제 선반이 놓여 있었다. 선반에는 액체와 분말이 든 플라스틱 용기와, 신스케는 본 적도 없는 기기류, 약품이 들어 있는 병 등이 주르륵 진열되어 있었다.

방 안쪽에는 마네킹이 서 있었다. 그 수가 족히 열 개는 넘었다. 알몸의 마네킹, 옷을 입은 마네킹, 하반신만 있는 마네킹 등 종류도 갖가지였다.

"기시나카 레이지는 마네킹 장인이었지. 이런 곳까지 걸음을 하면서 일을 한 건가."

고즈카가 실내를 빙 돌아보면서 말했다.

"아니, 일이 아닐 겁니다, 아마. 여기 오는 목적은, 이거……였을 거예요."

신스케는 마네킹 쪽으로 걸어갔다.

"그게 뭐지?"

고즈카도 신스케 옆으로 다가갔다.

"이거요. 전부 얼굴이 똑같잖아요. 기시나카 미나에의 얼굴입니다."

"오호, 그래? 나는 잘 모르겠는데."

"기시나카 미나에 씨입니다."

줄줄이 늘어선 얼굴은 기시나카 미나에의 얼굴이 틀림없었다. 즉 루리코의 얼굴이다. 표정은 각각 달라서 웃는 얼굴, 조금 화난 얼굴, 토라진 얼굴 등 여러 가지였다. 우는 얼굴은 없었다. 다만 모든 표정 뒤에는 깊은 슬픔이 깔려 있었다.

마네킹 하나가 신스케의 시선을 끌었다. 그것은 다름 아닌 그 사진에 찍혀 있던 마네킹이었다. 사진에서처럼 웨딩드레스를 입고 있었다. 그 눈이 그를 쳐다보며 뭐라 말을 걸고 있는 듯했다. 신스케는 시선을 피했다.

"이 방에서 기시나카 레이지가 죽은 아내를 닮은 마네킹을 만들었다는 얘긴가."

고즈카가 중얼거렸다.

"그런 것 같군요."

"어째 소름이 끼치는군. 뭐 딱하게 되긴 했지만 말이야."

고즈카는 장갑을 끼고 철제 책상의 서랍을 열었다. 서랍 속은 각종 서류와 노트로 꽉 차 있었다. 고즈카가 그것들을 죽 훑어보았다.

"인형을 만드는 자료인가 보군."

신스케가 손을 내밀려 하자 고즈카가 뭔가를 획 던졌다. 장갑이었다.

"자네 지문이 덕지덕지 묻어 봐야 득 될 게 없어."

신스케는 고개를 끄덕이고 장갑을 꼈다. 그리고 서랍에서 가장 두꺼운 파일 한 권을 꺼냈다.

펼쳐 보니 논문을 복사한 듯한 프린트물이 잔뜩 묶여 있었다. 신스케는 페이지를 팔락팔락 넘기면서 제목만 죽 훑어보았다.

'실리콘 폴리머를 사용한 인공 피부 연구', '유압식 의수', '전자식 의안의 연구와 문제점', '마이크로컴퓨터에 의한 인형의 표정 변화, 사이버 로봇 연구 제13보'.

논문의 자세한 내용까지는 신스케가 이해할 리 없었다. 하지만 제목만 보고도 이 논문이 어떤 목적으로 수집되었는지 쉽게 상상할 수 있었다. 기시나카 레이지는 인간에 매우 가까운 인형을 만들려 했고, 그것은 바로 죽은 아내를 닮은 인형이었을 것이다. 게다가 생긴 것은 물론, 손발을 움직이고 표정까지 바꿀 수 있는 인형을 만들려 했던 것 같다.

갑자기 요란한 전자음이 울렸다. 돌아보니 고즈카가 컴퓨터 앞에 앉아 있었다. 컴퓨터가 작동을 시작했다.

"야, 대단하신데요."

신스케가 감탄스럽다는 듯이 말했다.

"왜, 중년의 형사가 컴퓨터를 다루니 신기한가?"

"솔직히, 좀 그러네요."

"바보 취급 하면 안 되지. 이래 봬도 미니 홈페이지까지 갖고 있는 몸이야."

"정말요?"

"그럼. 들어오는 사람도 별로 없고 귀찮아서 관리는 안 하지만."

모니터에 매킨토시 특유의 화면이 나타났다.

"매킨토시는 써 본 적이 별로 없는데, 뭐 어떻게든 되겠지."

고즈카가 혼자 중얼거렸다. 신스케는 다른 서랍을 열었다. 사무용품 서랍인데 B5 사이즈 대학 노트 한 권이 들어 있었다. 그는 노트를 꺼내 별생각 없이 펼쳤다. 동시에 "이건." 하고 작게 소리를 내질렀다. 자잘한 글자가 페이지 가득 적혀 있었다.

7월 10일

마스크 견본을 만듦. 기성 제품의 머리를 수정해서 착색. 미나에의 얼굴에 가깝다. 하지만 가까울 뿐, 전혀 다른 얼굴. 새로 틀을 떠서 전용 머리를 만들 필요가 있다.

7월 12일

점토로 미나에의 두부를 만듦. 코 모양이 어렵다. 사진을 스캔해서 정확한 치수를 계산했다. 의외로 동양인의 평균치를 웃도는 높고

가느다란 코. 밤늦게까지 말려서 석고로 틀을 떴다.

7월 13일

틀에 실리콘 고무를 부었다. 동시에 도료 혼합. 미나에의 피부색이
잘 나오지 않는다. 머리카락 색도 적절한 것이 없다.

7월 14일

머리 착색. 미나에의 얼굴이 되살아났다. 하지만 아직은 어딘가가
다르다. 역시 눈인가.

미나에를 제작하는 과정을 하루나 이틀에 한 번은 꼭 기록
한 듯했다.

신스케는 처음으로 돌아가 다시 읽어 나가기 시작했다. 처
음 한동안 기시나카 레이지는 죽은 아내를 닮은 마네킹 만드
는 작업에 온 열정을 불태웠다. 전문적인 것은 알 수 없지만,
마네킹을 제작하는 기존의 방법과는 다른 다양한 기술을 도
입했다. 예를 들어 안구만 다른 플라스틱으로 만들어서 두부
를 제작할 때 미리 박아 넣는 방법은 일반적으로는 사용되지
않는 것이다.

9월 중순, 기시나카 레이지는 드디어 한 목표점에 도달한
다. 그야말로 아내의 복제품이라 할 수 있는 마네킹을 완성한

것이다. 그는 그 마네킹에 '돌 미나에'라는 이름을 지어 주고 웨딩드레스를 입혔다.

그 마네킹이로군, 신스케는 생각했다.

'돌 미나에' 1호가 완성된 밤, 기시나카 레이지는 그녀 앞에서 축배를 들었다. 그때 마신 술이 아이리시 크림이었다. 기시나카 레이지가 처음 양하에 왔을 때 주문했던 술이다.

기록에 따르면 그 후에도 그는 '돌 미나에'를 계속해서 만들었다. 표정이나 옷차림이 다른 미나에도 갖고 싶어서였다. 방 안 여기저기에 그녀를 세워 놓고 늘 아내와 함께 있는 기분에 젖었다.

하지만 그 행복은 오래 지속되지 않았다.

10월 10일

장소를 새로이 옮겨 시작한 첫 일은 미나에의 얼굴을 컴퓨터로 그리는 것이었다. 돌 1호를 사용해서 입체 좌표를 기록했다. 소재에 대해서도 검토해야 한다. 실리콘 고무 외에 다른 좋은 소재는 없을까. 골격은 티탄을 사용할 것인가, 아니면 카본? 구동은 역시 모터?

12월 21일

근육 시스템에 대해 검토. 가능하면 모터를 사용하고 싶지 않다. 소리도 거슬리고 움직임이 부자연스럽다. 미나에를 로봇으로 만들 마음은 없다. 가능하면 인공 근육? 그런 것이 있었으면 싶다. 의수, 의족에 대한 논문 검색. 쓸 만한 아이디어는 없었지만, 아무튼 출력.

12월 23일

인공 피부에 관한 유효한 자료 발견. 기본적으로는 실리콘인데 구조가 다르다. 자료에 따르면 난관은 피부의 자연스러움을 유지하는 데 수공이 많이 든다는 것. 미나에의 피부를 제대로 만들 수만 있다면 전혀 상관없다.

근육에 대해서는 유압 시스템을 우선적으로 채용. 세부에는 펄스 모터가 필요할지도 모르겠다. 의치에 관한 자료 구함.

장소를 새로이 옮겼다는 기록이 있는 것으로 봐서 이 시기에 이곳으로 작업장을 옮긴 것인지도 모르겠다. 기시나카 레이지는 보통 마네킹이 아니라 인간에 매우 가까운 인형을 만들려고 생각한 듯하다.

해가 바뀐 후 기시나카 레이지는 본격적으로 제작을 시작한다. 그리고 2월이 되자 마침내 그 원형이라 할 수 있는 것을 완성한다.

2월 5일

MINA—1의 두부를 일단 완성했다. 완성도는 만족스럽지 않다. 외관은 마네킹 시절과 기본적으로 똑같다. 눈꺼풀과 입술은 어느 정도 움직일 수 있지만, 아직 충분히 자유롭지 못하다. 단 피부는 느낌이 좋다. 눈을 감고 있으면 미나에가 살아 있을 때와 똑같다. 입술에 키스를 했다. 감촉이 조금 딱딱하다. 재질을 검토해야겠다. 눈에 적외선 감광 센서를 설치했는데, 겉보기에는 전혀 부자연스럽지 않다.

2월 7일

상반신 거의 완성. 유방의 크기는 실리콘 팩으로 조절. 모양을 잡기가 어렵다. 젖꼭지는 수지로 재질을 바꾸니 그런대로 만족스럽다. 어깨와 팔의 연결 부분 피부를 깔끔하게 처리하기가 어렵다. 겨드랑이는 재질만 바꾸면 되니까 간단한데, 이음매를 늘리고 싶지 않다.

복근의 와이어가 눈에 띈다는 맹점이 있다. 아직은 문제투성이.

신스케는 고개를 들고 주위를 돌아보며 노트에 기록되어 있는 MINA—1이라는 인형을 찾았다. 하지만 그런 인형은 보이지 않았다.

그는 다시 노트를 읽기 시작했다. 3월에 들어서면서 MINA—1은 순조롭게 조립된다. 하반신과 상반신이 합체되고 각 부분도 조절에 들어간다.

3월 3일

히나 축제날인 오늘까지 MINA─1에게 옷을 입히고 싶었는데 시간이 모자랐다. 팔은 여전히 삐걱거린다. 다리에 비해 움직임이 복잡한 탓도 있지만, 예상보다 무게가 많이 나가는 것이 주원인. 그렇다고 지금보다 무게를 줄이기는 힘들다. 손가락의 움직임을 포기하면 해결될 테지만, 그럴 수는 없다. 미나에는 피아노를 잘 쳤다. 피아노를 치지 못하는 미나에는 미나에가 아니다.

3월 5일

미나에의 두부 완성. 표정을 자유롭게 변화시킬 수 있다. 일단 12종류의 패턴을 컴퓨터에 입력. 테스트 결과 양호.
팔은 움직임의 패턴을 줄이기로 했다. 그래도 겉보기에는 아무 이상 없다. 움직임이 원활해져 무척 자연스럽다.
내일은 털을 심는다.

3월 6일

전신 털 심기 작업 완료. 내일은 두부와 몸체를 연결한다. 하루에 끝나면 좋겠는데.

하루에 끝나면 좋겠다고 했지만, 3월 7일에 시작된 최종 마무리가 순조롭지 않았던 것 같다. 기계적으로 연결하는 선에서 끝나는 것이 아니라 피부도 거부감이 없도록 접합해야 했으므로 당연한 일이었을 것이다. 게다가 테스트를 해서 제대로 움직이지 않으면 다시 해체해야 한다. 기시나카 레이지는 2주일 동안 열 번이나 두부를 붙였다 뗐다 하는 작업을 계속했다.

3월 19일

두부 연결. 피부 접합부를 복원하는 데 시간이 많이 걸렸다. 의자에 앉혀 놓고 적외선 리모컨으로 지시를 내렸다. 손발의 움직임은 개선되었지만 몸을 비틀 때가 부자연스럽다. 두부의 무게가 허리를 회전시키는 기구에 영향을 미치는 것 같다. 망설이다가 다시 한 번 두부를 떼어 내기로 했다. 오늘 밤은 피곤해서 이만 잔다.

3월 20일

두부를 떼어 내고 허리 회전부를 다시 점검. 예상했던 대로 뒤틀림 발생. 근본적인 계산 착오. 회전부를 다시 만들어야 하나? 하지만 현재의 모양과 사이즈를 바꿀 수는 없다. 어떻게 하면 좋을까.

그다음 노트 한 장이 찢겨 나가고 없었다. 그 때문에 날짜가 3월 30일로 건너뛴다. 그날의 기록을 보고서 신스케는 놀라움을 금치 못했다. 드디어 MINA—1이 완성된 것이다.

3월 30일

오늘은 미나에의 제2의 생일이다. 미나에가 보란 듯이 부활한, 기념할 날이다.

MINA—1에게 옷을 입혔다. 완성되면 어떤 옷을 입힐지는 벌써부터 정해 놓았다. 하얀 원피스다. 계절에는 맞지 않지만, 그 원피스는 내가 그녀를 위해 처음 산 옷이니까.

당연한 일이지만, 옷이 그녀 몸에 딱 맞았다. 그녀가 되살아났다. 미나에가 내게로 돌아왔다.

"어서 와."

그렇게 말해 보았다.

"다녀왔어."

그녀가 대답했다. 그녀의 목소리가 내게는 들린다.

"이제 아무 데도 가지 마."

내가 말했다.

"알았어, 안 갈게."

그녀가 말했다.

이날로 기록은 끝났다. 그 후로는 쭉 백지였다. 신스케는 노트를 덮었다.

악전고투하면서도 기시나카 레이지는 아내를 꼭 닮은 인형을 완성했다. 그런데 그 인형이 정작 이 방에 없다는 것이 마음에 걸렸다. 기록으로 보건대 상당히 대대적인 작업을 거쳐 완성된 물건인 듯하다. 또 분해해서 보관할 수 있는 것도 아닌 듯하다.

기시나카 레이지가 다른 곳으로 옮긴 것일까. 그렇다면 왜 굳이?

신스케가 그런 생각을 하고 있는데 고즈카가 물었다.

"뭐 재미난 거라도 쓰여 있나?"

그는 아직도 컴퓨터 앞에서 꿈지럭거리고 있다.

"재미있는지 없는지는 사람에 따라 다르겠죠."

"자네는 어떤데?"

"흥미롭군요. 좀 무섭기도 하지만."

신스케는 노트를 책상에 올려놓았다.

"호오."

"컴퓨터에는 특별한 것이 있습니까?"

"하나하나 들여다보고 있는 중이야. 기시나카 레이지가 컴퓨터에 꽤 통달한 사람이었던 모양이야. 솔직히 나와는 비교가 안 되는군."

"인형에 관한 건 없습니까?"

"자료 비슷한 게 있기는 한데."

그렇게 말하며 모니터를 들여다보던 고즈카가 화들짝 놀라며 마우스를 움직였다.

"이건. DOLL이 인형이란 의미지?"

"네."

"그런 이름의 폴더가 있군. 하아, 사진이 저장돼 있는 모양인데."

신스케도 고즈카 뒤에 서서 화면을 들여다보았다.

화면에 사진이 떴다. '돌 미나에'의 사진이었다.

"호오, 자기 작품을 사진을 찍어 보관해 두었군."

파일에는 'DOLL 1', 'DOLL 2'라는 이름이 붙어 있었다. '돌 미나에'의 여러 버전을 사진으로 보관해 놓은 것이다. 'MINA—1'이라는 파일도 있었다. 신스케는 그것을 가리켰다.

"그걸 좀 보여 주세요."

"그러지."

고즈카는 마우스포인터를 파일 제목으로 가지고 가 더블 클릭 했다.

화면에 사진이 떴다. 그것을 보는 순간, 신스케는 말이 나오지 않았다.

고즈카도 헉, 숨을 삼켰다. 그는 얼굴을 화면에 들이밀면서 중얼거렸다.

"와……, 이게 인형이란 말이야?"

하얀 원피스를 입고 이쪽을 향해 앉아 있는 여자 사진이었다.

"루리코다."

신스케가 중얼거렸다.

28

아파트를 나서자 강한 햇살이 신스케의 온몸으로 쏟아졌다. 그는 손바닥으로 눈가를 가리고 지하철역을 향해 걸어갔다. 교통이 혼잡한 출근 시간대가 벌써 시작되어 있었다. 아스팔트에서 피어오르는 모래 먼지가 땀으로 끈끈한 몸에 들러붙었다.

고즈카는 좀 더 조사할 게 있다면서 그 방에 남았다. 신스케는 1초라도 더 있고 싶지 않아 먼저 빠져나왔다. 어디로 갈 거냐고 고즈카가 묻기에 집에 간다고 대답했다. 달리 갈 곳은 없었다.

"되도록 나다니지 마. 나중에 다시 연락할 테니까."

아파트를 나설 때, 신발을 신는 신스케를 향해 고즈카는 그렇게 말했다.

그건 그렇고, 그 정체를 알 수 없는 집에서 기시나카 레이지는 뭘 하고 있었던 것일까. 죽은 아내를 닮은 인형을 만들었다는 것은 안다. 그런데 'MINA—1'은 대체 뭘까. 기록만 봐서는 인간에 매우 가까운, 소위 인조인간이라는 것을 만들려했고 실제로 완성도 본 것 같다. 하지만 그런 일이 정말 가능할까.

컴퓨터에 저장된 사진이 신스케의 눈앞에 되살아났다. 'MINA—1'이라고 기록된 사진은 'DOLL 1'이나 'DOLL 2'와 달리 어느 모로 보나 인간을 찍은 사진이었다. 다만 얼굴이 마네킹과 흡사했다.

그리고 그 얼굴은 분명히 루리코의 얼굴이었다. 그렇다면 루리코는 기시나카 레이지가 만든 인형이라는 말인가. 설마 그런 말도 안 되는 일이, 하고 신스케는 생각했다. 그녀는 틀림없는 인간이었다. SF 영화도 아닌데 인간처럼 움직이고 얘기하고, 그리고 섹스까지 하는 인형이 존재할 리 없다.

그녀는 대체 누구인가. 기시나카 미나에게 쌍둥이 자매는 없다. 고즈카 말로는 그녀를 닮은 친척조차 없다고 한다.

기시나카 레이지의 수기가 떠올랐다. 마지막에 쓰여 있는 글귀가 신스케의 뇌리에서 떠나지 않았다.

"이제 아무 데도 가지 마."
내가 말했다.
"알았어, 안 갈게."
그녀가 말했다.

기시나카 레이지는 대체 누구와 그런 얘기를 나눈 것일까?

아주 오랜만에 집에 돌아온 기분이었다. 문을 열자 약간 곰팡내가 났다. 커튼을 걷고 창문을 활짝 열었다. 싸구려 유리 테이블 위에서 먼지가 흩날렸다.

신스케는 나루미의 화장대 서랍을 열었다. 손잡이 부분이 플라스틱인 십자드라이버가 들어 있었다.

그 드라이버를 들고 세면실로 갔다. 네 모퉁이를 십자못으로 고정한 볼품없는 거울이 벽에 붙어 있다.

그는 나사 머리에 십자드라이버를 대고 왼쪽으로 돌렸다. 나사는 몇 번이나 풀었다가 조였기 때문인지 쉽사리 풀렸다.

나사 네 개를 다 풀어내고 조심조심 거울을 떼었다. 거울 뒤에 커다란 구멍이 있었다. 사방 30센티미터 정도 크기로 벽을 파낸 구멍이었다.

맞아, 하고 그는 생각했다.

여기다 돈을 숨겼어. 어마어마한 돈이었다. 아마 3천만 엔? 신문지에 싸서 숨겼다. 여기에 숨겼다는 말은 아무에게도 하지 않았다. 나루미에게도.

그 순간, 눈앞이 아찔한 현기증이 신스케를 덮쳤다. 그는 거울을 든 채로 바닥에 무릎을 꿇었다. 머리가 지끈거리고 덩달아 속이 메슥거렸다.

무수한 퍼즐 조각이 저절로 맞춰지듯 신스케의 머릿속에서 기억이 형태를 이루어 갔다. 막연했던 윤곽이 확실해지고, 어지러웠던 것은 질서를 되찾고, 빠졌던 부분이 메워졌다. 하지만 아쉽게도 그의 기억은 아직 완전하지 않았다. 중요한 무언가가 여전히 빠져 있었다.

현기증의 파도가 밀려가자 한결 기분이 가벼워졌다. 그는 천천히 일어나 거울을 원래 위치에 갖다 대고 나사를 조였다.

나루미를 찾아야 한다. 그녀가 그 3천만 엔을 훔쳐 달아났을 것이다.

요일 감각이 없어 확실치는 않지만, 아무래도 목요일인 듯했다. 점심때가 지나 신스케는 치즈코에게 전화를 걸었다.

"대체 어디를 갔던 거야, 아무 연락도 없이? 사람이 이틀이나 안 나오니까 걱정했잖아."

"죄송해요. 급한 일이 있어서 그만."

수수께끼의 여자에게 감금당했다는 말은 할 수 없었다. 말해 봐야 믿지도 않겠지만.

"아무리 급해도 그렇지, 전화 한 통은 해 줄 수 있잖아."

"친구가 사고로 죽었어요. 일가친척 하나 없는 친구라서, 빈소 차리는 것하며 장례식 준비까지 다 제가 맡아서 하느라 그만 연락을 못했습니다."

전화기 저편에서 치즈코가 한숨을 쉬었다.

"그런 일이라면 어쩔 수 없지만, 다음부터는 꼭 연락해."

"네, 압니다. 정말 죄송해요."

"그래서, 오늘 밤은 나오는 거야?"

"그게…… 아직 잘 모르겠어요. 갈 수 없을지도 모르겠습니다. 아무튼 오늘은 쉬는 것으로 해 주세요."

"뭐, 오늘도? 안 되는데."

치즈코가 투덜거렸다.

"죄송해요. 일이 그렇게 돼서."

"할 수 없지, 뭐."

내일은 나가겠다고 하고 신스케는 전화를 끊었다.

저녁때가 되어서도 고즈카에게서는 아무런 연락이 없었다. 휴대 전화로 전화를 걸어 보았지만 받지 않았다.

문득 생각나는 것이 있어 후다닥 집에서 나와 택시를 잡았다.

"니혼바시에 있는 유니버설 타워로 가 주십시오."

도착하자마자 바로 입구로 들어갔다. 왼쪽에 있는 카운터 안에 회색 유니폼을 입은 남자가 있었다. 신스케가 다가가자 남자가 고개를 들었다.

"무슨 일이시죠?"

머리를 깔끔하게 빗질한 남자가 물었다.

"배달할 물건이 있어서 왔는데요, 여기 4015호가 오카베 씨 댁 맞죠?"

"오카베? 아닌데요."

남자는 아래쪽을 내려다보며 말했다.

"40층은 전체가 우에하라 씨 소유입니다. 오카베 씨란 분에게 임대했다는 얘기는 들은 적이 없어요."

"우에하라 씨요?"

"아 그 왜, 데이토 건설의 사장인……."

남자는 거기까지 말하고서 후회하는 표정을 지었다. 지나치게 입을 놀렸다고 생각한 듯했다.

"데이토 건설이라면……."

"아무튼 4015호에는 오카베 씨란 사람이 안 살아요."

남자는 퉁명스럽게 말을 잘랐다.

괜히 끈질기게 물었다가 의심받을 소지도 있고 루리코의 눈에 띌 우려도 있었으므로 신스케는 적당히 인사하고 그 자리를 떴다.

아파트에서 나온 신스케는 새삼스레 생각했다. 데이토 건설이라. 기우치 하루히코가 일하는 회사가 바로 거기 아닌가.

루리코는 어떻게 4015호를 자유롭게 쓸 수 있는 것일까. 왜 기시나카는 그곳에서 아내 인형을 만들었을까.

지하철역으로 가다가 신스케는 걸음을 멈추고 휴대 전화를 꺼냈다. 선 채로 오카베에게 전화를 했다. 귀찮아하는 목소리로 전화를 받을 것이라 예상은 했지만 오카베의 목소리는 예상보다 훨씬 퉁명스러웠다.

"또 너냐. 이번에는 뭐야?"

"'물거울'에서 일한다는 그 사람, 소개 좀 해 줘."

후, 하고 한숨을 쉬는 기척이 전해졌다.

"또 기우치에 대해 조사하겠다는 거야?"

"음, 그래."

"그 녀석도 얼마 전에 네게 얘기해 준 정도밖에 몰라. 만나 봐야 별 의미 없다고."

"의미가 있는지 없는지는 만나서 물어보면 알겠지."

"참 나, 못 말리겠군."

오카베는 또 한숨을 쉬었다.

"기우치에 대해서 그렇게 조사하고 싶으면, 마침 적당한 사람이 있어. 그 사람을 만나 보는 게 어때?"

"누구지?"

"얼마 전 기우치가 우리 가게에 왔었잖아. 그때 그 사람과 같이 있었던 남자, 기억해?"

"안경 낀 영업 사원 같은 남자?"

"그래. 그 남자, 우리 가게가 마음에 들었는지 다음 날에도 호스티스를 한 명 데리고 왔더라고."

"기우치는 함께 오지 않았어?"

"여자와 둘이서만 왔어. 그때 명함을 두고 갔는데, 그 명함 지금 내가 갖고 있어."

"어떤 남자인데?"

"이름은 가시모토 미키오. 컴퓨터 소프트웨어 회사에 다니나 봐. 헤드 뱅크라는 회사야."

"기우치와는 어떤 관계일까."

오카베가 낮은 소리로 웃었다.

"그런 건 네가 직접 물어봐야지."

"그렇군. 그럼 연락처를 가르쳐 줘."

"명함에 회사 전화번호와 휴대 전화 번호가 있어. 그리고 메일 주소도 있고. 어느 쪽이 좋겠어?"

"휴대 전화 번호."

"알았어. 내게서 들었다는 말은 절대 하면 안 돼."

"알아."

신스케는 집 열쇠를 꺼냈다. 그것으로 오카베가 말하는 숫자 열한 개를 옆에 있는 가드레일에 새겼다. 그리고 전화를 끊은 후, 그 숫자를 휴대 전화에 저장했다.

곧바로 그 번호로 전화했다. 상대방은 벨이 다섯 번 울린 후에야 전화를 받았다.

"네, 여보세요."

짜랑짜랑한 목소리였다. 신스케는 알지도 못하는 사람에게 불쑥 전화한 무례를 사과하고 자신을 소개했다. 본명 대신 고즈카를 사칭했다.

"실은 좀 여쭤 보고 싶은 것이 있어서요."

"어떤 용건입니까?"

경계하는 말투였다. 당연한 일이다.

"기우치 씨에 대해서 알아볼 것이 있습니다."

"기우치요? 그 사람의 어떤 것을요?"

가시모토는 기우치를 말하며 '씨'자를 붙이지 않았다. 일에 관계된 사이는 아니라는 뜻인가.

"밖에서 잠시 만나 뵐 수 있을까요? 바쁘실 텐데 정말 죄송합니다. 일이 끝난 후라도 저는 상관없는데요."

신스케는 최대한 정중하게 말했다.

"언제 끝날지 모르는데……."

"그럼 나중에 다시 전화를 걸까요? 한 시간 후쯤."

"아닙니다. 잠깐만요."

가시모토가 일정을 확인하는 듯했다.

"알겠습니다. 7시쯤이면 시간을 낼 수 있을 것 같군요. 괜찮겠습니까?"

"네. 그럼 어디서?"

"회사 앞에 '하모니'라는 찻집이 있는데."

"'하모니'요. 알겠습니다. 그럼 7시에 거기서 뵙죠."

전화를 끊고 곧바로 오카베에게 다시 걸었다.

"또 뭐야?"

거의 화가 난 목소리였다.

"헤드 뱅크, 라고 했던가? 가시모토가 다니는 회사가 어디 있는지 좀 가르쳐 줘."

29

헤드 뱅크는 간다 오가와마치에 있는 조그만 빌딩의 3, 4층을 사용하는 회사였다. 큰길 건너에 '하모니'라는 소박한 커피 전문점이 보였다. 6시 50분에 '하모니'에 도착한 신스케는 브라질을 주문했다.

15분 넘게 그 커피를 마시고 있자니, 본 적 있는 남자가 가게로 들어왔다. 며칠 전 '시리우스'에서 기우치와 함께 있던 남자가 틀림없었다. 오늘은 회색 양복을 입고 있다.

"가시모토 씨."

가시모토는 시큰둥한 표정으로 다가오면서, 신스케가 어떤 사람인지 파악하려는 듯 눈을 빠르게 움직였다.

'시리우스'에서 마주쳤던 일을 기억할까 싶었는데, 가시모토는 처음 보는 사람을 대하는 눈빛이었다.

"고즈카 씨인가요?"

"네. 바쁘실 텐데 이렇게 나오시라고 해서 죄송합니다."

신스케와 마주 앉은 가시모토는 점원에게 콜롬비아를 주문했다.

"실은 이런 사람입니다."

신스케는 고즈카의 명함을 내밀었다. 명함을 받아 든 가시모토가 눈을 부릅떴다.

"형사님이세요……?"

"아, 죄송합니다. 명함을 함부로 드릴 수가 없게 돼 있어서."

신스케는 가시모토의 손에서 얼른 명함을 빼 들며 말했다.

"아, 네."

가시모토의 표정이 순간적으로 굳었다.

"기우치 하루히코 씨와 가깝게 지내시더군요. 어떤 관계인가요?"

신스케는 곧바로 질문을 시작했다. 가시모토가 미심쩍게 여길 시간을 주지 않기 위해서였다.

"대학 동창입니다. ×× 대학 정보공학과를 나왔어요."

"흠……. 요즘도 자주 만나십니까?"

"그렇게 자주 만나는 것은 아니고, 한잔하자고 불쑥불쑥 연락이 와서 한 달에 한 번 정도 만납니다."

"그때마다 계산은 기우치 씨가 하고, 그렇죠?"

신스케의 말에 가시모토는 어리둥절한 표정을 지었다. 그 얼굴을 향해 신스케는 엷은 미소를 던졌다. 최대한 위협적으로 보이기를 기대했다.

가시모토가 주문한 콜롬비아가 나왔다. 그는 아무것도 넣지 않은 채 커피를 마셨다. 잔을 든 손이 약간 떨렸다.

"기우치 씨는 데이토 건설에 다니죠?"

가시모토가 고개를 끄덕이자 신스케는 곧바로 또 다른 질문을 했다.

"회사에서는 어떤 일을 맡고 있습니까?"

"그건 잘 모릅니다. 회사에 대한 건 거의 얘기를 안 하니까."

"제가 조사해 본 바로, 기우치 씨는 회사에 잘 나가지 않더군요. 그런데도 풍족한 생활을 하고 있어요. 무슨 이유가 있지 않을까 생각하는데."

"난 모릅니다. 난 정말, 가끔 만나서 한잔하는 정도지……."

가시모토의 관자놀이에서 땀이 주르륵 흘렀다.

"가시모토 씨, 깨끗하지 않은 돈으로 접대를 받으면, 받은 쪽에도 책임을 물을 수 있습니다."

신스케는 목소리를 깔고 그렇게 말했다. 이 말이 가시모토에게는 나름 위협적으로 들린 듯했다. 그는 하얗게 질린 얼굴로 말했다.

"믿어 주십시오. 난 정말 아무것도 모릅니다. 그 사람, 사고 후로 사람이 완전히 변해서, 내게도 속을 드러내지 않습니다."

"사고라면, 예전의 교통사고 말인가요?"

"네."

"변했다고 했는데, 어떤 식으로 변했죠?"

"글쎄 뭐랄까, 전에는 쾌활했는데 사고 후로 말수도 적어지고 성격도 어두워졌습니다. 하기야 인명 사고를 냈으니 그럴 만도 하다고 생각하지만."

가시모토는 그렇게 말하고는 다시 덧붙였다.

"약혼이 파기된 탓도 있겠죠."

"약혼이 파기돼요, 무슨 뜻입니까?"

가시모토가 눈을 깜박거리며 신스케의 얼굴을 보았다. 형사라는 사람이 그것도 몰랐냐는 표정이었다. 괜한 소리를 했나 하는 후회의 빛도 엿보였다.

신스케는 기우치가 사는 맨션의 경비에게 들은 얘기를 떠올렸다. 신혼부부가 입주한다고 들었는데 정작 입주할 때는 기우치 혼자였다는 내용이었다.

"그러니까 기우치 씨에게 결혼하기로 약속한 여자가 있었다는 말이군요."

"그렇습니다."

가시모토가 고개를 끄덕이며 대답했다.

"어떤 여자죠? 이름을 압니까?"

"이름은 모릅니다. 그냥, 그……."

가시모토가 말을 더듬었다. 낭패한 기색이 엿보였다. 마음을 진정시키려는 듯 그가 커피를 한 모금 마셨다. 그리고 다시 신스케 쪽을 보면서 목소리를 낮춰 말했다.

"사장님의 딸……이라고 들었습니다."

"사장, 이라면?"

신스케는 움찔 놀라며 되물었다.

"데이토 건설의 사장입니다. 사내 테니스 대회에서 기우치가 우승한 적이 있는데, 그때 구경하러 온 사장의 딸과 알게되었고 그 후로 친해졌다고 들었습니다."

"그거 대단하군……"

신스케는 하루아침에 용 될 뻔했군, 이라고 말하려다 그만두었다. 형사가 할 말이 아니라고 생각한 것이다.

"그런데 그 사장 딸과의 약혼이 파기되었다는 뜻이군요."

"네. 기우치가 자세한 얘기는 하지 않았지만, 사고 때문이었을 거라고 생각합니다."

"인명 사고를 낸 사람에게 딸을 줄 수는 없다, 뭐 그런 겁니까?"

"그렇겠죠. 혹은 당사자가 그런 남자와 결혼할 수 없다고 생각했는지도 모르고요."

"그렇다면 사장 입장에서는 기우치를 해고하고 싶었을 텐데요."

"그런 일로 해고할 수는 없죠. 그래서 한직으로 발령을 내린 것 아닐까요. 내 생각은 그런데."

신스케는 고개를 끄덕였지만 수긍한 것은 아니었다. 그는 잠시 자신의 빈 커피 잔을 내려다보다가 다시 얼굴을 들었다.

"가시모토 씨는 유니버설 타워라는 아파트를 압니까?"

"최근에 니혼바시에 생긴 그 아파트 말입니까?"

"네. 기우치 씨가 그 아파트에 대해서 말한 적은 없습니까?"

"무슨 말을?"

"가령, 아는 사람이 산다든지."

"글쎄요, 그런 얘기는 한 적이 없는데."

가시모토가 고개를 갸우뚱하고 말했다.

"그렇군요."

"아직 뭐가 더 남았습니까? 실은 일을 하다 말고 빠져나와서……."

가시모토가 손목시계를 보았다.

"아, 이거 죄송합니다. 마지막으로 한 가지만 더 묻죠. 그 교통사고에 대해서 기우치 씨와 무슨 대화를 나눈 적은 없습니까?"

가시모토는 고개를 저었다.

"거의 없습니다. 내 쪽에서 먼저 묻기도 껄끄럽고. 그 사람,

그 얘기는 노골적으로 피했거든요."

"흐음, 그렇군요. 기우치 씨가 어떤 사람과 친하게 지내는지, 혹시 아십니까?"

신스케는 그럴 만도 하다고 생각하면서 물었다.

"글쎄요, 누가 있을지…… 사고 후로는 다들 소원해진 것 같던데. 왠지는 모르지만, 간혹이라도 연락하는 사람은 나뿐일 겁니다."

가시모토는 몇 번이나 고개를 내젓더니 갑자기 손뼉을 탁 쳤다.

"아, 그쪽 사람들과는 지금도 교류가 있을지 모르겠습니다."

"그쪽 사람들?"

"기우치 그 사람, 크루징이 취미입니다. 배도 갖고 있을 겁니다, 공동 소유겠지만. 그 사람들이 모이는 가게가 에비스 어디에 있을 텐데."

"가게 이름을 혹시 압니까?"

"뭐였더라……. 한 번밖에 가 본 적이 없어서."

가시모토는 자신의 머리를 톡톡 두드리면서 말했다.

"'시걸'이었나, 아마 그럴 겁니다."

"'시걸'……, 뭐하는 가게죠?"

"칵테일 바입니다. 분위기가 밝은 술집이죠. 가게 주인이

공동 선주의 한 사람이라고 했어요."

신스케는 고개를 끄덕였다. 만나 볼 가치가 있을 듯했다.

30

마치 진짜 형사 같군. 히비야 선으로 바꿔 타고 에비스로 가면서 신스케는 그렇게 생각했다. 하지만 진상은 조금도 잡히지 않았다. 그러잖아도 엉킨 실타래가 점점 꼬여 갈 뿐, 해결의 실마리는 아무것도 없었다.

게다가 사라진 나루미, 아니 3천만 엔이라고 해야 하나. 그 돈은 대체 무슨 돈일까. 그 생각을 하면 머리가 지끈거렸다.

에비스 역에서 나와 남쪽으로 걸었다. '시걸'의 위치는 전화를 걸어 확인했다.

볼링장을 지나 20미터쯤 더 가자 '시걸'이 나왔다. 입구가 보도보다 약간 높고, 그 앞에 돌계단이 몇 개 있었다.

실내는 그리 넓지 않았다. 조그만 테이블 세 개와 카운터 자리뿐. 카운터 자리도 열 명은 앉기 힘들어 보였다. 그곳에 나란히 앉은 일곱 사람의 등이 보였다. 모두 단골 분위기였다. 테이블은 한 곳에만 손님이 앉아 있었다.

신스케는 카운터에서 가장 가까운 테이블에 앉았다. 앉으

나 서나 사람 키가 그리 달라지지 않을 만큼 높은 스툴이었다. 벽에는 새파란 바다 위를 질주하는 크루저 사진이 걸려 있었다.

가게 주인인 듯한 남자가 카운터 안에 있었다. 수염을 기르고 긴 머리를 뒤로 묶었는데, 얼굴과 목덜미, 걷어 올린 소매 밖으로 보이는 팔까지 초콜릿처럼 까뭇까뭇했다.

하지만 신스케에게 주문을 받으러 다가온 사람은 그 남자가 아니었다. 파란 티셔츠를 입은 스무 살 남짓한 아가씨였다. 그녀도 가게 주인 못지않을 만큼 까맣게 탄 얼굴이었다. 다만 이쪽은 선탠을 한 거겠지, 하고 신스케는 짐작했다.

"진 앤드 비터."

신스케가 주문하자 여자는 "네." 하고 대답했다.

주인은 카운터 안에서 눈앞에 있는 손님들 얘기를 듣는 척하고 있었다. 하지만 실은 처음 온 손님을 넌지시 살피면서 뭘 주문하는지 귀를 곤두세우고 있을 것이다. 그렇지 않다면 프로가 아니다.

"아, 잠깐."

돌아서 가려는 여자에게 신스케가 말을 건넸다.

"기우치라는 사람, 여기 자주 오나?"

"기쿠치 씨요?"

"아니, 기우치 씨."

"기우치 씨……, 글쎄요."

아가씨가 고개를 갸웃거렸다.

"아니, 모르면 됐어요."

아가씨가 죄송하다고 하고 물러갔다. 신스케는 수확이 없다고는 생각지 않았다. 그가 기우치라고 말했을 때 카운터 안에서 이쪽을 힐끔 쳐다보는 마스터의 눈길을 느꼈기 때문이다.

그 직감은 보란 듯이 적중했다. 진 앤드 비터를 마스터가 직접 들고 왔다.

"아주 시원하군요."

신스케가 그렇게 말하자 마스터가 싱긋 웃었다. 그 웃음이 가시기 전에 신스케는 얼른 한 모금 마셨다.

"우아, 맛있는데요."

"감사합니다."

"기우치 씨는, 어떤 칵테일을 주로 마시죠?"

마스터의 미소에 주저하는 빛이 섞였다. 보나마나 이 손님은 대체 누구지, 하고 생각할 것이다.

"기우치 씨와 아시는 사이인가요?"

"아는 사이라기보다, 저희 가게 손님이었어요."

"손님?"

"저도 아자부에 있는 가게에서 일합니다. 전에는 자주 오셨는데."

신스케는 '양하'의 명함을 내밀었다.

"아, 그렇군요."

마스터의 표정이 누그러들었다. 같은 업종이라는 것을 알고 여유가 생긴 모양이었다.

"기우치 씨가 이 가게를 알려 주더군요. 한번 가 보라면서요."

"그랬군요. 이거, 고맙습니다."

마스터는 조금 쑥스럽게 말했다.

"기우치 씨는 요즘도 여기 자주 오십니까?"

"아니요. 요즘은 통 안 옵니다."

마스터는 고개를 저었다.

"그래요, 언제부터 안 오시는데요?"

"그게 그러니까, 얼마나 되었으려나."

마스터는 잠시 생각하는 표정을 지었다. 하지만 정말 생각하는지 아닌지는 알 수 없었다. 손님의 사생활에 관계된 얘기를 섣불리 하고 싶지 않은 것인지도 몰랐다.

"우리 가게에는, 그 사고 후로는 통."

신스케는 슬쩍 그렇게 말해 보았다. 상대가 사고에 대해 알고 있다는 것을 알자 안심이 되는지 마스터는 고개를 끄덕이며 말했다.

"우리 가게 역시 그렇습니다."

"공동 소유인 배도 있다고 들었는데."

"그렇기는 한데, 사고가 있고 얼마 후에 전화가 왔더군요. 당분간 크루징을 할 수 없으니까 나오라는 연락 군이 안 해도 된다고요. 당연한 일이지만, 충격이 몹시 컸나 봅니다."

"그렇겠죠."

신스케는 칵테일을 또 한 모금 마시고 말했다.

"결혼도 무산되었다죠?"

"네."

마스터가 고개를 끄덕였다. 역시 알고 있었던 모양이다. 가느다란 눈썹을 찡그리고는 다시 말을 잇는다.

"참 안타까웠습니다. 둘이 종종 놀러 왔었는데."

"약혼자와 둘이 말입니까?"

"네."

"약혼자 분 이름이, 우에하라 씨던가요."

"네, 우에하라 미도리 씨. 아주 예쁜 사람이었죠."

"전 본 적이 없지만, 데이토 건설 사장의 따님이라고."

"네, 그렇습니다. 개천에서 용 났다고 다들 떠들썩하게 굴었죠. 꽃을 좋아하는 여자였어요. 여기 올 때마다 거의 꽃을 사다 주었죠. 바로 옆에 꽃 가게가 있어서."

카운터 자리의 손님이 마스터를 불렀다.

"그럼 천천히 드시다 가십시오."

그런 말을 남기고 그는 돌아갔다.

신스케는 진 앤드 비터가 담긴 잔을 들어 불빛에 비춰 보았다.

우에하라 미도리……라.

수확은 그뿐인 듯했다. 미도리를 어떤 한자로 쓰는지는 아직 모른다. 기우치는 예의 사고 후, 과거의 인간관계를 모두 청산한 듯하다. 가시모토와 마스터가 한 얘기를 머릿속에서 하나하나 점검해 보았다. 그중 한 가지가 상당히 마음에 걸렸다. 꽤 중요한 것이었다.

며칠 전 기우치는 신스케에게 '죄의식은 별로 없다'고 분명하게 말했다. 그런데 가시모토나 마스터는 그가 큰 충격을 받았다고 한다. 어느 쪽이 진실일까.

잔이 비었다. 다른 것으로 한 잔 더 시킬까 하다가, 더 있어봐야 의미가 없겠다는 생각이 들어서 그만두었다.

그때, 아르바이트생이 테이블로 다가왔다. 손에 뭔가를 들고 있었다.

"저, 이걸 보여 드리라는데요, 마스터가."

그렇게 말하면서 테이블에 올려놓은 것은 사진 파일이었다.

신스케가 카운터 쪽을 돌아보았다.

"기우치 씨와 마지막 크루징을 했을 때 사진입니다."

신스케는 파일을 펼쳤다. 갑판에서 파란 바다를 배경으로 포즈를 취한 남녀들의 모습이었다. 얼굴이 모두들 마스터처럼 까맸다. 그중에 기우치도 있었다. 그 역시 까맣게 그은 얼굴이고, 흰색 짧은 바지를 입은 다리는 가늘지만 근육의 형태가 선명했다. 어느 모로 보나 바다의 사내였다.

그런 사진이 몇 장 계속되었다. 그 가운데, 기우치가 한 여자의 어깨를 껴안고 있는 사진이 있었다.

"기우치 씨와 함께 있는 여자 분이……."

"네, 우에하라 미도리 씨입니다."

신스케는 새삼스럽게 사진을 다시 보았다. 우에하라 미도리는 살구색 티셔츠를 입고 있었다. 동글동글한 얼굴이 건강한 인상을 풍겼다. 선크림은 발랐겠지만, 얼핏 보기에 화장기도 없고 사장의 딸 같은 분위기도 없었다.

신스케는 파일을 덮고 카운터로 가져갔다.

"고맙습니다."

"이 사진, 다시 뽑아서 주려고 했는데 그럴 기회가 없었습니다."

마스터는 쓸쓸하게 웃었다.

진 앤드 비터 한 잔 값을 치르고 가게를 나왔다. 신스케는 걸어가면서 휴대 전화를 꺼내 고즈카에게 전화를 걸었다. 그러나 여전히 전화는 연결되지 않았다.

"대체 뭘 하고 있는 거지."

소리 내어 중얼거리며 휴대 전화를 다시 주머니에 넣었다.

역으로 가려고 고개를 들었을 때였다. 바로 옆에 꽃 가게가 보였다. 가게 문은 닫혀 있지만 간판이 눈에 들어왔다. 그것을 본 신스케는 걸음을 멈췄다. 간판에 쓰인 가게 이름 때문이었다.

몇 초 후, 머릿속에서 무언가가 번쩍 빛났다. 그는 발길을 돌렸다.

'시걸'에 후다닥 뛰어 들어가자 아르바이트생이 놀란 표정을 지었다.

"두고 간 게 있으세요?"

"아까 그 사진. 아까 그 사진, 다시 한 번 보여 주십시오."

신스케는 카운터 안에 있는 마스터에게 다급하게 말했다.

31

1시가 넘어 니혼바시하마초에 도착했다. 오피스 빌딩이 줄줄이 늘어선 이 일대는 밤이 되면 캄캄해진다. 5차선이나 되는 기요스바시 거리도 낮과는 전혀 달리 한산하다. 빈 차 표시등이 깜박이는 택시들만 수시로 오간다.

신스케는 보도에 서서 가든 팰리스를 올려다보았다. 그 건물에만 창문에 불이 켜져 있다. 불이 켜져 있는 창문 가운데 어느 하나가 기우치 하루히코의 방이기를 바랐다.

505호였지 아마.

신스케는 걸음을 내디뎠다. 이제 기우치를 다그쳐 보는 길밖에 없다고 생각했다. 그가 뭘 알고 있을지 신스케는 상상이 되지 않았다. 하지만 뭔가는 분명히 알고 있다. 그것만은 확실하다.

아파트 입구를 지나려는데 자동 유리문 너머로 막 열리는 엘리베이터 문이 보였다. 내린 사람은 기우치였다.

신스케는 순간적으로 몸을 돌렸다. 길을 건너 반대쪽으로 갔다. 길에 주차되어 있는 승용차 뒤에서 기우치의 행동을 살폈다.

검은 윗도리를 입은 기우치는 한 손을 바지 주머니에 넣은 채 기요스바시 거리를 향해 걸어갔다.

신스케는 아차 싶었다. 기우치는 택시를 타려는 것이다.

그는 기우치가 눈치 채지 못하게 얼른 도로로 내려섰다. 빈 택시가 금방 다가왔다. 손을 들어 택시를 세웠다.

"미안하지만 잠시 기다렸다 출발해 주세요."

신스케가 그렇게 말하자 안경을 낀 중년의 운전사는 수상쩍다는 표정을 지었다.

기우치가 도로로 나왔다. 아니나 다를까 한 손을 든다. 하얀 택시가 그 앞에 멈췄다.

"저 택시를 따라가 주십시오."

"네?"

운전사는 대놓고 싫은 표정을 보였다.

"앞사람이 댁이 뒤따른다는 걸 압니까?"

"아니요. 미행하려는 겁니다."

"그런 일이라면, 다른 차를 이용하시죠."

앞 차가 출발했다. 그런데 운전사는 움직이려고 하지 않는다.

신스케는 몸을 앞으로 들이밀고 운전사의 멱살을 잡았다.

"여러 말 말고 빨리 출발해. 팁은 듬뿍 줄 테니까."

그리 위협적인 목소리도 아니었는데 나름 효과가 있었던 모양이다. 운전사는 묵묵히 기어를 넣고 액셀을 밟았다. 택시가 앞으로 휙 나아갔다.

앞 택시가 오른쪽으로 차선을 바꿨다. 우회전 전용 차선이다. 신오하시 거리로 들어설 요량인 듯하다. 신스케가 탄 택시도 차선을 바꿨다.

신오하시 거리를 따라 가야바초를 향해 달린다. 이 시점에 이미 혹시, 하는 생각이 움텄다.

"차를 미행하는 거, 쉽지 않습니다. 신호에 걸릴 수도 있고, 다른 차가 끼어들기도 하고."

운전사가 투덜거렸다.

걱정할 거 없어. 신스케는 속으로 중얼거렸다. 기우치가 어디로 가는지 알 것 같았다.

앞 택시가 신오하시 거리에서 우회전했다. 예상했던 대로였다.

"이제 됐습니다. 미행하지 않아도 됩니다."

"아이고, 그래요?"

"네. 저기로 가 주십시오."

신스케가 앞 방향을 가리켰다. 하늘을 찌를 듯 솟아 있는 유니버설 타워가 바로 눈앞에 보였다.

마침내 택시가 영국식 정원 부지 안으로 진입했다. 기우치가 탄 택시가 바로 앞에서 서행하고 있었다. 미행자가 있다는 것을 눈치 챘을지도 모르겠다고 신스케는 생각했다.

앞 택시에 이어 신스케가 탄 택시도 주차장에 섰다. 요금을 지불하고 있는데, 기우치가 먼저 내렸다. 의심스러워하는 눈초리로 이쪽을 쳐다본다.

신스케도 택시에서 내렸다. 기우치가 순식간에 어두워진 얼굴을 저쪽으로 돌렸다.

"며칠 전에는 실례가 많았습니다."

신스케가 다가가면서 말했다.

"나를 미행한 건가?"

"그런 셈이죠. 아파트 앞에서부터. 하지만 오다 보니까 어디로 가는지 알겠더군요."

신스케는 고개를 끄덕이며 말했다. 기우치는 미간을 찡그리고 이해할 수 없다는 표정을 지었다. 여전히 왼손을 바지 주머니에 넣고 있다. 그 손을 가리키며 신스케가 물었다.

"그 손에 쥐고 있는 거, 4015호 열쇠입니까?"

기우치의 눈이 휘둥그레졌다. 볼의 근육도 움찔한 듯 보였다.

"내가 어떻게 4015호를 아는지 의아한 표정이군요. 그녀가 아무 말 안 하던가요?"

"무슨 뚱딴지같은 소리를 하는 건가."

"그럼 같이 가시죠, 4015호로. 가는 길 아닙니까?"

"나는 일 때문에 온 거야. 당신 장난질에 놀아날 시간이 없다고. 큰길로 나가서 택시 잡아타고 돌아가. 거주자가 아니면 더는 들어갈 수 없으니까."

기우치는 그렇게 말하고는 유리문을 열고 안으로 들어갔다. 신스케도 물론 그의 뒤를 따랐다. 기우치는 걸음을 멈추고 지겹다는 표정으로 돌아보았다.

"왜 따라오는 거야, 어? 경비를 부르겠어."

"마음대로 하시죠. 뭣하면 경찰을 불러도 상관없습니다. 아니, 어쩌면 경찰이 벌써 수사를 시작했는지도 모르죠."

신스케의 그 말에 기우치의 눈이 번쩍 빛났다.

"무슨 뜻이지?"

"니시아자부 서의 고즈카라는 형사를 아시겠죠? 당신에게도 몇 번 찾아갔을 테니. 그 형사가 4015호에 들어갔습니다."

"당신, 대체 무슨 소리를 하는 거야. 왜 형사가 멋대로 남의 집에 들어가 있는 거지?"

"나를 구하기 위해서죠."

"구해?"

"어제 밤늦게까지 나는 4015호에 감금되어 있었어요. 그리고 고즈카 형사는 그런 나를 구하러 왔습니다."

"정말 망상에 사로잡혀 있는 거 아냐? 대체 누가 자네를 감금했다는 거야?"

"그걸 내 입으로 말해야겠습니까?"

"아니, 듣고 싶지 않아. 당신의 그 허황된 얘기나 듣고 있을 틈이 없다고, 난."

기우치는 자동 잠금장치 판으로 다가갔다.

그 등을 향해 신스케가 말했다.

"우에하라 미도리 씨, 당신의 약혼녀였던 사람이죠."

열쇠 구멍에 키를 꽂으려던 기우치가 동작을 멈췄다. 그러더니 일그러진 표정으로 신스케에게 다가왔다.

"무슨 뚱딴지같은 소리야."

"가르쳐 주시죠, 우에하라 미도리 씨가 어디 있는지."

"왜 그녀에 대해 묻는 거지? 자네와 무슨 관계가 있다고."

"말했잖습니까. 그녀가 나를 감금했었다고요. 여기 4015호
에."

"웃기는 소리 작작 해. 그녀가 뭐하러 네놈을 감금하겠어."

"내가 묻고 싶은 말입니다. 아니, 그 밖에도 묻고 싶은 게
한두 가지가 아니죠. 당신 약혼녀는 왜 그렇게 된 거죠?"

기우치가 어금니를 꽉 깨물었다. 눈에는 핏발이 섰다. 여러
생각이 교차하는 표정이었다. 하지만 그는 그것들을 말하지
않으려 애써 참고 있었다.

"기시나카 레이지가 뭘 했는지, 당신은 알고 있겠죠?
'MINA—1'은 인형이 아닙니다. 바로 당신의 약혼녀인 우에
하라 미도리 씨죠."

기우치가 신스케를 노려보면서 얼굴을 가까이 들이밀었다.
그리고 고개를 좌우로 흔들면서 말했다.

"당신을 위해서 한마디 해 두지. 그 이름, 함부로 부르지
마. 후회하게 될 테니까."

"그녀는 지금 어디 있죠, 어디서 뭘 하고 있습니까?"

"네놈과는 관계없는 일이랬잖아."

"4015호에 있군요. 그렇죠?"

신스케도 상대의 눈을 똑바로 쳐다보면서 말했다.

"나가. 더는 내게 상관하지 말라고."

"애당초 내게 먼저 접근한 사람은 그녀입니다. 이대로 가만

히 있을 수는 없죠. 아니면, 일을 크게 벌이고 싶은가요?"

기우치가 입술을 깨물었다. 그 눈빛이 증오에 차 있었다.

"그때 그런 사고만 나지 않았더라도……."

"뭐라고요?"

"아니야."

기우치가 고개를 돌렸다. 잠시 엉뚱한 방향을 쳐다보던 그
는 다시 신스케를 향했다.

"좋아. 그렇게까지 말하니 안내해 주지. 당신 말대로 난
4015호에 가는 길이었어."

그는 손에 든 키를 신스케의 눈앞에 내밀며 말했다.

엘리베이터에 탄 기우치와 신스케는 마주 보고 섰다. 기우
치가 관찰하듯 신스케를 바라보았다. 신스케는 그 눈길을 피
하지 않았다.

"그녀는 자기 이름이 루리코라고 하더군요. 그 이름으로 내
게 접근했습니다. 이상한 여자였어요. 인간이라기보다 인형,
그야말로 인형이었습니다."

기우치가 심호흡을 한 번 했다. 그리고 눈을 깜박거리자, 신
스케는 얘기를 계속해 보라는 뜻으로 해석했다.

"왜 루리코라고 했는지, 당신도 짚이는 데가 있을 것 같은
데요."

기우치는 대답하지 않았다. 층수를 알리는 표시판을 보니

벌써 20층을 지났다.

"'시걸'에도 다녀왔습니다. 거기서 당신과 우에하라 미도리 씨의 사진을 봤어요. 그때는 그녀의 얼굴을 보고서도 아무런 느낌이 없었죠. 아무것도 떠오르지 않았어요. 그런데 역으로 가는 길에 꽃 가게 간판을 보고서."

엘리베이터가 30층을 지났다.

"루리야…… 꽃 가게 이름이 루리야더군요. 미도리 씨는 그 꽃 가게에서 종종 꽃을 샀다죠?"

여자는 화장을 하면 얼굴이 변한다지만, 우에하라 미도리의 변모는 그 정도가 아니었다. 그 꽃 가게 간판을 못 보았더라면 미도리와 루리코가 동일 인물인 줄 평생 알아차리지 못했을 것이라고 신스케는 생각했다. 혹시 루리코가 아닐까 하는 의심의 눈으로 사진을 보고서야 겨우 몇 가지 흔적을 발견했을 정도니 말이다.

얼굴선과 몸집이 전혀 다른 것으로 보아 상당히 과격한 다이어트를 한 것 같았다. 또 얼굴은 수술하지 않고는 그렇게까지 달라질 리 없었다.

우에하라 미도리가 의도적으로 기시나카 미나에로 탈바꿈하려 했다는 것은 의심의 여지가 없었다. 문제는 그 동기였다.

"왜죠? 왜 그녀가 기시나카 미나에로……."

신스케가 물었다.

"나와 그녀의 약혼이 파기된 것은 1년도 더 지난 옛일이야. 그 후로 난 그녀를 만난 적이 없어. 그러니 지금 그녀가 어디서 뭘 하는지, 내가 알 턱이 없지."

"기우치 씨, 우리 거짓말하지 맙시다."

"내 말을 믿든 안 믿든, 그건 당신 마음이지."

기우치가 그렇게 말했을 때, 엘리베이터가 소리 없이 움직임을 멈췄다. 기우치는 '열림' 버튼을 누른 채 먼저 내리라는 듯 턱을 치켜들었다.

신스케는 본 적이 있는 복도에 섰다. 생각해 보면 이곳을 탈출한 것이 바로 오늘 아침이다. 그는 옆으로 나란한 현관문 몇 개 중에서 4015호 표시가 있는 문 앞에 섰다. 잠시 후 기우치도 다가왔다.

"한 가지 조건이 있어. 집 안을 본 후에는 아무것도 묻지 말고 돌아가 줘야겠어."

"그럴 수는 없죠. 물어야 할 것들이 이 집 안에 잔뜩 있는데."

"그럼 방에 있는 것에 대한 질문은 허락하지. 그 밖의 질문에는 대답하지 않겠어. 됐나?"

"그러죠."

기우치는 신스케가 보는 앞에서 열쇠를 꽂았다.

문이 열렸다. 신스케는 집 안을 들여다보았다. 순간, 그는 크게 숨을 들이쉬었다.

"아니, 이럴 수가……."

집 안은 깨끗하게 치워져 있었다. 테이블도 의자도 창문을 가리고 있던 커튼도 사라지고 없었다. 신스케는 기시나카 레이지가 사용했던 방을 열었다. 그 방 역시 짐이라고는 하나도 남아 있지 않았다.

"언제 이렇게 싹 치운 거지?"

"대답하지 않겠다고 했지. 방에 있는 것에 대한 질문만 허락한다고 했는데, 이 방에는 아무것도 없어."

신스케는 기시나카가 사용했던 방의 문을 보았다. 손잡이 위가 망가져 있었다. 신스케와 고즈카의 합작인 그 흔적만이 오늘 아침까지 그가 여기 있었다는 유일한 증거였다.

"자, 이제 그만 나가지. 이 방을 봤으니 만족했겠지."

"그녀는 어디 있는 거야?"

신스케의 질문에 기우치는 대답하지 않았다.

"나가."

할 수 없이 신스케는 현관을 나섰다. 기우치가 문을 단단히 잠갔다.

"다시는 여기 오지 마."

낮은 목소리로 그렇게 말하고 기우치는 엘리베이터를 향해 걸어갔다.

32

손목시계를 보니 날짜가 바뀌어 있었다. 신스케는 유니버설 타워에서 나와 보도에 서서 빈 택시가 오기를 기다렸다.

기우치 하루히코의 모습은 이미 보이지 않았다. 신스케보다 한발 앞서 나간 그는 때마침 지나가던 택시를 잡아탄 듯했다.

담배를 꺼내 일회용 라이터로 불을 붙였다. 연기를 힘껏 빨아들이자 뇌가 찌르르했다. 신경이 순간적으로 마비되었다가 다시 깨어났다. 감각이 예민해진 느낌이다. 니코틴의 자극이 좀 더 강했으면 싶었다.

자, 이제 어쩌나.

연기를 뿜어내면서 신스케는 생각했다. 기우치는 더는 상관하지 말라고 했다. 그의 말을 따라야 하나. 이대로 그냥 일상으로 돌아가는 것도 한 방법이다. 그렇게 한다고 무슨 지장이 있는 것도 아니다. 신스케는 아무것도 잃지 않았다. 이대로 집에 돌아가 느긋하게 쉬면 내일부터 다시 평범한 일상이 시작된다. 몇 가지 건에 대해서 대체 뭐였을까 하는 의문이 남을 뿐이다.

불현듯 루리코의 얼굴이 떠올랐다.

신스케는 그녀를 도무지 이해할 수 없었다. 왜 기시나카 미나에로 변신했을까. 왜 나를 감금했을까. 의도가 무엇이었을까. 그리고 지금은 어디 있는 것일까.

그녀의 몸을 안았던 때가 먼 옛날만 같았다. 기억은 분명히 있는데 현실감이 희박했다. 모든 것이 악몽처럼만 생각된다.

그리고 기시나카 레이지가 만든 인형들.

인형 얼굴이 떠오르면 등골이 오싹해졌다. 신스케에게는 그녀들이 뭔가를 호소하고 있는 것처럼 느껴졌다.

한참이 지나서야 겨우 빈 차 표시등이 반짝이는 택시가 나타났다. 신스케는 안도하면서 손을 들었다.

"어디로 모실까요?"

안경을 낀 운전사가 물었다.

몬젠나카초, 라고 말하려다 운전석 바로 옆으로 눈길이 갔다. 좌석과 사이드 브레이크 사이에 책 한 권이 끼어 있었다. 손님을 기다릴 때 심심풀이로 읽는 책인 듯싶었다.

책 제목이 신스케의 관심을 끌었다. '가정에서 즐기는 칵테일'. 운전사가 술을 좋아하는 것이리라. 잠들기 전에 제 손으로 만든 칵테일을 마시는 것이 하루의 낙인지도 모르겠다.

칵테일이라는 글자를 보고 문득 떠오른 것이 있었다.

"요쓰야로 가 주십시오."

"예."

운전사는 무뚝뚝한 목소리로 대답하고 핸들을 꺾었다.

밤 2시가 다 되어 신스케는 택시에서 내렸다. '시리우스'가

문을 닫을 시간이다. 그는 근처 편의점에서 산 샌드위치와 캔 커피를 가게 앞에 선 채로 먹었다. 그 편의점 옆길로 죽 가면 에지마의 집이 있다. 에지마는 호화 주택이랄 수 있는 그 서양식 집에서 아내와 딸과 함께 살고 있다. 그의 아내는 다도를 가르친다고 한다. 딸은 올해 여대에 들어갔다고 들었다.

꾸역꾸역 밤참을 먹으면서 신스케는 지나가는 차를 노려보았다. 에지마는 자기 차를 타고 올 것이다. 다른 곳으로 새는 일은 좀처럼 없으니까 2시 반쯤 되면 그의 벤츠가 나타날 것이다.

2시 35분에 진회색 벤츠가 우회전해서 들어왔다. 운전대를 잡고 있는 사람은 에지마가 틀림없었다. 같이 타고 온 사람도 없는 듯했다. 에지마 혼자라는 것을 확인한 신스케는 걸음을 내디뎠다.

집 앞에 도착하니 에지마가 후진 주차를 하는 참이었다. 신스케는 조금 떨어진 곳에서 그 모습을 지켜보았다. 에지마는 운전 솜씨가 별로다. 자기 집 차고라 익숙할 텐데도 두 번이나 들락거렸다.

시동이 꺼지고 헤드라이트도 꺼졌다. 문이 열리면서 에지마가 내렸다. 신스케는 그가 차고에서 나오기를 기다렸다가 다가갔다.

"에지마 씨."

가슴과 등을 죽 펴고 걷고 있던 에지마가 움찔하며 걸음을 멈췄다. 가로등 불빛이 맞은편에서 비치는 탓에 말을 건 사람이 누구인지 금방은 알아보지 못한 듯했다.

"신스케인가?"

이리저리 살피는 눈빛으로 그가 물었다.

"네."

신스케는 가로등 빛 속에 섰다. 에지마는 여전히 경계하는 눈초리였다.

"어쩐 일이야, 이런 시간에?"

"꼭 물어보고 싶은 게 있어서 기다리고 있었습니다."

"물어보고 싶은 거? 이렇게 기다리기까지 한 걸 보면 꽤 급한 일인가 보군."

에지마가 의심스럽다는 듯이 눈썹을 찡그렸다.

"네, 그렇습니다."

흠, 하고 고개를 끄덕이며 에지마가 신스케의 얼굴을 빤히 쳐다보았다. 심중을 헤아리려는 표정이었다.

"집에 들어가서 얘기할까?"

"사모님과 따님에게는 폐를 끼치고 싶지 않습니다. 여기서 얘기하죠."

"서서 해도 되는 얘기인가?"

"서서 한 얘기에 관한 것이니까요."

"뭐?"

"서서 한 얘기 말입니다. 며칠 전에 기우치 하루히코와 선채로 얘기를 나눈 적이 있죠? '시리우스' 바로 옆에서요."

"기우치? 무슨 소리야, 뭘 잘못 알고 있는 거 아냐?"

"봤습니다. 기우치 하루히코가 틀림없었어요. 그리고 그 사람과 얘기한 상대는 에지마 씨였고요. 발뺌하지 마십시오."

신스케는 미소를 내비쳤다. 하지만 볼이 실룩거리는 것을 그 스스로도 느낄 수 있었다.

입가에 미소를 머금고 있던 에지마는 신스케의 말을 듣는 순간 표정이 일그러졌다. 눈에도 냉혹한 빛이 어렸다.

"사고를 낸 또 한 사람을 가르쳐 달라고 했을 때, 에지마 씨는 모른다고 하면서 변호사인 유구치 선생님에게 물어보겠다고 했죠. 그리고 바로 그 후에 기우치라는 이름을 가르쳐 주었습니다. 하지만 실은 기우치를 알고 있었던 것 아닌가요?"

"알고 있었다면, 뭐? 자네에게 해가 될 일이라도 있나?"

"왜 거짓말을 한 겁니까?"

"그 점에 관해서는 몇 번이나 말했을 텐데. 난 자네가 하루빨리 과거의 사고에서 벗어나기를 바랄 뿐이야. 다 끝난 일을 가지고 언제까지 얽매여 있을 거냐고. 내가 원하는 건 그것뿐이야."

"기우치 하루히코와는 전부터 면식이 있었던 거죠?"

"그랬지."

"어떻게 아는 사이입니까?"

"어떻게 알긴, 사고 때문에 알게 된 거지. 자네는 잊었는지 모르겠는데, 사고를 낸 사람은 자네지만 그 차의 주인은 나야. 보험에 관한 절차며 모든 걸 내가 처리해야 했다고. 그러다 보니 다른 가해자와도 얼굴을 마주할 일이 생긴 거지."

"그날 밤 그 사람과 무슨 얘기를 했습니까?"

"그저 인사나 나눈 거야. 그 사람을 그런 곳에서 만날 줄 어떻게 알았겠어. 그러니 지금은 어떻게 지내느냐, 뭐 그 정도 인사를 나눴지. 자네도 지금 말했잖아. 그냥 서서 잠시 얘기를 나눴을 뿐이라고."

"내 눈에는 밀담을 나누는 것처럼 보였는데요."

"얼굴을 마주해 봐야 피차 기분 좋은 사이가 아니잖아. 그러니 마주쳤다고 해서 뭐가 반갑겠나. 그래서 인사만 나누는데도 그렇게 보인 거 아니겠어."

에지마의 목소리에 짜증이 담겨 있었다. 그런데도 내색하지 않으려 애쓴다는 것이 느껴졌다. 설명을 듣고도 신스케는 전혀 납득이 가지 않았다. 그날 밤, 에지마와 기우치는 그저 우연히 만나 인사나 나누는 모습이 아니었다.

그런데 에지마는 지금 여기서 사실을 얘기할 마음이 없는 듯했다. 신스케는 그에게 진실을 털어놓게 할 도리가 없어 그저 두 손을 꽉 쥐고 서 있을 뿐이었다.

"할 얘기, 다 했나?"

"에지마 씨는 데이토 건설을 압니까?"

신스케가 질문을 계속했다.

"데이토 건설? 아, 이름 정도야 알지."

에지마는 동요하는 기색이 없었다.

"그 회사 사장의 따님에 대해서는?"

"사장 딸? 글쎄, 미안하지만 난 사장의 이름도 모르는데."

에지마가 피식 웃으며 고개를 갸우뚱했다.

"성은 우에하라입니다. 딸의 이름은 미도리."

"금시초문인데."

에지마가 단언했다.

"그 이름이 어떻다는 거지? 나나 자네와 무슨 관계라도 있다는 건가?"

"기우치 하루히코의 전 약혼녀입니다. 정말 몰랐습니까?"

"기우치 씨의? 흐음, 몰랐는데. 조금 전에도 말했지만, 난 그 사고 때문에 면식이 있을 뿐이야. 사생활에 대해서는 전혀 모른다고."

신스케가 침묵했다. 그러자 에지마는 후후, 미소를 머금었다.

"신스케, 이제 정말 그만 하라고. 집착이 너무 심해. 대체 언제까지 과거에 매달릴 거야. 달리 해야 할 일도 많을 텐데.

칵테일 공부 한다는 건 어떻게 됐어?"

"지금 내가 할 일은 납득할 수 없는 일을 납득할 수 있게 만드는 겁니다."

그 말에 에지마는 못 말리겠다는 듯 고개를 흔들었다.

"내가 기우치 씨와 무슨 작당을 하겠어. 그래 봤자 내게 득될게 뭐가 있다고. 이성을 좀 찾게. 집에 데려다 줄 테니 마음이 진정되면 다시 만나러 와. 그때 천천히 얘기하자고."

"나는 지금도 냉철합니다."

"주정뱅이들이 하는 소리랑 똑같군. 놈들은 늘 이렇게 말하지. 나는 안 취했다."

에지마가 차고로 돌아가 벤츠의 문을 열었다.

"괜찮습니다. 혼자 갈 수 있어요."

"사양하지 말고."

에지마가 벤츠에 올라타 시동을 걸었다. 눈부신 헤드라이트 빛에 신스케는 얼굴을 찡그렸다.

차고에서 나온 벤츠가 신스케 바로 앞에서 멈췄다. 할 수 없이 조수석 문을 열려 하는데 유리문 너머에서 에지마가 뒷좌석을 가리켰다. 신스케는 뒷문을 열고 올라탔다.

"며칠 전에 마누라가 주스를 쏟았다나, 시트 청소를 못해서 더러워."

"사모님도 운전하십니까?"

"아주 가끔. 친구들끼리 골프 치러 간다면서 끌고 갔는데, 오랜만에 하는 운전이라 사고라도 내면 어쩌나 얼마나 조마조마하던지. 시트 더럽히는 정도로 끝나서 천만다행이지."

여유를 완전히 되찾았는지 에지마가 그런 농담까지 했다.

신스케는 푹신한 등받이에 기대어 다리를 꼬았다. 이렇게 에지마의 차를 타는 게 얼마 만인가 싶었다. '시리우스'에서 일할 때는 에지마가 직접 집에 데려다 준 적도 몇 번 있었다.

에지마의 옆얼굴을 바라보는데 또 묘한 감각이 찾아왔다. 예의 데자뷰였다. 전에도 비슷한 일이 있었던 것 같은 느낌. 이렇게 에지마의 뒷모습을 본 적이 있는 것 같았다. 하지만 실제로는 그런 일이 있었을 리 없다. 이 차를 탈 때마다 신스케는 늘 조수석에 앉았다.

앞 유리창 너머로 밤거리가 보였다. 마주 오는 차량의 헤드라이트가 잇달아 흘러간다. 그 불빛을 바라보고 있자니 의식이 멍해지는 듯했다. 마치 최면에 걸린 것처럼.

최면.

그 말과 동시에 어쩐 일인지 루리코의 눈이 떠올랐다. 그 초고층 아파트의 침실에서 그녀가 쳐다보았을 때, 신스케의 몸은 꿈쩍도 하지 않았다. 그야말로 최면에 걸린 것처럼.

"신스케, 전에 내가 이런 말 한 적 있지. 연간 교통사고로 죽는 사망자 수 말이야. 기억나나?"

에지마가 물었다.

"어떤 얘기였죠?"

"약 만 명이 죽는다는. 우리나라 인구를 1억이라 치면 만 명에 한 명꼴이지. 40초당 한 건씩 사고가 생기고, 50분에 한 명꼴로 죽는다는군. 게다가 그 수치는 평균치야. 차를 타는 빈도는 사람에 따라 다르지. 극단적으로 말해서, 오늘 밤 조깅하던 사람이 교통사고로 죽을 확률이 갓 태어난 아이가 사고로 죽을 확률보다 훨씬 높다는 뜻이야. 물론 사는 지역에 따라서도 다르지. 예년에 사고가 가장 많았던 지역은 홋카이도고, 두 번째는 아이치 현인가 보더군. 도쿄도 당연히 상위권이지. 그런 곳에 살면서 외출하는 일이 잦은 사람이라면 20초나 30초에 한 명꼴로 죽을 수도 있다는 얘기야."

"하기야 자동차가 워낙 많으니까요."

신스케는 그렇게 말을 받으면서도 이렇게 남의 일처럼 얘기할 권리가 내게는 없다고 생각했다.

"피해자는 할 말이 많겠지. 하지만 신스케, 그런 건 다 운이야. 그날 어쩌다 운이 나빴을 뿐이라고. 운전면허가 있는 사람이 현재 약 7천만 명쯤 된다더군. 차량 보유 대수는 오토바이를 포함해서 8천만 대래. 그렇게 많은 차가 이 나라의 도로 위를 달리고 있어. 그러니 사고가 날 만도 하지. 대야 속에 유리구슬 몇십 개를 담은 꼴이잖나. 부딪치지 않는 게 더 이상하다고. 자신이 부딪기도 하고, 남이 와서 부딪기도 하고. 신스케 자네는 어쩌다 부딪는 쪽이 되었을 뿐이야. 그뿐이라고."

"피해자의 유족 입장에서는 납득하기 어려운 얘기죠."

"나는 객관적인 사실을 얘기하고 있을 뿐이야. 1억 엔짜리 복권에 연간 1만 명이 당첨된다면 온 나라가 혼란에 휩싸이겠지. 그러나 교통사고는 그렇지 않아. 그 정도로 흔한 일이라는 거야."

신스케는 아무 대꾸도 하지 않았다. 사고를 하루빨리 잊으라고 하는 얘기겠지만, 별 의미 없다는 생각이 들었다. 신스케는 기억조차 분명하지 않다.

에지마가 핸들을 획 꺾었다. 원심력 때문에 신스케의 몸이 기울었다. 그는 오른손으로 시트를 잡고 몸을 지탱했다.

그때였다. 손바닥에 뭔가가 닿았다. 따끔, 아팠다. 그는 그것을 집어 들었다.

길이 1센티미터, 너비 5밀리미터 정도 되는 무슨 조각이었다. 두께는 1밀리미터 정도 될까. 재질은 플라스틱 같았다.

신스케의 눈길을 끈 것은 그 색깔이었다. 보라색이 감도는 은색. 어디선가 이런 색을 본 것 같다. 그것도 그리 오래전이 아니다. 어디서였지?

손바닥에 올려놓고 만지작거리다 그는 퍼뜩 놀랐다. 그게 무엇인지, 불쑥 떠올랐다.

이것은 손톱이다.

인조 손톱. 어떤 여자가 이것과 똑같은 것을 붙였더랬다.

나루미였다. 틀림없다. 신스케는 이 손톱에 갖가지 색을 칠하던 그녀의 모습을 또렷하게 떠올릴 수 있다. 이 보랏빛이 감도는 은색을 그녀는 특히 좋아했다.

나루미가 이 차에 탔다는 얘기인가? 그렇다면 언제, 왜 탔을까.

에지마와 나루미가 서로 모르는 사이는 아니다. 하지만 그것은 어디까지나 신스케를 통해서였다. 나루미가 신스케 모르게 에지마를 만났을 가능성은 없었다.

나루미를 만났습니까? 그렇게 물어보려 할 때, 차가 또 휙 커브를 틀었다. 그 순간, 손톱이 손바닥에서 떨어지고 말았다.

그는 허둥지둥 몸을 구부려 발치를 더듬었다. 어두워서 잘 보이지 않았다.

"왜 그래?"

뒷좌석에서 어색하게 움직이는 기척을 느꼈는지 에지마가 힐끔 돌아보며 물었다.

"아, 아무것도 아닙니다."

그렇게 대답하면서 신스케는 다시 손톱을 찾았다. 좌석 밑에서 몸을 쪼그리고 더듬다 앞 좌석 아래 떨어져 있는 그것을 찾아냈다.

　그는 그것을 주워 들고 몸을 일으키려 했다.

　그때였다. 갑자기 어떤 목소리가 신스케의 귀에 되살아났다.

　그것은 여자의 비명이었다.

33

신스케는 마치 지금 막 그 비명을 들은 듯한 착각이 들었다.
그 정도로 기억은 갑작스럽고 극적이며, 또 선명하게 되살아
났다.

　신스케는 오래전 이런 상태에서 들었던 비명을 떠올렸다.
그러니까 그때도 그는 뒷좌석에 앉아 있었다. 아니, 그냥 앉
아 있었던 게 아니다. 좌석에서 거의 굴러 떨어졌다. 왜 그렇
게 되었을까.

　급브레이크다.

　급브레이크를 밟는 바람에 몸이 앞으로 튕겨 나간 것이다.

　끼익 타이어 미끄러지는 소리, 무언가가 뭉개지는 소리. 그
런 소리가 신스케의 고막에 되살아났다. 이어 그때의 광경이
뇌리에 생생히 떠올랐다.

　그렇다, 그때도.

신스케는 침을 삼키려 했다. 그러나 입 안에 물기가 하나도 없었다. 기억이 떠오른다. 그때도 신스케는 뒷좌석에 앉아 있었다. 뒷좌석에서 사고의 전말을 다 보고 있었다.

온몸에 소름이 돋았다. 땀이 삐질삐질 배어나왔다. 숨이 답답해지고 고동이 빨라졌다. 몸도 뜨거워졌다.

주위 풍경이 눈에 익었다. 잘 아는 거리를 달리고 있다. 그런데도 다른 차원에 있는 듯한 착각이 든다. 이 모두가 현실이 아닌 것 같은 기분마저 들었다.

에지마가 차의 속도를 줄였다. 신스케의 아파트가 바로 코앞에 있었다. 벤츠가 조용히 섰다.

"자, 다 왔군. 다음에 만나서 천천히 얘기하자고. 가능하면 낮에 말이야. 그래야 자네 머리도 좀 차가울 테니까."

에지마가 농담을 했다. 뒷거울에 비친 눈이 신스케를 보며 의미심장하게 웃고 있었다.

신스케는 그대로 앉아 있었다. 무수한 생각이 머릿속을 어지럽게 맴돌았다.

"왜, 안 내릴 건가?"

에지마가 이상하다는 듯 물었다.

"에지마 씨, 나루미를 어떻게 한 겁니까?"

신스케는 상대의 뒷머리를 쳐다보며 물었다.

뒤에서 봐서는 에지마가 아무런 반응도 보이지 않는 것 같

346

았다. 신스케는 자기 말이 들리지 않았나 보다고 생각했다. 하지만 그럴 리 없었다.

오른쪽 무릎 위에 놓인 에지마의 손가락이 움직이기 시작했다. 리듬을 타듯 집게손가락이 무릎을 톡톡 두드리고 있다.

그 움직임이 멈췄다. 동시에 에지마가 몸을 약간 뒤로 틀었다. 하지만 표정은 보이지 않았다.

"나루미……씨, 자네 애인인 나루미 씨 말인가?"

"네."

"무슨 뜻이지? 그녀를 어떻게 하다니."

"나루미를 이 차에 태웠었죠? 바로 얼마 전에."

"무슨 소리를 하는 건지 도무지 모르겠군. 그녀가 왜 이 차에 타겠나. 그녀가 그러던가?"

"나루미는 없습니다. 벌써 오래전부터 행방을 알 수 없어요."

"정말인가? 난 몰랐는데."

"에지마 씨, 얼버무려 봐야 소용없습니다. 나루미가 에지마 씨를 만나러 왔죠? 그리고 모종의 거래를 하자고 했을 겁니다. 아닙니까?"

신스케는 목소리를 약간 높였다.

"자네 머리가 어떻게 된 거 아니야? 내가 왜……."

에지마가 말하는 도중에 신스케가 왼손을 내밀었다. 손바닥 위에 그 손톱이 놓여 있었다.

"나루미의 손톱입니다. 인조 손톱이지만요. 이게 이 시트에
떨어져 있었습니다."

에지마가 손톱을 집어 가려 했다. 신스케는 재빨리 왼손을
오므렸다.

"중요한 증거물인데, 그냥 내줄 수는 없죠."

"난 전혀 기억이 없는데 어쩌나. 나루미 씨를 태운 일이 없
다니까. 그 손톱은 우리 마누라나 딸 것이 아닐까 싶군. 그녀
들도 네일 살롱에 다니니까 말이야."

"그럼 경찰에 가서 지문을 조사해 달라고 하죠. 그럼 분명
해질 테니까요."

그렇게 말하고 신스케는 손수건을 꺼내 무릎 위에 펼쳤다.
거기에 손톱을 올려놓고 조심스럽게 쌌다.

"내일 당장 경찰에 연락하겠습니다. 아마 형사가 곧바로 에
지마 씨를 찾아가겠죠. 하고 싶은 말이 있으면 그때 하십시
오."

신스케는 차 문을 열고 금방이라도 튀어 나갈 듯한 몸짓을
해 보였다.

"잠깐. 마치 내가 나루미를 어떻게 하기라도 했다는 말투로
군."

"아닌가요?"

"왜 내가 그래야 하지?"

"말했잖습니까, 나루미가 모종의 거래를 제안했을 거라고요."

"어떤 거래를?"

"그야 물론, 입막음 값이겠죠. 예의 사고에 관해서 말입니다."

신스케가 그렇게 말한 순간, 에지마의 귀가 피뜩 움직였다. 신스케는 긴장했다. 두 사람을 감싼 공기가 묵직해진 기분이 들었다.

후우, 에지마가 긴 한숨을 토하면서 고개를 좌우로 흔들었다. 그 움직임이 점차 커졌다.

"그랬군. 사고 경위를 기억해 냈어."

에지마가 움직임을 멈추고 말했다.

"지금 막 기억났습니다."

"모두 다 말인가?"

"네, 모두 다요."

"그래, 결국 기억이 돌아왔군."

에지마는 윗도리 안주머니에서 담뱃갑을 꺼내 한 개비를 입에 물고 던힐 라이터로 불을 붙였다. 차내의 공기가 희뿌예졌다.

"에지마 씨를 찾아왔겠죠, 나루미가."

"글쎄, 그런 기억은 없다고 할 수밖에 없군. 아니면 내가 이 자리에서 무슨 고백이라도 할 거라고 기대하는 건가?"

에지마가 담배를 뻐끔거리며 말했다.

"나루미가 얼마를 요구하던가요, 1천만입니까, 2천만입니까? 그 사람, 집을 떠날 때 3천만을 들고 나갔으니까 더해서 딱 떨어지게 2천만을 불렀을지도 모르겠군요. 5천만이 되도록 말입니다."

옳게 맞혔는지 에지마는 아무 대답도 하지 않았다.

"에지마 씨, 거래를 다시 합시다. 처음부터 다시 시작하는 겁니다. 나루미에게서 되찾은 3천만 갖고는 얘기가 안 되죠. 당신이 나루미를 어떻게 했는지까지 입 꾹 다물고 있어야 하니까, 입막음의 내용이 두 배가 되는 셈이죠. 하지만 안심하십시오. 입막음 값을 두 배로 부르지는 않을 테니까. 5천만 엔에 손을 털겠습니다. 어떤가요?"

신스케의 말이 들리지 않는 것처럼 에지마는 여전한 속도로 담배만 피웠다. 그 눈은 앞 유리창 쪽을 향해 있었다.

"마음에 안 듭니까? 그래도 그렇게 나쁜 거래는 아닐 텐데요. 당신에게 5천만 정도야 그리 대단한 돈이 아니잖습니까. 게다가 그중의 3천만은 이미 줬던 돈이고 말이죠. 그래도 영 내키지 않는다면 아쉽지만 어쩔 수 없죠. 내일 아침 일찍 경찰에 연락하겠습니다. 아니, 벌써 날짜가 바뀌었으니 오늘 아침이 되겠군요. 어쩌렵니까?"

신스케는 에지마의 등에 대고 물었다. 에지마는 재떨이를 꺼내 그 안에다 꽁초를 비벼 껐다.

"그러지. 내일이 아니라 오늘이란 말이지. 그래, 오늘 오후에 내가 다시 연락하지. 그럼 됐나?"

"그때까지 돈을 마련하겠다는 뜻이겠죠?"

"그래."

"알겠습니다. 연락을 기다리죠."

신스케는 차 문을 열고는 내리기 전에 다시 물었다.

"에지마 씨, 혹시 나를 속이려는 생각은 아니겠죠?"

에지마는 나지막이 웃었다.

"나는 공연한 짓은 안 하는 사람이야."

"그렇다면 안심이군요."

신스케가 차에서 내려 문을 닫는 것과 동시에 벤츠는 요란한 엔진 소리를 울리며 급발진했다. 신스케는 꼬리등의 불빛이 완전히 사라질 때까지 바라보고 서 있었다. 사고가 있었던 그날 밤의 일을 곱씹으면서.

그날 밤, 유카는 '시리우스'의 문을 닫기 직전까지 술을 마셨다. 신스케는 그 모습을 카운터 안에서 줄곧 지켜보았다. 하지만 그녀가 드라이 마티니를 몇 잔이나 마셨는지는 기억하지 못한다.

결국 그녀는 카운터에 엎어지고 말았다. 신스케는 '시리우스'를 드나드는 손님들 대부분의 술버릇을 알고 있는데, 그녀는 간혹 그렇게 무모하게 술을 마시는 타입이었다.

뒷정리가 끝나고 종업원들도 거의 돌아갔는데 그녀는 꼼짝도 하지 않았다. 가게에는 신스케와 에지마, 둘만 남았다.

"할 수 없군. 데려다 주자고."

에지마가 한숨 섞인 목소리로 말했다.

"집이 어딘지 아세요?"

"응, 알아."

차를 가지고 오라는 에지마의 말에 신스케는 키를 받아 들고 나가 차를 빌딩 앞에 세워 놓고 다시 가게로 돌아왔다. 그런데 그때 에지마에게 달라붙어 있는 유카의 모습이 눈에 들어왔다.

유카는 훌쩍거리면서 거짓말쟁이라느니, 버리지 말라느니 하고 중얼거렸다. 그 광경을 보고서 신스케는 전후 사정을 간파했다. 왜 그녀가 늘 혼자 '시리우스'를 찾는지도 알 것 같았다.

신스케에게 못 보일 꼴을 보인 에지마는 몹시 난처한 표정이었다. 하지만 변명을 둘러대는 대신 이렇게만 말했다.

"미안한데, 차에 태우는 것 좀 거들어 줘야겠어."

둘이 부축해서 겨우겨우 그녀를 벤츠의 조수석에 태운 후,

신스케는 차 키를 에지마에게 건넸다.

"그럼 조심해서 가십시오."

"자네도 타. 그녀의 집이 자네와 같은 방향이야. 가는 길이니까 같이 가자고."

"괜찮겠습니까?"

신스케는 방해가 되지 않겠냐는 뜻으로 물었다.

"괜찮아."

에지마가 쓸쓸한 표정으로 고개를 끄덕였다.

"그럼 염치없지만."

신스케는 벤츠 뒷좌석에 올라탔다. 그때까지만 해도 그는 자신이 먼저 내릴 것이라고 생각했다.

그런데 에지마는 유카의 아파트로 향했다. 신스케는 당황해하며 에지마가 운전하는 모습을 쳐다보고 있었다. 유카는 거의 잠이 들어 고개를 이리저리 흔들어 댔다.

드디어 유카의 아파트 앞에 도착했다. 이때쯤 유카는 꽤 정신을 차린 상태였다. 하지만 차에서 내린 후 걸어가는 모습이 영 불안했다.

"집에 데려다 주고 와야겠군. 곧바로 돌아올 테니까, 좀 기다리고 있어."

"알겠습니다."

바로 돌아오겠다던 사람이 결국은 15분이나 지나서야 돌아왔다. 운전석에 앉는 에지마는 약간 언짢은 기색을 했다.

"많이 기다리게 해서 미안하군."

"아닙니다."

"여러 가지로 성가신 일이 있어서 말이지."

"이해합니다."

방금 전까지 반듯하게 매고 있던 넥타이가 풀려 있었지만, 신스케는 아무것도 묻지 않았다.

"한때 유카를 좀 보살펴 준 일이 있지. 그런데 여러 가지 사정이 있어서 헤어졌어. 그 후에는 좋은 친구 사이로 지냈는데, 여자란 도무지 알 수 없는 존재더라고. 태연하게 술을 마시러 오지를 않나, 갑자기 옛날 생각을 하면서 어린애처럼 칭얼대지를 않나. 다루기가 여간 어려워야지, 원."

에지마가 왜 자신을 데려다 주마고 했는지 알 것 같았다. 단둘이 가다 보면 유카가 가지 말라고 억지를 부릴지도 모른다고 생각했던 것이다.

"이 일은 비밀이야."

에지마가 집게손가락을 세워 입술에 대며 말했다.

"네, 물론이죠."

그런 후에 에지마는 혀를 끌끌 차며 조수석 밑에서 뭔가를 집어 들었다.

"참 나, 대책 없는 여자로군."

"뭡니까?"

"휴대 전화기."

"갖다 줘야겠군요. 다녀오십시오."

에지마가 한숨을 쉬었다.

"미안하지만, 자네가 좀 다녀와. 내가 가면 또 상황이 골치 아파질 거야."

신스케는 자신도 모르게 얼굴이 찡그려지는 것을 억지로 참았다. 귀찮았지만, 에지마의 말도 옳았다. 그리고 차 속에서 마냥 기다리고 싶지도 않았다.

알겠다고 하고서 신스케는 휴대 전화기를 받아 들었다.

아파트로 들어가 에지마가 일러 준 대로 유카의 집을 찾아 갔다. 혹시 잠들었으면 어쩌나 했는데 벨을 누르자 금방 반응이 있었다. 안에서 잠금 쇠를 돌리는 소리가 나기에 신스케는 문을 열었다. 유카가 슬립 차림으로 서 있었다.

"역시."

그녀가 입을 삐죽거리며 말했다.

"뭐가요?"

"휴대 전화기 들고 온 거죠?"

"네, 알고 있었나요?"

신스케는 휴대 전화기를 그녀에게 건넸다.

"그게 아니라, 보나마나 그쪽에게 줘 보낼 거라고 생각했다는 뜻이에요."

그 말에 신스케는 상황을 간파했다. 유카는 일부러 전화기를 차 속에 떨어뜨린 것이다.

"그 사람에게 전해요. 뒷마무리 하나 제대로 못하는 아이는 장난감을 갖고 놀아서는 안 된다고요."

신스케는 슬며시 웃으면서 잘 자라고 하고 돌아섰다.

차로 돌아오니 에지마가 걱정스러운 표정으로 물었다.

"어떻게 됐어?"

"잘 전해 줬습니다."

신스케는 그때도 뒷좌석에 탔다. 에지마 옆에 앉아 있기가 거북해서였다.

"그래, 수고했어."

에지마가 시동을 걸었다.

"일부러 그런 것 같던데요."

"뭘?"

"휴대 전화, 일부러 떨어뜨리고 갔답니다."

"……흠."

에지마가 액셀러레이터를 밟았다. 상당히 난폭한 운전이었다.

신스케는 뒷좌석에 앉아 멍하니 바깥을 바라보았다. 차는 통행이 거의 없는 샛길을 계속 달렸다. 신호도 별로 없었다.

속도가 상당했다. 짜증이 잔뜩 난 운전자의 마음이 전해지는 듯했다. 앞쪽으로 자전거가 달리고 있었다.

부슬부슬 비가 내려 도로가 빛났다. 에지마가 담배를 입에 물었다. 그리고 차의 라이터 대신 가게에 있을 때처럼 던힐 라이터를 꺼내 불을 붙이려 했다.

한 번에 불이 붙지 않았다. 두 번째에도 붙지 않았다. 세 번째 불을 붙이려는 순간 에지마의 시선이 앞쪽이 아니라 라이터에 쏠린 듯했다. 뒤에 앉은 신스케도 그의 손을 바라보고 있었다.

그 직후, 시야에 뭔가가 불쑥 뛰어들었다. 에지마 역시 그렇게 느꼈던 것 같다. 앗! 하고 그가 소리를 내질렀다.

이어서 충격이 느껴졌다. 하지만 아주 가벼운 충격이었다. 빈 깡통을 밟았을 때의 충격이 더 크지 않을까 싶을 정도로. 그런데도 에지마는 급브레이크를 밟았다. 무엇에 부딪쳤는지 그는 감지했던 것이다. 그 바람에 신스케는 좌석에서 굴러 떨어졌지만, 차 앞에 있는 것은 정확하게 목격했다.

큰일 났군, 신스케는 생각했다. 잘못 본 게 아니라면 그들이 탄 벤츠와 충돌한 것은 여자가 타고 있는 자전거였다.

그런데 그 직후 더욱 충격적인 일이 벌어졌다. 어디에서 뭔가 심하게 부딪치는 소리가 난 것이다. 차창으로 밖을 내다본 신스케가 자신도 모르게 눈을 부릅떴다.

빨간 차가 옆 건물을 들이받은 상태였다. 뿐만 아니라 벽과 차 사이에 사람이 끼여 있었다. 축 늘어져 꼼짝도 하지 않았다. 죽었구나. 그 광경을 보자마자 신스케는 그렇게 생각했다.

에지마가 차에서 내려 빨간 차로 걸어갔다. 그때 비로소 그 차가 페라리라는 것을 알았다. 운전석 안쪽은 보이지 않았다.

신스케는 주위를 돌아보았다. 창고 같은 건물만 보일 뿐, 주택은 없었다. 사고가 발생했다는 것을 그들 말고는 아직 아무도 모르는 듯했다.

벤츠가 서 있는 위치를 살펴보니 반대편 차선으로 툭 튀어나가 있었다. 아무래도 빨간 페라리는 벤츠를 피하려다 핸들을 미처 꺾지 못해 사고를 낸 것 같았다. 노면이 젖어 있다는 것도 악조건의 하나였다.

에지마가 돌아왔다. 그런데 운전석에 앉지 않고 뒷문을 열고는 미간을 찡그린 채 신스케 옆에 앉았다.

"골치 아프게 됐어."

웅얼거리듯 그가 말했다.

"그 사람…… 힘들겠죠?"

"그래, 아마 그렇겠지."

"그쪽 운전자는요?"

"무사한 모양이야. 살아 있어."

"경찰에 신고하는 게 좋겠네요. 아니, 그 전에 구급차를 먼저 불러야 하나."

신스케는 주머니를 뒤져 휴대 전화를 꺼냈다. 1, 1에 이어 9를 누르려는데 에지마가 가로막았다.

"잠깐."

"왜요?"

에지마는 뭔가를 생각하는 눈치였다. 10초쯤 지나 그가 신스케의 눈을 보며 말했다.

"신스케, 우리 거래 하나 할까?"

"네? 거래라뇨, 무슨 말입니까?"

너무도 뜻밖의 말이라 순간적으로 그 의미를 알 수 없었다.

"시간이 없으니 간단하게 말하지. 이 차를 신스케 자네가 운전했다고 해 주면 좋겠는데. 내 차로 유카를 집까지 데려다 주었다, 하지만 나는 동행하지 않았다, 그렇게 말이야."

"네? 그럼 제가……."

"물론 사례는 하겠어. 1천만, 현찰로 바로 줄게. 그 정도 돈이면 자네 가게를 차리는 것도 꿈만은 아닐 테지."

에지마가 애원하는 눈빛으로 말했다. 신스케는 그의 얼굴을 멀뚱멀뚱 쳐다보았다.

"에지마 씨, 진심으로 하는 말입니까?"

"얼른 결단을 내려. 지체하면 지체할수록 수습하기가 어려우니까. 누가 지나가기라도 하면 끝장이야."

"잠시만요. 돈을 받는다 해도 감옥에 들어가면 죽도 밥도 안 되잖습니까."

"그건 걱정 마. 어떤 상황인지 알잖아. 우리 차가 먼저 접촉 사고를 낸 건 분명하지만 결정적인 사고는 저쪽에서 냈어. 실형은 받지 않을 거야."

"그래도 저쪽 차가 핸들을 미처 꺾지 못한 것은 이쪽이 진로를 방해했기 때문인데요."

"그렇다고 이쪽이 100퍼센트 책임을 져야 하는 건 아니야. 안심하라고. 좋은 변호사를 알고 있으니까 귀찮겠지만 조금 참으면 돼. 그 대가로 1천만이야. 나쁘지 않을 텐데."

에지마의 핏발 선 눈에는 일말의 여유도 없어 보였다. 신기하게도 그 눈을 보면서 신스케는 오히려 침착해졌다.

한 가지 아이디어가 떠올랐다. 이것은 천재일우의 기회다.

신스케는 에지마의 얼굴을 보면서 다섯 손가락을 좍 펴 보였다.

"무슨 뜻이지?"

"5천만, 이면 받아들이겠습니다."

에지마의 얼굴이 일그러졌다.

"제정신으로 하는 소린가?"

"물론이죠. 1천만 가지고야 부족하죠."

"5천만은 안 돼."

"그럼 얼마까지 가능합니까?"

"시간 끌어 봐야 피차 좋을 게 없어."

"그러니까 나도 급하다고요. 말해 보세요, 얼마면 가능한지."

에지마가 신스케를 쏘아보았다. 그 눈에 증오가 어려 있었다.

"3천만."

"좋습니다. 단, 괜히 꾸물거리면 정말 경찰에 신고합니다."

"알았어."

"유카 씨는 어떻게 할 겁니까? 내가 여기까지 온 경위를 진술하면, 경찰이 확인차 그녀를 찾아갈지도 모르는데요."

"내가 연락해 두지. 경찰도 날이 밝기 전에는 움직이지 않을 거야."

"그렇다면 다행이지만요."

그런 대화를 나누고 있는데 경트럭 한 대가 다가왔다. 벤츠를 지나쳐서 20미터쯤 갔다가 멈춰 섰다. 그제야 사고가 났다는 것을 알아차린 모양이었다.

"신스케, 부탁하네."

"3천만입니다, 3천만."

그렇게 말한 후 신스케는 앞좌석 등받이를 넘어 운전석으로 옮겨 갔다. 그리고 문을 열고는 밖으로 나왔다.

경트럭에서 남자 한 명이 내렸다. 작업복 차림의 자그마한 중년 남자였다.

"이런, 이런, 괜찮습니까?"

남자가 물었다.

신스케는 손을 들어 보였다. 괜찮다는 표시였다.

"경찰이나 구급차, 불러 줄까요?"

"아, 제가 직접 하겠습니다."

신스케는 큰 소리로 대답했다.

"부상자가 있는 것 같던데, 빨리 손을 쓰는 게 좋을 겁니다."

남자는 남의 일에 끼어들기 좋아하는 성격인 듯했다. 신스케로서는 성가신 일이었다. 경찰을 상대로 속임수를 쓰는 이상 목격자는 최대한 적은 편이 좋다.

"정말 괜찮습니다. 별일 아니에요."

신스케가 남자에게 말했다. 남자에게 현장을 보이고 싶지 않았다. 사망자가 있다는 것을 알면 이런 타입의 남자는 바로 잔소리 많은 구경꾼으로 돌변한다.

"전화는 있어요?"

남자가 그렇게 물으면서 다가왔다.

"네, 있습니다."

신스케는 휴대 전화기를 꺼내 높이 쳐들었다.

그때, 페라리의 문이 열리고 한 남자가 갑갑하다는 표정을 지으며 내렸다. 크게 다치지는 않은 듯했다.

경트럭 운전사가 그 모습을 보고서야 상황을 알겠다는 듯 발길을 돌리며 말했다.

"정말 별일은 없는 모양이군요."

신스케가 페라리로 다가갔다. 차에서 내린 짙은 갈색 양복 차림의 남자는 신스케와 나이가 비슷해 보였다. 남자는 고개를 돌려 그를 힐끔 보고는 아무 말 없이 양복 주머니에서 휴대 전화를 꺼냈다.

"부상자는?"

신스케가 물었다. 남자는 대답 대신 이렇게 되물었다.

"신고는?"

"아직 안 했는데요."

"그럼 신고는 그쪽에서 하시죠."

그렇게 말하자마자 남자는 휴대 전화의 숫자 버튼을 누르기 시작했다.

"어디에 전화하는 겁니까?"

"이쪽은 이쪽대로 연락할 데가 있습니다."

남자가 퉁명스럽게 대답했다.

신스케는 남자 옆을 떠났다. 그 순간, 페라리에 짓뭉개진 시신이 눈에 들어왔다. 긴 머리카락이 앞으로 늘어져 얼굴은 보이지 않았다. 하지만 그 입에서 콸콸 쏟아져 나오는 것이 무엇인지는 알 수 있었다. 그 끈끈한 액체가 페라리의 보닛에

얼룩져 있었다.

구역질이 올라오는 것을 참으면서 벤츠 쪽을 보았다. 에지마의 모습은 이미 사라지고 없었다.

이상이 사고의 전말이다.

34

신스케는 집으로 돌아오자마자 침대에 몸을 던졌다. 그리고 팔다리를 쭉 뻗으며 심호흡을 한 번 했다.

5천만이라.

꽤 괜찮다고 생각했다. 그 정도만 있으면 뭐든 할 수 있을 것이다. 일이 묘하게 흘러갔지만, 덕분에 3천만이 5천만으로 둔갑했다.

나는 운이 좋다, 드디어 운이 트였다. 신스케는 그렇게 생각했다. 그 사고가 운명의 갈림길이었던 셈이다. 그 자리에서 겁을 먹고 우물쭈물했다면 지금의 행운은 없었을 것이다. 승부를 걸어야 할 때는 역시 과감해야 한다.

담당 경찰은 신스케의 진술에 거의 의심을 품지 않았다. 부자연스러운 점이 전혀 없었던 데다, 인명 사고를 낸 죄를 대신 덮어쓰려는 사람이 있으리라고는 꿈에도 생각지 못했기 때문일 것이다.

보상 문제에 대해서도 에지마의 지인인 변호사가 일체의 뒷수습을 해 주었기 때문에 신스케는 할 일이 아무것도 없었다. 다른 가해자와의 합의도 별 탈 없이 순조롭게 매듭지어졌다. 사고의 발단이 신스케 쪽에 있으니 좀 더 강력하게 나올 줄 알았는데, 실제로는 그러지 않아 뜻밖이었다. 유구치 변호사는, 오래 끌고 싶지 않아 그런 것 같다는 견해를 보였다.

형사 재판 역시 결심까지 일사천리로 진행되었다. 에지마가 예상한 대로 실형은 구형되지 않았다.

에지마는 사고 후 곧바로 3천만 엔을 신스케에게 건넸다. 신스케는 그 돈을 거울 뒤에 숨겼다. 나루미에게는 전후 사정을 전부 설명했지만 돈을 숨긴 장소는 말하지 않았다.

"지금 바로 돈을 쓰기 시작하면 의심받을 거야. 그러니까 한 1, 2년 기다렸다가 잠잠해지면 그때 그 돈으로 가게를 차리자."

나루미는 돈을 숨긴 장소에 대해 꼬치꼬치 묻지 않았다. 다만 3천만이라는 액수에 대해서는 불만을 드러냈다.

"상대는 '시리우스' 사장이야. 3천만이 뭐야, 3천만이. 5천만 아니라 1억도 우려낼 수 있었을 텐데. 에지마 씨 아마, 사고를 내서는 안 되는 피치 못할 이유가 있을 거야. 아, 아깝다."

그녀는 다시 한 번 교섭해 보면 어떻겠느냐고 몇 번이나 말했다. 신스케는 그럴 때마다 이렇게 그녀를 달랬다.

"사람이 너무 욕심내면 탈 나지."

그리고 얼마 후, 나루미의 말이 옳았다는 것을 알았다. 에지마는 과거에 인명 사고를 낸 전력이 있었다. 그런 경우, 집행유예 없이 실형이 구형될 가능성이 높다. 에지마는 그 점을 우려했던 것이다.

신스케는 침대에서 일어나 나루미의 화장대를 보며 거울에 비친 그녀의 모습을 떠올렸다. 그녀가 화장하는 모습을 이렇게 침대에 앉아 바라보곤 했었다.

어리석은 여자라고 생각했다. 얌전히 있기만 하면 됐는데. 때가 오면 그 3천만 엔을 둘이서 쓸 수 있었는데.

결국 나루미라는 여자는 3천만 엔을 독차지하고 싶었던 것이다. 어쩌면 그 돈으로 다른 남자와 새 생활을 시작하고 싶었는지도 모른다. 그래서 신스케가 기시나카 레이지에게 습격당해 일시적이나마 기억 상실 상태가 된 것을 절호의 기회라고 여겼을 것이다. 3천만 엔에 대해서도 잊었을 테니 훔쳐 간들 신스케가 소동을 피울 염려는 없다고 생각했을 것이다.

나루미는 이 집 안 어딘가에 그 돈이 있을 것이라고 확신하고서 신스케가 입원해 있는 동안 온 집 안을 다 뒤졌다. 그가 퇴원한 후에도 그 작업은 은밀히 계속되었을 것이다. 그리고 드디어 세면대 거울 뒤에서 찾아냈다.

만일 그 3천만 엔만 챙기려고 했다면 아무런 문제가 없었을 것이다. 적당한 이유를 둘러대고 신스케와 헤어진 후에, 아무도 미심쩍어하지 않는 형태로 새 생활을 시작할 수 있었다. 그런데 그녀는 더 많은 돈을 갖고 싶어 했다. 그래서 에지마를 만나, 입막음 조로 돈을 더 요구한 것이다.

그 거래에 에지마가 어떻게 반응했을지는 보지 않아도 뻔하다.

신스케는 주머니에서 손수건을 꺼내 펼쳤다. 그리고 인조 손톱을 멀거니 바라보았다. 조심조심 매니큐어를 바르던 나루미의 모습이 떠올랐다.

입 안에 고인 침이 쓰디쓰게 느껴졌다. 신스케는 그 침을 그대로 꿀꺽 삼켰다.

신스케는 에지마란 남자를 잘 안다. 그저 관대하기만 한 남자가 절대 아니다. 그랬다면 지금의 위치까지 오를 수 없었을 것이다. 신스케는 속을 알 수 없는 그 남자의 교활함과 잔인함을 지금까지 몇 번이나 봐 왔다. 일개 술집 아가씨가 돈을 더 내놓으라고 했다고 순순히 말을 들을 만큼 만만한 인간이 아니다.

"바보 같은 자식."

신스케는 중얼거렸다.

나루미에게 딱히 이렇다 할 애정을 품고 있었던 것은 아니다. 하지만 오래 입어 정든 청바지만큼의 애착은 있었다. 지금 그걸 잃었다는 게 분명해지자 나름의 감상이 밀려왔다.

신스케는 침대에서 내려와 벽장을 열었다. 나루미가 하와이에서 사 온 커다란 여행 가방이 들어 있었다. 그는 그것을 꺼내어 바닥에 놓았다.

실내를 죽 둘러보다가 우선 옷걸이로 다가갔다. 걸려 있는 옷은 대부분 나루미 것이다. 어쩌다 한 벌씩 섞여 있는 그의 옷 중에서 기능적이고 비교적 새것을 골라 가방에 던져 넣었다.

에지마가 5천만 엔을 미련 없이 내줄지 어떨지는 알 수 없다. 까딱 잘못하면 나루미 뒤를 좇는 신세가 될 수도 있다. 그걸 방지하기 위해서는 무엇보다 이쪽의 동태를 읽혀서는 안 된다고 생각했다.

날이 밝으면 집을 떠날 작정이다. 에지마는 어차피 휴대 전화로 연락할 것이고, 신스케가 어디 있는지 모르면 좋지 않은 일을 꾸밀 가능성도 낮아진다. 거래는 신중하게 해야 한다. 그리고 무사히 현금을 건네받으면 한동안 여기를 떠나 있자고 생각했다.

5천만 엔.

액수를 상상하니 가슴이 뛰었다. 그만한 돈이 있으면 한두 가지 승부수를 던질 수 있을 것이다.

신스케는 일용품을 가방에 쑤셔 담으면서 도쿄로 올라왔던 열여덟 살 때를 되짚어 보았다. 좁아터진 창고 같은 단칸방, 아르바이트를 하느라 밤낮으로 뛰어다니던 날들. 그러면서 조금씩 꿈을 잃어 갔다.

그는 이번이야말로 모든 것을 만회할 기회라고 생각했다. 포커 판의 카드를 새로 받은 셈이다. 게다가 이번에는 손안에 A만 좌르륵하다.

멋지게 한번 해 보자고. 그는 속으로 그렇게 중얼거렸다.

그때였다. 현관 벨이 울렸다. 신스케는 세면도구를 가방에 집어넣으려다 말고 침대 옆에 있는 자명종을 보았다. 새벽 4시에 가까운 시각.

대체 누구지, 이런 시간에.

신스케는 엉덩이를 들고 소리 나지 않게 살금살금 현관으로 걸어갔다. 벨이 또 울렸다. 상대가 문 앞에 계속 서 있는 듯하다.

에지마인가. 설마. 가령 무슨 꿍꿍이가 있다 해도 이런 식으로 찾아와 봐야 에지마에게는 아무런 이득이 없다. 만약 신스케의 목숨을 노린다면 알게 모르게 뒤통수를 칠 것이다.

신스케는 조용조용 문으로 다가갔다. 렌즈에 눈을 대고 밖을 내다보았다. 거기에 서 있는 사람을 보고 그는 하마터면 소리를 지를 뻔했다. 심장이 터져나갈 듯 쿵쿵거렸다.

루리코였다. 그녀는 상대를 빨아들일 듯한 그 눈으로 렌즈를 빤히 쳐다보고 있었다. 마치 그가 들여다보고 있다는 것을 아는 것처럼.

신스케는 몸이 얼어붙었다. 어째야 좋을지 몰라 그 자리에 우뚝 선 채 꼼짝도 하지 못했다. 왜, 왜 저 여자가 여기까지 찾아온 거지?

그녀가 다시 벨을 눌렀다. 그 소리가 신스케의 심장을 도려내는 것 같았다. 등골에 찌르르 전류가 흐르는 듯한 공포를 느꼈다.

열면 안 돼. 온몸이 경보를 울렸다. 그 여자를 집 안에 들여서는 안 돼.

그런데 다음 순간, 놀랄 일이 벌어졌다. 문 밖에서 여자가 움직이는 기척이 나는가 싶더니, 열쇠 구멍에 무언가를 꽂는 소리가 들린 것이다.

신스케가 보는 앞에서 잠금장치가 찰칵, 돌아갔다.

35

돌아가는 손잡이를 신스케는 그저 멀거니 쳐다만 보았다. 그

고층 아파트의 침실에 갇혀 있는 사이에 그녀가 이 집의 보조 열쇠를 만들었다는 것을 이제야 알아차렸다. 이 여자가 대체 무엇 때문에 나를 이렇게까지 쫓아다니는 것일까. 어떻게든 대처해야 한다며 초조해하는 한편으로 신스케는 그런 생각을 했다. 순간적으로 주위의 모든 것이 현실에서 유리된 듯한 느낌이 들었다.

문이 열리는 것을 보고서야 그는 정신을 차렸다. 막혀 있던 위기감이 봇물 터지듯 한꺼번에 가슴으로 밀려왔다.

신스케는 뒷걸음질을 쳐 방 한가운데로 가서 자세를 잡았다. 완력에 자신이 있는 것은 아니지만 보통 사람보다는 폭력에 익숙하다고 생각했다. 마음만 먹으면, 루리코가 설령 칼을 들고 있다 해도 쉽사리 때려눕힐 수 있다. 그런데 지금 그는 이상하리만큼 그녀가 두려웠다. 심장의 움직임도 숨이 차오를 만큼 빨라졌다.

루리코가 모습을 드러냈다. 위는 검은 니트, 아래는 발목까지 오는 역시 검은색 긴 치마를 입고 있다.

"아니, 왜…… 왜 온 거야?"

루리코는 아무 대꾸도 하지 않은 채 신스케의 얼굴을 쳐다보며 의미를 알 수 없는 미소를 지었다. 그러고는 집 안으로 들어왔다. 걷고 있는데도 그녀의 몸은 위아래로는 거의 움직이지 않았다. 치맛자락이 발목을 가려서인지는 모르겠지만,

마치 미끄러지듯 그에게 다가왔다.

"가까이 오지 마."

신스케는 두 팔을 앞으로 뻗으며 그녀를 노려보았다.

루리코의 입술이 어렴풋하게 움직였다. 뭐라고 한 것 같았다.

"뭐?"

"……했잖아."

그녀가 다시 한 번 말했다. 아주 작은 목소리였다.

"뭐라고?"

"전에, 말했잖아. 당신은 나를 떠날 수 없어. 이 운명을 거역할 수 없어."

플루트 같은 목소리였다. 전에는 그렇게 매혹적으로 들리던 목소리가 지금은 소름이 끼쳤다.

"웃기는 소리 마. 가까이 오지 말랬잖아."

그는 파리를 쫓듯 두 팔을 휘저었다. 그리고 다시 뒷걸음질 치려 했다. 그런데 발이 말을 듣지 않아 엉키는 바람에 엉덩방아를 찧고 말았다.

얼른 일어나려 했지만 발에 힘이 주어지지 않았다. 몸에 근육이 붙어 있는 것 같지 않았다.

그런 그의 앞으로 루리코가 다가섰다. 신스케는 그녀를 올려다보았다. 그녀와 눈이 마주쳤다.

그 순간, 아랫몸 전체가 완벽하게 마비되었다. 윗몸조차 일으킬 수 없어 그는 벌렁 누운 꼴이 되고 말았다. 간신히 팔만 움직였다. 있는 힘을 다해 바닥을 밀어 보지만, 등이 접착제로 딱 붙인 듯 떨어지지 않았다.

루리코는 두 다리를 신스케의 다리 양쪽으로 벌리고 서서는 천천히 몸을 낮췄다. 그리고 그의 셔츠 단추를 하나하나 풀더니 드러난 가슴과 배를 입술로 더듬기 시작했다.

"무슨 짓이야!"

신스케는 소리를 질렀다. 루리코의 양 어깨를 잡고 뿌리치려 했다.

그녀는 신스케의 몸에서 입술을 떼더니 다시 그의 얼굴을 쳐다보았다. 사냥감을 노리는 눈이었다. 꿈틀거리는 그 몸은 마치 고양이 같았다.

그녀는 그의 바지 단추로 손을 가져갔다. 단추를 풀고 지퍼를 내렸다. 그리고 팬티를 내려 그의 음부가 드러나게 했다. 그의 성기는 오그라든 채 발기할 기미를 보이지 않았다.

루리코의 눈이 번쩍 빛났다. 입술 사이로 뱀의 혀처럼 빨간 혀가 보였다. 그녀는 동물이 먹이를 허겁지겁 먹어대듯 그의 물건을 입에 물었다. 그 상태에서 다시 치켜뜬 눈으로 그를 보았다.

그녀의 입속에서 혀가 성기를 휘감았다. 그리고 가장 민감한 부분을 가장 관능적인 움직임으로 자극했다.

이 여자, 미쳤어. 신스케는 그렇게 생각하면서도 아랫도리를 휘감고 도는 찌릿찌릿한 쾌감을 거부할 수 없었다. 최면에라도 걸린 것처럼 온몸을 꼼짝할 수 없는데 딱 한 군데에만 쾌감이 주어진 비정상적인 상황이 거기에 박차를 가했다. 그는 순식간에 발기했다.

루리코의 입이 그의 성기를 놓아주었다. 그녀는 머리를 획 돌려 얼굴로 늘어졌던 머리칼을 뒤로 보냈다. 그러고서 신스케를 내려다보면서 긴 치마에 싸인 허리를 조금씩 앞으로 이동시켰다.

그 움직임이 멈췄다. 그녀는 치마 속으로 손을 집어넣어 신스케의 성기를 쥐었다.

그제야 신스케는 그녀의 아랫도리가 맨살이라는 것을 알았다. 성기 끝에 따스한 것이 닿았다. 촉촉하게 젖어 있었다.

그녀가 몸을 낮추자 그의 성기가 그녀의 몸 안으로 빨려 들어갔다. 푸르르, 신스케는 몸을 떨었다. 어떤 떨림인지 그 자신도 잘 몰랐다.

루리코가 허리를 천천히 위아래로 움직였다. 그 얼굴에 남자를 정복한 환희가 어려 있었다. 입술 사이로는 여전히 빨간 혀가 언뜻언뜻 보였다.

"그만 해."

신음과 함께 신스케는 외쳤다. 몸을 비틀기라도 하고 싶은데 힘이 주어지지 않았다.

"왜 그만 해야 하는데? 내 안에 사정해. 그럼 나, 임신할 거야. 당신의 아이를 갖는 거지."

"말도 안 되는 소리. 그만 하라고!"

"그만 하게 하고 싶으면, 날 죽여. 그것 말고는 네가 빠져나갈 방법이 없어."

루리코는 신스케의 두 팔을 잡고 들어 올려 자신의 목덜미에 갖다 대었다.

"그만 하라잖아!"

"둘이서 지옥에 가자."

루리코는 그렇게 말하고는 고양이가 가르랑거리듯 묘한 소리를 내며 웃었다.

쾌감의 물결이 신스케의 전신으로 밀려왔다. 예사 사태가 아닌데도 그의 성기는 위축될 기미를 보이기는커녕 점점 불끈거렸다.

안 되겠어, 그는 생각했다. 이제 더는 참기 힘들다.

신스케는 두 손으로 루리코의 목을 잡고 힘을 약간 주었다. 여자의 얼굴이 환희에 젖었다.

"그래, 날 죽여. 그때처럼."

"그때……."

"날 죽였잖아. 당신 덕분에 난 점토처럼 납작하게 짓뭉개졌어. 그때, 당신은 날 죽인 거야. 기억해 봐."

아니야, 내가 아니라고. 그렇게 외치려 했다.

그 순간 전화벨이 울렸다. 휴대 전화가 신스케의 바지 주머니 속에서 울리고 있었다.

루리코가 퍼뜩 놀란 표정을 지으며 움직임을 멈췄다. 그 순간, 신스케의 몸을 지배하고 있던 최면이 풀렸다. 모든 근육이 깨어났다.

그는 온몸에 탄력을 주어 자신을 타고 있는 여자의 몸을 밀쳐냈다. 그리고 벌떡 일어서자 급히 현관으로 향했다. 문을 열고 밖으로 뛰쳐나가 다시 문을 닫았다. 그 문을 등으로 밀면서 바지를 끌어 올렸다. 벨은 계속 울렸다. 하지만 받을 여유가 없었다. 문에서 등을 떼자마자 옆에 있는 계단을 뛰어 내려갔다.

1층에 도착하자 아파트 뒷문을 통해 밖으로 나갔다. 루리코가 쫓아오는 것 같지는 않았다. 그런데도 그는 계속 뛰었다. 아파트에서 세 블록 정도 떨어진 곳까지 가서야 헉헉거리며 멈춰 섰다. 목재 회사의 창고인 듯한 건물이 있고, 그 앞에 트럭 두 대가 서 있었다. 신스케는 그 사이에 몸을 숨겼다.

숨을 가다듬으면서 아파트 쪽을 살폈다. 루리코의 모습은 보이지 않았다.

자기도 모르게 굵은 한숨이 새어 나왔다. 그제야 가슴이 욱

신거리는 것을 느꼈다. 요즘 들어 운동다운 운동을 전혀 하지 않았다. 전력을 다해 뛴 것도 몇 년 만이다.

셔츠 주머니에 손을 집어넣어 담배와 일회용 라이터를 꺼냈다. 딱 한 개비 남은 담배를 입에 물고 불을 붙였다. 연기를 한껏 빨아들이자 가슴이 더 아팠다.

휴대 전화는 이제 울리지 않았다. 신스케는 눈을 찡그리며 가로등 불빛에 액정 화면을 비춰 보았다. 발신자의 전화번호가 찍혀 있었다. 하지만 번호만 봐서는 누구인지 알 수 없었다. 신스케는 아마 에지마일 것이라고 생각했다. 이 시간에 전화를 걸 만한 사람이 달리 떠오르지 않았다.

그 번호로 전화를 걸었다. 벨이 세 번 울리자 상대가 받았다.

"네."

남자 목소리가 들렸지만 에지마는 아니었다. 들어 본 적은 있는데, 누구 목소리인지 금방 기억나지 않았다.

"여보세요. 저…… 아메무라입니다만."

신스케는 상대가 누구인지 떠볼 생각으로 말했다.

"아, 지금 내가 다시 전화를 걸려던 참이었는데."

그 말을 듣고서야 누구 목소리인지 생각났다.

"기우치 씨……, 당신이었군."

"이런 시간에 미안해. 자고 있었나?"

"아니. 그런데 대체 무슨 일이지? 더는 상관하지 말라고 한 것은 그쪽일 텐데."

"나 역시 당신과 더는 얽히고 싶지 않아. 하지만 지금은 그런 걸 따질 상황이 아니군."

기우치의 말투에서 여유라고는 찾아볼 수 없었다. 루리코 때문이로군, 하고 신스케는 직감했다.

"그녀 일인가?"

신스케는 일부러 물어보았다. 옳게 맞혔는지, 기우치가 침묵했다. 그리고 낮은 목소리로 되물었다.

"설마 무슨 일이 있는 건 아니겠지?"

"설마가 아니지, 설마. 방금 전에 내 집에 왔어."

전화 저편에서 기우치가 으음, 하고 신음했다. 혀를 차는 소리도 들렸다.

"그래서, 그녀가 아직도 거기 있나?"

"난 지금 혼자야. 혼자 밖에 있어. 도망쳐 나왔다고."

"그럼 그녀는 어디 있지?"

"내가 어떻게 알겠어. 내 방에 아직 있는지도 모르지."

기우치가 또 침묵했다. 기가 막혀 말이 안 나오거나 재빨리 대책을 강구하려는 것 같았다.

"당신은 지금 어디 있지? 아파트 근처인가?"

기우치가 다시 물었다.

"100미터 정도 떨어진 곳이야. 트럭 사이에 숨어 있지."

"그렇군. 당신 아파트가 몬젠나카초에 있지 아마?"

잠시 생각하는 듯 틈을 둔 후에 기우치가 물었다.

"잘 아는군."

"가사이바시 거리에 패밀리 레스토랑이 있을 거야."

"있지. 그 근처야."

"그럼 그곳에서 만나지. 나도 곧장 그리로 갈 테니까."

"어떻게 된 사정인지 얘기해 줄 건가?"

"그럴 생각이야."

"좋아. 그렇게 하지. 얼마나 걸리겠어?"

"모르겠어. 하지만 최대한 빨리 가지."

"알았어. 얼른 오라고."

기우치는 전화를 끊었다. 신스케는 기우치의 전화번호를 저장하고 휴대 전화를 주머니에 집어넣었다.

36

벽시계가 새벽 4시 40분을 가리키고 있다. 패밀리 레스토랑 안에는 신스케 말고 손님이 세 명 있었다. 한 사람은 카운터 자리에 앉아 신문을 보면서 커피를 마시고, 나머지 두 사람은 맨 안쪽 테이블에서 식사하며 얘기를 나누고 있었다. 모두 남자였다.

신스케는 비엔나소시지와 프라이드 포테이토, 맥주를 주문
했다. 그것들을 천천히 먹으면서 가사이바시 거리를 오가는
자동차를 바라보았다.

머릿속은 아까 루리코가 내뱉은 말과 행동으로 꽉 차 있었다.

그녀는 아마 유니버설 타워 4015호에 가 보고 신스케가 없
어진 것을 알았을 것이다. 그런데 루리코의, 아니 우에하라
미도리의 목적은 대체 무엇일까. 기시나카 미나에로 탈바꿈
해서 신스케에게 복수하려 한다는 점은 알겠는데, 어떤 복수
를 원하는지 종잡을 수 없었다. 죽이고 싶었다면 지금까지 얼
마든지 기회가 있었다. 그녀에게는 불가사의한 힘이 있다. 상
대를 꼼짝 못하게 하는 힘. 그 때문에 신스케는 몇 번이나 옴
짝달싹 못하는 상태에 빠졌다. 아까도 그랬다. 그런데도 그녀
는 그의 목숨을 앗으려 하지는 않았다. 왜일까.

애당초 그녀는 왜 기시나카 미나에로 변신해야 했을까. 왜
하필 애인인 기우치 하루히코가 사고로 죽인 여자로 탈바꿈
해야 했을까. 그렇게 해야 애인을 구제할 수 있다고 생각한
것일까. 설마, 신스케는 얼토당토않다고 생각했다. 기우치의
입장에서 애인이 자기가 죽인 여자로 변신하는 것은 지옥보
다 더한 사태일 것이다.

우에하라 미도리와 기시나카 미나에, 두 사람 사이에 어떤

연결 고리가 있는 것일까.

신스케는 지금까지 있었던 일을 최대한 정확하게 되짚어 보았다. 처음부터 하나씩, 세세한 부분까지 하나도 놓치지 않고 재검증해 보자고 생각했다. 어딘가에 실마리가 있을 것이다.

루리코와의 만남, 그녀와의 섹스, 기시나카 미나에의 유령. 도무지 현실 같지 않은 일들이 줄줄이 뇌리에 되살아났다. 내가 과연 정상일까, 하고 그는 생각했다. 실은 내가 미친 게 아닐까. 그래서 환각을 본 것 아닐까. 그런 기분마저 들었다. 물론 그렇지 않다는 증거는 얼마든지 있었다.

잔에 맥주가 겨우 몇 센티미터밖에 남지 않았다. 신스케는 잔을 비우려고 들었다가 갑자기 동작을 멈췄다. 어떤 기억이 떠올랐기 때문이었다.

그것은 기우치 하루히코를 '시리우스'에서 처음 만났을 때의 일이었다.

기우치가 무심코 내뱉은 한마디가 불쑥 신스케의 뇌세포를 자극했다. 그때는 흘려들었는데, 지금의 신스케에게는 중대한 의미를 암시하는 한마디였다.

"설마……."

그가 중얼거렸다. 카운터 자리의 손님이 힐끔 돌아보았다.

설마. 마음속으로 다시 한 번 중얼거렸다. 어떻게 그런 일이.

하지만 마음속에 한번 움튼 의혹은 순식간에 부풀어 갔다.

신스케는 그것 말고는 답이 없다고 확신했다.

그는 손목시계를 보았다. 한시 빨리 확인하고 싶었다. 기우치 본인에게 사실을 따져 보고 싶었다.

시계를 들여다보는 순간, 또 다른 의혹이 움텄다. 기우치가 너무 늦는다 싶었다.

그가 사는 니혼바시하마초에서 여기까지는 서두르면 10분도 걸리지 않을 거다. 최대한 빨리 오겠노라고 했으니 벌써 나타나고도 남았을 시간이다.

신스케는 전혀 다른 가능성을 생각했다. 그는 테이블에 놓인 계산서를 집어 들고 벌떡 일어섰다.

계산을 치르고는 가게에서 나왔다. 그리고 자기 아파트를 향해 뛰기 시작했다.

멍청하게. 신스케는 뛰면서 생각했다. 기우치가 굳이 전화를 한 것은 우에하라 미도리가 없어졌기 때문이다. 있을 만한 곳을 찾다가 혹시 신스케의 집에 갔을지도 모른다고 생각했을 것이다.

패밀리 레스토랑에서 만나자고 약속한 것도 신스케에게 볼일이 있어서가 아니었다. 그를 아파트에서 멀리 떨어뜨리려는 목적이었다.

신스케가 아파트 앞에 도착하니, 외제 차 한 대와 그 옆에 남자 셋이 서 있었다. 그중 한 사람이 기우치 하루히코였다.

신스케는 곧장 그에게 다가갔다. 다른 두 남자가 먼저 그를 알아보고 다음으로 기우치가 신스케 쪽을 돌아보았다. 곤혹스럽다는 듯 뚱한 표정이었다.

신스케는 2미터 정도 거리를 두고 걸음을 멈췄다.

"어떻게 된 거야, 기우치. 대체 무슨 짓이야, 사람을 기다리라고 해 놓고서."

신스케가 말했다.

기우치는 고개를 저쪽으로 돌리고는 턱을 만지작거렸다. 다른 두 남자가 힐끔힐끔 신스케를 쳐다보았다.

"설명을 좀 해 봐."

"나중에 설명하지. 지금은 그녀를 찾는 게 우선이야."

기우치가 퉁명스럽게 대답했다.

역시 그녀를 찾으러 온 것이다.

"아직도 못 찾았나?"

"어."

"우리 집에도 들어가 봤겠지?"

"문이 잠겨 있지 않아서."

문이 잠겨 있었다면 망가뜨려서라도 들어갔으리라.

"그녀는 날이 밝으면 어딘가로 사라지더군. 늘 그랬어."

신스케가 고개를 약간 들고서 말했다. 하늘이 부옇게 밝아오고 있었다.

"그렇겠지."

"당신에게 할 얘기가 있는데. 중요한 거야."

신스케의 말에 기우치가 겨우 고개를 돌리고 그의 눈을 바라보았다. 신스케도 똑바로 그 시선을 되받았다. 하고 싶은 말이 무언지, 이렇게 바라만 보아도 충분히 이해할 것이라고 생각했다.

"기우치 씨."

한 남자가 그를 불렀다. 뭔가 판단을 재촉하는 목소리였다. 기우치가 남자를 향해 고개를 끄덕여 보였다.

"사장님 곁에 가 있어."

남자들이 그에게 인사한 뒤 차에 올라탔다. 차는 낮은 엔진 소리를 울리며 멀어졌다.

신스케는 미등을 한참이나 바라보다가 기우치에게 말했다.

"사장이라면, 그녀의 아버지를 말하는 거겠군."

기우치는 대답할 필요조차 없다고 여겼는지, 택시를 잡자며 걸어갔다.

큰길로 나오자 곧바로 빈 택시가 다가왔다. 기우치가 손을 들어 택시를 세웠다.

"하마초 역 쪽으로 갑시다."

"당신 아파트로 가는 건가?"

신스케가 물었다.

"혹시 돌아와 있을지도 모르지."

"그럼 그녀가 평소에는 당신 아파트에 있다는 거야?"

기우치는 여전히 대답하지 않은 채 창밖만 바라보았다. 날이 거의 밝아 오고 있었다. 통행량도 점차 많아졌다.

택시가 하마초 공원 옆에 도착했다.

"그만 됐습니다."

기우치가 운전사에게 말했다. 일방통행로라서 아파트 바로 앞까지는 들어갈 수 없다.

신스케가 먼저 내리고, 기우치는 택시비를 치르고 내렸다.

기우치가 말없이 걷기 시작했다. 신스케도 그 뒤를 따랐다.

가든 팰리스가 저만치 보였다. 기우치는 걸어가면서 바지 주머니에 손을 넣고 열쇠를 꺼냈다.

"기우치, 한 가지 물어봐도 될까?"

신스케가 뒤에서 물었다.

"질문은 나중에 하지."

"간단한 거야. 그렇다, 아니다로 대답하면 돼. 당신도 대리였지?"

기우치가 걸음을 멈췄다. 그리고 뒤돌아서며 신스케를 바라보았다. 눈이 진지하게 빛났다.

"기억을 되찾은 건가?"

"불과 몇 시간 전에. 하지만 당신도 대리였다는 건 전혀 몰랐어. 여러 가지로 생각하다 보니 그것밖에 없다는 결론이 나오더군. '시리우스'에서 처음 만났을 때 당신은 내게 이렇게 말했지. 죄의식은 별로 없다, 당신도 그렇지 않느냐고 말이야. 그 말의 의미를 생각해 보니 답은 한 가지밖에 없더군."

"흐음."

기우치가 고개를 끄덕였다. 그리고 얼굴을 비비며 고개를 전후좌우로 비틀었다. 관절이 우두둑거리는 소리가 났다.

"내 추측이 맞는 건가?"

"그래, 맞아. 나도 대리였어."

37

가든 팰리스의 엘리베이터 벽면은 빛나는 탁한 은색이었다. 신스케는 그 탁한 은색을 쳐다보면서 기우치와 함께 5층으로 올라갔다. 505호가 기우치의 집이다.

기우치는 현관문을 열더니 신스케에게 기다리라고 하고는 혼자 안으로 들어갔다. 2, 3분이 지나 다시 문이 열리더니 기우치가 고개를 내밀었다.

"들어오지."

"그녀는?"

"없어."

신스케가 실내로 들어섰다. 똑바로 나 있는 복도 끝에 유리문이 있었다. 유리문 너머는 어두컴컴해서 잘 보이지 않았다.

기우치가 현관에 들어서자마자 왼쪽에 있는 방의 문을 열었다.

"좁아서 미안하군. 손님을 맞을 만한 방은 여기밖에 없어서."

방 안은 비교적 깔끔하게 정리되어 있었다. 책꽂이와 조그만 책상이 있고, 구석에는 오디오 세트와 텔레비전이 놓여 있다.

"저 방은?"

신스케가 복도 끝 방을 가리키며 물었다.

기우치가 순간적으로 눈살을 찌푸리더니 신스케의 얼굴을 멀뚱멀뚱 바라보았다.

"보고 싶나?"

"괜찮다면."

기우치는 잠시 망설이다가 한숨을 쉬면서 고개를 끄덕거렸다.

"할 수 없지."

그가 앞서 걸어가 방문을 열었다. 그리고 안으로 들어가 불을 켰다.

"들어오지."

그 소리를 듣고 안으로 들어간 신스케는 방 안을 보고서 할
말을 잃었다.

그 방은 마치 연극 무대 뒤의 분장실 같았다. 옷걸이에 엄청
난 양의 옷이 어지럽게 걸려 있고, 테이블 위에는 화장품이
널려 있었다. 그리고 벽 쪽에는 등신대 사이즈의 거울이 몇
개나 놓여 있었다.

"뭐하는 곳이지, 이 방은?"

한참이 지나서야 신스케는 겨우 그렇게 물었다.

"그녀가 변신하는 방. 기시나카 미나에로 변신하기 위한
방."

"그럼 여기서……."

신스케는 걸려 있는 원피스에 손을 댔다. 기억에 있는 옷이
었다. 그녀가 처음 '양하'에 나타났을 때 입었던 옷이다.

신스케가 기우치를 돌아보았다.

"그때, 페라리를 운전했던 사람이 그녀였군."

"그래."

기우치가 의자를 끌어당겨 앉았다.

"내가 그쪽 차로 뛰어갔을 때는 그녀가 없었는데."

"사고가 난 직후에 바로 피신시켰으니까. 멀리 있었던 건
아냐. 실은 그 옆에 있는 창고 뒤에 숨어 있었지, 계속."

기우치가 다리를 꼬며 말했다.

"당신이 그녀의 죄를 대신하게 된 것은 애인을 전과자로 만들고 싶지 않아서였나?"

"그렇기도 하지. 하지만 더 큰 이유가 있었어. 상황으로 봐서 내가 운전했다고 하면 집행 유예가 될 가능성이 있었지만 그녀는 장담할 수 없었거든."

"과거에 중대한 교통 법규 위반 전력이 있다, 뭐 그런 건가?"

"아니. 그날 우리는 '시걸'에서 돌아오는 길이었어."

기우치가 고개를 저으며 말했다.

"음주 운전이군."

"그래. 가게에서는 내가 운전하기로 했었어. 그래서 난 술을 한 방울도 마시지 않았고. 그런데 정작 돌아갈 때가 되자 미도리는 자기가 운전하겠다고 고집을 피웠어. 그 정도 마시고는 취하지 않는다고 억지를 부린 거지. 아닌 게 아니라 그녀는 술이 센 데다 그다지 취한 것처럼 보이지도 않았어. 괜찮겠다 싶어 키를 건네고 말았는데, 애당초 그게 실수였던 거지. 그녀에게 운전을 시켜서는 절대 안 되는 거였는데."

하지만 강력하게 말릴 수 있는 입장은 아니었을 것이다. 연인 사이라고는 하지만 우에하라 미도리는 사장 딸이다. 주도권은 늘 그녀 쪽에서 쥐고 있지 않았을까, 신스케는 그렇게 짐작했다.

"그녀는 운전 솜씨 하나는 늘 자신하는 사람이었어. 술 몇 잔 마셨다고 그 솜씨를 의심받는 게 짜증스러웠나 보더군. 평소보다 어찌나 속도를 내던지. 하지만 그럴 때 주의를 주면 타는 불에 기름을 붓는 꼴이 될까 봐, 난 조마조마해서 발을 동동 구르며 지켜보는 수밖에 없었지."

"그런데 아니나 다를까, 사고가 났다."

"다시 한 번 말하는데, 그 사고는 근본적으로 그쪽 책임이야. 차가 그런 식으로 반대 차선으로 밀고 들어오면 도저히 피할 수 없지. 속도를 내지 않았어도 말이야."

"내가 운전하지 않았어."

"알아."

그렇게 말하며 기우치는 고개를 끄덕였다. 두 사람 사이에 잠시 침묵이 흘렀다. 각자 생각에 잠겼다.

그러다 신스케 쪽에서 물었다.

"당신이 먼저 그렇게 하겠다고 제안한 건가?"

"물론이지. 미도리는 제정신이 아니었어. 아무 생각도 할 수 없는 상태였지."

"그렇다면 그녀를 대신하기로 한 건 애정 때문이었나? 아니면 타산?"

"타산?"

"그녀나 그녀 집안에 대해서나 약점을 쥐게 되는 셈이니까."

"아, 솔직히 나도 잘 모르겠어. 아무튼 난 그대로 그녀를 경찰에 넘길 수는 없다고 생각했을 뿐이야. 애정 때문이었다고 하면 폼이야 나겠지만, 그게 전부는 아니었겠지. 하지만 그 순간에 타산이 작용했던 기억도 없어. 굳이 말하자면, 습성이라고 해야겠지."

기우치가 어깨를 으쓱했다.

"습성?"

"피고용자의 습성."

"아하."

신스케는 고개를 끄덕였다. 알 것 같은 기분이었다.

"그래도 한 가지는 운이 좋았지. 다른 가해자 쪽이 당신들이었다는 거."

의미를 알 수 없어 신스케가 고개를 갸우뚱하자 기우치가 말을 이었다.

"사고 직후에 그 사람이 우리 쪽으로 왔지. 그 에지마라는 사람 말이야."

"기억나는군. 그랬지."

빨간 페라리 쪽 상황을 보러 가던 에지마의 뒷모습이 신스케의 뇌리에 되살아났다.

"그 사람이 왔을 때, 운전석에는 아직 그녀가 앉아 있었어. 그가 들여다보면서 괜찮냐고 물었지. 그 순간이었어, 내가 그녀를 대신하기로 결심한 건."

"에지마 씨에게 그렇게 말했나?"

"그래. 운전을 내가 한 것으로 해 주었으면 좋겠다고 했지. 여러 가지 사정이 있어서 그런다고 말이야. 그 사람, 처음에는 좀 이상하게 여기더니 이쪽이 불리해지지 않는다면 그래도 상관없다고 하더군. 운이 좋았다는 건 그걸 말하는 거야. 고지식한 상대였으면 그런 거래는 성립하지 않았을 테니까 말이지."

"당신이 그런 제안을 하는 바람에 에지마 씨도 대리를 내세울 생각을 했을 거야."

"그랬던 것 같더군. 그건 나중에 알았어."

신스케는 그렇게 골치 아픈 상황이었는데도 사고의 책임에 관한 합의가 무리 없이 진행된 이유를 그제야 이해했다. 양쪽 다 허물이 있는 사람들이었던 것이다.

"사고 직후에 내가 그쪽으로 갔을 때 당신은 어디엔가 전화를 걸었어. 상대가 누구였지?"

신스케가 물었다.

"그야 사장님이지. 전후 사정을 보고하고, 미도리를 데려가 줄 사람을 보내 달라고 부탁했어."

"그녀의 아버지가 당신의 충성심에 감복해서 눈물을 흘렸겠군."

"글쎄. 당시에는 그 정도 일쯤 당연하다고 여기지 않았을까. 눈에 넣어도 아프지 않을 귀한 딸을 일개 사원에게 주어야 하는 입장이었으니."

"당시라면, 그 후에 상황이 바뀌었다는 얘기인가?"

"뭐, 그런 셈이지. 그녀가 귀신에 씌었을 줄 꿈에도 몰랐으니까."

"귀신에 씌었다고?"

"그래, 귀신에 씌어 있었어. 기시나카 미나에의 귀신."

기우치가 신스케의 눈을 보며 나직이 말했다.

38

"농담이겠지."

신스케가 말했다. 경련이 이는 것처럼 볼이 약간 실룩거렸다.

"물론, 말이 그렇다는 거야. 하지만, 그 후로 달리 뭐라 표현할 수 없는 일이 계속되었어. 계속되고 있다고 현재형으로 말하는 편이 옳을려나."

"무슨 뜻인지 모르겠군."

기우치가 의자에서 일어나 옷걸이로 다가가더니 걸려 있는 드레스의 소맷자락을 만지작거렸다.

"자네에게 나도 한 가지 묻지. 사고에 대해서 어느 정도 기억하나?"

"어느 정도라니, 대충은 다 기억하는데. 이제는 거의 다 기억나."

"사고가 나던 순간에 대해서는?"

"기억하지. 무엇엔가 부딪쳤다고 생각했는데, 그다음 순간 무지막지한 소리가 났어. 그리고 정신을 차려 보니 당신네들 차가 벽을 처박았더군."

"그리고 다시 봤더니 벽과 차 사이에 사람이 끼여 있었다, 그건가?"

"음, 그래."

"그렇겠지. 자네와 에지마 씨가 본 것은 아마 그 정도였을 거야."

기우치가 한숨을 내쉬었다.

"그것 말고 또 뭐가 있어?"

"우리는, 또 다른 것을 봤어. 본의 아니게 봤다고 해야겠지. 무엇보다 기시나카 미나에의 목숨을 결정적으로 앗은 것은 우리 쪽 차였으니까."

"그 순간이 지금도 기억나나?"

"꿈에 보일 정도로."

기우치가 희미하게 웃었다. 하지만 그 웃음도 이내 사라졌다.

"차가 그 여자의 몸을 짓뭉개는 느낌을 지금도 생생하게 떠올릴 수 있어. 정말 한순간의 일이었는데, 마치 슬로 모션으로 움직이는 영상처럼 기억하고 있지. 몸이 조금씩 짓이겨지면서 살아 있는 사람이 점점 죽어 갔어. 가능하다면 한시 빨리 잊고 싶지. 하지만 아마, 평생 잊지 못할 거야."

신스케는 등줄기가 오싹해지는 것을 느꼈다. 동시에 입 안이 바짝 말라들었다. 물을 마시고 싶었다.

"특히, 망막에 각인되어 떨어지지 않는 게 있어. 뭐일 것 같나?"

신스케는 모르겠다는 대답 대신 고개를 저었다.

"눈이야."

"눈?"

"그래, 눈."

기우치는 자신의 눈을 가리켰다.

"기시나카 미나에가 죽어 갈 때의 눈. 생명이 꺼지기 직전까지 그녀는 집념의 빛을 번뜩였어. 삶에 대한 집착의 빛, 자신의 의지와는 무관하게 죽어야 하는 무상의 빛, 자신을 그런 꼴로 만든 상대에 대한 증오의 빛이었지. 난 지금까지 살아오면서 그렇게 끔찍한 눈은 단 한 번도 본 적이 없어."

기우치의 얘기를 들으면서 신스케는 그런 눈을 어디선가 본 듯한 기억을 떠올렸다. 맞아, 그 눈이야. 루리코가 간혹 보이는, 그 속을 알 수 없으리만큼 깊은 눈. 기시나카 레이지가 만든 인형들이 지니고 있는 그 으스스한 눈.

"불공평하다고 생각하지 않나. 그 사고와 관련해서 우리 쪽과 자네 쪽은 죄의 무게가 엇비슷하다는 판정을 받았어. 그런데 자네 쪽에는 사람을 죽였다는 의식이 없지. 하지만 우리 쪽은, 피해자가 죽어 가는 광경을 두 눈으로 똑똑히 봤다고."

뭐라 할 말이 없어 신스케는 그저 잠자코 있었다.

"나는 그나마 나은 편이야. 기시나카 미나에의 눈은 나를 향해 있지 않았으니까. 그녀가 본 것은 미도리 쪽이었어. 미도리는 자신이 운전하는 차가 여자의 몸을 짓이기는 감각을 몸으로 느끼면서 그 여자와 마지막까지 눈을 마주하고 있었어."

신스케는 주먹을 꽉 쥐고 온몸에 힘을 주었다. 그러지 않으면 몸이 부들부들 떨릴 것 같았다. 당시의 미도리의 심경을 상상하기조차 두려웠다.

"그 눈이 미도리의 모든 것을 빼앗았지. 마음을 완전히 죽였다고 할까. 사고 후로 미도리는 폐인이 되다시피 했어. 살아 있지만 죽은 것이나 다름없는 상태였지. 그때 그 눈이 지닌 증오와 분노의 힘에 지배되고 만 거겠지."

"의학의 힘으로도 어쩌지 못했다는 건가?"

"물론 그녀의 아버지는 온갖 방법을 다 동원했어. 하지만 소용없었지. 당분간 조용한 곳에서 요양하도록 하자는 흔해 빠진 결론밖에 얻지 못했어. 그렇다고 당신 눈에 안 보이는 곳으로 보낼 수는 없으니, 그래서 마련한 장소가."

"유니버설 타워였군."

신스케의 대꾸에 기우치가 고개를 끄덕였다.

"그렇게 된 거야. 그 고층 아파트가 그녀의 요양소가 된 셈이지."

"그 집은 사람을 감금할 수도 있는 구조던데."

"감금할 목적도 있었지. 그녀가 때로 난동을 부렸으니까. 미도리는 언제 어디서든 기시나카 미나에의 눈이 자신을 쳐다보고 있다고 느끼는 모양이었어. 그 공포와 압박감을 견디기 힘들어지면 발작을 일으키는 것 같아."

신스케는 그 집의 갖가지 장치를 떠올렸다. 자동 잠금장치, 봉쇄된 창문. 모든 것이 그녀를 위한 설비였다.

"하지만 상황은 아무리 시간이 흘러도 좋아지지 않았어. 그러자 누군가가 이렇게 제안했어. 아마 사람을 죽였다는 양심의 가책이 그녀를 옭아매고 있는 것일 테니까, 어떤 형태로든 죽은 사람의 혼을 위로할 기회를 주어 보면 어떻겠느냐고 말이야. 미도리의 아버지는 그 제안을 받아들였지. 그리고 내게 그럴 수 있도록 조처를 취하라고 명했어."

"혼을 어떻게 위로한다는 거지?"

"우선은 평범한 방법부터 시작했어. 기시나카 레이지에게 연락해서, 영정 앞에 향이라도 피우게 해 줄 수 없겠느냐고 교섭해 봤지. 강경하게 거절하더군. 하기야 그에게 나는 죽여도 시원치 않을 살인자이니, 그럴 수밖에. 그래서 다시 이렇게 부탁했지. 그렇다면 나 대신 약혼녀라도 보내고 싶은데, 그것도 안 되겠느냐고 말이야."

"기시나카의 반응은?"

"물론 금방 허락하지는 않았지. 그는 우리와 접촉하는 것 자체가 불쾌한 듯했어. 그럴 만도 하지. 그런데도 몇 번이나 연락했더니 그럼 한 번만 허락하겠다고 하더군."

"그래서 그녀를 보냈다는 말이로군. 기시나카의 집에, 그것도 혼자서."

"물론 불안했지. 말로는 다 할 수 없을 정도로 불안했어. 기시나카 미나에의 사진을 보는 순간 발작이라도 일으키지 않을까, 기시나카 레이지에게 불필요한 소리를 하지는 않을까. 하지만 그녀를 살릴 만한 길이 달리 없는 이상, 불안에 떨고만 있을 수는 없었지. 해결책이다 싶으면 무슨 일이든 시도해 보는 도리밖에 없었어."

"그래서 그 결과는?"

"기대 이상이었다고 해야 하나."

기우치가 부엌으로 들어가 대형 냉장고를 열고 커피 가루가 들어 있는 깡통을 꺼냈다. 신스케는 저 대형 냉장고도 미도리의 신혼 생활을 위해 구입한 거겠지, 하고 상상했다.

"커피, 마시겠나?"

"아, 그러지."

기우치는 커피 메이커에 물을 담고 종이 필터를 끼운 후 가루를 넣었다.

"미도리는 커피를 좋아했어. 그래서 원두커피를 제대로 끓일 수 있는 기계도 사려고 했지. 그런데 언제부터인가 커피를 전혀 마시지 않더군. 그래서 이렇게 소박한 커피 메이커로 때우고 있어."

"언제부터?"

"기시나카 미나에로 변신하기 시작할 무렵부터."

기우치가 앞머리를 끌어 올리고 그 손으로 뒷덜미를 문질렀다. 얼굴에 피로한 기색이 역력했다.

"미나에는 커피를 좋아하지 않았던 모양이야. 오로지 홍차만 마셨다더군. 특히 우유를 듬뿍 넣은 시나몬 티를 좋아했대. 그래서 미도리도 시나몬 티를 마시게 되었지."

"얘기가 좀 엉뚱한 데로 흐른 것 같군."

"아, 그래. 아까 어디까지 얘기했었지?"

"그녀 혼자서 향을 피우러 갔다는 데까지. 결과가 아주 좋았나 보군."

"너무 좋았다고 할 정도로. 기시나카를 만나고 돌아온 미도리를 보고 난 내 눈을 의심했어. 그녀가 웃고 있었거든. 광기의 웃음이 아니라, 정말 행복해 보였어. 그런 표정을 보는 게얼마 만이던지. 대체 무슨 일이 있었기에 그러냐고 그녀에게물어보았지. 별다른 일은 없었다, 미나에 씨를 만나서 좋았다, 그렇게 대답하더군. 설마 그녀의 말이 정말일 줄은, 그녀가 기시나카 미나에를 만났을 줄은 꿈에도 생각하지 못했어.그저 향을 피우고 명복을 빌고 오니 그런 기분이 드는 모양이라고 해석했지. 그렇게 생각하는 게 당연하지 않나?"

기우치가 신스케를 보며 물었다.

"그렇겠지."

"그런데 그게 큰 잘못이었던 거야."

39

"그 후부터 미도리는 툭하면 기시나카의 집을 드나들었어. 그러다 보니 그 집에서 대체 뭘 하다 오는지 슬슬 신경이 쓰이더군. 그렇다고 그만 가라고 할 수도 없고. 누가 봐도 미도리가 명랑한 자신의 성격과 건강을 되찾아 가는 것 같았으니까말이야. 그녀의 아버지도 당분간 하고 싶은 대로 하게 놔두라고 하더군. 그 말을 따를 수밖에 없었지."

기우치는 커피 메이커 쪽으로 눈길을 돌리고 유리 주전자에 고이는 검은 액체를 바라보았다. 신스케도 그쪽을 보았다. 커피 메이커에서 김이 모락모락 오르고 있었다.

"그들의 비밀을 안 것은 미도리가 기시나카의 집을 드나들기 시작한 지 두 달쯤 지나서였어. 갑자기 이삿짐센터 사람들이 와서 엄청난 양의 짐을 두고 간 거야. 물론 미도리가 의뢰한 일이었지. 내가 그 집에 찾아갔을 때는 짐들이 모두 있어야 할 자리에 반듯하게 놓여 있었어. 그 광경을 보고 내가 얼마나 놀랐을지, 자네는 짐작이 가겠지."

기우치가 한 말의 의미를 신스케는 금방은 이해하지 못했다. 하지만 그 초고층 아파트를 떠올리자 알 것 같았다.

"인형이로군."

신스케가 중얼거렸다. 기우치는 천천히 고개를 끄덕였다.

"자네도 보았다시피, 기시나카 미나에를 닮은 인형들이 줄줄이 늘어서 있었어. 게다가 기시나카가 인형을 만드는 작업에 더욱 박차를 가할 수 있도록 온갖 설비와 도구까지 옮겨져 있더군."

"대체 무슨 생각으로 그런……."

"미도리에게 물어보았지. 대체 무슨 생각이냐고. 그녀는 '미나에 씨를 되살리는 거야.'라고 대답하더군. 그 말을 듣는 순간에야 난 깨달았어. 기시나카의 집에서 미도리는 정말 기시나카 미나에를 만난 거라고 말이지. 기시나카가 만드는 인형을 보고 구원이라도 받은 것처럼 굴었으니까."

"그만두게 할 수는 없었나?"

"물론 그러려고 했지. 인형을 전부 치워 없애려고 했어. 그런데 그녀가 미친 듯이 화를 내는 거야. 손을 댈 수 없을 정도로. 내게도 닥치는 대로 칼을 휘두르고."

"칼?"

기우치는 오른쪽 소매를 걷어 올리더니 신스케 쪽으로 팔을 내밀었다.

"이게 다 그녀에게 당한 거야."

그의 팔에는 5센티미터 정도 꿰맨 흉터가 있었다. 그리 오래되어 보이지 않았다.

"그녀의 아버지…… 우에하라 사장은 어떤 결단을 내렸지?"

"결단은 무슨 결단. 또 당분간 상태를 지켜보자고 했을 뿐이지. 저러다 인형놀이에도 지칠 때가 틀림없이 올 거라면서."

"그런데 그녀는 전혀 지치지 않았던 거로군."

"그래. 그리고 사실 우리의 진짜 사건은 그때부터 시작되었어."

기우치는 붙박이 식기장에서 머그잔 두 개를 꺼내 조심스럽게 커피를 이등분해 따랐다. 프림이나 설탕은? 이라고 묻기에 신스케는 됐다고 대답했다.

"말하자면, 그녀 자신의 변신이었지."

머그잔 하나를 내밀면서 기우치가 말했다.

"갑자기 기시나카 미나에로 변신했단 말인가?"

"아니지. 처음에는 서서히 변화했어. 그래서 잘 몰랐지. 화장을 좀 다르게 한다 싶은 정도였거든. 그 다음에는 체형의 변화가 왔지. 미도리가 원래는 좀 오동통한 타입이었는데, 한 달 남짓한 사이에 10킬로그램 넘게 살이 빠진 거야."

"그래도 화장이나 다이어트 정도로 그렇게 달라지지는 않을 텐데."

"그래, 맞아. 어느 날 갑자기 행방을 감췄어. 전화 한 통 없었지. 그리고 몇 주 만에 돌아왔는데, 전혀 다른 얼굴이더라고."

'MINA—1'의 탄생이로군, 신스케는 마음속으로 중얼거렸다.

"실은 그 시점에서 나, 체념하기로 했어."

"체념해, 뭘?"

"원래의 미도리를 되찾는 거. 그녀는 이제 죽은 사람이라고 생각하기로 했어. 그녀의 아버지 또한 두 손 들고 말았지. 미친 데다 얼굴까지 다른 사람으로 바뀐 딸을 집안에 들일 수는 없다는 거였어. 하지만 누군가는 그녀를 감시해야 했어. 돌봐 줄 필요도 있었고."

"그래서 당신이 그 역할을 맡게 된 것이군. 회사원 시절과는 비교도 안 되는 파격적인 조건으로 말이야."

"부러운가? 그렇다면 언제든 물려주지."

기우치는 커피를 마시면서 긴 한숨을 쉬었다.

"마음도 모습도 영 딴판으로 변한 약혼녀를 계속해서 봐야 하는 것만큼 괴로운 일도 없을 테니까 말이야."

"그녀는 왜 기시나카 미나에가 되려 한 걸까? 기시나카 레이지가 완벽한 인형을 만들지 못해서인가?"

신스케는 기시나카 레이지가 남긴 노트의 내용을 떠올리면서 물었다.

"처음에는 나도 그렇게 생각했어. 그런데 요즘은 그게 아닐 거라는 생각이 들어."

"그럼 뭐지?"

신스케의 물음에 기우치는 우선 천천히 커피를 마셨다. 생각을 정리하는 듯 보였다.

"자네는 그녀의 눈을 보고 아무 느낌이 없던가?"

마침내 그가 되물었다.

"아무 느낌 없었던 적이 단 한 번도 없지. 처음 만났을 때부터 그랬어. 그녀의 눈을 보면 마음이 빨려드는 것 같더군."

신스케는 솔직하게 대답했다.

"나도 그래. 그리고 그 눈, 본 적이 있어."

기우치는 머그잔을 싱크대에 내려놓고 다시 말을 이었다.

"기시나카 미나에의 눈이야. 그녀가 죽어 갈 때의 눈. 제아무리 미도리가 기시나카 미나에로 변신하려 해도, 그 눈만은 재현할 수 없지."

"기시나카 미나에의 혼이 그녀에게 들어가기라도 했다는 말인가? 귀신에 씌었다는 말, 그저 비유일 뿐이라고 했잖아."

신스케는 웃으려고 했다. 그런데 볼이 실룩거리기만 할 뿐이었다.

"심령 현상 운운할 마음은 없어. 그래도 이렇게 표현하는 게 옳을지도 모르지. 혼이 옮겨 오지는 않았어도 마음은 옮겨 왔다고."

"마음?"

"최면. 미도리가 일종의 최면에 걸린 게 아닐까 싶어."

"최면이라니, 누가 그런 최면을 걸었다는 거야?"

신스케는 그렇게 물으면서도 가슴이 술렁거리는 것을 느꼈다. 대답을 그 자신이 이미 예상하고 있었기 때문이다.

"그야 물론 기시나카 미나에지. 죽기 전, 그녀의 빛나던 눈에는 끔찍한 힘이 담겨 있었어."

40

설마, 라고 신스케는 중얼거렸다. 그런 일이 과연 일어날 수 있을까.

하지만 최면이라는 말에 짚이는 것이 없지는 않았다. 루리코가 그 눈으로 쳐다보았을 때, 그 역시 몇 번이나 몸이 꼼짝하지 않았다. 기시나카 미나에의 최면에 걸린 그녀가 그 힘을 타인에게 발휘하는 능력을 터득하지 말라는 법도 없다.

"최면 때문에 미도리는 자기가 기시나카 미나에라고 믿게 된 거지. 그렇게 끊임없이 자기 암시를 하면서 구원을 얻었는지도 모르고. 미도리는 그녀에 관한 정보를 끌어 모으고 그녀처럼 외모까지 바꿔 갔어."

"기시나카 레이지는 그런 그녀를 어떻게……."

신스케가 의문점을 풀어놓자 기우치는 또 한숨을 내쉬었다.

"아까 자네도 말했잖아. 기시나카는 아내와 똑같은 인형을 만들려고 했지만 난관에 봉착했어. 그런 참에 미도리가 나타났으니 어떻게 됐겠나."

신스케는 기시나카 레이지의 노트 마지막 페이지를 떠올렸다. 다음과 같은 내용이었던 것으로 기억한다.

"어서 와."

그렇게 말해 보았다.

"다녀왔어."

그녀가 대답했다. 그녀의 목소리가 내게는 들린다.

"이제 아무 데도 가지 마."

내가 말했다.

"알았어, 안 갈게."

그녀가 말했다.

기우치가 다시 머그잔을 들었다. 커피를 한 모금 마신 그의 입술에 미소가 어렸다. 허망한 미소였다.

"인형을 만드는 사람과 인형 사이에 어떤 종류의 애정이 싹 텄을지는 알 도리가 없지. 하기야 상상하고 싶지도 않지만. 아무튼 밀월 상태가 한동안 지속된 것만은 분명해. 그녀를 계속 감시해 온 내가 하는 말이니 틀림없어."

"그 밀월 상태가 왜 깨진 거지?"

"자세한 건 잘 모르겠지만, 대충 기시나카 쪽에서 먼저 정신을 차린 거겠지."

"정신을 차려?"

"자기 눈앞에 있는 여자가 아내도 아니요 인형도 아닌, 아내를 죽인 타인이라는 것을 깨달았다는 뜻이야. 물론 전에도 그 사실을 몰랐던 것은 아니지만 생각지 않으려고 애썼겠지.

그만큼 미도리는 기시나카 미나에 그 자체였으니까. 기시나카 레이지에게는 환상의 인형 'MINA—1'이었어. 하지만 환상은 어차피 환상, 꿈은 꿈일 뿐 언젠가는 깨어나는 법이잖아."

"그래서 어떻게 됐는데?"

"그 다음은 자네가 아는 대로야. 그는 아내를 잃었다는 것을 새삼 인식했고, 그 아내를 죽인 인간을 사랑했다는 것을 알게 되자 충격을 받았고, 그래서 슬픔과 자기혐오에 몸서리를 쳤지. 그리고 끝내는 자신도 아내의 뒤를 따르기로 결심했어. 그런데 그 전에 해야 할 일이 있었지."

"복수로군."

"그런 얘기가 되겠지."

커피를 다 마신 기우치가 잔을 내려놓았다. 신스케 역시 손에 머그잔을 들고 있다는 것이 생각났다. 잔으로 눈길을 떨어뜨리니 검은 액체가 살랑살랑 흔들리고 있었다. 기시나카 레이지가 처음 가게에 나타났을 때 보인 암울한 표정이 떠올랐다.

"미도리가 기시나카 레이지의 유지를 이어받은 셈인가. 기시나카가 죽이지 못한 나를 이번에야말로 자기 손으로 저세상에 보내려 했다는 거지?"

"지금까지의 과정을 봐서는 그렇다고 할 수 있겠지."

그렇게 말하고서 기우치가 고개를 끄덕였다. 신스케는 머그잔을 입에 대고 미적지근해진 커피를 마셨다. 향은 별로 없고 쌉쌀한 맛만 입 안에 퍼졌다.

"그래도 역시 석연치가 않군."

"뭐가?"

"만약 그녀가 나를 죽일 마음이었다면 언제든지 그럴 수 있었어. 그런데 나는 이렇게 살아 있잖아. 왜지? 그녀가 왜 나를 죽이지 않았을까?"

기우치가 그 점에 대해서 잠시 생각하는 듯하더니 결국은 고개를 저었다.

"모르겠어. 어쩌면 그녀 나름의 룰이 있는지도 모르지."

"룰?"

"복수의 방법. 단지 죽이는 것만으로는 불충분하다고 여겼는지도 모르지."

기우치의 대답에 신스케는 어깨를 으쓱했다.

"죽이는 것 이상으로 뭐가 있다는 건지."

"내가 설명할 수 있는 건 여기까지야. 아무튼 지금은 그녀를 찾아내는 게 우선이야. 찾아내서 이번에는 완전히 격리시켜야 해."

정신 병원에 입원이라도 시킬 요량인가 하고 생각했지만, 그 점에 대해서는 묻지 않기로 했다. 신스케는 커피가 절반 이상 남아 있는 머그잔을 테이블에 내려놓았다.

"설명해 줬으면 하는 게 한 가지 더 있는데."

"뭐지?"

"고즈카 형사. 그 사람을 어떻게 했지?"

그렇게 묻자 기우치가 뭔가 아픔을 참는 듯 미간을 찡그리며 턱을 비볐다.

"그걸 물어서 뭐해. 자네와는 관계없는 일일 텐데."

"그럼 추리는 해 봐도 괜찮겠나?"

"물론. 추리할 만한 거리가 있다면 말이지."

뒤통수라도 얻어맞은 표정으로 기우치가 대답했다.

"고즈카 형사는 그 고층 아파트에 감금돼 있는 나를 꺼내 주었어. 난 곧장 그 아파트에서 나왔지만, 고즈카 형사는 조사할 게 있다면서 그 방에 남았지. 그 후 몇 번이나 전화를 걸어 봤지만 한 번도 받지 않았어. 그쪽에서도 연락이 없었고. 그러니 그에게 무슨 일이 있다고 생각하는 게 당연하지."

그렇게 말해 놓고 기우치의 반응을 살폈다. 기우치는 부엌 싱크대에 기대선 채 팔짱을 끼고 있었다. 그리고 어서 계속해 보라는 듯 턱을 까딱거렸다.

"그런데 내가 그 뒤에 가 봤을 때, 방은 깨끗하게 치워져 있었어. 왜 갑자기 그래야 했는지, 심히 마음에 걸리더군."

"그래서, 자네 추리는?"

"내가 그 방에서 도망쳐 나온 후에 그녀가 돌아온 거 아닌가?"

"그렇다면, 어떻게 되는 건데?"

"고즈카 형사와 딱 마주쳤겠지. 그런데 그 방은 그녀에게는 성역 같은 곳이야. 그런 곳을 더럽혔으니 그냥 돌려보낼 리 없겠지."

"그녀가 형사에게 무슨 짓이라도 했을 거란 말인가? 그 가냘픈 여자가 덩치가 이만한 형사를?"

기우치가 두 팔을 벌려 보였다.

"그녀에 대해 몰랐다면 나도 이런 말을 하지 않았을 거야. 하지만 나는 알아. 그녀에게는 이상한 힘이 있어. 아까도 말했잖아. 그녀는 언제든 나를 죽일 수 있었다고."

신스케는 기우치를 똑바로 쳐다보았다. 그 시선을 맞받는 기우치의 표정에 이미 미소는 없었다. 그런데도 기우치는 고개를 저었다.

"그건 추리라기보다 자네의 상상일 뿐이야. 잘 들었어. 하지만 그 점에 대해서는 아무 말 않겠어. 타인의 상상을 가지고 뭐라 한들 무슨 소용이 있겠어."

"경찰이 움직일 텐데."

"그러겠지. 하지만 우리와는 무관한 일이야."

"자신만만하군. 이 집에도 형사가 들이닥칠지 모르는데."

"글쎄, 두고 보면 알겠지. 그들이 이 집까지 찾아올 만한 단서가 있겠어? 유일한 단서라면 자네라는 증인이겠지."

"나만 없애 버리면 그만이라는 뜻인가?"

신스케가 몸을 움츠리며 물었다.

"설마. 난 자네를 믿어. 절대 우리 얘기를 하지 않을 거야. 우리에 대해서나, 미도리에 대해서도."

기우치가 손을 내저으며 말했다.

"꽤나 잘 봐주는군."

"진실을 말해 봐야 자네에게는 아무런 이득이 없거든. 그 대신 잃는 것은 많아지지. 자네가 그것도 모를 바보는 아니잖나."

하긴. 신스케는 속으로 수긍했다. 기우치는 신스케가 몸값을 받은 사실을 알고 있는 것이다. 그 돈을 나루미라는 여자가 훔쳐 달아난 덕분에 3천만 엔이 5천만 엔으로 불어났다는 것까지야 모르겠지만.

"이제 상황을 알겠지? 지금은 자네와 내가 한배를 탄 셈이야. 그렇다면 우선적으로 해야 할 일이 뭔지 알 거 아니야."

"루리코를 찾아내야겠지."

"그래, 바로 그거야."

기우치가 고개를 끄덕였다.

41

가든 팰리스에서 나온 신스케는 찻집에서 차를 마시고 나서 영화를 보면서 시간을 보냈다. 영화의 줄거리는 하나도 머리에 들어오지 않았다. 기우치에게 들은 얘기가 더 충격적이었기 때문이다. 그는 몇 번이나 그 내용을 곱씹어 보았다. 한동안 그러다 지쳐, 극장에서 꾸벅꾸벅 졸고 말았다.

이제 어쩌지. 극장에서 나오며 생각했다.

손목시계는 오전 11시 30분을 가리키고 있었다. 실은 집으로 돌아가서 싸다 만 짐을 마저 싸고 싶었다. 하지만 몇 시간 전의 공포가 아직도 머릿속에서 지워지지 않았다.

루리코는 대체 어디로 사라진 것일까.

집에서 그녀가 기다리고 있을 경우를 생각해 보았다. 신스케는 그녀의 그 묘한 힘에서 헤어날 자신이 없었다. 그렇다고 이대로 마냥 집에 들어가지 않을 수도 없다. 어떻게 하면 좋지.

그렇게 생각하고 있을 때 휴대 전화 벨이 울렸다.

"여보세요."

"신스케, 나야."

"아."

누구인지 금방 알 수 있었다. 에지마였다.

"예의 거래 건 말인데. 돈이 준비되었어."

"과연 사장님이시군요. 그런 거액을 이렇게 빨리 준비하다
니."

"농담하지 마. 내게도 그렇게 쉬운 일은 아니야. 용도가 불
분명한 돈이니 더욱 그렇지. 아무튼, 어디로 가면 되나? 사람
들 눈에 띄지 않는 곳이면 좋겠는데."

이런 순간에도 에지마의 말투에는 여유가 있었다.

"그건 나도 마찬가지입니다."

"그럼 지금 내가 말하는 곳으로 오는 게 좋겠군."

에지마는 긴자 한가운데 있는 찻집을 말했다.

"사람들 눈에 띄지 않는 곳이 좋다면서요."

"사람들 눈에 띄지 않는 곳이잖나. 아니면 누가 우리를 지
켜보기라도 한다는 말인가?"

에지마가 낮은 소리로 웃었다.

"시간은 자네가 정하지."

"그럼 1시에."

"1시. 알았네."

전화를 끊은 신스케는 숨을 크게 들이쉬며 승부의 시간이
로군, 하고 생각했다.

약속한 시간보다 15분 빨리 찻집에 도착했다. 하루미 거리
가 내려다보이는 찻집 안에는 회사원인 듯한 남자들이 많았
다. 아닌 게 아니라 남자 둘이 만나도 눈에 띄지 않을 만했다.

그로부터 약 5분 후에 에지마가 나타났다. 그는 수수한 재킷을 입고 있었다. 손에 짐은 없었다.

"일찍 왔나 보군."

"시간이 많으니까요."

종업원이 다가왔다. 신스케는 이미 레몬 티를 마시고 있었으므로 에지마만 커피를 주문했다. 에지마가 가능한 한 얼굴을 들지 않으려 한다는 것을 신스케는 알아챘다.

"맨손인가요?"

신스케가 그렇게 떠보았다.

에지마가 입술 끝을 비틀며 히죽 웃더니 재킷 안에 손을 집어넣었다. 그리고 갈색 봉투를 꺼냈다.

"열어 보지그래."

신스케는 봉투를 집어 들어 안을 보았다. 열쇠가 하나 들어 있었다. 역 구내의 사물함 열쇠였다.

"신바시 역 지하에 있는 사물함이야. 거기 들어 있어."

"내용물을 확인해 봐야 알죠."

"나중에 천천히 세어 보라고."

에지마는 담배를 입에 물고 불을 붙였다. 여전히 그 여유 있는 태도에는 조금도 흔들림이 없었다.

커피가 나왔다. 에지마는 크림을 조금 넣어 마셨다. 그러고는 싱긋 웃었다.

"이런 시간에 긴자에서 커피를 다 마시다니, 몇 년 만인지 모르겠군. 앞으로는 이런 시간도 소중히 여겨야겠는걸."

"에지마 씨, 1만분의 1 얘기 말인데요, 그 말 진심이었습니까?"

"1만분의 1 얘기?"

"교통사고를 당했을 때 죽을 확률 얘기 말입니다. 에지마 씨가 그런 얘기 해 줬잖아요."

"아, 그 얘기. 그 얘기가 뭐?"

에지마는 담뱃재를 재떨이에 떨었다.

"에지마 씨가 그랬죠. 교통사고는 운이다, 피해자는 그저 운이 나빴을 뿐이다, 라고요. 그 말, 사고를 낸 장본인이 나라고 생각하는 저를 위해서 한 말입니까? 아니면 진짜 그렇게 생각하는 겁니까?"

에지마가 슬쩍 이상하다는 표정을 지었다. 질문의 의도를 모르겠다는 뜻 같았다.

"물론 진짜로 그렇게 생각하지. 왜, 그럼 안 되나?"

"차에 깔려 죽은 기시나카 미나에에 대한 생각은 없나요?"

"생각하면 뭐하는데, 죽은 사람이 살아 돌아오기라도 하나?"

"피해자는 가해자를 끊임없이 원망하잖아요."

죽은 후에도, 라는 말은 차마 하지 못했다.

"그래서 돈을 주는 거잖아. 피해자의 유족에게 충분한 보상금을 치렀어. 가해자를 대신한 자네에게도 이렇게 돈을 주고 있고. 솔직히 말해서 나 역시 피해자라고."

"하지만 피해자가 원하는 것은 돈이 아닐지도 모르죠."

"그럼 뭐지, 성의인가? 그런 거라면 얼마든지 보여 주지. 머리를 숙이라면 몇백 번이든 숙이겠어. 하지만 그런다고 피해자나 유족이 행복해지나? 결국 원하는 것은 돈이라고, 돈. 그러니까 성가신 절차는 생략하고 실무적으로 일을 처리하면 되는 거야. 안 그런가?"

신스케는 뭐라 할 말이 없어 잠자코 있었다. 에지마가 일어섰다.

"거래는 이것으로 끝났어. 말해 두는데, 이 이상 욕심 부리지 않는 게 좋을 거야. 나도 돈이 열리는 나무를 갖고 있는 게 아니니까. 내게 억지를 부리면 자네에게도 좋지 않은 일이 생길 수 있어."

"압니다. 이것으로 끝내죠."

"그러는 게 좋을 거야."

에지마는 그렇게 말하면서 고개를 끄덕인 후, 계산서를 들고 걸어 나갔다.

찻집에서 나온 신스케는 곧장 신바시 역으로 향했다. 대낮에 긴자 거리를 걷기는 참 오랜만이었다. 5천만 엔을 가지러 가는 길이라는 실감이 전혀 없었다. 그보다는 방금 전 에지마가 한 말의 불길함이 가슴에 묵직하게 자리 잡고 있었다.

모든 기억을 되찾은 신스케는 재판정에서 자신에게 판결이 내려질 때의 일을 떠올렸다. 징역 2년에 집행 유예 3년.

그 말을 듣는 순간, 그는 두 가지를 느꼈다. 하나는 아아, 다행이다, 변호사가 틀림없이 집행 유예로 처리될 것이라고 했지만 만에 하나 그렇지 않을 경우를 상상하면서 조마조마했는데.

그리고 다른 하나는 정반대의 느낌이었다.

가볍네. 그렇게 생각했다. 시부야의 액세서리 가게에서 아르바이트를 하는 여자 친구가 용돈이 모자라 가게 물건 10만 엔어치를 몰래 훔쳐다 아는 사람들에게 싸게 팔아넘긴 적이 있었다. 가게 주인에게는 손님이 슬쩍해 간 모양이라고 둘러댔다. 그 후 그녀의 소행이라는 게 밝혀지자 가게는 그녀를 고발했다. 그때 그녀에게 내려진 판결은 징역 1년 2개월에 집행 유예 3년이었다.

에지마를 대신한 것이긴 하지만, 신스케는 사람 하나를 죽인 죗값을 받았다. 그런데 그것이 액세서리 10만 엔어치를 훔친 죗값과 비슷하다니. 다행이라고 생각하는 한편으로, 이 정도 가지고는 피해자의 유족이 절대 납득하지 않을 것이라고 생각했다. 그런데 각종 교통사고에 대해 이 같은 일이 반복되고 있다. 그러니까 에지마 같은 가해자도 자신 역시 운이 나빴을 뿐이라는 인식밖에 없는 것이다. 연간 1만 명에 달하는 교통사고 사망자가 있다면 그에 가까운 수치의 가해자도 있다는 얘기다. 그들은 의외로 가벼운 형량에 안도하는 한편, 자신에게 생긴 재난을 하루빨리 잊으려 애쓸 것이다. 그렇게 가해자가 잊음으로 해서 피해자는 이중으로 상처를 입는다.

불현듯, 기시나카 레이지가 '양하'에 처음 왔던 밤이 떠올랐다. 그날 그는 신스케에게 한 가지 질문을 했다. 짜증 나는 일이 있을 때 그 불쾌한 기분을 어떻게 처리하느냐는 것이었다.

가능한 한 재미있었던 일, 기분이 밝아질 만한 일을 생각한다고 신스케는 대답했다.

"예를 들면?"

"예를 들면, 내 가게를 갖게 될 때를 상상한다든지……."

"그게 꿈이로군요."

"네, 뭐 일단은."

기시나카 레이지가 복수하기로 결심한 것은 어쩌면 그 순간이 아니었을까. 처음에는 다소 주저하면서 가해자가 일하는 술집을 기웃거렸을지도 모른다. 그런데 가해자는 불쾌한 일을 깨끗이 잊은 것처럼 보였다. 가능한 한 재미있는 일을 생각하려 한다는 그 말을 기시나카는 어떤 기분으로 들었을까.

그는 피해자는 영원히 잊지 못한다는 말을 하고 싶었을 것이다. 말을 툭툭 내뱉던 그의 모습이 떠올랐다.

"실은, 잊고 싶은 일이 있어서 말이죠. 아니, 잊는다는 건 절대 불가능한데 조금이라도 마음이 편해지고 싶어서요. 그런 생각을 하면서 멍하니 걷고 있는데 이 가게 간판이 눈에 들어오더군요. 이 가게 이름이 '양하'라죠?"

아마 그는 '양하'라는 가게 이름조차 꺼림칙했을 것이다.

그런 생각을 하며 걷다 보니 어느새 신바시 역에 도착했다. 신스케는 지하로 내려가 사물함 번호를 일일이 확인했다. 열쇠 번호와 일치하는 사물함은 주스 자판기 옆에 있었다.

신스케는 열쇠를 구멍에 꽂고, 돌렸다. 문이 열릴 때 심장 박동이 조금 빨라졌다.

사물함 안에는 검은 가죽 가방이 들어 있었다. 그는 그것을 꺼낸 후 주위를 살폈다. 화장실을 찾기 위해서였다.

화장실을 찾아 들어가 안에서 문을 잠갔다. 가방의 지퍼를 여는 손이 파들파들 떨렸다.

가방 속에는 돈다발이 뒤죽박죽 들어 있었다. 지폐 특유의 냄새가 났다. 신스케는 돈다발 하나하나를 대충 훑어보았다. 하지만 에지마가 위조지폐를 섞는 무모한 짓을 하리라는 생각은 애당초 없었다.

돈다발은 전부 50개였다. 신스케는 오른손으로 주먹을 쥐고 가볍게 흔들었다.

오후 2시 반, 신스케는 돈 가방을 사물함에 도로 집어넣고 집으로 돌아왔다. 그 열쇠는 지금 주머니에 들어 있다.

그는 어두워지기 전에 짐을 마저 싸는 게 좋겠다고 생각했다. 어두워지면 루리코가 다시 나타날 것 같아 두려웠다.

엘리베이터를 타고 올라가 자신의 집 앞에 섰다. 조심조심 손잡이를 돌리고 당겨 보았다. 역시 잠겨 있지 않았다. 오늘 아침 그대로다.

문을 열고 고개만 들이밀어 안을 살폈다. 어두컴컴해서 잘 보이지 않았다.

발을 한 걸음 앞으로 내디뎠을 때였다. 뒤에서 무슨 기척이 느껴졌다.

아차, 싶었을 때는 이미 늦었다.

충격과 함께 머릿속에서 불꽃이 튀었다. 의식이 순식간에 멀어졌다.

42

목이 타 들어갈 듯 아팠다. 기도에 액체가 흘러들어 컥컥거렸다. 하지만 제대로 삼킬 수가 없었다. 입에 뭐가 들어 있었다. 꺼내려고 했다. 그런데 손발이 움직이지 않았다. 움쩍도 하지 않았다.

신스케는 눈을 떴다. 천장이 보였다. 집 천장이다.

"정신이 들었군. 하긴 그렇겠지, 각성제를 먹인 거나 다름 없으니까."

바로 옆에서 목소리가 들렸다. 그쪽으로 고개를 비튼다. 뒤통수가 깨질 듯 아팠다. 머리를 맞았다는 것이 그제야 기억났다.

에지마가 옆에 앉아 있었다. 신스케는 자신이 바닥에 누워 있다는 것을 깨달았다. 게다가 손발은 무엇엔가 묶여 있다. 감촉으로 봐서 굵은 테이프 같았다.

목소리가 나오지 않는 것은 입에 뭘 물고 있어서였다. 굵은 통 같은 것이었다.

"입에 뭘 물고 있는지 아직 모르는 게로군. 뭐, 신기한 것은 아니지. 어느 집에나 있으니까. 이 집에도 있었어. 청소기 파이프야."

에지마가 재밌다는 듯이 말했다.

신스케가 몸을 비틀었다. 그리고 파이프를 혀로 밀어내려 했다.

"오호, 얌전히 있어야지. 이렇게 팔딱대면 일을 서둘러야 하잖나."

그렇게 말하고 에지마는 옆에서 무언가를 들어 올렸다. 테킬라 병이었다. 그는 그 병을 파이프 입구에 대더니 천천히 기울였다.

신스케의 입속으로 테킬라가 흘러들었다. 신스케는 삼키지 않으려고 애썼지만, 숨을 쉬려면 삼킬 수밖에 없었다. 코도 무엇엔가 막혀 있기 때문이었다.

"내가 사랑하는 술을 이렇게 막 다루고 싶지는 않은데 말이야, 어쩔 수가 없어요. 경찰의 눈을 속이려면 말이지."

에지마는 그렇게 말하면서 계속 술을 부었다. 신스케는 몸부림을 쳐 보았지만 파이프는 입에서 빠져나가지 않았다. 또 컥컥거렸다. 숨이 막혔다. 코와 눈 속이 아파 왔다. 눈물이 철철 흘렀다.

"그렇게 저항을 하니까 오히려 힘들지. 그냥 얌전히 있으라고. 어차피 자네는 죽을 몸이니까."

에지마의 목소리가 약간 들떠 있었다. 신스케는 숨을 고르고는 눈에 증오를 담아 올려다보았다.

"뭐지? 하고 싶은 말이라도 있는 눈치로군. 보아하니 자신이 어떻게 죽는지 아직 모르는 모양인데, 별로 어려운 건 아냐. 술을 진탕 마시고 엉망으로 취한 후에 이걸 제 손으로 주사하는 거야."

에지마가 일회용 주사기를 보여 주었다. 투명한 액체가 들어 있었다.

"수면제의 일종이지. 알코올을 충분히 섭취한 후에 이 정도

양을 한꺼번에 주사하면 쇼크로 즉각 죽어. 게다가 외관상으로는 알코올 중독에 의한 사망과 별반 다르지 않지. 여자에게 버림받은 바텐더가 과음 끝에 목숨을 끊었다, 뭐 그렇게들 여길 거야. 그래, 아직은 좀 더 마시는 게 좋겠군."

에지마가 또 테킬라를 파이프에 부었다. 신스케는 식도와 위가 뜨거워지는 것을 느꼈다. 숨 쉬기가 어렵고 심장 박동이 빨라졌다. 알코올이 빠른 속도로 온몸을 돌고 있다.

"정말 모르겠단 말이야, 너희들 생각을. 그만하면 큰돈일 텐데, 왜 3천만 엔에 떨어지지 않은 거야. 아니면, 3천만을 옜다 하고 순순히 내놓을 정도니 2천만 정도는 별거 아니라고 생각한 건가. 하기야 내가 융통할 수 없는 정도는 아니지. 하지만 너희들은 중요한 것을 간과했어. 이건 비즈니스라는 점이야. 넌 나 대신 교통사고의 죄를 덮어썼어. 그 대가는 3천만이야. 거기에는 협박도 공갈도 아무것도 없어. 비즈니스일 뿐. 그리고 비즈니스에는 서로를 신뢰하는 관계가 필요해. 그런데 3천만 엔에 끝난 일을 가지고, 이러니저러니 이유를 붙여서 추가 비용을 요구하는 인간과는 신뢰 관계를 쌓을 수 없지. 무슨 소린지 알겠나?"

테킬라가 또 기도로 들어가자 신스케는 다시 컥컥거렸다. 그럴 때마다 온몸이 경련을 일으키듯 펄떡거렸다. 몸이 펄펄 끓고 머릿속이 멍해지는 느낌이다.

"자, 이만하면 된 것 같군."

에지마의 눈이 번쩍 빛났다. 신스케는 몸부림쳤다. 하지만
아까보다는 영 힘이 주어지지 않는다. 눈앞이 빙빙 돌기 시작
했다. 속이 울렁거렸다. 머리가 지끈거리고 귀에서는 윙윙 소
리가 울렸다.

에지마가 신스케의 바지를 벗기기 시작했다. 하반신 어딘
가에 주사를 놓을 생각인 듯하다.

"얌전히 있어. 괜찮아, 그리 아프지 않으니까. 꿈꾸는 기분
으로 저세상에 갈 수 있어."

에지마가 주사기로 찌르려는 순간이었다. 신스케의 시야
한끝에서 무언가가 휙 움직였다.

43

움직인 것은 벽장문이었다. 그것이 열리면서 안에서 무언가
검은 것이 기어 나왔다. 신스케는 그 정체를 금방 알아보았다.

루리코가 천천히 일어섰다. 머리카락은 흐트러지고 얼굴은
새하얗다.

"뭐야, 이 여자. 어디 있었던 거야."

에지마가 소리 나는 쪽으로 고개를 돌리더니 거기 서 있는

여자를 보고 눈을 부라리며 말했다.

"당신…… 이었어?"

"뭐라고?"

"당신, 이었어. 나를 죽인 사람이. 자전거를 타고 가는 나를 뒤에서 들이받은 사람이, 당신이었어."

"무슨 소리를 하는 거야, 머리가 어떻게 된 거 아냐?"

에지마가 파리를 쫓듯 손을 내저었다. 그러면서 조금씩 뒤로 물러났다. 그는 그녀를 두려워하고 있었다.

"용서 못해."

그녀가 중얼거리면서 에지마에게 다가갔다.

"절대 용서 못해."

에지마가 테킬라 병을 집어 들더니 루리코를 향해 던졌다. 병이 그녀의 이마에 부딪혔다. 하지만 그녀는 표정 하나 바꾸지 않은 채 그에게로 천천히 다가갔다.

"오지 마. 다가오지 마."

에지마가 고함을 질렀다.

루리코의 이마에서 피가 흐르기 시작했다. 조금 전 병에 맞는 바람에 이마가 찢어진 듯했다. 피가 그녀의 관자놀이에서 볼을 타고 턱으로 흘러내린다. 검붉은 피였다.

"가까이 오지 마."

에지마는 있는 힘을 다해 루리코를 밀쳐냈다. 그녀의 몸이 베란다 창문까지 밀려났다.

헉헉거리는 에지마의 거친 숨소리가 들렸다. 그녀는 잠시 움직이지 않더니 천천히 일어섰다. 그리고 무슨 생각인지 창문 고리를 벗기고 창문을 열었다.

에지마와 신스케가 보는 가운데 베란다로 나간 루리코는 방 쪽으로 향하며 난간에 기대어 섰다.

"나를 죽여. 그리고 이번에야말로 잊지 마. 당신이 나를 죽였다는 사실을. 당신이 죽인 여자의 얼굴을, 이 눈을."

루리코가 말했다. 그녀의 눈은 똑바로 에지마를 노려보고 있었다. 몇 번이나 신스케의 마음을 지배했던 그 눈이었다.

에지마가 천천히 걸어서 그녀에게 다가갔다. 그 자신의 의지인지, 아니면 뭔지 모를 그녀의 힘에 조종되는 것인지, 신스케는 알 수 없었다.

마침내 에지마가 베란다로 나가 그녀 앞에 섰다. 그의 두 손이 그녀의 목을 잡았다.

루리코는 그를 똑바로 쳐다본 채 저항하지 않았다.

갑자기 에지마가 뭐라고 외쳤다. 짐승의 포효와도 비슷한 소리였다. 그 목소리와 함께 그의 두 팔이 그녀를 단숨에 들어 올렸다.

두 손의 엄지손가락이 그녀의 가느다란 목을 파고들었다. 하지만 그것도 겨우 몇 초 동안의 일이었을 뿐, 루리코의 몸이 곧 난간 너머로 사라졌다. 밑에서 무언가가 뭉개지는 듯한 묵직한 소리가 들려왔다.

그 광경을 보고 있던 신스케는 루리코가 어떻게 되었는지 확인하려 했지만 몸이 말을 듣지 않았다. 의식도 멀어져 갔다. 사실은 확인할 필요조차 없는지도 몰랐다.

에지마는 등을 보인 채 마냥 서 있었다. 밑에서 사람들의 비명 소리가 들리는데도, 몰려드는 사람들의 발소리가 들리는데도 움직이려 하지 않았다.

신스케는 몽롱해지는 의식 속에서 다가오는 경찰차의 사이렌 소리를 들었다.

에필로그

톡톡. 손가락으로 책상을 두드리는 소리가 울렸다. 그 소리가 멈추는 동시에 한숨 소리가 들렸다. 좁은 실내가 한층 답답하게 느껴졌다.

취조관은 사카마키라는 이름의 경위였다. 예리해 보이는 얼굴에, 미간에는 잔주름까지 잔뜩 파여 있는 남자였다. 거뭇거뭇한 머리를 뒤로 바짝 넘겨 고스란히 드러난 이마에는 얇게 기름이 끼여 있다.

"거참, 믿기 어려운 얘기로군. 자네 얘기가 하나에서 열까지 모두 이상해. 어느 것 하나 현실에서 일어난 일 같지가 않아."

사카마키가 팔짱을 끼고 신스케를 바라보았다.

"그건 저 역시 마찬가지입니다. 그로부터 며칠이 지났지만, 악몽을 꾸었다는 생각밖에 없어요. 하지만 사실입니다. 그 사건이 있고부터 사람이 몇이나 죽었고, 저도 병원 신세를 졌으니까요."

"그래, 몸은 어때?"

"이제 괜찮습니다. 이틀쯤 머리가 아팠지만요."

"다행이군."

사카마키는 다분히 형식적이고 무성의한 목소리로 말했다. 아마도 다른 일로 머리가 꽉 차 있는 것이리라.

사건으로부터 나흘이 지났다. 신스케는 어제까지 병원에 있었다. 뇌와 그 밖의 부분을 검사하느라 시간이 걸렸기 때문이다.

에지마는 이미 체포되었다. 신스케가 들은 바로 에지마는 경찰에 체포될 때까지도 베란다에 우뚝 선 채였다고 한다. 연행할 때도 전혀 저항하지 않아, 마치 몽유병 환자 같았던 모양이다.

병원에서 취조에 임하게 된 신스케는 기우치 하루히코의 이름을 대며 자세한 상황은 그에게 물어보라고 형사에게 말했다.

그 말에 따라 경찰은 기우치 하루히코도 취조한 듯했다. 루리코, 즉 우에하라 미도리가 죽었다는 사실을 알게 된 그는 숨겨 봐야 의미가 없다고 판단했는지, 모든 것을 털어 놓았다고 한다.

지만, 태어나면서부터 심장에 이상이 있었던 모양이다. 그것도 굉장히 심각해서 수술만으로는 나을 가망이 없고 살 수 있는 길은 심장 이식뿐이라고 했다.

그래서 소고는 심장 이식을 전문으로 하는 병원에 입원했다. 집이 너무 멀어 부모님은 이사를 결정했다. 엄마는 하던 일을 그만두고 거의 매일 병원에서 간병을 했다.

반 친구들이 종이학 천 마리와 응원 메시지가 적힌 도화지를 들고 병문안을 왔다. 격려의 말을 하는 친구들에게 고맙다고 하면서도 한편으로는 건강한 그 친구들에게 샘이 났다.

"괜찮아. 이식만 하면 다시 기운차게 뛰어놀 수 있어."

엄마의 말이 소고에게는 거짓말처럼 들렸다. 그때는 잘 몰랐지만 지금 돌이켜 보면 상황은 뻔했다.

심장을 이식하면 살 수 있다고 하지만 그건 누군가 심장을 기증했을 때나 가능한 얘기다. 게다가 일본에서는 어린아이의 장기 기증을 거의 기대할 수 없는 실정이다. 방법은 해외에서 이식하는 것뿐이다. 당시에 부모님이 걸핏하면 그런 대화를 나눴다.

엄청난 비용이 드는 데다 소고의 상태로는 장거리 여행을 하기도 힘들다고 아빠가 침통한 표정으로 말하자 엄마가 가까스로 눈물을 참던 기억이 선명하다.

입원해서 반년쯤 지나자 소고의 상태는 더욱 악화되었다.

의식이 오락가락했고, 머리맡에서 누가 부르는 것 같은데 대답도 할 수 없을 정도였다.

이렇게 죽나 보다고 생각했다. 이대로 침대에서 일어나지 못하고 죽는 것 아닐까 싶었다. 그래도 괜찮다는 마음도 있었다. 하루하루가 이렇게 괴롭고 부자유스러우며 아무런 즐거움이 없다면 살아갈 필요가 없다고 생각했다.

간신히 목숨은 붙들고 있었지만 위험한 상태에는 변함이 없었다. 죽음을 각오하는 나날이었다.

그러다가 기적이 일어났다.

장기 기증자가 나타나서 이식 수술을 받을 수 있게 되었다는 소식이 날아든 것이다. 도무지 믿기지 않았지만 사실이었다. 그 후로는 뭐가 어떻게 돌아가는지 알 수 없었다. 이리저리 옮겨 다녔고, 이 사람 저 사람이 몸을 만지고 이야기를 나누는 소리가 들렸다.

수술실로 실려 갈 때 부모님이 바라보던 기억이 난다. 엄마는 기도하듯 두 손을 모으고 있었다.

그다음은 기억에 없다. 눈을 떴을 때는 사방 풍경이 달라져 있었다. 그곳은 집중 치료실이었다.

심장을 이식했고, 수술이 성공적이었다는 말을 들었다.

3년 전 4월 2일의 일이다.

그 후로도 입원 생활이 계속되었다. 그러나 그 의미는 수술

전과 크게 달랐다. 가능할지 어떨지도 모르는 이식을 기다리던 나날이 퇴원을 손꼽아 기다리는 나날로 바뀌었다. 일어나는 연습, 걷기 훈련 등이 모두 보람 있었다.

빨리 뛰어도 숨이 차지 않았다. 음식도 맛있었다. 소리도 지를 수 있었다. 그런 당연한 일들을 할 수 있다는 사실이 기뻤다.

재활 훈련 중에 친구도 생겼다. 소고보다 예순 살도 더 많은 할아버지다. 휠체어에 앉은 그 할아버지는 늘 우쿨렐레를 갖고 다녔다.

"이게 내 유일한 낙이야. 이걸 멋지게 연주하는 게 꿈이란다."

약간 부정확한 발음으로 할아버지는 기쁜 듯이 말했다.

알고 보니 할아버지는 몇 년 전에 사고로 목을 다쳐 팔다리를 전혀 움직일 수 없게 되었다고 한다. 그런데 최신 과학의 힘으로 다시 움직일 수 있게 되었다는 것이다.

"뇌에 전극이 심겨 있단다. 그래서 손을 움직이려고 하면 뇌파가 감지되어 등에 달려 있는 기계에서 척수로 신호를 보내지."

그런 할아버지는 어색하게나마 열심히 우쿨렐레 현을 켰다.

"누군지는 모르겠지만 정말 훌륭한 발명을 했지 뭐냐. 의학이란 참 대단해."

할아버지 얘기를 전부 이해할 수는 없었지만, 의학이 대단하다는 말에는 소고도 전적으로 동감이었다.

수술한 지 석 달 만에 소고는 퇴원했다. 그리고 2년 몇 개월이 더 지나자 소고 가족은 원래 살던 아파트로 돌아가게 되었다. 병원 근처로 이사할 때 살던 아파트를 처분하는 대신 세를 놓았던 것이다.

그러니까 지금 소고가 걷는 길은 소고네 가족이 전에 살았던, 그리고 앞으로도 살아갈 집으로 가는 길이다. 하지만 소고가 차에서 내린 이유는 이 길이 반가워서만은 아니다.

목적지는 그 저택이었다.

아름다운 소녀가 휠체어에 잠들어 있는 집. 웬일인지 수술을 받은 후로 몇 번이나 그 집이 꿈에 나타났다. 거기서 누군가 소고를 부르는 듯한 기분이 들었다.

그런데.

막상 가 보니 저택은 사라지고 없었다. 건물도 담장도 대문도 사라지고 공터만 남아 있었다. 아주 조그만 흔적조차 찾을 수 없었다. 순간적으로 그 저택이 환상이었나 하는 생각마저 들었다.

소고는 한숨을 내쉬며 발길을 돌렸다. 그런데 그 순간 어디선가 장미향이 풍겨 왔다.

또 그러네, 하며 걸음을 멈췄다. 수술 후로 자주 있었던 일이다. 그러나 아무리 둘러봐도 장미는 보이지 않았다.

소고는 가슴에 살며시 손을 댔다. 장미향은 이 심장의 원래 고즈카 형사의 시신은 가루이자와에 있는 데이토 건설 휴양소 부지 내에서 발견되었다. 나무 상자에 담아 콘크리트를 부어 굳힌 상태였다. 그 건으로 데이토 건설의 우에하라 사장도 취조를 받았다. 하지만 사장은 딸을 감시하도록 기우치 하루히코에게 의뢰한 사실은 인정했지만 시신 처리에 대해서는 전혀 모르는 일이라고 했다고 한다.

기우치는 자신의 판단으로 한 일이라고 주장한 듯하다. 어느 날 아침 미도리가 피 묻은 손으로 그의 아파트를 찾아왔기에 걱정스러워 유니버설 타워에 갔다가, 가슴을 찔린 채 죽어 있는 고즈카 형사를 발견했다는 것이다.

신스케는 기우치가 또 누군가의 죄를 대신할 작정이로군, 하고 생각했다. 전에는 미도리를 대신해 교통사고의 죄를 뒤집어쓰더니, 이번에는 그녀의 아버지를 구하려 하고 있다. 단순히 돈이 목적인지, 아니면 미도리에 대한 애정 때문인지 알 수 없었다.

교통사고의 가해자를 대신한 건에 관해서 신스케도 이미 진술을 마쳤다. 5천만 엔이 든 가방은 경찰에 압수당했다. 신스케는 뭘 위해 그런 짓을 했을까, 라며 몇 번이나 자학적으로 웃었다.

나루미의 시신에 대해서는 아무런 정보도 얻을 수 없었다. 적어도, 발견되었다는 얘기는 듣지 못했다. 에지마가 과연 어떻게 진술했을지, 짐작할 만한 실마리가 없었다.

"도대체 자네는 왜 그렇게 우에하라 미도리에게 아무런 저항도 하지 못한 거야? 경계를 하면서도 맥없이 감금당했다고 하는데, 도무지 납득이 가야 말이지."

사카마키가 말했다.

"몇 번이나 말했잖습니까. 그녀의 눈에는 알 수 없는 힘이 있었다고요. 그 눈으로 쳐다보면 몸이 생각대로 움직이질 않아요. 고즈카 형사가 죽은 것도 아마 그 힘 때문일 겁니다."

신스케는 또다시 그렇게 설명했지만 사카마키는 턱을 괴고 고개만 갸우뚱거릴 뿐 알았다는 표정이 아니었다.

"에지마가 우에하라 미도리를 살해한 것도 그 힘에 조종당했기 때문이라고 했는데."

"제 눈에는 그렇게 보였습니다."

신스케는 자신의 생각을 그대로 전했다.

"그리고 그 눈이 기시나카 미나에의 눈을 물려받은 것이라고 했지, 기시나카 미나에의 원한이 옮겨 간 것이라고."

"기우치 씨는 최면에 걸린 거라고 하더군요."

"최면이라……."

"아무튼 그건 보통 눈이 아니었습니다. 아무리 말해도 믿지 않겠지만 말입니다."

사카마키가 신스케의 말을 허투루 흘려듣지만은 않는지,

'눈'이라는 말에 집착하는 기색을 보였다.

"왜 그러시죠?"

신스케가 넌지시 물어보았다. 사카마키는 대답이 없었다. 뭔가를 망설이는 눈치였다. 그러다 한참이 지나서야 그는 신스케를 보며 입을 열었다.

"실은 말이야, 자네가 퇴원할 때 에지마가 병원에 실려 왔어."

"병원에요? 왜요, 어디 다치기라도 했나요?"

사카마키는 힐끔 뒤를 돌아보았다. 뒤에는 기록 담당 형사가 앉아 있었다. 그 형사도 사카마키 쪽을 보더니 이내 고개를 숙였다.

"체포할 당시, 에지마는 완전히 정신이 나간 상태였어. 그러다 정신이 돌아오니까 이번에는 여자의 눈이 자기를 끊임없이 쳐다본다면서 공포에 떨었지."

"여자의 눈이요?"

"죽인 여자의 눈을 말하는 것 같아. 눈을 뜨고 있으면 언제나 그 눈이 보인다는 거야. 그렇게 공포에 떠니 심문이고 뭐고 할 상황이 아니었지. 먼저 정신과 의사에게 보이는 편이 좋지 않을까, 우리끼리 그런 의논을 하던 참이었어. 그런데 그제 밤에……."

사카마키가 침을 꿀꺽 삼켰다.

"무슨 일이 있었습니까?"

"놈이 제 손으로 자기 눈을 짓이겨 버렸어. 그것도 양쪽 모두. 발작적으로 손가락을 쑤셔 넣었나 보더군. 간수가 뛰어갔을 때, 놈은 고래고래 소리를 지르면서 뒹굴고 있었다는 거야."

철렁, 가슴이 내려앉았다. 신스케는 온몸에 식은땀이 솟는 것을 느꼈다.

"그래서요?"

"양쪽 다 실명했다는군."

신스케는 전신이 싸늘하게 식는 느낌이었다. 손발이 저리고 몸이 부들부들 떨리기 시작했다. 그 떨림을 도무지 어떻게 할 수가 없었다.

그의 뇌리에 기시나카 미나에를 꼭 닮은 마네킹의 얼굴이 떠올랐다.